國家古籍整理出版專項經費資助項目

二〇一一年『十二五』國家重點出版規劃四百種精品項目

回文集

丁勝源 周漢芳 輯

國家圖書館出版社

圖書在版編目(CIP)數據

回文集 / 丁勝源, 周漢芳輯. —北京: 國家圖書館出版社, 2012. 11

ISBN 978 -7 -5013 -4579 -3

Ⅰ. ①回… Ⅱ. ①丁… ②周… Ⅲ. ①詩詞—作品集—中國 Ⅳ. ①I22

中國版本圖書館 CIP 數據核字(2011)第 013365 號

特約編輯: 韓金科

責任編輯: 郭又陵　于春媚

書名　回文集(全六册)

著者　丁勝源　周漢芳　輯

出版　國家圖書館出版社(100034 北京市西城區文津街 7 號)
(原北京圖書館出版社)

發行　010 -66114536　66126153　66151313　66175620
66121706(傳真)　66126156 (門市部)

E-mail　btsfxb@ nlc. gov. cn (郵購)

Website　www. nlcpress. com→投稿中心

經銷　新華書店

印刷　河北三河弘翰印務有限公司

開本　850 ×1168 毫米　1/32

印張　142

版次　2012 年 11 月第 1 版　2012 年 11 月第 1 次印刷

印數　1—300

書號　ISBN 978 -7 -5013 -4579 -3

定價　2400. 00 圓(全六册)

出版說明

《回文集》一書由編者經過幾十年搜集整理，於二〇〇五年開始進行排版。書中涉及大量回文圖案，排版較為複雜，前後進行了七年之久。期間排版工藝、設備屢經更新，但此書為保持詩、圖原貌而一直沿用原來的排版形式。

書中凡從古籍、手稿中輯錄的詩、圖，編者的原則是保持原書原貌，對異體字等均不做更改；而全書的序言、前言、後語等文字，則進行了規範統一。

書中回文詩圖與回文詩文分別編輯，先詩圖後詩文。有圖作而無詩作的作者，作者介紹附于圖後，圖文都有的作者，作者介紹附于詩文後。

本書按年代編次，但近代作者眾多，有些作者的生卒年代無法查證，難免出現編排不當的情況，敬請讀者見諒。

序

傅璇琮

現在，由丁勝源、周漢芳兩位先生編纂的回文集，經國家圖書館出版社精心編印，這部六十四卷三百多萬字的六册大書，印行問世，這應當是我國古代文學有關文體學的一部文獻史料經典之作。這次我應邀作序，通讀全書，確深受學術共索、互求創新的啓示。

中國古代文藝理論名著劉勰文心雕龍，在其明詩篇中已提及回文，稱『回文所興』，將回文作爲一種詩體專稱。據現有史料，較具規模的回文詩作，創始者是北方十六國初期前秦的蘇蕙，因懷念其被流貶的丈夫竇滔，特作『回文旋圖詩』，晉書·列女·竇滔妻蘇氏傳記云：『織錦爲回文旋圖詩以贈，宛轉循環以讀之，詞甚凄婉，凡八百四十字。』後唐初編撰的隋書，其經籍志特爲著録其織錦回文詩一卷，北宋時所編大型類書文苑英華卷八三四又載有武則天所作蘇氏織錦回文記，可見蘇蕙此作所受的重視。實際上南朝文人名家江淹、吴均已用於詩賦，且東晉、宋初之謝靈運，後人所編目録，也有回文集十卷，可見蘇蕙之作在南朝已甚有影響。清人康發祥伯山詩話三續集卷二，甚至稱『回文體六朝時最尚之』。二十世紀前半期的謝無量中國婦女文學史也特提及蘇蕙之作，稱『此是古今絶作』。可是當代的文學史著作，包括一些文學史名著，多未提及蘇蕙回文詩及回文文體，唯我的兩位學術摯友曹道衡、沈玉成於上世紀八十年代所著的南北朝文學史，有專節論述蘇蕙，稱她的這篇回文詩『反映了作者技術的熟練和巧思』，並從文體流變史的角度，概稱：『自蘇蕙以後，許多文人都寫過回文詩，在詩中成爲一體。』頗有識見。

確實如此，有唐一代，從初唐到晚唐，都有回文之作。中唐時劉禹錫所作回文，皮日休雜體詩序特爲提及：『近代作雜體，唯劉賓客集中有回文、離合、雙聲、叠韻。』明胡震亨唐音癸籤卷二九也云：『唐人劉賓客及皮、陸唱和，並有迴文詩。』又甚可注意的是，清徐松登科記考卷二七據永樂大典所輯宜春志，謂：『盧邈，唐末寄舉湖南，登第，獻回文詩二百首。』則此應是唐代科舉考試甚有意義的史料。我於上世紀八十年代所著的唐代科舉與文學，第十章進士行卷與納卷，曾詳細記述唐代士子應舉考試前，先向名臣賢士獻其詩文之作，以顯示自己文才，請其推薦，以便登第，稱行卷，即行卷在唐代科舉考試甚起作用。而此位湖南舉子盧邈特以回文詩二百首作爲行卷，並由此登第，這就可見回文詩在當時社會的影響。

回文在宋代文學也甚起作用，蘇軾還以回文之詩體轉寫詞作，劉將孫養吾齋集卷十一黄公誨詩序就特稱『東坡神邁千古，至回文作詞，詞更可愛。』南宋時桑世昌所編回文類聚，是現存最早的回文總集，此書卷四全爲宋人詞，載有詞五十五首，作者十三家。由此可見，回文以蘇蕙璇璣圖爲開端，自南北朝起，歷唐宋元明清，一直吸引才子學士甚至名家大儒積極參與創作，如謝靈運、庾信、武則天、劉禹錫、皮日休、陸龜蒙、王安石、蘇軾、秦觀、黄庭堅、朱熹、高啓、湯顯祖、萬斯同、王士禎等，給後世留下各種樣式、各種風格的作品，形成了世界上别具匠心、獨特文體的文學樣式和修辭方式，是我國文化遺産的組成部分。

回文遍及詩詞曲賦，以及尺牘、對聯、隱語、樂曲、繪畫等，諸體咸備，圖文並茂，内容廣泛，題材豐富。且回文之作，於國外也有影響，日本也有回文體詩作，西文有回文研究。也就是説，我國這一特殊文體，不僅歷史悠遠，且有廣泛世界影響。我們很值得作文體學史的深切探索。

但是，對於回文體之作，歷史上也有不同評價，並有貶議。如明胡應麟詩藪外編卷二稱其爲『詩道之下流，學人之大戒』，也有貶稱爲『雕蟲小技』、『文字游戲』。當然，回文體創作確有難度，也因此，古代文人并不以此爲自己創作的主體，所謂祇是偶一爲之。故回文之作流傳不多，常散見於别集、總集、史乘、筆記中。編爲合集者，先有南宋桑世昌回文類聚，明萬曆中雲間張之象續之，清康熙間吳郡朱象賢又續之。但此後二百餘年，未有續編者。

現在丁、周兩位先生編此回文總集，可以説是自南北朝至二十世紀二、三十年代的回文全集，收輯作者有一千四百餘家，詩詞曲賦萬首，圖六百多幅，共列爲六十四卷。内容不僅包括回文詩圖、詩文，還涵蓋了域外漢詩、和歌、樂曲，英語的回文，以及回文的專輯叙録、記事、回文釋例等，可以説是一部系統、全面、完整、綜合的回文總集。尤其書前的『前言』，分列五節：一、中國回文發展的歷史回顧，二、當代的動態，三、我國回文的特色，四、人們對回文詩詞的評價，五、編纂出版回文集的意義和目的。這可以説是文獻史料探索與文體理論研究的結合，爲我們當前古代文學研究、古文體研究，不僅填補空白，且立意創新，真使人有『更上一層樓』之感。故特爲作序，謹表致我的學術期望與意願。

二〇一一年夏於清華大學中國古典文獻研究中心

前　言

我國口語和古詩文中，回文現象早已有之，衹是人們不甚注意罷了。回文，亦作迴文、回紋，這裡叙述的，主要係指順讀、倒讀都通的文學作品。吳競樂府古題要解：『回覆讀之，皆歌而成文也』。王獻炙轂子雜錄：『回覆讀之，皆韻而成』。曾慥類説：『回復讀之，皆類而成文』。陳懋仁續文章緣起：『回讀諧協而成文也』。王兆芳文體通釋：『回文者，轉也，文可回轉讀之也』。

一、中國回文發展的歷史回顧

回文的出現，并非偶然，它是語言、文字發展到一定階段的産物。但，對於人們運用語言文字的規律和特點，自覺地創製回文，起於何時，歷來就有道原、傅咸、溫嶠、曹植、蘇蕙諸説，至今未有定論。不過，傅、溫等人的作品，都是片言短語。只有蘇蕙璇璣圖，堂廡之大，世罕其匹，其詩亦最著稱，故桑世昌編回文類聚冠諸卷首，用以託始。葉適謂『傅咸反覆回文，溫嶠虛言回文，皆爲璇璣中的一端，非藝林所重，是以類聚所錄諸章，雖非盡若蘭所作，要皆無不以璇璣圖爲本源也』（題蘇蕙小像序）。汪盈科云：『至詩之有回文，則於古爲無考，蓋自扶風竇安南將軍滔妻蘇氏之織錦回文始，嗣是而倣爲回文詩，始盛出焉』（織錦回文跋）。後人多半傾向於蘇蕙，如范廷銓詩云：『珠聯璧合句回環，首創回文蘇若蘭』（題過昭華女士繹讀回文圖）。璇璣圖詩的面世，才使回文成爲一種獨特的文體步上文壇，吸引無數文士，以及名家大儒的積極參與。她委婉動人的織錦故事及瑰麗新奇的文學樣式，不脛而走，蜚聲遐邇。在其影響之下，晉末和南朝湧現出一群作者，金石索謂若蘭『作迴文錦，遂開齊梁之先，一時效作此體』。如謝靈運、賀道慶、王融、丘遲、梁武帝、元帝、簡文帝、蕭綸、蕭祇、庾信，還有印度來華高僧達磨。南史陸從典傳，稱其『年八歲，讀沈約集，見回文研銘，援筆擬之，便有佳致』。根據隋書經籍志的記載，當時新出的專著，即有謝靈運回文集十卷、佚名五岳七星迴文詩一卷、雜詩圖一卷等。而且也有一群愛好者、善讀者，魏書邢臧傳，謂臧『與裴敬憲，盧觀兄弟並結交分，曾共讀回文集，臧獨先通之』。估量那時回文詩集，當不止此，隋季喪亂，文字多散失湮没。『箴誦于官，銘題於器』，尤其如酒盤、銅鏡之類規狀器物，爲求銘文之字字可起，左右可讀，亦採用回文格式。朱劍心金石學説：『魏晉以後，最可玩者，莫如六朝之迴文鏡』。

隋時，有人於黄鳳泉浴，得二白石，頗有文理，王劭復回互其字，作詩二百篇奏之（隋書卷六十九）。趙翼謂『此蓋仿蘇蕙之體，而今不傳』（陔餘叢考卷二十三）。

唐初，遠處邊陲的南海女子撰鞶鑑圖。王勃序云：『觀其藻麗反覆，文字縈回，句讀曲屈，韻調高雅，有陳規起諷之意，可以作鑒前烈、輝映將來者也』。武后不僅爲織錦回文寫記，高度評價若蘭的文學創作和織造工藝水平，而且自製八字回文銘，繡於袍服，各寓訓誡，賜給高級文武官員，將回文引入廟堂之上。接着范陽盧母王氏，於景龍二年撰天寶回文詩，凡八百一十二字，誡其子曰：『我歿之後，爾密記之，若逢大道之朝，遇非常之主，則真圖之製，便可上言』。至玄宗朝，東平太守薛自勤作爲瑞詩上獻。高適爲東平薛太守進王氏瑞詩表，稱其『性合希夷，體于靜默，精微道本，馳騖玄關，傍通天地之心，預記休徵之盛，循環有數，若寒暑之遞遷，應變無窮，謂陰陽之莫測』。胡應麟以爲『亦當不在蘇下，而湮滅莫傳，殊可慨也』（詩藪外編卷四下）。

開科取士，詩賦成爲進士科的重要考試項目。有的士子，應試也用回文體，如景福二年，宜春人盧邈『預湖南計偕，舉進士，獻迴文詩三百首』。

宋太宗趙光義是繼武后之後又一位愛好回文的帝王，其案頭嘗置一幅五色相宜的蘇氏璇璣圖詩，同時也自製回文詩四卷、蓮華心輪迴文偈頌二十五卷、心輪圖一卷、懷感迴文五七言詩一卷，運用回文，宣傳朝廷的佛教政策。據王應麟玉海、李燾續資治通鑑長編載：『太平興國八年十一月己未，御製蓮花心輪回文偈頌十部，共一百五十卷，回文圖十軸，以示宰相近臣』。至道元年六月乙酉，『遣內侍裴逾乘傳往江南諸州購募圖籍』，將御書秘藏詮、佛賦、律詩迴文、逍遥詠等釋家著作，『刻石模印，裝飾百軸』，『付僉賫詣名山福地，道宫佛寺各藏數本』；『至道三年六月乙未，真宗詔以先帝御書墨跡賜天下名山勝境』。太宗還將蓮華心輪迴文偈頌、懷感迴文五七言詩與所撰其他佛乘文字，編入著名的開寶大藏經內，隨釋典頒行，『嚴飭天下寺舍』，俾『寶軸迴文，實法幢之高樹；集文成注，刹挂鐸以冷書』。並多次把這些『玄言妙旨』的回文篇什和藏經，贈給信仰佛教的東女真、西夏、高麗、日本、交阯等周邊的鄰邦鄰國，進行文化交流。如雍熙元年三月，太宗於崇政殿召見日本僧人奝然，賜印本大藏經和御製蓮花迴文偈頌。後數年，遣其弟子喜因賫表日本國東大寺大朝法濟大師賜紫沙門奝然啟來謝云：『遂使蓮華迴文，神筆出於北闕之北；貝葉印字，佛詔傳於東海之東』（宋史卷四九一）。淳化二年，高麗遣韓彦恭來，求印佛經，詔以藏經並御製秘藏詮、逍遥詠、蓮華心輪賜之（高麗史卷九十三、宋史卷四八七）。釋贊寧進高僧傳表：『翻譯成經，製甚深之御序；迴文作頌，演無盡之法音』。

雍熙三年，錢惟治從太宗征幽州，權知真定軍府兼兵馬都部署，在軍旅倥偬之次，特爲龍興寺撰春日登大悲閣詩，『聖主欽崇教，千光顯紺容』，强調朝廷對佛教的重視。黄伯思跋織錦回文圖後云：『亦錦文之遺範，而世罕傳』（東觀餘論卷下）。十國春秋謂『惟治好學』，『生平慕皮陸爲詩，有寶子垂綬連環詩，回文體也，世多稱之』。這也是蘇蕙織錦回文之後，又一文字較多的織成。

淳化三年，太宗親試進士。王博文，年十六，善屬文，試開封府，以回文詩百篇爲公卷，人謂之『王回文』（宋史卷二九一）。

詞至宋而盛，所謂唐詩宋詞。劉攽別開生面，首創回文詞，『律度精緻』。蘇軾詩詞，浩放横決，雄視百代，他亦喜回文，甚至夢寐中也作回文詩。在黄州時，『效劉十五體，作回文菩薩蠻四首』，格調清新，情采斐然。『香箋一紙，寫盡回文機上意；欲卷重開，讀遍千回與萬回』。劉將孫黄公誨詩序云：『東坡神邁千古，至回文作詞，語更可愛，于以見文人於詩，皆寢處而活脱之，宜詩人者之望而娟之』（養吾齋集卷十一）。一時作者輩出，使兩宋的回文詞同回文詩等量齊觀。連著名的道學家、大儒『晦翁朱氏亦傳回文數闋』（宋犖瑶華集序）。熹所作次圭甫韻、呈秀野菩薩蠻二調，薛瑄讀書續録謂：『晦菴先生回文詞幾於家絃户誦矣』。草堂詩餘認爲『公詞十六首，道學氣滿楮，二詞其近致者』。

宋代的回文創作，在太宗的倡導和帶動下，與時俱進，不斷推陳出新，對聯、集句、聯句相繼湧現。清代趙翼云：『唐人惟皮陸偶爲之，宋以後則無人不作矣』（陔餘叢考卷二十三）。此言未免過於誇張，不符合歷史，然而創作隊伍的日漸壯大，却是不爭的事實。特別是『南宋胄監』（也是國家出版機構）刊行桑世昌回文類聚，這標志着我國回文文學的形成，亦是蘇蕙璇璣圖詩傳播、發揚的成果總結，係現存最早的回文總集。它分類纂輯自晉以迄南宋諸家詩詞圖錄，有些作品往往本集未載，全賴此書得以保存，給後世研治讐校，提供不少資料。大理周泳先唐宋金元詞鈎沉説：『〔回文類聚〕卷四全爲宋人詞，計載詞五十五首，作者十三家，其中大抵爲世未經見或遺佚之作』。

元代著名的音韻學家周德清創作回文曲，據瑣非復初中原音韻序云：『吾友高安挺齋周德清，以出類拔萃通濟之才，爲移宫換羽製作之具』，『所作樂府，回文、集句、連環、簡梅、雪花諸體，皆作今人之所不能作者，略舉回文畫家，名有數家嗔人，門閉却是來問，皆往復二意』。

明寧獻王朱權自撰回文詩一卷（朱氏八支宗譜），又輯璇璣回文詩詞三卷。高儒百川書志謂其『集古今之作，諸體咸萃，反覆旋轉成文，詩中之異珍也』。明宣宗朱瞻基也是一位愛好回文的君主。陳繼儒妮古錄卷一稱『宣廟愛金書回文詩』。四庫全書總目·御製回文詩提要云：『此集載朱當㴐所輯國朝典故中，惟題御製，不著朝代，明史藝文志不著錄，不知何帝所作，其詩以春夏秋冬四景爲題，有龍文、連環、八卦諸體，凡二十八首』。世人多以爲宣宗所撰。

孝宗朱祐樘、武宗朱厚照、世宗朱厚熜諸帝都有回文詩作。『武宗改元幸學，禮成，命（衍聖公孔聞詔）坐彝倫堂聽講，御賜回文詩，以寵其行』（幸魯盛典卷九）。正德三年三月，武宗命大理寺卿張鑾充廷試讀卷官，『是時纂修資治通鑑成，得賜，又賜御製寫懷迴文諸詩』（王九思渼陂集卷十二）。世宗嘗與宰臣嚴嵩、夏言、李時以春夏秋冬爲題，各賦一首。其中嚴嵩的『香蓮碧水動風凉，水動風凉夏日長』尤佳，在句法上回轉自如，毫無牽强之跡，被採入彈詞開篇鶯鶯操琴，傳播遐邇，膾炙人口（嵩籍没家產時，從其家抄出李公麟織錦回文圖，見嚴氏畫品手卷目）。嘉靖五年三月，天台起復知縣潘淵進龍飛頌。朱國楨湧幢小品卷二云：『内外六十四圍，五百段，一萬二千章，效蘇蕙織錦迴文體，上以其文字縱横不可辨，使開寫正文再上』。

璇璣圖問世之後，深受人們的喜愛，而『盛見傳寫』。原本『五采相宣』，以別此當爲我國回文圖中的煌煌巨著，許鳴遠天台詩選稱其『亦曠世奇才也』。三四五六七言之異。在相當長的歷史時期裡，施采便是指引閲者簡捷的導讀方法，所謂『隨色自分』，『觀者見其色，則詩之言數可知已』。後人展轉傳鈔，不復施采。若蘭所施之色，史無記述。傳本施采不一，遂有唐程士南本、文宣本、宋至道宫中本、李伯時設色本等。璇璣圖詩，諸家寫本，雖有讀例，但無定數。其讀法，歷來有人研究探索，如唐有中誠之釋。隨着歲月，讀數也不斷增多。則天記云『二百餘首』，而白樂天、楊文公讀至五百餘首，到黄庭堅時更讀至千首，故有『千詩織就回文錦』之句。明初張昱無題云：『不聽小管吹銀字，只數迴文織錦詩』（可閑老人集卷四），就是描繪當時人們喜讀璇璣圖的情景。弘治間，吴僧起宗道人『以意推求』，分爲七圖，得三四五六七言三千七百五十二首。仇東之織錦圖起宗道人讀法跋謂『韻意悉如己出，如庖丁解牛，肯綮無滯』。劉仲達劉氏鴻書卷七十二云：『讀之整若行陣』，『宛然天成，有此奇搆，亦有此奇悟』。蘇蕙鄉親、一代文宗康海撰武功縣志，以璇璣、分野、疆域、縣治冠於卷首，突出織錦回文的重要性。其孫萬民强調説：『大父作志，首載蘇氏璇璣圖詩，非漫紀也』。王士禎對此舉措推崇備至，『尤可玩』。萬民更爲尋繹，又於起宗道人第三圖内增立一圖，增讀至四千二百六首。研究讀法的，代有其人，據文獻記載的，尚有明代康禹民、程先民、黄唯、侯珣、顧德基，清代劉玉珂等，可惜都沒有傳世。謝無量中國婦女文學史謂：『此是古今絕作，故不厭求詳也』。黄錫蕃閩中書畫錄卷九載福清人郭鼎京，『以書法擅名，善作蠅頭小楷，書蘇蕙織錦迴文詩，縱横數十圖，計字五萬餘，真奇絕也』。

自起宗道人的織錦回文讀法和康海的武功縣志相繼面世，使蘇蕙和她的璇璣圖詩聲名益隆，將我國的回文文學推向繁榮時期，尤其是清代，所謂『超明越元，抗衡宋唐』。于回文亦是『情必極貌以寫物，辭必窮力而追新』，盛極一時，達到了巔峰。在賦、詞、圖和詠物詩方面的發展，更爲突出。

回文賦，自十國春秋紀述胡元龜事之後，幾七百年間，未有續聞。清初，石龐撰回文雪賦、春賦。同治太湖縣志云，龐『嘗著雪賦、春賦，皆回文，一時驚爲異才』。

回文詞，歷宋金元明，僅菩薩蠻、西江月、虞美人、玉樓春數調而已。清人繼往開來，發前人之未發。回族詩人丁澎奇文鬱起，獨擅勝場，著詞變一卷。自注云『詞變者，藥園之別譜也，按一調迴環讀之以成他調，或因本調而顛倒錯綜焉』。共填詞迴文調三十九首，有赤棗子、漁父、生查子、太平時、巴渝辭、三臺、楊柳枝、阿那曲、南鄉子、減字木蘭花、謁金門、好事近、眉峰碧、玉聯環、山花子、三字令、步蟾宮、夜行船、歸國謠、霜天曉角、四犯令、滴滴金、瑞鷓鴣、木蘭花令，『按一調迴環讀之以成他調』者十五。李湘北云：『流曼之聲節，爲促拍爭妍競艷，何減璇璣圖、盤中詩』。『赤嶠名流』章雋亦撰回文詞一卷，有巫山一段雲、思帝鄉、月中行、相見歡、浣溪沙、眼兒媚、訴衷情等調。所用詞調，從『不足十個』，擴大到五、六十。

回文圖，始終是人們關注的熱點，至清代被發揮到極致，令人眼花繚亂。康熙十一年，永康吴宗愛製同心梔子圖，繡為鏡囊，以贈秀水族妹素聞。有報素聞書云：『箔上回文，乃鄙人所意爲者，記六出之名葩，表寸心之縈結，仿蘇家之錦字，稍約其字，視侯氏之鼂文，較暢其旨』。在爾後的回文著作中，最有名的當數萬樹璇璣碎錦。它的問世，頓使回文別開生面。江昱序稱：『綺文繡錯，窮極精妙，令人攝心屏息』，『天工人巧，泯然無跡』。楊凌霄碎錦補圖謂『紅友先生璇璣碎錦一書，鬼斧神工，出神入化，夫乃歎技至此乎觀止矣』。於有清一代，風行各地，先後有侯氏于野堂（乙亥、丁亥）、雍正邃經堂、乾隆揚州栢香堂、光緒翰墨生皂書舍、漱霞仙館、詞源閣、似靜齋等刻本。一時效仿者甚多，有萬斯同、張潮、華彬、徐繼穉、楊凌霄、李暘、王贈璵、陳僅、陳書謨、吳山、童叶庚，名家輩出，踵事增華，作者之眾，作品之夥，遠遠超越往昔。特別是餘姚華彬，匠心獨運，自成一家，多達一百二十八幅。其構圖之精妙，文辭之典雅，直偪紅友，尤爲曲園所稱許，贊道：『勾心鬭角，翦月裁雲，其神妙真不可思議，文字之奇，一至於此』。存世最大的回文圖，當推金禮嬴擬趙陽臺迴文詩，凡一千五百二十一字，讀成短長古律銘謠頌贊萬七千餘首，中含三垣斗柄，二十八宿及一切圓象，共圖一幅，分圖爲四十有九，交龍翔鳳，萬轉千環。錢歌川楚雲滄海集稱金氏所作，『真令人嘆爲觀止』。這些詩圖，因隨物賦形而呈現出千姿百態的形狀和花樣迭出的構思，被發揚到窮形盡象的程度，『以詩成圖，以圖見詩』，從詩歌載體的視角媒介，爲內容注入了文字以外的意蘊。

回文詠物組詩，可謂清代回文的特色。二百餘年間，有汪士杰回文花鳥吟七律百首，魏荔彤鴈字迴文七律三十首，楊枝遠落花回文、燕子回文上下平韻七律各三十首，倪錫湛梅花回文七律十五首。鄂縣書法家張玉德雁字回文詩七律三百首，以雁喻字，刻石二十四通，規模宏大，有『三絶碑』之稱，曾『遠近爭抄，一時紙貴』，係我國現存最長的回文石刻。續修四庫全書提要謂其『典雅有法，回環讀之，莫不曲盡其妙，工於體物，層出不窮，已非淺學可辦，所臨各家各體書，莫不酷肖其形，亦非有甚深之工力，未能造此境界』。

康熙五十二年三月，清聖祖玄燁六旬壽辰，内閣及部院衙門諸臣先後進獻古玩書畫詩冊等物慶祝萬壽。兵部尚書殷布特、孫徵灝、侍郎覺和托、李先復、巴顏柱、宋駿業『恭進蘇夫人織錦迴文、管夫人璇璣圖』。

清仁宗顒琰時，詞臣常進回文篇什。如嘉慶三年二月，顒琰奉弘曆敕諭詣國子監行釋菜禮，臨雍講學，修撰趙介山應制，取辟雍回旋之義，進回文賦。九年，顒琰視察翰林院，命群臣賦詠，編修蔣祥墀進回文詩七律三十首，用上下平韻，特取七人，蔣居首選。十年，顒琰東巡盛京，祗謁祖陵，會庶常散館，題命東巡賦，庶吉士聶蓉峰作回文賦一篇。十三年，顒琰巡視津淀，翰林院編修朱方增進聖駕巡幸津淀禮成恭紀四聲回文頌十章。二十四年，顒琰六旬壽辰，林聯桂進呈祝嘏回文千字文一篇。

我國回文遍及詩、詞、曲、賦、尺牘、對聯、隱語，及樂曲、繪畫，可謂諸體咸備，圖文並茂，內容廣泛，題材豐富，或敘事、或議論、或抒情、或言志，觸及社會生活的方方面面。正應桑世昌所言：『自爾或四言，或六言，或唐律，或短語，既極其工，且流而爲樂章，蓋情詞交通，妙均造化，此文之所以無窮也』。

歷代文士、名家鴻儒，如謝靈運、劉禹錫、陸龜蒙、皮日休、王安石、蘇軾、秦觀、黄庭堅、朱熹、周德清、高啟、唐寅、楊慎、湯顯祖、徐渭、王世貞、毛奇齡、萬樹、萬斯同、王士禎、納蘭性德、年羹堯、劉大白等人的積極參與，給後世留下大量的各種體式、風格、流派，膾炙人口的佳作，形成世界上獨特的回文文學。它是我國寶貴的文化遺產的組成部分，亦是人類智慧的結晶。

縱觀歷史，我國回文的興起和演進，與織錦故事、璇璣圖詩的傳播是緊密聯係、相輔相成的。沒有蘇蕙，就沒有回文的繁榮。鄢化志說：『中國詩歌中回文詩形成龐大系列，實由此圖影響所致』（中國古代雜體詩通論）。因此，言回文，不可不先言蘇蕙。明人朱權、劉仲達將回文直稱之爲『璇璣體』（臞仙詩譜）、『竇蘇體』（劉氏鴻書）。

梁橋冰川詩式謂回文、璇璣、反覆，『皆詩之正體』。

蘇蕙多才多藝，她的成就也是多方面的。對後世直接發生影響的，除了開創我國回文文學之外，我們以爲還有：（一）推動七言詩的發展，在五言『居文詞之要』

的年代裡，她却非常重視當時尚非主流的『體小而俗』的七言，把它作爲詩圖的主體結構。只有七言，才能包容三言、四言、五言，乃至六言，倘使沒有七言詩的出現，就不會有璇璣圖，所以，七言是產生璇璣圖的前提，圖中也惟有七言，才可周流回轉而符璇璣之義。（二）促進唐代閨怨詩的繁榮，武淑題蘇蕙璇璣圖詩云：『三唐閨怨自君開』，武后蘇氏織錦迴文記中，明確指出『是近代閨怨之宗旨，屬文之士咸龜鑑焉』。（三）開啟錦上織字、繡字、繡經的先河，新羅女主真德，織錦作五言太平頌，便是最早的效顰者。她『超古邁今』的絕活，即使紡織工業發達的今天，經過專門機構復製試驗，也難以做到原樣水平，回文織錦，竟成絕響。蘇蕙織字的技藝，對於研究中國工藝美術史和中國紡織史、服裝史均有特殊的意義。再說，織錦回文向域外的影響，也是深遠的。曾爲遣唐判官的菅原清公，在其奉和梅花落中，引用了蘇蕙的故事，有『未度征人意，空勞錦字回』。稍晚的大內記、文章博士都香良撰銚子銘，成爲日本漢詩回文的開山鼻祖。繼之者有紀長谷維、橘在列、菅原文時、江匡房等人的作品。日本人民還運用和文的特點及規律，創製回文和歌、回文連歌、回文狂歌、回文俳諧。明朝萬曆間，『欽差鎮守浙江等處地方』總兵官侯繼高所編著的日本風土記，載有被稱爲江户時代家喻户曉的日本琴譜回文詞。享和二年，高井伴寬刊印回文錦字詩抄，將擬織錦圖當作織錦回文，翻譯推介給日本讀者。大福窗笑壽著回文歌百首，出版時特地把自己的名字改成錦字樓笑籌。在越南現存漢文著作中，收錄或附載織錦回文的，便有范富庶竹堂述古詩集（漢文蘇蕙織錦迴文）、嶺南群賢文詩演音集與阮克宅汭川詩集（喃譯織錦迴文）；在陶娘歌裡，更是常見的曲辭名篇，諸如大南國音歌曲、四時讀書樂趣演歌、歌調記略、蓮花洞教格、審音要訣、聽歌法、歌籌體格、歌譜等書都收有織錦迴文或蘇蕙織錦迴文演歌、迴文歌演音。明萬曆十七年，英國人吞南姆的詩藝論中，介紹了中國的回文織錦詩，首開中西之間的文學交流。

二、當代的動態

近世以來，回文和傳統詩詞一樣，受到新文化運動的衝擊，日見式微。不過，在報刊雜志上偶爾尚現它的身影。迨一九五八年後，隨着極左思潮的不斷泛濫，才徹底地銷聲匿跡了。正當國內『鶯歌燕舞』、『戰猶酣』之時，港臺和境外人士對回文的創作、研究和出版活動，卻是相當活躍。據紅學家周策縱說：『多年前，歐美有數理、語言文學家若干人組成學會，欲以科學方法窮研西語回文，頗轟動一時』。又說：『余與友人亦商組中國回文學會』，『以數理電腦之術，探深窮奇，時海外有意加入者，頗不乏人，推余總持其事』（雜體詩釋例序）。再說：『哈佛大學教授楊聯陞兄和我認爲中國回文更是發達，我們計劃籌組一個中國回文學會，聯陞提議要趙元任先生擔任會長，由我擔任總幹事，實際上負責推動』（星島紀遊序）。美籍華人熊應祚（原國民政府外交官）在中外雜志上撰文，『希國內詩人聞風興趣，共同研究，使已成絕學之回文詩詞，能以復興，在我吟壇上再露頭角，若任其湮沒不傳，則廣陵勢將絕響矣。在世界文學領域中，絕無僅有之中國迴文文學，如使其滅跡，寧非國人之重大損失』（後來此老以耄耋之軀，又親自從美國赶到山東大學、山東師範大學向師生作專題報告，奔走呼號）。這期間，新加坡、香港、臺北、東京相繼出版回文的專門著作，其中新加坡王仲厚絕妙世界之回文文學，行銷港臺及東南亞，『反響甚佳』。

三十多年來，隨着思想解放、改革開放的浪潮，傳統詩詞的創作、研究活動蓬勃展現，各地紛紛建立詩社、學會。回文也同樣迎來了春天，猶如春笋般的破土而出。開展徵詩徵聯活動的，如中國青年報星期刊（一九八二年春節）、解放日報讀書版（一九八三年八月二十二日）、廣州詩詞集刊發動回文徵聯。一九八八年，豫人王公壽爲籌建回文詩廊，以詠黃河、洛水、嵩山、宋陵、杜甫爲題，向海內外詩家徵集新作，輯成神墨碑林回文詩詞匯編。蒙山高天飛經五年多的徵集，得稿三千餘首，從中選詩六九九首、詞一〇九闋，海內外詩友二三五家，編成中國當代回文詩詞選集行世。

選編、評注的，有陝西咸陽地區文管會五體回文帖、徐元回文詩詞五百首、陳華英古今回文綴輯（陳立夫題籤）等七種。其中回文詩詞五百首，選輯上起晉代，下迄當今，每篇繫作者介紹、注釋、簡評，文字洗練，評語精當。新印古人著作的，有張玉德雁字回文詩碑（陝西省内部圖書，主要供應外賓）、李暘璇璣碎錦（浙江古籍出版社據陳玉堂藏清鈔本影印珂羅版）。

結集出版專著的，有上海馮錦諸七律回文集、七律回文集續編，晉江蔡麗水笑叟回文集，時明皋回文詩四百首，張安木回文對聯集錦，傅瑞亭回文聯墨跡等。博白陳國才創辦回文萃珍專刊，自一九七七年至二〇〇三年，已出了六十多期。

演繹蘇蕙璇璣圖詩讀法的，可説不少，如有李蔚詩苑珍品璇璣圖，共得一四〇〇五首，是目前解讀璇璣圖詩最多的著作。還有呂夷、劉淑芳法門寺的織錦回文詩研究等。探索回文詩詞作法的專論，有馮錦諸漫談七律回文寫作方法、漫談七律回文之遞變及七律兼虞美人詞回文寫法，張君寬虞美人勝當詩詞合璧體詞牌成因解析，高天飛回文詩詞作法初探之類。在理論著述方面的，有吉林大學出版社的漢語回文與回文文化。

三十年間，發表在各種雜志、學報、期刊上的文章，粗略統計，約有八十多篇，出版或自印的讀物，幾近三十種。

開展學術討論，建立研究組織。一九九八年十一月二十六日，經陝西省有關部門批准，寶雞市委宣傳部、寶雞市社科聯召開首屆『中國漢文學璇璣圖回文詩研討會』，來自北京、上海、武漢、蘭州、西安、貴陽等地高校、科研機構和宣傳文化新聞單位專家、學者三十餘人參加了會議，『以璇璣圖回文詩爲中心話題，主要探討璇璣圖的讀法和內涵，以及在我國回文詩詞發展中和中國文學史上的地位和影響』，建議成立以寶雞市委常委、作家陳同鋼爲會長的『寶雞市中國漢文學璇璣圖回文詩研究會』。

立碑保護文物。一九八一年十月一日，鄠縣人民政府立『第二批陝西省重點文物保護單位：雁字回文碑』。一九八三年，寶雞市人民政府在周秦坡村南立『陝西省重點文物保護單位：竇滔墓』。原蘇蕙生活地扶風法門鎮和甘肅天水西關，都有她的遺跡，如織錦巷、織錦臺、綾坑、石刻璇璣圖、竇滔故里，今已蕩然無存。法門寺博物館擬籌建一處『璇璣館』，以紀念這位傑出的鄉賢。在天水秦城區青年南路盡頭街心公園，矗着一尊塑像，她亭亭玉立，握筆佇思。

三、我國回文的特色

若同世界各國比較，我國回文的特色是：

首先，語言文字適合。回文之所以能在我國文學領域充分發揚，是與漢字的單音、多義、詞序靈活緊密相關。由於字詞，基本同一，能獨立運用，具有聲音、意義和語法功能，又無礙事的性、數、格等語法關係，形態變化；並且漢語語詞具有強大的結合力，雙音詞容易解體，也容易組合。因而創製回文，要比其他語言文字具備更有利的條件。中國是詩的國度，亦是回文的國度。不只有漢文回文，同時還擁有藏文回文。

其次，形式多樣，往復二意。我國文學方面的回文作品，如與和文、西文的回文作品兩相對照的話，一是形式上多樣性，我國有首尾回環、反覆體、逐句轉換、倒句回環、轉尾回環、當句回環、通貫回文等不同形式，『工巧日增，非僅一順一倒也』。其中反覆體，即『舉一字而誦皆成句，無不押韻』，還有『詩詞合璧』、『一調迴作他調者』，這些，西文、和文都是無法企及的。二是『往復二意』，顛倒字序，詞性、音節都會發生變化，有的還改變句式，順讀與倒讀意義、意境不盡相同，甚至相反，於五七言詩尤爲明顯。如順讀爲『迎客』，逆讀意思變成『送客』；順讀爲『憶妻』，逆讀意思變成『憶夫』，又如『我爲人人，人人爲我』，上下句意義相反，不像西文，和文，無論順讀倒讀，句式和意思完全一模一樣。

第三，回文、詩圖結合。胡震亨唐音癸籤謂『蘇伯玉妻寄夫詩，寫從中央周四角，屈曲成文，名盤中』。這是我們今天見到的最早的詩圖。歷代對它的評價甚高，尤深得毛澤東的喜愛，先後在幾個本子的盤中詩旁圈圈點點，要『熟讀』。郭沫若也說：『可與前秦竇滔妻璇璣圖的迴文詩比美』。回文與詩圖，原本兩途，自蘇蕙集回文、詩圖於一錦方，後人遂將這樣的詩圖歸入『回文』類中，稱爲『回文圖』。如隋書經籍志卷四，把梁雜詩圖列於五岳七星迴文詩下。唐代張暌妻『侯氏繡迴文作龜形詩』，其實便是通常的一首七律，只『繡作龜形寓意』而已。龜、諧音歸，祈盼夫婿歸來內容的一種文字之外的表達方式。桑世昌編纂回文類聚，因其寫於盤中，開我國詩圖創作的先河，就置於篇卷，以爲『肇端』。并將白居易遊紫霄宮（明本回文類聚、三才圖會圖名藏頭迴文拆字詩）、蘇軾採蓮、秦觀客懷（明本回文類聚圖名借字迴文體）、佚名擬織錦圖等這些不可逆讀的篇什，也都收入集中。後來人們更運用漢字字形、音韻、詞義的特點，採取離合、藏頭、拆字、頂真等格，製出許多圖文並茂、妙趣橫生，匪夷所思的詩圖。萬樹所著璇璣碎錦六十幅，各以『名物寓題，組織工巧』，其中大半并非回文詩詞。又如傅冠臨江仙，題目回文贈別，實爲頂真。因此，朱象賢指出，『今之屈曲成文者，盤中之遺也；反覆往回，左右相通，巡還成句及交加借字，三四五六七言互誦者，皆璇璣之製也』。所以，中國的回文，涵蓋了盤中一類的詩圖。但西方的詩圖，是詩的形式依內容而定，詩中寫什麼，詩行就排成什麼樣式。作者運用文字圖形的視覺形象來表現詩的內容，使形式和內容達到完美的統一，充分發揮視覺效果。受語言文字的制約，回文與詩圖，不能像我國那樣殊途同歸，合流爲一。

第四，設限多，難度高。作詩難，回文尤難。張之象說：『蓋回文妙在借字就意，往返成章而不戾于義，可謂難矣。故觀回文者，不在正文之巧，而在反文之妙，實人之所難能也』。劉公坡學詩百法謂『回文詩反覆成章，可以縱橫排比，非僅一順一倒也。然有一字不妥，則句便費解，有一字未諧，則句便失叶』。皮日休雜體詩序云：『劉賓客集中，有回文、疊韻等，他集罕見，足知爲之之難也』。也正因其難工，才吸引無數文人，甚至名家大儒迎難而上，天縱其才，浩放横決，創製出不少文辭精妙，『正言若反』的佳作。格律詩，限制多，七律難工，然後世作者，七律最多，回文七律，難之又難，然後世作者，偏是七律回文最多，特別是清代，數量幾乎佔了一半。以難見巧，能人之不能，如聞一多所説：『帶着鐐銬跳舞，才跳的痛快，跳的好，只有不會跳舞，才怪腳鐐礙事，只有不會作詩，才感到格律的束縛』。還有孫中山，他也認爲：『或以格律爲束縛，不知能者以是益見工巧』（胡漢民不匱室詩鈔卷八）。故周策縱答唐德剛詩云：『回文豈費道，組合見心裁，來去寓真美，才窮亦暢懷』。

英國作家多普遜於一八八〇年在文學戲語中，説道：『中國在這方面顯示出了更大的獨創性』。

四、人們對回文詩詞的評價

一句話：『愛之欲其生，惡之欲其死』，形成兩個極端。

歷代對回文的評價不一，在中國文學史上還沒有一種文體，會像回文那樣反差這般強烈的褒貶譽毀。愛之者，說它好得很，如吳繼志回文賦詩詞對合編序，謂『古今詩體之妙，無過回文』。臺灣彭須源迴文詩詞集，稱『迴文詩詞者國寶也』。惡之者，說它糟得很，如胡應麟詩藪外編卷二謂『詩道之下流，學人之大戒也』，是廢時失日無聊之作。陳廷焯白雨齋詞話卷五，講得更加嚴重，說什麽『一染其習，終身不可語於大雅也』。甚或斥爲『惡趣』、『賊道』、『謬妄極矣』，視若洪水猛獸，大張撻伐。有些評論家不問作者的創作背景，主觀動機，也不論其表達的内容如何，一概貶入不登大雅之堂的『雕蟲小技』、『文字遊戲』。於是乎回文，即使不是戲謔取樂之作，也該帶有炫才鬬博之嫌。連寫武俠小說的梁羽生，竟斷言『任何回文詩，都是文人的遊戲之作』（名聯趣談）。亦有採取雙重標準，按不同對象，區別對待的，如許學夷詩源辯體，對蘇軾，謂『東坡才大，自無不宜』，而對皮日休、陸龜蒙，則『吾當投畀豺虎』。文字遊戲之說，人們顯然並不認同，葉秉敬定山園迴文詩序：『詩之有迴文也，毋乃近於戲乎！苟以爲戲，則凡詩皆戲也』。張叔珽戲雪集唐自序：『唐山簫鼓，蘇氏璇璣，皆得謂之戲乎』（郄嘯文集卷下）。

就形式和內容之間的關係而言，內容決定形式，形式只是表達內容而已，文學作品也不例外。無論『文以載道』、『詩言志』，抑是自娛娛人，都由其內容決定的。所以，任何文體、詩體全可以爲文字遊戲，豈獨回文？

五、編纂出版回文集的意義和目的

我國回文專門著作歷經水火兵燹，或秘藏，或禁燬（如奚囊寸錦），僅少數流傳至今，大部都已亡佚。如謝靈運原有回文集十卷，經過隋末和唐末的戰亂，到宋初只剩下一卷，以後連這一卷也沒了。明代御製回文詩，清乾隆修四庫全書時尚存，亦不知何時從人間消失的。民初河北易縣梁各莊一帶有部民間大曲小花園，它可以倒奏（名叫反調小花園），隨着民間樂人的凋零，此曲便成廣陵散了。嘉慶間，寶山胡有基、胡有源著有秋夜回文唱和詩，其後人世代將稿本珍藏於家，詎料一九三七年八月二十三日，日寇出動大批飛機對羅店實施狂轟濫炸，被葬身火窟之中。民國年間尚在的侯珣衍回文詩八百、萬斯同璇璣圖，今已不見踪跡。特別是那些稿本、孤本、稀本之類，一遇意外，便絕種了。所以，保存保護古籍最佳、最有效的辦法，就是整理出版，化身千百。回文，與主流詩文一樣，也是我國整理古籍指示範圍之內的事。何況絕大多數的著者，不過『偶一爲之』而已。這些雪泥鴻爪，除有的載本集之外，大都散見於詩文總集、史乘筆記等各種典籍中。如不再網羅鈎沉，集腋成裘，編成總集或叢書出版，恐怕若干年後，又會有多少作品，從人間消失、湮沒。一般來說，若編成總集或叢書，不容易散佚、失傳。宋桑世昌編回文類聚，明萬曆中，雲間張之象續之，清康熙間，吴郡朱象賢又續之。朱氏補輯，其生前多次印刷，先後有四卷本、五卷本、十五卷本（裕文堂本、麟玉堂本、鶴松堂本、洞庭楊氏本），流布海内外。二百餘年來，未聞有人再續或另編。回文類聚一書，今除圖書館入藏外，在民間，也難覓其踪跡了。

我們致力於搜集回文（包含非主流的各種詩體），歷數十年，即使『文革』，亦未間斷過。凡孤章浩帙，片辭長韻，莫不網羅。還有幸得到各方舊雨新知的熱情關照，若無他們哪會達到現在這樣的規模。由於客觀條件的限制，外地的資料，境外的資料，相對少些，較偏於江南一隅。

本書收入著者一千四百餘家，圖錄六百多幅，詩詞曲賦、樂譜逾萬。輯錄上自晉代，下迄前世紀二十年代出生的著者作品，以生年先後爲序，前繫小傳（圖錄部分小傳繫於抄句之末），尾注出處。詩話、紀事、異文、校語之類，俱附於本詩之後。異體字、簡體字、古字、俗字，一仍其舊，不作改動，以保持原貌。歷代專著序跋、提要、題辭、辨證等史料，亦一一照錄成卷。保存中華文化遺產，不致任其自生自滅，繼續流失，是我們編纂出版此書的目的。也可與已經或將要面世的全唐詩、全唐文、全宋詩、全宋詞、全宋文、全明詩、全明文、全清詞、全明散曲、全清散曲，歷代賦彙等等配伍，代代相傳。遺憾的是，陳僅繼雅堂璿璣碎錦二卷，雖多方與收藏單位吉林大學圖書館商量，終因稀見本之故未能得見；又年羹堯璇璣圖，也與中國書畫雜志社聯係，迄今杳無音訊，只得闕如。每思及之，心常戚戚。

江澤民致友人王慧炯信中指出：『世界的知識是浩瀚的，宇宙的奥秘是無窮的』，『人類的智慧可以發現其中許多規律，如回文、勾股、黃金分割，去不斷擴展已知的領域』。對稱是回文的基本性質，而中國的回文詩詞，更是高度對稱的作品。楊振寧在南開大學、上海大學、浙江大學、廣西大學作對稱和物理的學術演講中，都舉回文（周知微、巴赫）爲例，決非偶然。這說明當今自然科學的發展，也同樣要求人們重視回文現象的研究。

爲專家學者提供一部比較全面、系統、完整、綜合性的資料，亦是我們編纂出版此書的目的。

馬凱說：『復興中華文化，不能少了格律詩』。那麼，被稱爲詩苑奇葩的回文，在復興中華文化中，又『豈可少哉』！

回文集總目

葉小紈　曾　開　徐石麟　張　度　陳子升　潘　蕃
沈　彙　張　炎　張　燝　盧光[illegible]　宋存標　王宗蔚
計南陽　孫錫蕃　吳晉書　蔡道憲　彭孫貽　費　誓
王日祥　陸瑤林　嚴　沆　陸求可　陳　挈　范　周
尤　侗　陸嘉淑　潘　馴　曾素蓮　潘　江　湯傳楹
張煌言　魏際瑞　蔣　瑑　張淵懿　張天湜

謝泰履　黃　坦　任繩隗　陳明瑛　傅爲霖　朱中楣
杜　漺　丁　澎　郭　棻　馬之驦　黃　生　李子金
沈金鎔　談　亮　宗之璠　毛奇齡　魏　禧　彭師度
時　嫺　宋　鴻　蔡　受　陳瓊僊　王永命　朱承煜
李　霨　韓純玉　曾　燦　翁與淑　何　采　張習孔
胡　榮　沙張白　馮　武　王會昌　趙　澤　陸宏定
趙吉士　吳盛藻　蔡祖庚　徐長齡　程仲愚

失　名　張覺父　汪永濬　吳弘基　邵　滋　魏　憲

第五十卷　詩文

第五十一卷　詩文

回文集第一册　目録

回文集卷一　目録

讀圖内詩括例

依五色所分章讀之

仁智至懆傷　倫疋至榆桑　人賤至聖皇　春陽至殊方　欽岑至如何

已上七言四十句，每句爲一首，每首反讀之，計八十首。

詩風至微玄　仁賢至凋松　充顔至虎龍　日往至奇傾

已上五言十六句，以每句反讀之，成三十二首。

周南至相追　年時至無差　讒佞至未形　愆辜至伯禽

已上四言二十四首，作二句分讀就成一篇。

寧自至勞形　懷憂至何冤　念是至何如　悼思至者誰　詩情至終始

已上四言，前四首以每句反讀，後一首每句反讀成十首。

嗟歎至爲榮　凶頑至爲基　遊西至摧傷　神明至鴈歸

已上三言十二首，反讀成二十四首。

佞因至舊新　南鄭至遺身　舊間至佞臣　遺哀至南音

已上七言，凡起頭退一字，反讀之成四首。

廂桃至基津　嗟中至春親　春哀至嗟仁　基自至廂琴

已上七言，自角退一字斜讀之成四首。　麟玉堂本回文類聚卷一

再叙

回文詩圖，古無悉通者。予因究璇璣之義，如日星之左右行天，故布爲經緯，由中旋外，以旁循四旁，於其交會，皆契韻句。巡還反覆，窈窕縱横，各能妙暢。又原五采相宣之説，傅色以開其篇章。其在經緯者，始於璣蘇詩始四字。其在節會者，右旋而出，隨其所至，各成章什。外經則始於仁真，至於音深。中經自欽深，至於身慇。内經自詩情，至於終始，皆循方回文者也。四角之方，如仁真欽心，四韻成章，而回文者也。至其經緯之圖者，隨色自分，則外之四角，窈窕成文，而文皆六言也。四旁者，相對成文，而文皆六言也。及交手成文，而文皆四言也。在中之四角者，一例横讀而四言。在中之四旁者，隨向横讀而五言。惟旋圖平氏四字，不入章句。觀其宛轉反覆，皆才思精深融徹，如契自然。蓋騷人才子所難，豈必女工之尤哉。詩編載馳，史美班扇，才女專靜，用志不分。雖皆擅名，此爲精贍者也。聊隨分篇，掇其一隅，以爲三隅之反。代久傳訛，頗有誤字，亦輒證改一二，其他闕謬，不欲以意定之，雖未能盡達元思，抑庶幾不爲滯塞云。李公麟題。　明本回文類聚卷一

經緯 始於璣蘇詩始四字

璣明别改知識深，峨嵯峻巖幽岑欽。所感想忘荒淫心，堂空惟思詠和音。

詩興感遠殊浮沉，華英翳曜潛陽林。羅網經涯重淵深，峨嵯峻巖幽岑欽。
蘇作興感昭恨神，辜罪天離間舊新。霜氷齊潔志精純，望誰思想懷所親凡三色讀不可回文

外經

仁智懷德聖虞唐，真妙顯華重榮章。臣賢惟聖配英皇，倫匹離飄浮江湘回讀
傷慘懷慕增憂心，堂空思惟詠和音。藏摧悲聲發曲秦，商絃激楚流清琴。

中經

欽岑幽巖峻嵯峨，深淵重涯經網羅。林陽潛曜翳英華，沈浮異遊頹流沙回讀
何如將情纏憂慇，多患生艱惟苦身。加兼愁悴少精神，遐幽曠遠離鳳麟。

内經

詩情明顯，怨義興理。辭麗作此，端無終始回讀
始終無端，此作麗辭。理興義怨，顯明情詩。

四角之方

仁智懷德聖虞唐，真志篤終誓穹蒼。欽所感想忘淫荒，心憂增慕懷慘傷回讀

四角之間窈窕成文

嗟歎懷，所離經。遐曠路，傷中情。家無君，房幃清。華飭容，朗鏡明（回讀）

四角在中者一例橫讀

念是咎愆，誰爲獨居。賤女懷歎，鄙賤何如（反讀窈窕成文）
愆咎是念，誰爲獨居。歎懷女賤，鄙賤何如。

四旁相對成文文皆六言

讒人作亂闈庭，奸凶害我忠貞。禍原膚受難明，所持恣極驕盈。

四旁隨向橫讀而成五言

寒歲識彫松，貞物知終始。顏衰改華容，仁賢別行士（反讀窈窕成文）
士行別賢仁，容華改衰顏。始終知物貞，松彫識歲寒。

交手成文文皆四言

讒佞奸凶，害我忠貞。禍因所恃，恣極驕盈（反讀）

用色分章（止舉一隅餘皆倣此）

横用色

嗟歎懷所離經遐曠路傷中情（十二字用粉紅）

家無君房幃清華飾容朗鏡明（用綠）

葩紛光珠耀英多思感誰爲榮（用白）

周風興自后妃楚樊厲節中闈（周楚二字用黄外十字用綠）

長歎不能奮飛雙發歌我哀衣（長雙二字用黄外十字用粉紅）

華觀冶容爲誰宫羽同聲相追（華宫二字用黄外十字用青）

已上依此順讀成章

直用色

庭幃亂作人　明難受膚原（用綠）

榮苟不義姬　城傾在戒后（用粉紅）

熒猶炎盛興　形未在慎深（用青）

已上作兩句，各添下字倒讀成章。

寧自感思孜孜傷情側君在時梦想勞形（用粉紅順讀）

龍旂容衣虎彫餙綉（八字用綠）

横用色

奸佞讒人作亂閫庭所因禍原膚受難明讒禍至漸慮黄

右舉此爲例，餘可悉通。元祐三年九月，工部何公過麴院，見僕書几有此。驚曰，昨日於屯田陳侯所觀書，唐真本圖，宜皆可求一見。果得出示，凡六幅，右三爲若蘭所居，重樓複屋，户牖間各作著思、練絲、織錦、遣使處；左三幅爲竇滔歸第，外爲車馬相迎，次女妓坐大氍毹合樂其間，樓閣對飲處，又見圖中近上作遠水紅橋，竇臨高列騎擁旌旄以望，橋之西，氈車從數騎排引見，滔盛禮迎蘇。圖中近下，左書武后序，右寫詩圖。徐視果有淡色，分其篇章，正與此同，廼知人心不甚相遠。而尤可怪矣，青紅綠旋所之方，皆不少差，蓋理之所在，陰陽五行色味，莫不相假，况情識之運，宜自冥合也。元豐四年四月，趙郡李公麟伯時再題。

麟玉堂本回文類聚卷一

又五色讀法見武功縣志

四圍：縱横初、八、十五、二十二、二十九行，及仁嗟斜至春親、琴廂斜至基津，以朱畫。按讀法此色凡三圖

餘四色各一圖共詩三千七百五十二首

四隅：嗟情至英多、遊桑至長愁、神飛至悲春、凶慈至持從，縱横皆六字，以墨畫。

正面：妃閨至雞悲、移陂至貲辭，縱六字，横十三字；兩旁庭閨至防萌、身我至惟新，縱十三字，横六字，以青畫。

中方：正面龍旂至麗充、衰情至暮世，縱四字，横五字；兩旁寒歲至行士、詩風至微玄，縱五字，横四字，以紫畫。中方四隅：思情至側夢、嬰漫至苦我、愆居至賤鄙、懷悲至戚知，縱横皆四字；又中縱各五字，詩情至顯怨、端比至麗辭；横各五字，詩始至無端、怨義至理辭；空中心璇璣圖始平蘇氏詩心九字，以黄畫。許國秀刻本武功縣志卷首

蘇蕙織錦回文及今已久，所以欲見其彩色宛然一如蕙之手著者，甚爲難得。八月廿日，駕幸翠微殿賞桂，詔令賦詩，見御案所置一幅五色相宣，讀之易明，因照式記之，以志不忘。至道元年十一月六日，廣慧夫人書。麟玉堂本回文類聚卷一

跋織錦回文圖後

蘇蕙織錦回文詩，所傳舊矣，故少常沈公復傳其畫，繇是若蘭之才益著。然其詩回旋書之，讀者惟曉外繞七言，至其中方，則漫弗可考矣。若沈公之博，亦謂辭句脱略，讀不成文。殊不知此詩織成，本五色相宣，因以别三四五七言之異，後人流傳，不復施采，故迷其句讀，非辭句之脱略也。政和初，予在洛陽，於居士王晉玉許，得唐程士南效此詩，并申誡之釋而後曉。然是詩之初不舛脱，蓋沈公未嘗見此本耳。然申誡所釋，但依士南之設色，其七言數火，其色反黄，四言數金，其色反緑，於五行爲弗類，意蘇氏詩圖之色爲不尔。今因冠詩於畫，遂别而正之，三四五七言之詩，各隨其行而爲之色，觀者見其色，則詩之言數可知已。至於士南之文，既有釋者，則賦

采自從其舊，而并錄於弓首云。國初錢鎮州惟治，嘗有寶子垂綬連環之詩，亦錦文之遺範，而世罕傳，故聊附弓左，以資書雋言鯖之餘味焉。七年九月二十七日，會稽黃某長孺父於山陽衮華堂書。宋本東觀餘論卷下

蘇氏璇璣圖

樓 鑰

晉史載竇滔妻蘇氏，始平人，名蕙字若蘭，善屬文。滔、苻堅時爲秦州刺史，被徙流沙。蘇氏思之，織錦爲迴文旋圖詩以贈滔。宛轉循環以讀之，詞甚悽惋，凡八百四十字，即此圖也，與武氏所記多不同，未知孰是。又武氏謂二百首，而龍眠止得百二十六首，細推之，殆不止此也。攻媿集卷七十

璇璣圖攷異

桑世昌

璇璣圖士夫家所藏類不同，有前序而無凡例者十常八九，故艱於句讀，且復差舛。予嘗參攷訂證幾數十處，其文頗備，但有合兩存者，如自成文章與自爲語言，滋極而作恣極，舊邦而作舊鄉，昭景而爲照景者，皆在可取。又松陵雜體詩序云，晉傅咸有反覆回文詩，反覆其文者，以示憂心展轉也，悠悠遠邁，我獨煢煢是也，由是反覆興焉；温嶠有回文虚言詩云，寧神靜泊，損有崇亡，由是回文興焉。今世皆推本蘇氏而不及二子，蓋蘇亦晉人。詩苑所謂舊有二體，則恐別有所自，合而爲一，則當始於蘇也。嘗按晉列女傳云，滔、苻堅時爲秦州刺史，被徙流沙，蘇氏思之，織

錦回文以贈滔，轉宛循環讀之，詞甚悽惋，則又與武后所序不協。蓋歷時寖久，疑信相傳，無足多怪。近於友人王守正處見一本兼著人物，乃治平中太常少卿沈立將漕河朔，於東都陳安期家所得古本，唐文宣所製，畫筆絶精，命工模搨，廣爲横軸。且云詞句脱略，讀不成文，僅見梗槩。其後有東坡及孔毅甫、秦太虚跋語。坡則三詩，元豐二年七月十二日書；孔則五詩，四年九月十七日題；秦則一詩，元祐戊辰正月十四日，汝南蠹魚閣所記，皆今所刊者。但五詩以補子瞻之遺，平時多見淮海集中，初不以爲出於毅甫也。而少游跋乃云，蘇孔二公所載八絶，雖極新奇，然與圖上詩體不類遠甚，疑是唐人擬作。往歲過關山雙木驛，壁間有題云，悲風鳴葉愁宵涼云云，亦稱蘇氏織錦圖詩，未知其果然否。此跋本集無，由是推之，則太虚一絶非其所擬，五詩乃得於孔氏。秋愁二字，又小不同，曾不百年而矛盾如此，因具載云。明本回文類聚卷一

璿璣圖施彩説

朱象賢

書曰，璿璣玉衡，以齊七政，璿璣所以占天象者也。取意作圖，文效列宿之旋轉，色施五彩，形如星象之分垣。雖依色别之，可以分究，不如勾畫統一之爲自然也。今試觀衆星麗天，垣象悉分，豈可以一垣另爲一天乎，往時曾有析作數圖者。蓋緣俗刻潦草，位置糢糊，卷中混混，閲者難於辨讀，故爲設法，使人易曉之。意今若清經緯、分内外，而施以五彩，如視之掌，强分散列更可不必。又考此圖，各書所載皆方。予覽黄庭經云，璿璣懸珠環無端，是非方也，即六經圖所繪亦圓，而蘇氏之錦何獨方形。嗣見博古家藏有趙松雪夫人管仲姬真跡璿璣圖一卷，體圓而每層四面

相向，小楷極精，自有所本，應從其式。但讀至内外四角，須自横復繞直上而成句，非如方圖左右聯絡之自然，是以聊且從衆。惟左右二處倘如凡刻，書寫必自上直下，未免讀時有倒行之弊，不若仿圓圖之例，四面相向爲得當耳。至於用色分章，亦有異同，而古人所定，必非無意，今爲考訂，各照施彩，彼此並存，俾當世得覩錦文之大概，不致始終朦朧於楮墨間也。或曰簡編之内，紅紫雜陳，不有反於雅素乎。余曰錦之爲物，全在五色文章，蘇氏既以織錦而傳，是彩色之施乃其本來面目，豈若無所取義，漫然雜陳紅紫於簡編之内者乎。或者默然，余仍付畫工爲之，鮮明設色，祇期有當於作者之用心，雅乎俗乎，未之計也。玉山仙史識。

讀例説

璿璣圖計八百四十一字，武后叙曰，縱廣八寸，題詩二百餘首。山谷黄庭堅詩云，千詩織就回文錦，詩數不同也。類聚首列讀例，分别七五四三等言，而無詩章總數，李公麟所記不過指明經緯外内及四角四旁用色分章，但註横直彩色，俱不言若干首。惟宋至道間，大内流傳五色讀法，乃云共詩三千七百五十二首，數始明著。後世以爲起宗道人分圖讀至三千餘者，是未見古書者也。大凡璿璣之妙，全在宛轉循環，或添字、或退字、或借字、或反覆、或退句、或互讀，無所不通，非如尋常篇什，止於上下連屬，是以古人誦讀，亦無一定。今考諸家讀法，至五色一本，可爲淋漓盡致矣。前引各條，桑氏悉已備錄。勝國刻本所載，係襲前人之舊，非有别具識見，無庸多贅。

書璇璣詩後

蘇去疾

龍眠居士釋璇璣詩，説者宗之，然未盡也。歷律我不知，論其粗者，則體方而運圓，效陰而立陽。三經之右旋不及左旋者一倍，綜爲十六宫。内宫九垣，一静而八動。外之十二宫也，旁兩宫並爲一垣，亦八垣。十六垣自相爲運，絡以三經，連以六緯，内經居静，中經効之，旋則外經。旋而内外十六垣皆旋，十二垣皆左右旋，而中角四垣，獨左旋無右旋。夫角上八垣，固不秉經緯有運行無定位，而中角無右旋者，即三經右旋不及左旋之義也。且固近中垣，中垣至静，然四十經緯向心字，非心字運四十經緯，四十經緯宗之矣。余就李説推衍之，易兩字，借三字，不分章錯綜，凡詩一千一百四十六首。辛未後五日記。蘇園仲文集補遺

起宗道人康萬民讀織錦回文法

煮字齋增讀法凡例

康萬民曰，蘇氏以深閨螺黛，感悟其夫，一旦精意所聚，於八百餘言中，上陳天道，下悉人情，中稽物理，旁引廣譬，具網兼羅，文詞巨麗，興寄超遠。自是後才人韻士，曾未有方而效之者，此幾非人爲所能與矣。意者天欲發此一段奇巧，假若蘭於尺幅之間，偶露機倪。又假起宗道人，因其脉絡，疏其神髓。豈獨庸才未易以識，即問之蘇氏，蘇氏且不可知，又問之起宗，及余之增讀是詩所獲逾起宗又倍餘，而尚或未能盡者，復何所知哉。姑以其已見者，臚列凡例如左：

一、是圖縱横八寸，共計八百四十一言，分朱墨青紫黄五彩。蘇氏以爲表裏宛轉，無非文章，非我佳人，莫之能解。佳人，蓋謂其夫滔也。當時讀法不傳，自唐武后下，讀者十數家，多不過數百首，獨起宗道人因彩分圖，因圖分詩，讀至三千七百五十二首。予縱觀數四，似有未盡，乃於諸圖中增讀得四千二百六首，合原讀共七千九百五十八首。

一、是圖合之爲一，分之爲七，若七政經天，粲然明備。余於第三圖内增飾一圖，共計八圖，又若太極分爲八卦，至六十四卦，又可至四千九十六卦，生生不已。然余亦不敢羼楚簡反叙圖次，紊亂舊章，只附於第三圖後，曰附增第三圖。

一、余於起宗原讀外又增讀，非好爲駢指蛇足也。如第三圖内顛倒回文，此收彼遺，彼收此遺，遂有脱落。第五圖内借字羅互分讀，第四圖却又不然。余據此二端，引伸觸類，皆因其所本有者蒐括之耳，至新增一圖則獨爲管見云。

一、回文四句内有複韻者，古詩不拘，如小宛之詩，我心憂傷，念昔先人，明發不寐，有懷二人爲可例。圖内複韻詩遺者甚多，俱標出。

一、余增讀詩内多叶古韻，起宗所遺，或於韻學有未盡諳乎，此余用古韻而讀益多也。

一、界畫此圖多以五色繪地，以墨書或先用墨書，後以五色旁畫。余按五色即以五色書字，俾蘇氏杼柚本面，一覽瞭然，以供賞鑒家一快。

織錦回文采式

四圍仁智之湘津、津河之剛親、親所之芳琴、琴清之傷仁，從第八字真志横過，由蒼欽所感逆上之荒心。餘倫桑之西林、林光之生民；春芳之榮身、身鄉之王秦；純貞之當麟、麟龍之皇人，以紅書爲第一圖。

自八行第八字欽岑之羅林，林陽横過沙麟，麟鳳逆上之加身，身苦横回之何欽，以紅書爲第二圖。

四圍縱横初行、八行、十五行、二十二行、二十九行，及仁嗟斜至春親、琴廊斜至基津，以紅書爲第三圖以上起宗舊圖説但餘圖有於此圖借字有礙，今推縱横初行八行紅書，余以紅線界畫即準之，讀者審焉。

自正中行音南之遺身，横中行臣佞之舊新，斜行仁嗟之春親、琴廊之基津以紅書，爲附增第三圖。

此圖自唐以來至起宗，俱未拈出。

四隅嗟情之英多、遊桑之長愁、神飛之悲春、凶慈之持從，縱横皆六字，以墨書爲第四圖以上起宗舊圖説

此圖内借字成言，亦加第五圖，乃起宗獨於此中不相假借何也。余推而廣之，所得益多，實取象於第五圖云。

正面妃闈至貇悲、移陂至貲辭，縱六字横十三字；兩旁庭闈之防萌、身我之維新，縱十三字横六字，以青書爲第五圖起宗舊圖説

中方正面龍旂之麗充、衰情之慕世，縱四字横五字；兩旁寒歲之行士、詩風之微伭，縱五字横四字，以紫書爲第六圖起宗舊圖説

中方四隅思情至側夢、嬰漫之苦我、愆居之賤鄙、懷悲之戚知，縱横皆四字；又中縱各五字，詩情之顯怨、端比之麗辭；横各五字，詩始之無端、怨義之理辭；空中心，璇璣圖始平蘇氏詩心九字，以黄書爲第七圖起宗舊圖説

圖一

仁智懷德聖虞唐真妙顯華重榮章臣賢惟聖配英皇倫匹離飄浮江湘津
傷　　　　　　志　　　　　　　　　　　　　桑　　　　　　河
慘　　　　　　篤　　　　　　　　　　　　　榆　　　　　　隔
懷　　　　　　終　　　　　　　　　　　　　薄　　　　　　塞
慕　　　　　　誓　　　　　　　　　　　　　景　　　　　　殊
增　　　　　　穹　　　　　　　　　　　　　昭　　　　　　山
憂　　　　　　蒼　　　　　　　　　　　　　西　　　　　　梁
心荒淫忘想感所欽　　　　　　　　　　　　　林光流電逝推生民
堂　　　　　　　　　　　　　　　　　　　　　　　　　　　生
空　　　　　　　　　　　　　　　　　　　　　　　　　　　感
惟　　　　　　　　　　　　　　　　　　　　　　　　　　　曠
思　　　　　　　　　　　　　　　　　　　　　　　　　　　悲
詠　　　　　　　　　　　　　　　　　　　　　　　　　　　路
和　　　　　　　　　　　　　　　　　　　　　　　　　　　長
音　　　　　　　　　　　　　　　　　　　　　　　　　　　身
藏　　　　　　　　　　　　　　　　　　　　　　　　　　　微
摧　　　　　　　　　　　　　　　　　　　　　　　　　　　惘
悲　　　　　　　　　　　　　　　　　　　　　　　　　　　己
聲　　　　　　　　　　　　　　　　　　　　　　　　　　　處
發　　　　　　　　　　　　　　　　　　　　　　　　　　　幽
曲　　　　　　　　　　　　　　　　　　　　　　　　　　　房
秦王懷土眷舊鄉身　　　　　　　　　　　　　麟龍昭德懷聖皇人
商　　　　　　榮　　　　　　　　　　　　　當　　　　　　賤
絃　　　　　　君　　　　　　　　　　　　　所　　　　　　爲
激　　　　　　仁　　　　　　　　　　　　　專　　　　　　女
楚　　　　　　離　　　　　　　　　　　　　一　　　　　　有
流　　　　　　殊　　　　　　　　　　　　　志　　　　　　柔
清　　　　　　方　　　　　　　　　　　　　貞　　　　　　剛
琴芳蘭凋茂熙陽春牆面殊意感故新霜水齊潔志清純望誰思想懷所親

讀法一

自仁字起，順讀每首四句，句七言。

仁智懷德聖虞唐，真妙顯華重榮章。臣賢惟聖配英皇，倫匹離飄浮江湘。

仁智懷德聖虞唐，真志篤終誓穹蒼。欽所感想忘淫荒，心憂增慕懷擁傷。

真志篤終誓穹蒼，欽所感想忘淫荒。心憂增慕懷擁傷，仁智懷德聖虞唐。

欽所感想忘淫荒，心憂增慕懷擁傷。仁智懷德聖虞唐，真志篤終誓穹蒼。

欽所感想忘淫荒，心憂增慕懷擁傷。仁智懷德聖虞唐，真妙顯華重榮章。

真妙顯華重榮章，臣賢惟聖配英皇。倫匹離飄浮江湘，津河隔塞殊山梁。

臣賢惟聖配英皇，倫匹離飄浮江湘。津河隔塞殊山梁，民生感曠悲路長。

臣賢惟聖配英皇，倫匹離飄浮江湘。津河隔塞殊山梁，民生推逝電流光。

倫匹離飄浮江湘，津河隔塞殊山梁。民生感曠悲路長，身微憫己處幽房。

倫匹離飄浮江湘，津河隔塞殊山梁。民生推逝電流光，林西昭景薄榆桑。

以上共詩十首

津河之柔剛十首

親所之蘭芳十首

琴親之慘傷十首

三段讀法俱同前各得詩十首

右第一圖共詩四十首新讀無所增

回文括入後讀法中

圖二

身苦惟艱生患多殷憂纏情將如何欽
加　　　　　　　　　　　　　岑
兼　　　　　　　　　　　　　幽
愁　　　　　　　　　　　　　巖
悴　　　　　　　　　　　　　峻
少　　　　　　　　　　　　　嵯
精　　　　　　　　　　　　　峨
神　　　　　　　　　　　　　深
遐　　　　　　　　　　　　　淵
幽　　　　　　　　　　　　　重
曠　　　　　　　　　　　　　涯
遠　　　　　　　　　　　　　經
離　　　　　　　　　　　　　網
鳳　　　　　　　　　　　　　羅
麟沙流頹逝異浮沉華英翳曜潛陽林

讀法二

自欽字起，順讀每首四句，句七言。

欽岑幽巖峻嵯峨，深淵重涯經網羅。林陽潛曜翳英華，沉浮異逝頹流沙。

深淵重涯經網羅，林陽潛曜翳英華。沉浮異逝頹流沙，麟鳳離遠曠幽遐。

林陽之兼加

沉浮之患多

麟鳳之如何

神精之嵯峨

身苦之網羅

殷憂之英華

右第二圖共詩八首（新讀無所增）

回文括入後讀法中

圖三

琴清流楚激絃商秦曲發聲悲摧藏音和詠思惟空堂心憂增慕懷慘傷仁

春方殊離仁君榮身苦惟艱生患多殷憂纏情將如何欽蒼穹誓終篤志

新舊聞離天罪辜神恨昭感興作蘇心璣明別改知識深微至嬖女因佞

純貞志一專所當麟沙流頹逝異浮沉華英翳曜潛陽林西昭景薄榆桑

親剛柔有女爲賤人房幽處己憫微身長路悲曠感生民梁山殊塞隔河津

琴芳蘭凋茂熙陽春牆面殊意感故新霜水齊潔志清純望誰思想懷所親

秦王懷土眷舊鄉身加兼愁悴少精神遐幽曠遠離鳳麟龍昭德懷聖皇人

音南鄭歌商流徵殷繁華觀曜終始心詩興感遠殊浮沉時盛意麗哀遺身

心荒淫忘想感所欽岑幽巖峻嵯峨深淵重涯經網羅林光流電逝推生民

仁智懷德聖虞唐真妙顯華重榮章臣賢惟聖配英皇倫匹離飄浮江湘津

翕桃燕水好儀

嗟中君容曜多

懷何是冤谿乂

璇詩素君傷思

氏辭懷慼戚名

圖怨忍爲懷如

輕桑敦哀

遊謙遠貞白

讀法三之一

自初行退一字成句，句七言，每首四句，以下遞退一句成章。

智懷德聖虞唐真，妙顯華重榮章臣。賢惟聖配英皇倫，匹離飄浮江湘津。

智懷德聖虞唐真，妙顯華重榮章臣。賢惟聖配英皇倫，桑榆薄景昭西林。

智懷德聖虞唐真，妙顯華重榮章臣。佞因女嬖至微深，淵重涯經網羅林。

智懷德聖虞唐真，妙顯華重榮章臣。佞因女嬖至微深，識知攺別明璣心。

智懷德聖虞唐真，妙顯華重榮章臣。佞因女嬖至微深，峨嵯峻巖幽岑欽。

智懷德聖虞唐真，志篤終誓穹蒼欽。岑幽巖峻嵯峨深，微至女嬖因佞臣。

智懷德聖虞唐真，志篤終誓穹蒼欽。岑幽巖峻嵯峨深，淵重涯經網羅林。

智懷德聖虞唐真，志篤終誓穹蒼欽。岑幽巖峻嵯峨深，識知攺別明璣心。

智懷德聖虞唐真，志篤終誓穹蒼欽。思傷君夢詩璇心，璣明攺別知識深。

智懷德聖虞唐真，志篤終誓穹蒼欽。思傷君夢詩璇心，圖怨念爲懷如林。

智懷德聖虞唐真，志篤終誓穹蒼欽。思傷君夢詩璇心，詩興感遠殊浮沉。

智懷德聖虞唐真，志篤終誓穹蒼欽。思傷君夢詩璇心，氏辭懷感戚知麟。

智懷德聖虞唐真，志篤終誓穹蒼欽。思傷君夢詩璇心，蘇作感興昭恨神。

智懷德聖虞唐真，志篤終誓穹蒼欽。思傷君夢詩璇心，平端宛是何懷身。

智懷德聖虞唐真，志篤終誓穹蒼欽。思傷君夢詩璇心，始終觀曜華繁殷。
智懷德聖虞唐真，志篤終誓穹蒼欽。何如將情纏憂殷，繁華觀曜終始心。
智懷德聖虞唐真，志篤終誓穹蒼欽。何如將情纏憂殷，多患生艱惟苦身。
智懷德聖虞唐真，志篤終誓穹蒼欽。何如將情纏憂殷，徵流商歌鄭南音。
智懷德聖虞唐真，志篤終誓穹蒼欽。所感想忘荒淫心，堂空惟思詠和音。
智懷德聖虞唐真，志篤終誓穹蒼欽。所感想忘荒淫心，憂增慕懷慘傷仁。
智懷德聖虞唐真，志篤終誓穹蒼欽。多曜容君中嗟仁，傷慘懷慕增憂心。
智懷德聖虞唐真，志篤終誓穹蒼欽。多曜容君中嗟仁，智懷德聖虞唐真。

以上一段，得詩二十二首。以下共一十六段，讀法俱如上，共九十六首，詳書新增讀內。

新增讀法三之一

其法於舊讀款式內，依前詩讀完，餘依凡例增詩法讀去，俱爲新得者，其什浩繁，不能備錄，惟逐段分之，其後倣此。

智懷之湘津（讀法俱如前增詩法在凡例內）　所懷之芳琴
河隔之剛親　清流之傷仁

以上四段，遞句退成回文，每段各增詩十六首，共六十四首，合原讀八十八首，總一百五十二首。

妙顯之梁民　生感之望純
清志之商秦　曲發之唐真

以上四段，遞句退成回文，每段各增詩十五首，共六十首，合原讀百首，總一百六十首。

賢惟之長身　微憫之霜新
故感之藏音　和詠之章臣

以上四段，遞句退成回文，每段各增詩十六首，共六十四首，合原讀九十六首，總一百六十首。

匹離之房人　賤爲之牆春
陽熙之堂心　憂增之皇倫

以上四段，遞句退成回文，每段各增詩十八首，共七十二首，合原讀九十六首，總一百六十八首。

讀法三之二

自上横行，退一字成句，以後遞退一句成章。

傷慘懷慕增憂心，堂空惟思詠和音。藏摧悲聲發曲秦，商絃激楚流清琴。
傷慘懷慕增憂心，堂空惟思詠和音。藏摧悲聲發曲秦，王懷土眷舊鄉身。
傷慘懷慕增憂心，堂空惟思詠和音。南鄭歌商流徵殷，多患生艱惟苦身。

傷慘懷慕增憂心，堂空惟思詠和音。南鄭歌商流徵殷，繁華觀曜終始心。
傷慘懷慕增憂心，堂空惟思詠和音。南鄭歌商流徵殷，憂纏情將如何欽。
傷慘懷慕增憂心，荒淫忘想感所欽。如何將情纏憂殷，徵流商歌鄭南音。
傷慘懷慕增憂心，荒淫忘想感所欽。如何將情纏憂殷，多患生艱惟苦身。
傷慘懷慕增憂心，荒淫忘想感所欽。如何將情纏憂殷，繁華觀曜終始心。
傷慘懷慕增憂心，荒淫忘想感所欽。思傷君夢詩璇心，始終觀曜繁華殷。
傷慘懷慕增憂心，荒淫忘想感所欽。思傷君夢詩璇心，平端宛是何懷身。
傷慘懷慕增憂心，荒淫忘想感所欽。思傷君夢詩璇心，蘇作興感昭恨神。
傷慘懷慕增憂心，荒淫忘想感所欽。思傷君夢詩璇心，氏辭懷感戚知麟。
傷慘懷慕增憂心，荒淫忘想感所欽。思傷君夢詩璇心，詩興感遠殊浮沉。
傷慘懷慕增憂心，荒淫忘想感所欽。思傷君夢詩璇心，圖怨念爲懷如林。
傷慘懷慕增憂心，荒淫忘想感所欽。思傷君夢詩璇心，璣明别改知識深。
傷慘懷慕增憂心，荒淫忘想感所欽。岑幽巖峻嵯峨深，識知改别明璣心。
傷慘懷慕增憂心，荒淫忘想感所欽。岑幽巖峻嵯峨深，淵重涯經網羅林。
傷慘懷慕增憂心，荒淫忘想感所欽。岑幽巖峻嵯峨深，微至嬖女因佞臣。
傷慘懷慕增憂心，荒淫忘想感所欽。蒼穹誓終篤志真，妙顯華重榮章臣。
傷慘懷慕增憂心，荒淫忘想感所欽。蒼穹誓終篤志真，唐虞聖德懷智仁。

傷慘懷慕增憂心，荒淫忘想感所欽。多曜容君中嗟仁，智懷德聖虞唐真。

傷慘懷慕增憂心，荒淫忘想感所欽。多曜容君中嗟仁，傷慘懷慕增憂心。

以上一段，得詩二十二首，以下一十六段，讀俱如上，詳讀新增之内。

新增讀法三之二

傷慘之清琴（讀法俱前）　芳蘭之所親

剛柔之河津　湘江之智仁

以上四段，遞句退成回文，每段各增詩十六首，共六十四首，合原讀八十八首，總一百五十二首。

堂空之陽春　牆面之賤人

房幽之匹倫　皇英之憂心

以上四段，遞句退成回文，每段各增詩十五首，共六十首，合原讀一百首，總一百六十首。

藏摧之故新　霜氷之微身

長路之賢臣　章榮之和音

以上四段，遞句退成回文，每段各增詩十六首，共六十四首，合原讀九十六首，總一百六十首。

商絃之清純　望誰之士民
梁山之妙真　唐虞之曲秦

以上四段，遞句退成回文，每段各增詩十八首，共七十二首，合原讀九十六首，總一百六十八首。

新增讀法三之三（原讀無詩法只有章法故署其圖不錄惟錄新增者）

自兩間行，退一字成句，以下遞退一句成章，又縱橫返復讀。

荒淫之生民　王懷之皇人
志篤之芳春　桑榆之貞純
生推之荒心　皇聖之王秦
方殊之志真　真志之桑倫

以上八段，遞句退成回文，每段各增詩三十九首，共三百一十二首，合原讀五百四首，總八百一十六首。

岑幽之長身　加兼之剛親
何如之故新　陽潛之所親
羅綱之和音　鳳離之清琴

苦惟之章臣　沙流之湘津

以上八段，遞句退成回文，每段各增詩四十五首，共三百六十首，合原讀三百七十六首，總七百三十六首。

淵重之房人　遐幽之望純
多患之清純　浮異之牆春
峨嵯之曲秦　精少之陽春
憂纏之皇倫　華英之桑民

以上八段，遞句退成回文，每段各增詩五十八首，共四百六十四首，合原讀四百一十六首，總八百八十首。

光流之剛親　龍昭之牆春
當所之芳琴　榮君之所親
鄉舊之故新　所感之清琴
蒼穹之湘津　西昭之長身

以上八段，遞句退成回文，每段各增詩二十九首，共二百三十二首，合原讀九十六首，總三百二十八首。

新增讀法三之四 原讀無詩法故不錄

自中行退一字成句，以下遞退一句成章。

南鄭之遺身　佞因之舊新

遺哀之南音　舊聞之佞臣

以上四段，遞句退成回文，每段各增詩三十六首，共一百四十四首，合原讀三百三十六首，總四百八十首。

繁華之房人　識知之清純

浮殊之曲秦　恨昭之皇倫

以上四段，遞句退成回文，每段各增詩一百七首，共四百二十八首，合原讀二百九十六首，總七百二十四首。

詩興之剛親　蘇作之所親

始終之清琴　璣明之湘津

以上四段，遞句退成回文，每段各增詩五十九首，共二百三十六首，合原讀一百三十六首，總三百七十二首。

時盛之望純　辜罪之賤人

徵流之陽春　　徵至之梁民

以上四段，遞句退成回文，每段各增詩二十八首，共一百一十二首，合原讀五十六首，總一百六十八首。

讀法三之五

自角斜退一字成句，以下遞退一句成章。

嗟中君容曜多欽，思傷君夢詩璇心。氏辭懷感戚知麟，神輕粲散哀春親。

嗟中君容曜多欽，思傷君夢詩璇心。氏辭懷感戚知麟，龍昭德懷聖皇人。

嗟中君容曜多欽，思傷君夢詩璇心。氏辭懷感戚知麟，當所專一志貞純。

嗟中君容曜多欽，思傷君夢詩璇心。氏辭懷感戚知麟，沙流頹逝異浮沉。

嗟中君容曜多欽，思傷君夢詩璇心。氏辭懷感戚知麟，鳳離遠曠幽遐神。

嗟中君容曜多欽，思傷君夢詩璇心。詩興感遠殊浮沉，時盛意麗哀遺身。

嗟中君容曜多欽，思傷君夢詩璇心。詩興感遠殊浮沉，華英翳曜潛陽林。

嗟中君容曜多欽，思傷君夢詩璇心。詩興感遠殊浮沉，浮異頹逝流沙麟。

嗟中君容曜多欽，思傷君夢詩璇心。蘇作感興昭恨神，辜罪天離閒舊新。

嗟中君容曜多欽，思傷君夢詩璇心。蘇作感興昭恨神，遐阻曠遠離鳳麟。

嗟中君容曜多欽，思傷君夢詩璇心。蘇作感興昭恨神，精少愁悴兼加身。

嗟中君容曜多欽，思傷君夢詩璇心。圖怨念爲懷如林，滋謙遠貞自基津。

嗟中君容曜多欽，思傷君夢詩璇心。圖怨念爲懷如林，西昭景薄榆桑倫。

嗟中君容曜多欽，思傷君夢詩璇心。圖怨念爲懷如林，光流電逝推生民。

嗟中君容曜多欽，思傷君夢詩璇心。圖怨念爲懷如林，羅綱經涯重淵深。

嗟中君容曜多欽，思傷君夢詩璇心。圖怨念爲懷如林，陽潛曜翳英華沉。

嗟中君容曜多欽，思傷君夢詩璇心。平端宛是何懷身，傷好水燕桃廊琴。

嗟中君容曜多欽，思傷君夢詩璇心。平端宛是何懷身，榮君仁離殊方春。

嗟中君容曜多欽，思傷君夢詩璇心。平端宛是何懷身，鄉舊眷土懷王秦。

嗟中君容曜多欽，思傷君夢詩璇心。平端宛是何懷身，加兼愁悴少精神。

嗟中君容曜多欽，思傷君夢詩璇心。平端宛是何懷身，苦惟艱生患多殷。

嗟中君容曜多欽，思傷君夢詩璇心。璣明別改知識深，微至嬖女因佞臣。

嗟中君容曜多欽，思傷君夢詩璇心。璣明別改知識深，淵重涯經綱羅林。

嗟中君容曜多欽，思傷君夢詩璇心。始終觀曜繁華殷，多患生艱惟苦身。

嗟中君容曜多欽，思傷君夢詩璇心。始終觀曜繁華殷，徵流商歌鄭南音。

嗟中君容曜多欽，岑幽巖峻嵯峨深。淵重涯經綱羅林，光流電逝推生民。

嗟中君容曜多欽，岑幽巖峻嵯峨深。淵重涯經綱羅林，滋謙遠貞自基津。

嗟中君容曜多欽，岑幽巖峻嵯峨深。淵重涯經綱羅林，陽潛曜翳英華沉。

嗟中君容曜多欽，岑幽巖峻嵯峨深。淵重涯經網羅林，西昭景薄榆桑倫。
嗟中君容曜多欽，岑幽巖峻嵯峨深。淵重涯經網羅林，如懷爲念怨圖心。
嗟中君容曜多欽，岑幽巖峻嵯峨深。微至嬖女因佞臣，章榮重華顯妙真。
嗟中君容曜多欽，岑幽巖峻嵯峨深。微至嬖女因佞臣，賢惟聖配英華倫。
嗟中君容曜多欽，岑幽巖峻嵯峨深。識知改别明璣心，蘇作感興昭恨神。
嗟中君容曜多欽，岑幽巖峻嵯峨深。識知改别明璣心，氏辭懷感戚知麟。
嗟中君容曜多欽，岑幽巖峻嵯峨深。識知改别明璣心，平端宛是何懷身。
嗟中君容曜多欽，岑幽巖峻嵯峨深。識知改别明璣心，詩興感遠殊浮沉。
嗟中君容曜多欽，岑幽巖峻嵯峨深。識知改别明璣心，始終曜觀華繁殷。
嗟中君容曜多欽，岑幽巖峻嵯峨深。識知改别明璣心，圖怨念爲懷如林。
嗟中君容曜多欽，岑幽巖峻嵯峨深。識知改别明璣心，璇詩夢君傷思欽。
嗟中君容曜多欽，何如將情纏憂殷。多患生艱惟苦身，榮君仁離殊方春。
嗟中君容曜多欽，何如將情纏憂殷。多患生艱惟苦身，加兼愁悴少精神。
嗟中君容曜多欽，何如將情纏憂殷。多患生艱惟苦身，傷好水燕桃廊琴。
嗟中君容曜多欽，何如將情纏憂殷。多患生艱惟苦身，懷何是宛端平心。
嗟中君容曜多欽，何如將情纏憂殷。多患生艱惟苦身，鄉舊眷土懷王秦。
嗟中君容曜多欽，何如將情纏憂殷。繁華觀曜終始心，詩興感遠殊浮沉。

嗟中君容曜多欽，何如將情纏憂殷。繁華觀曜終始心，圖怨念爲懷如林。
嗟中君容曜多欽，何如將情纏憂殷。繁華觀曜終始心，氏辭懷感戚知麟。
嗟中君容曜多欽，何如將情纏憂殷。繁華觀曜終始心，璣明別改知識深。
嗟中君容曜多欽，何如將情纏憂殷。繁華觀曜終始心，蘇作興感昭恨神。
嗟中君容曜多欽，何如將情纏憂殷。繁華觀曜終始心，平端宼是何懷身。
嗟中君容曜多欽，何如將情纏憂殷。徵流商歌鄭南音，藏摧悲聲發曲秦。
嗟中君容曜多欽，何如將情纏憂殷。徵流商歌鄭南音，和詠思惟空堂心。
嗟中君容曜多欽，蒼穹誓終篤志真。唐虞聖德懷智仁，傷憏懷慕增憂心。
嗟中君容曜多欽，蒼穹誓終篤志真。妙顯華重榮章臣，賢惟聖配英皇倫。
嗟中君容曜多欽，蒼穹誓終篤志真。妙顯華重榮章臣，佞因女嬖至微深。
嗟中君容曜多欽，所感想忘淫荒心。堂空惟思詠和音，藏摧悲聲發曲秦。
嗟中君容曜多欽，所感想忘淫荒心。堂空惟思詠和音，南鄭歌商流徵殷。
嗟中君容曜多欽，所感想忘淫荒心。憂增慕懷憏傷仁，智懷德聖虞唐真。
嗟中君容曜多欽，所感想忘淫荒心。憂增慕懷憏傷仁，嗟中君容曜多欽。

以上一段，得詩五十九首，以下共十六段，讀法俱如上，詳書增讀之内。

右第三圖共詩三千五百一十八首

新增第三圖讀法三之五

嗟中之春親（詩法讀法俱如上）　廊桃之基津

春哀之嗟仁　基自之廊琴

以上四段，遞句退成回文，每段各增詩五十一首，共二百四首，合原讀二百三十六首，總四百四十首。

思傷之望純　懷何之梁民

知戚之憂心　如懷之陽春

以上四段，每段各增詩一百九首，共四百三十六首，合原讀二百六十四首，總七百首。

氏辭之霜新　圖怨之長身

璇詩之和音　平端之故新

以上四段，遞句退成回文，每段各增詩七十一首，共二百八十四首，合原讀一百四首，總三百八十八首。

神輕之牆春　滋謙之房人

多曜之曲秦　傷好之清純

以上四段，遞句退成回文，每段各增詩一十四首，共五十六首，合原讀四十八首，總一百四首。

右第三圖原讀詩三千五百一十八首，增讀詩三千七百八十八首，總七千三百一十六首。

讀法括入後圖中

附增第三圖

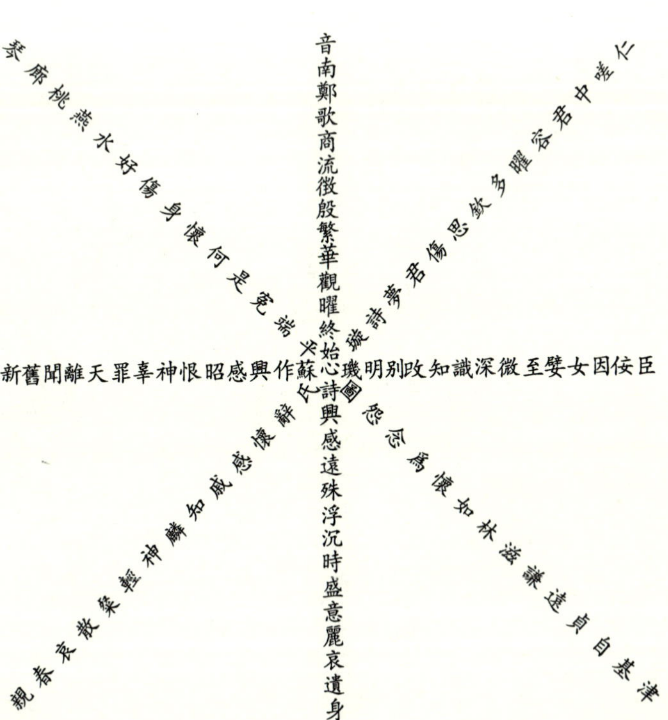

附增第三圖讀法一

自詩興起，於中心一句各頂字倒換互旋，八面分讀，七言四句。

詩興感遠殊浮沉，始終觀曜繁華殷。蘇作感興昭恨神，璣明別改知識深。

詩興之識深（讀法具前）　始終之恨神
璣明之浮沉　蘇作之繁殷
圖怨之知麟　平端之思欽
璇詩之如林　氏辭之懷身

以上四正四隅，共得詩八首。

詩興之懷身　氏辭之繁殷
蘇作之思欽　平端之識深
始終之如林　璇詩之浮沉
璣明之知麟　圖怨之恨神

以上八面左旋讀，得詩八首。

詩興之思欽　圖怨之繁殷
璣明之懷身　璇詩之恨神
始終之知麟　平端之浮沉

蘇作之如林　　氏辭之識深

以上八面右旋讀，得詩八首，共二十四首。

附增第三圖讀法二

自詩興頂字兩分四正四隅，各倒換互旋分讀，七言四句。

詩興感遠殊浮沉，時盛意麗哀遺身。始終觀曜繁華殷，徵流商歌鄭南音。

詩興之南音讀法具前　　始終之遺身

璣明之舊新　　蘇作之佞臣

以上四正分讀，得詩四首。

詩興之舊聞　　蘇作之南音

始終之識深　　璣明之浮沉

以上四正左旋讀，得詩四首。

詩興之佞臣　　璣明之南音

始終之舊新　　蘇作之遺身

以上四正右旋讀，得詩四首。

璇詩之廊琴　　平端之春親

氏辭之基津　　圖怨之嗟仁

以上四隅左旋讀，得詩四首。

璇詩之基津　圖怨之春親

氏辭之廊琴　平端之嗟仁

以上四隅右旋讀，得詩四首。

詩興之廊琴　蘇作之嗟仁

始終之基津　璣明之春親

以上一正間一隅左旋讀，得詩四首。

詩興之嗟仁　璣明之廊琴

始終之春親　蘇作之基津

以上一正間一隅右旋讀，得詩四首。

氏辭之南音　平端之佞臣

璇詩之遺身　圖怨之舊新

以上一隅間一正左旋讀，得詩四首。

氏辭之佞臣　圖怨之南音

璇詩之舊新　平端之遺身

以上一隅間一正右旋讀，得詩四首。

詩興之春親　氏辭之舊聞

蘇作之廊琴　平端之南音
始終之嗟仁　璇詩之佞臣
璣明之基津　圖怨之遺身

以上八面左旋讀，得詩八首

詩興之基津　圖怨之佞臣
璣明之嗟仁　璇詩之南音
始終之廊琴　平端之舊新
蘇作之春親　氏辭之遺身

以上八面右旋讀，得詩八首，共五十二首，并前二十四首，總七十六首。

附增第三圖讀法三

自中行退一字，於八面俱只取一句，顛倒回文，七言四句。

南鄭歌商流徵殷，廊桃燕水好傷身。舊聞離天罪辜深，春哀散粲輕神麟。

南鄭之神麟（讀法具前）　廊桃之時沉
舊聞之滋林　春哀之微深
遺哀之多欽　基自之徵殷
佞因之傷身　嗟中之辜神

以上八面左旋讀，得詩八首。

南鄭之滋林　嗟中之時沉

佞因之神麟　基自之辜神

遺哀之傷身　春哀之徵殷

舊聞之多欽　廊桃之微深

以上八面右旋讀，得詩八首。

自中行四正面間讀，各取一句，顛倒回文，七言四句。

南鄭歌商流徵殷，舊聞離天罪辜神。遺哀意麗盛時沉，佞因女嬖至微深。

南鄭之微深（讀法具前）　舊聞之徵殷

遺哀之辜神　佞因之時沉

以上四正左旋讀，得詩四首。

南鄭之辜神　佞因之徵殷

遺哀之微深　舊聞之時沉

以上四正右旋讀，得詩四首。

自四隅嗟中起，如四正讀法。

嗟中之滋林　廊桃之多欽

春哀之傷身　基自之神麟

以上四隅左旋讀，得詩四首。

春哀之滋林　廊桃之神麟

嗟中之傷身　基自之多欽

以上四隅右旋讀，得詩四首。

自南鄭一正一隅，各間一句分讀法。

南鄭歌商流徵殷，舊聞離天罪辜神。廊桃燕水好傷身，春哀散粲輕神麟。

南鄭之神麟（讀法具前）　廊桃之時沉

舊聞之滋林　春哀之微深

遺哀之多欽　基自之徵殷

佞因之傷身　嗟中之辜神

以上八面，一正一隅，各間一句左旋讀。得詩八首。

南鄭之滋林　嗟中之時沉

佞因之神麟　基自之辜神

遺哀之傷身　春哀之徵殷

舊聞之多欽　廊桃之微深

以上一正一隅，各間一句右旋讀，得詩八首。

自南鄭只用正面一句，餘用三隅三句讀，七言四句。

南鄭歌商流徵殷，廊桃燕水好傷身。春哀散粲輕神麟，基自貞遠謙滋林。

南鄭之滋林（讀法具前）　舊聞之多欽

遺哀之傷身　佞因之神麟

以上左旋讀，得詩四首。

南鄭之神麟　佞因之傷身

遺哀之多欽　舊聞之滋林

以上右旋讀，得詩四首。

自嗟仁斜行只用一句，餘用三正面三句讀，七言四句。

嗟仁之時沉　廊桃之微深

春哀之徵殷　基自之宰神

以上左旋讀，得詩四首。

嗟仁之宰神　基自之徵殷

春哀之微深　廊桃之時沉

以上右旋讀，得詩四首，共得詩六十四首。

右附增第三圖，共得詩一百四十首。

圖四

嗟情家明葩榮
歎中無鏡粉爲
懷傷君朗光誰
所路房容珠感
離曠幃飭曜思
經遐清華英多

遊桑鳩揚仇傷
西翳雙激好摧
階陰巢水悲容
步林燕清思發
東桃飛泉君歎
廊休翔流長愁

凶慈雍思恭基
頑孝和淑自爲
浸休家貞記孝
讒退遠敦貞敬
愚謙危節所是
滋蒙疑容持從

神飛文遺分歸
明輕殊孤乖雁
通身粲妄殊翔
感寄飭散聲應
精浮光離哀傷
微雲輝羣悲春

讀法四

自嗟字起，反覆讀，亦可分讀。

嗟歎懷，所離經。遐曠路，傷中情。家無君，房幃清。華飾容，朗鏡明。葩紛光，珠曜英。多思感，誰爲榮。

嗟歎之爲榮（讀法具前）　榮爲之歎嗟

經離之思多　多思之離經

三言十二句，四首。

懷歎嗟，所離經。路曠遐，傷中情。君無家，房幃清。容飭華，朗鏡明。光紛葩，珠曜英。感思多，誰爲榮。

懷歎之爲榮（讀法具前）　誰爲之歎嗟

所離之思多　感思之離經

三言十二句，四首。

嗟歎懷，傷中情。家無君，朗鏡明。葩紛光，誰爲榮。

嗟歎之爲榮（讀法具前）　榮爲之歎嗟

經離之思多　多思之離經

三言六句，四首。

懷歎嗟，傷中情。君無家，朗鏡明。光紛葩，誰爲榮。

懷歎之爲榮（讀法具前）　誰爲之歎嗟

所離之思多　感思之離經

三言六句，四首，共一十六首。

遊西之摧傷

凶頑之爲基

神明之雁歸

以上三段讀法俱同前

四段，每段各得詩一十六首。

右第四圖共詩六十四首

新增讀法四

自嗟字起，兩分讀或間一句羅文互用分讀，作三言或借一字作四言，借二字作五言，如第五圖讀法。

懷歎嗟，傷中情。君無家，朗鏡明。光紛葩，誰爲榮。

懷歎之爲榮（讀法具前）　誰爲之歎嗟

所離之思多　感思之離經

三言六句，四首。

嗟歎懷，路曠遐。家無君，容飭華。葩紛光，感思多。

嗟歎之思多（讀法具前） 榮爲之離經

經離之爲榮 多思之歎嗟

三言六句，四首。

懷歎嗟，路曠遐。君無家，容飭華。光紛葩，感思多。

懷歎之思多（讀法具前） 所離之爲榮

誰爲之離經 感思之歎嗟

三言六句，四首。

懷所離經，傷路曠遐。君房幃清，朗容飭華。光珠曜英，誰感思多。

懷所之思多 誰感之離經

所懷之爲榮 感誰之歎嗟

右兩分各借一字互用分讀，四言六句，四首。

懷所離經，路傷中情。君房幃清，容朗鏡明。光珠曜英，感誰爲榮。

懷所之爲榮（讀法具前） 誰感之歎嗟

所懷之思多 感誰之離經

右兩分各借一字，間一句羅互分讀，四言六句，四首。

歎懷所離經，中傷路曠遐。無君房幃清，鏡朗容飭華。紛光珠曜英，爲誰感思多。

歎懷之思多（讀法具前）　爲誰之離經

離所之爲榮　思感之歎嗟

右兩分各借二字互用分讀，五言六句，四首。

歎懷所離經，曠路傷中情。無君房幃清，飭容朗鏡明。紛光珠曜英，思感誰爲榮。

歎懷之爲榮（讀法具前）　爲誰之歎嗟

離所之思多　思感之離經

右兩分各借二字，間一句互用分讀，五言六句，四首。

階西之摧傷

浸頑之爲基

通明之雁歸

三段讀法俱同前

右四段，每段各增詩二十八首，合原讀六十四首，總一百七十六首。

圖五

姿淑窕窈伯邵南周風興自后妃
歸思廣河女衛鄭楚樊厲節中闈
迤逶路遐志詠歌長歎不能奮飛
頎其人碩興齊商雙發歌我袞衣
粧葳粲翠榮曜流華觀冶容爲誰
悲情我感傷情徵宫羽同聲相追

禽心濵均深身　　　　　　　形熒城榮明庭
伯改漢物日我　　　　　　　未猶傾苟難闈
在者之品潤乎　　　　　　　在炎在不受亂
誠惑步育浸集　　　　　　　慎盛戒義消作
故暱飄施愆殃　　　　　　　深興后姬源人
遺親飄生思愆　　　　　　　慮漸孽班禍讒
舊聞離天罪辜　　　　　　　微至嬖女因奸
廢遠微地積何　　　　　　　察大趙婕所佞
故離隔德怨因　　　　　　　遠伐氏妤恃凶
君殊喬貴其備　　　　　　　禍用飛辭恣害
子我木平根嘗　　　　　　　在昭燕輦極我
惟同誰均難苦　　　　　　　防青實漢驕忠
新衾陰匀尋辛　　　　　　　萌青生成盈貞

馳若然倏逝惟時年殊白日西移
虧不盈無倏必盛有衰無日不陂
離忠體一違心意志殊憤激何施
儀容仰俯榮華麗飭身將與誰爲
貲何情憂感惟哀志節上通神祇
辭成者作體下遺葕菲採者無差

讀法五

自中行各借一字互用分讀，四言成句，亦可六言左右分讀法。

邵南周風，興自后妃。衛鄭楚樊，厲節中闈。詠歌長歎，不能奮飛。齊商雙發，歌我衮衣。曜流華觀，冶容爲誰。情徵宮羽，同聲相追。

邵南之相追（讀法具前）　情徵之后妃

周南之情悲　宮徵之淑姿

四言十二句，四首。

周風興自后妃，楚樊厲節中闈。長歎不能奮飛，雙發歌我衮衣。華觀冶容爲誰，宮羽同聲相追。

周風之相追（讀法具前）　宮羽之后妃

邵伯之情悲　情傷之淑姿

六言六句，四首。

周風興自后妃，邵伯窈窕淑姿。楚樊厲節中闈，衛女河廣思歸。長歎不能奮飛，詠志遐路逶迤。雙發歌我衮衣，齊興碩人其頎。華觀冶容爲誰，曜榮翠粲葳蕤。宮羽同聲相追，情傷感我情悲。

周風之情悲（讀法具前）　情傷之后妃

邵伯之相追　宮羽之淑姿

六言十二句，四首。

邵伯窈窕淑姿，周風興自后妃。楚樊厲節中闈，衛女河廣思歸。詠志遐路逶迤，長歎不能奮飛。

雙發歌我衮衣，齊興碩人其頎。曜榮翠粲葳甤，華觀冶容爲誰。宫羽同聲相追，情傷感我情悲。

邵伯之情悲讀法具前　情傷之淑姿

周風之相追　宫羽之后妃

六言十二句，四首。

惟時之成辭

奸佞之防萌

何辜之惟新

三段讀法俱同前

以上四段，每段各得詩十六首。

右第五圖共詩六十四首

新增讀法五

各取兩邊四字成句，或兩分、或間隔一句，羅互爲四言、六言分讀法。

興自后妃，厲節中闈。不能奮飛，歌我衮衣。冶容爲誰，同聲相追。

興自之相追讀法具前　同聲之后妃

窈窕之情悲　感我之淑姿

四言六句，四首。

興自后妃，窈窕淑姿。厲節中闈，河廣思歸。不能奮飛，遐路逶迤。歌我衮衣，碩人其頎。冶容爲誰，翠粲葳蕤。同聲相追，感我情悲。

窈窕之相追　感我之后妃
興自之情悲（讀法具前）　同聲之淑姿

四言十二句，四首。

興自后妃，窈窕淑姿。河廣思歸，厲節中闈。不能奮飛，遐路逶迤。碩人其頎，歌我衮衣。冶容爲誰，翠粲葳蕤。感我情悲，同聲相追。

同聲之后妃　窈窕之情悲
興自之相追（讀法具前）　感我之淑姿

四言十二句，四首。

興自后妃，河廣思歸。不能奮飛，碩人其頎。冶容爲誰，感我情悲。

興自之情悲（讀法具前）　同聲之淑姿
窈窕之相追　感我之后妃

兩邊分讀，左右遞退，四言六句，四首。

周風興自后妃，衛女河廣思歸。長歎不能奮飛，齊興碩人其頎。華觀冶容爲誰，情傷感我情悲。

周風之情悲（讀法具前）　宮羽之淑姿

邵伯之相追　　情傷之后妃

兩邊分讀，左右遞退，六言六句，四首。

白日之成辭

作亂之防萌

集乎之惟新

三段讀法俱同前

以上四段，每段各增詩二十首，共八十首，合原讀六十四首，總一百四十四首。

圖六

龍旍容衣
虎彫飭綉
繁華觀曜
文曜壯顔
藻榮麗充

寒歲識凋松
貞物知終始
顔喪改華容
仁賢別行士

詩風興鹿鳴
桑翳感孟宣
時盛昭業傾
章徽恨微玄

衰情時傾
年勞歎奇
感遠殊浮
往憂歲異
日思慕世

讀法六

自寒歲五言反覆讀

寒歲識凋松，貞物知終始。顔衰改華容，仁賢别行士。

寒歲之行士讀法具前　士行之歲寒

松凋之賢仁　仁賢之凋松

五言四句，四首。

寒歲識凋松，始終知物貞。顔衰改華容，士行别賢仁。

寒歲之賢仁讀法具前　仁賢之歲寒

松凋之行士　士行之凋松

五言四句，四首。

詩風之微玄

一段讀法俱同前

以上二段，每段各得詩八首。

龍虎繁文藻，榮曜華彫旍。容飭觀壯麗，充顔曜綉衣。

龍虎之綉衣讀法具前　衣綉之虎龍

五言四句，二首。

藻文繁虎龍，桀曜華彫旂。麗壯觀飭容，充顏曜綉衣。

藻文之綉衣（讀法具前）　充顏之虎龍

五言四句，二首。

衰年之奇傾

一段讀法俱同前

以上二段，每段各得詩四首。

右第六圖共詩二十四首

新增讀法六

自寒歲五言從外讀入，從内讀出。

寒歲識凋松，仁賢別行士。顏喪改華容，貞物知終始。

寒歲之終始（讀法具前）　仁賢之華容

松凋之物貞　士行之喪顏

從外讀入，五言四句，四首。

貞物知終始，顏喪改華容。仁賢別行士，寒歲識凋松。

貞物之凋松（讀法具前）　顏喪之行士

始終之歲寒　容華之賢仁

從内讀出，五言四句，四首。

詩風之孔宣

一段讀法俱同前

以上二段，每段各增詩八首。

龍虎繁文藻，旃彫華曜榮。容飭觀壯麗，衣綉曜顔充。

五言四句，一首。

藻文繁虎龍，充顔曜綉衣。麗壯觀飭容，榮曜華彫旃。

藻文之彫旃讀法具前　充顔之飭容

從外讀入，五言四句，二首。

榮曜華彫旃，麗壯觀飭容。充顔曜綉衣，藻文繁虎龍。

榮曜之虎龍讀法具前　麗壯之綉衣

從内讀出，五言四句，二首。

衰年之異世

一段讀法俱同前

以上二段，每段各增詩五首，共二十六首，合原讀二十四首，總五十首。

圖七

懷 憂 是 嬰　　　　　　寧 自 感 思
思 何 漫 漫　　　　　　孜 孜 傷 情
苦 艱 是 丁　　　　　　側 君 在 時
我 生 何 宼　　　　　　夢 想 勞 形
　　　　端 無 終 始 詩
　　　　比　　　　 情
　　　　作　　　　 明
　　　　麗　　　　 顯
　　　　辭 理 興 義 怨
悼 思 傷 懷　　　　　　念 是 舊 愆
歎 永 感 悲　　　　　　誰 爲 獨 居
戚 戚 情 哀　　　　　　賤 女 懷 歎
知 我 者 誰　　　　　　鄙 賤 何 如

讀法七

自思感四言反覆讀，中段四言亦可作五言。

思感自寧，孜孜傷情。時在君側，夢想勞形。

思感之勞形（讀法具前）　形勞之感思

四言四句，二首。

寧自感思，孜孜傷情。側君在時，夢想勞形。

寧自之勞形（讀法具前）　夢想之感思

四言四句，二首。

愆舊之何如

嬰是之何宪

懷傷之者誰

三段讀法俱同前

以上四段，每段各得詩四首，共一十六首。

詩情明顯，怨義興理。麗辭作比，端無終始。

詩情之終始（讀法具前）　始終之情詩

辭麗之興理　理興之麗辭

情明之始詩　麗作之理辭

無終之比端　義興之顯怨

顯明之義怨　比作之無端

四言四句，十首。

詩情明顯怨，怨義興理辭。辭麗作比端，端無終始詩。

詩情之始詩　詩始之情詩

辭麗之理辭　辭理之麗辭

端比之無端　怨顯之義怨

端無之比端　怨義之顯怨

五言四句，八首。

以上一段，得詩一十八首。

右第七圖共詩三十四首，通共得詩三千七百五十二首。

新增讀法七

自寧自作四言從外讀入，從内讀出，又於中央空方四方一段回環互搭讀。

寧自感思，夢想勞形。側君在時，孜孜傷情。

寧自之傷情（讀法具前）　夢想之在時

從外讀入，四言四句，二首。

孜孜傷情，側君在時。夢想勞形，寧自感思。

孜孜之感思（讀法具前）　側君之勞形

從内讀出，四言四句，二首。

孜孜傷情，寧自感思。夢想勞形，側君在時。

孜孜之在時（讀法具前）　側君之傷情

從下句間遞讀，四言四句，二首。

念是之獨居

懷憂之漫漫

悼思之感悲

三段讀法俱同前

以上四段，每段各增詩六首，共二十四首。

詩情明顯，麗辭作比。端無終始，怨義興理。

理興義怨，比作麗辭。始終無端，顯明情詩。

端無終始，怨義興理。詩情明顯，麗辭作比。

比作麗辭，詩情明顯。理興義怨，始終無端。

辭麗作比，怨義興理。詩情明顯，端無終始。

始終無端，顯明情詩。理興義怨，比作麗辭。
怨義興理，端無終始。詩情明顯，辭麗作比。
比作麗辭，始終無端。顯明情詩，理興義怨。

右中央空心一方，四言四句，八首。

以上五段共增詩三十二首，合原讀三十四首，總六十六首。

右七圖并附增一圖，共八圖，新增詩四千二百六首，合原讀三千七百五十二首，共七千九百五十八首。　清吳門沈氏重刻本織錦回文詩

徐養原跋織錦迴文詩：『右織錦迴文詩，有宋至道宮中本，見桑氏迴文類聚。明僧起宗讀法，實出於此，而諱所自來，頗嫌掠美。然廣慧所傳，衹詳設色，得起宗分圖析類，讀法乃明，二者相須不可偏廢。今取廣慧讀法附錄起宗書後，並略爲攷證，以便觀覽。有康萬民者，於起宗讀法外，復增一圖，得詩四千餘首，與起宗讀法合刊行世。曩於坊閒見之，惜倉卒未暇細玩，行當訪求增入，此則至道本未逮也。人心之巧，何可限量。然就起宗讀法言之，弟一弟二弟四弟五弟六弟七等圖，共得詩二百餘首，皆所謂徘徊宛轉，自成文章者也。惟弟三圖得三千五百餘首，頗多牽强。武后記衹云題詩二百餘首，蓋有以也。第使無四角穿心之句，則每色各成片段，不相統貫，而天吳紫鳳可以任其顛倒，此弟三圖所以不可廢也。若更欲求多，於是將不顧文義而惟取趁韻，適足爲詩累耳。惟弟三圖析之，似尚有可讀之句，今更補

作三圖附後宜俱附弟二圖後合起宗弟一弟二兩圖，則五經五緯及兩交巳備，復以起宗之弟三圖繼之，斯條理秩然矣。又至道本朱色凡九圖，起宗止有三圖，而詩之首數適同，未詳其故，當更攷之』。頑石廬文集卷十

童叶庚回文片錦序，謂『迨獲康萬民煮字齋讀法，始知縱横反覆，無不可通，爰循其例，復于原本七千餘首外，增讀九千餘首，其底藴猶未盡宣，斯圖之妙，真不可思議』。

案：起宗和萬民之讀數，都存在漏計、重計之錯誤。據李蔚詩苑珍品璇璣圖云，起宗實讀三千七百四十四首，萬民實讀四千一百八十八首，兩家合共七千九百三十二首。

朱淑真璇璣變幻圖讀法

蘇若蘭璇璣圖叙

若蘭名蕙，姓蘇氏，陳留令道質季女也。年一十六歲，歸扶風竇滔。滔字連波，仕苻秦爲安南將軍。以若蘭才色之美，甚敬愛之。滔有寵姬趙陽臺，歌舞妙甚，滔悦之，置於別室。若蘭不願偕行，竟挈陽〔臺〕到任。若蘭乃悔恨自傷，因織錦爲回文，五彩相宣，瑩心耀目，亘古以來所未有也。命蒼頭齎至襄陽，滔閲之，感其妙絶，遂送陽臺之關中，具輿從迎若蘭。其著文字五千餘言，世久湮没，是圖猶存。唐武則天皇帝嘗序圖首，今已魯魚莫可辨矣。予初侍家君宦游浙西時，好拾清玩，凡琴書真貨可意人者，雖重購無所惜也。一日飲宴于郡倅衙，偶見壁間是圖，以予渴好之故，堅于倅求之，償其值得歸遺予。讀而解之，惜其粉墨脱蝕，僅識圖字，其序誌漫矣。若蘭小像，尚可臨也。因悟璇璣之理，試從經緯求之。蓋璇璣者，天盤也。經緯者，星辰所行之道也。中留一眼者，天星（心）也。中一方，太微垣也，乃疊字四言詩。其二方，紫微垣也，乃四言回文。以至二方之外，四正：乃五言回文；四維：乃四言回文。三方之外，四正交首四言詩，文則不回也；四維乃三言回文。三方之經曰黄〔道〕，乃七言回文。臨邊四經日青道白道赤道黑道皆〔七〕言回文，可周流而讀也。彼時予備細錄解，藏諸篋笥，今已十一年矣。身既于歸，俗事多累，非復少時情況，偶因病起，能作于前，非予之勞，莫解于後，何世異而情同若此，抑不知後之有功于是圖復何人也。請不敢辨檢故紙而得此，然皆蟫蠹零落，甚可惜也。命侍兒碧梧，取素絹臨之，以若蘭之巧，吁寶之。皇宋紹定三年二月十五日，幽棲居士朱淑貞書。

璇璣變幻

蘇氏詩圖
璇璣始乎
始乎蘇氏
詩圖旋璣

詩情明灼
怨義興理
辭麗此作
眷戀終始

始終戀眷
作此麗辭
理興義怨
灼明情詩

灼明情詩
理興義怨
作此麗辭
始終戀眷

戀眷終始
辭麗此作
怨義興理
詩情明灼

詩雅興鹿
鳴 宣孟
感翳桑
時盛昭葉
傾 玄重
恨徽章

仁賢則行
士 容華
改衰顏
貞物知終
始 松凋
識歲寒

龍虎繁文
備 揚彩
華雕旂
容餙觀壯
麗 光美
曜繡衣

章徽恨重
玄 傾葉
昭盛時
桑翳感孟
宣 鳴鹿
興雅詩

寒歲識凋
松 始終
知物貞
顏衰改容
華 士行
則賢仁

衣繡曜美
光 麗壯
觀餙容
旂雕華彩
揚 備文
繁虎龍

鳴鹿興雅
詩 桑翳
感孟宣
傾葉昭盛
時 章徽
恨重玄

士行則賢
仁 顏衰
改容華
始終知物
貞 寒歲
識凋松

龍虎繁文
備 旂雕
華彩揚
麗壯觀餙
容 衣繡
曜美光

玄重恨徽
章 時盛
昭葉傾
宣孟感翳
桑 詩雅
興鹿鳴

松凋識歲
寒 貞物
知終始
華容改衰
顏 士行
則賢仁

光美曜繡
衣 容餙
觀壯麗
揚彩華雕
旂 備文
繁虎龍

衰年感徃
事　眺遠
勞深情
巵酒消薄
味　調琴
非故聲

我生何宛
丁是艱苦
鎖愁漫漫
嬰是憂阻

懷傷思悼
嘆戚感悲
乖情獨抱
盻我者誰

聲故非琴
調　味薄
消酒巵
情深勞遠
眺　事徃
感年衰

阻憂是嬰
漫漫愁鎖
苦艱是丁
宛何生我

誰者我盻
抱獨情乖
悲感戚嘆
悼思傷懷

事徃感年
衰　情深
勞遠眺
味薄消酒
巵　聲故
非琴調

嬰是憂阻
鎖愁漫漫
丁是艱苦
我生何宛

盻我者誰
乖情獨抱
嘆戚感悲
懷傷思悼

調琴非故
聲　巵酒
消薄味
眺遠勞深
情　衰年
感徃事

宛何生我
苦艱是丁
漫漫愁鎖
阻憂是嬰

悼思傷懷
悲感戚嘆
抱獨情乖
誰者我盻

思感靡寧
孜孜傷情
時倚枕屏
追想勞形

掩羞悲怨
卑賤何如
感舊是念
誰爲獨居

辛苦惟艱
生患多
殷憂纏情
將如何

形勞想追
屏枕倚時
情傷孜孜
寧靡感思

居獨爲誰
念是舊感
如何賤卑
怨悲羞掩

欽岑幽岩
峻嵯峨
深淵重涯
經網羅

追想勞形
時倚枕屏
孜孜傷情
思感靡寧

誰爲獨居
感舊是念
卑賤何如
掩羞悲怨

林陽潛曜
翳英華
沉浮書札
魚流沙

寧靡感思
情傷孜孜
屏枕倚時
形勞想追

怨悲羞掩
如何賤卑
念是舊感
居獨爲誰

麟鳳分遠
曠迩遐
精神少瘁
志兼加

加兼志瘁　沙流魚札　羅網經涯　何如將情
少神精　書浮沉　重淵深　纏憂殷
遐迩曠遠　華英翳曜　峨嵯峻岩　多患生艱
分鳳麟　潛陽林　幽岑欽　惟苦辛

搆罪積怨　愆辜何因　地天施德　飄佩鳴玉
其艱難尋　備嘗苦辛　貴乎均云　步之漢潯
積罪搆恨　何辜愆疾　施天地德　鳴佩飄玉
浸潤日深　集乎我身　品物濡春　風行曳音

愛間親違　弃故遺舊
殊我同衾　君子惟欽
親間愛違　遺故弃舊
感者改心　誠在伯禽

心壯志違
憤激何施
志壯心違
一生苦思

華麗餙身
將與誰爲
餙麗華美
俯仰容儀

唯盛有衰
無盈不虧
有盛唯替
矢日不悲

舊遊往年
白日西移
往遊舊時
倏忽若馳

志衰悼感
憂情何資
悼衰志節
上通神祇

葤遺下体
作者成辭
下遺葤菲
采者無私

華豔滋色
冶容爲誰
滋艷華色
翠羽葳甤

絃調宮徵
同聲相追
宮調絃譜
感我情悲

清商雙奏
碩人其頎
雙商清調
歌汝衷衣

長歌永望
遐路逶迤
永歌長歎
不能奮飛

衛鄭楚女
厲節中闈
楚鄭衛姬
河廣思歸

周南召伯
窈窕淑姿
召南周風
興自后妃

察微慮遠
慎若未形
慮微察深
禍在防萌

漸致人伐
用招青青
人致漸寵
盛炎猶榮

班寵婕妤
辭輦漢成
婕寵班姬
義不苟容

妾嬖趙氏
飛燕寔生
趙嬖妾后
成在傾城

奸讒佞人
作辭闈庭
佞讒奸兇
害我貞忠

禍因所持
恣惡驕盈
所因禍深
膚受難明

孝克基敬　君無家夜　身輕飛寄　思君長念
是從　月娟　浮雲　好仇
慎所持念　餙容華誰　餙光輝宣　容摧傷發
厥恭　爲妍　采文　嘆愁
遠危疑家　色曜葩英　鳳孤幃鏡　步東廂階
和雍　生香　掩鶯　西遊
慎克思啟　倚日斜淚　亂花飛和　憩圃桑桃
節容　沾裳　陽春　林休

仁智懷德　秦楚間越　麟龍昭德　倫匹飄跡
聖虞唐　隔土鄉　懷聖皇　沉江湘
貞志篤終　辛苦君身　人之女体　津河隔塞
矢穹蒼　客外方　有柔剛　殊山梁
欽所箴誠　春陽敷秀　親愛踈潤　民生摧迅
絶淫荒　蕙蘭芳　空遠望　電流光
嗔憂增慕　纂箏流脆　純貞志一　林西照景
懷悕傷　激絃商　專所當　薄榆桑

織錦迴文詩圖，即三尺童子皆知爲竇滔夫人蘇若蘭所作也。然若蘭用意之深，搆詞之巧，朱淑貞按其圖析而解之，今後之觀者不煩揣摹。梅雨初收，倚欄無事，命侍鬟焚香烹茗，取素緗臨之。

噫，

淑貞爲若蘭之知己，信矣，予獨不得爲淑貞之知己□耶。天水郡管道昇臨蘇識。

魏國夫人以閨閣之秀，擅翰墨之能，人得其片楮，皆珍踰拱璧，况此廻文詩，分析數千百言，星列棋布，端楷之玅，一展眎間，而詩義豁然，精采溢目，豈夫人亦重若蘭之才而樂爲之，故其用筆若神，迥出尋常倍蓰耶，是當什襲永爲世寶。柯九思題。

元管夫人織錦迴文詩圖（長卷）

絳州石刻璿璣圖

愁心 多下 啼 紅 淚 夜夜 着樓 衣上 知 腰 細 結束 朝泣 朝盡 如 珠 淚 不拭

織錦 成字 書 難 寄 路遠 夜易 夜流 相 憶 淚 悃悃 書遠 傳道 心 先 碎 笳動

怨臺 結前 嬾 畫 眉 朝朝 擣河 練邊 覺 力 微 抛梭 歲長 歲攢 似 月 眉 休匀

月銀 出河 影 亦 微 蟾光 朝難 朝展 鎖 愁 眉 空自 怨深 入閨 夢 已 微 蛩吟

鴻不 雁能 傳 錦 字 有心 春秋 去來 花 落 砌 眼看 沙有 塞心 通 遠 字 何人

秋注 深目 詷 碪 砌 豈謂 月不 中見 飛 鴻 字 念妾 哀離 哀恨 還 相 憶 萬里

夢那 魂解 送 寒 衣 無信 征難 夫望 及 時 歸 不見 金無 風信 送 寒 衣 誰念

落天 日寒 恨 不 歸 蹉跎 塞那 外知 挂 鐵 衣 憐君 寂丰 寞姿 又 不 歸 今年

絳州石刻璿璣圖

此圖舊有石刻在絳州官莊里，今已不存。據舊志僅得一百六十四字，薛天山氏補一十六字（改十三字）縱廣未合。今訂補三十六字，共成二百一十六字，而是圖以完。

讀法

七言八式（共九十六首二千六百八十八字）

愁多心下啼紅淚，怨結云云，相閒讀至送寒衣，回文爲二首。織成錦字書難寄，月出云云，相閒讀至恨不歸，回文爲二首（如從落日天寒起依前式反讀亦如其數下皆倣此）

合全圖共十二首，三百三十六字。

愁多心下啼紅淚，織成云云，一順讀至恨不歸，回文爲四首。

愁多夜夜啼紅淚，怨結云云，相閒讀。

愁多夜夜啼紅淚，織成云云，一順讀。

夜夜心下啼紅淚，朝朝云云，相閒讀。

夜夜心下啼紅淚，路遠云云，一順讀。

心下夜夜啼紅淚，臺前云云，相閒讀。

心下夜夜啼紅淚，錦字云云，一順讀。

以上皆成十二首，三百三十六字。

五言六式共七十二首一千四百四十字

夜夜啼紅淚，朝朝云云，相閒讀。
夜夜啼紅淚，路遠云云，一順讀。
心下啼紅淚，臺前云云，相閒讀。
心下啼紅淚，錦字云云，一順讀。
愁多啼紅淚，怨結云云，相閒讀。
愁多啼紅淚，織成云云，一順讀。

以上皆成十二首，二百四十字。

九言八式共九十六首三千四百五十六字

愁多心下夜夜啼紅淚，怨結云云，相閒讀。
愁多心下夜夜啼紅淚，織成云云，一順讀。
愁多夜夜心下啼紅淚，怨結云云，相閒讀。
愁多夜夜心下啼紅淚，織成云云，一順讀。
夜夜愁多心下啼紅淚，朝朝云云，相閒讀。
夜夜愁多心下啼紅淚，路遠云云，一順讀。
心下愁多夜夜啼紅淚，臺前云云，相閒讀。

心下愁多夜夜啼紅淚，錦字云云，一順讀。

以上皆成十二首，四百三十二字。

按薛氏以七言讀之，五言回文，各五首，止得二百四十字。今總二十二式，二百六十四首，七千五百八十四字（又法止用大字如前式以三言讀之亦成十二首一百四十四字）逆而計之，又增一倍，見無窮之義焉。（光緒直隸絳州志卷十九藝文）

〔民國〕新絳縣志卷九金石考

萬曆絳州志卷三，薛國民（字效先萬曆丙子舉人官真寧知縣陞秦府審理）曰『按回文詩圖有三，而此見於吾絳者。碑已無存，志有可考。殊多訛缺，今據新舊二志訂補，傅古之君子正焉。按讀法愁多起頭，那解結尾。七言，夜夜起頭，無信結尾，廻讀五言，餘倣此』（圖文『花落砌』、『裀碪砌』作『花落盡』、『裀碪杵』）。又康熙絳州志卷三注云『郡人趙師尹家有刻本，讀法尤詳』。

絳州璿璣圖石刻，謂是蘇蕙所撰。正德志、萬曆志、康熙志都作四行五層，多有殘闕，乾隆志改爲八行三層。經嚴一清悉心研讀，發現其原係三首同韻七言律詩，交錯編排而成。一云『織成錦字書難寄，月出銀河影亦微，愁多心下啼紅淚，怨結臺前嬾畫眉，鴻雁不能傳錦字，夢魂那解送寒衣，秋深極目調碪杵，落日天寒恨不歸』。二云『着衣樓上知腰細，擣練河邊覺力微，夜夜易流相憶淚，朝朝難展鎖愁眉，月中不見飛鴻字，塞外那知挂鐵衣，春去秋來花落盡，征夫難望及時歸』。三云『書傳遠道心先碎，怨入深閨夢已微，朝朝泣盡如珠淚，歲歲長攢似月眉，沙塞有心通遠字，金風無信送寒衣，哀哀離恨還相憶，寂寞丰姿又不歸』。

回文集卷二　目録

盤中詩

蘇伯玉妻

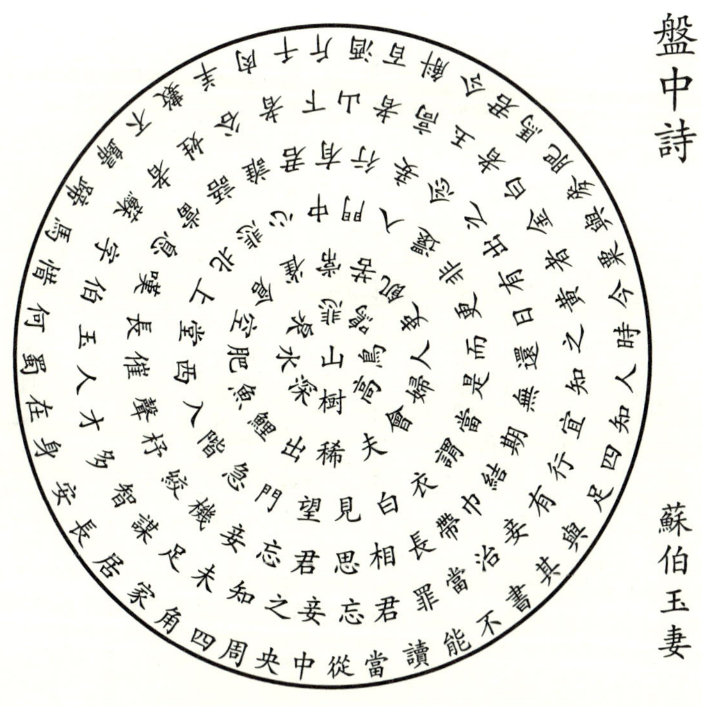

盤中詩　寄夫

讀法　盤旋讀，自中心山樹起，向上右轉至深字，即出下層左轉，此層讀完至出字，又出下層右轉，五六七層俱倣此，至周四角止。

三七言古詩一首

山樹高，鳥鳴悲。泉水深，鯉魚肥。空倉雀，常苦飢。吏人婦，會夫稀。出門望，見白衣。謂當是，而更非。還入門，中心悲。北上堂，西入階。急機絞，杼聲催。長嘆息，當語誰。君有行，妾念之。出有日，還無期。結巾帶，長相思。君忘妾，未知之。妾忘君，罪當治。妾有行，宜知之。黄者金，白者玉。高者山，下者谷。姓者蘇，字伯玉。人才多，智謀足。家居長安身在蜀，何惜馬蹄歸不數。羊肉千斤酒百斛，令君馬肥麥與粟。今時人，知四足。與其書，不能讀，當從中央周四角。回文類聚卷二

蘇伯玉妻，玉臺新詠原注：『失其姓氏，伯玉被使在蜀，久而不歸，其妻居長安思念之，因作此詩』。李因篤漢詩音註云『家居長安，則知爲武功之蘇也』。

玉連環

殷仲堪

禮節有宜體飲酒爲

玉連環　酒盤銘

讀法　或左或右，俱可叶韵成文。

四言

禮節有宜，體悦酒爲　　節有宜體，悦酒爲禮
有宜體悦，酒爲禮節　　宜體悦酒，爲禮節有
體悦酒爲，禮節有宜　　悦酒爲禮，節有宜體
酒爲禮節，有宜體悦　　爲禮節有，宜體悦酒
爲酒悦體，宜有節禮　　酒悦體宜，有節禮爲
悦體宜有，節禮爲酒　　體宜有節，禮爲酒悦
宜有節禮，爲酒悦體　　有節禮爲，酒悦體宜
節禮爲酒，悦體宜有　　禮爲酒悦，體宜有節

回文類聚卷二　藝文類聚卷七十三　西華縣續志卷十三

仲堪（?—三九九），陳郡人。晉孝武帝時，授都督荆益寧三州軍事，鎮江陵。隆安三年與桓玄戰，兵敗被執，逼令自盡，死於柞溪。善屬文，與從兄覬齊名，著文集十二卷。子曠之，爲剡令，有父風。

玉連環

狂樂惑最觴惡德醉

玉連環　酒盤銘其二

讀法　同前

『樂』：藝文類聚、西華縣續志作『藥』

回文

達磨

真極妙常終始圓明淨至身寂照忘空理緣情性離

回文　真性頌

讀法　反覆體　字字可起，左右可讀。

五言四十首

真離性情緣，理空忘照寂。身至淨明圓，始終常妙極。
離性情緣理，空忘照寂身。至淨明圓始，終常妙極真。
性情緣理空，忘照寂身至。淨明圓始終，常妙極真離。
情緣理空忘，照寂身至淨。明圓始終常，妙極真離性。
緣理空忘照，寂身至淨明。圓始終常妙，極真離性情。
理空忘照寂，身至淨明圓。始終常妙極，真離性情緣。
空忘照寂身，至淨明圓始。終常妙極真，離性情緣理。
忘照寂身至，淨明圓始終。常妙極真離，性情緣理空。
照寂身至淨，明圓始終常。妙極真離性，情緣理空忘。
寂身至淨明，圓始終常妙。極真離性情，緣理空忘照。
身至淨明圓，始終常妙極。真離性情緣，理空忘照寂。

至淨明圓始，終常妙極真。離性情緣理，空忘照寂身。
淨明圓始終，常妙極真離。性情緣理空，忘照寂身至。
明圓始終常，妙極真離性。情緣理空忘，照寂身至淨。
圓始終常妙，極真離性情。緣理空忘照，寂身至淨明。
始終常妙極，真離性情緣。理空忘照寂，身至淨明圓。
終常妙極真，離性情緣理。空忘照寂身，至淨明圓始。
常妙極真離，性情緣理空。忘照寂身至，淨明圓始終。
妙極真離性，情緣理空忘。照寂身至淨，明圓始終常。
極真離性情，緣理空忘照。寂身至淨明，圓始終常妙。
極妙常終始，圓明淨至身。寂照忘空理，緣情性離真。
妙常終始圓，明淨至身寂。照忘空理緣，情性離真極。
常終始圓明，淨至身寂照。忘空理緣情，性離真極妙。
終始圓明淨，至身寂照忘。空理緣情性，離真極妙常。
始圓明淨至，身寂照忘空。理緣情性離，真極妙常終。
圓明淨至身，寂照忘空理。緣情性離真，極妙常終始。
明淨至身寂，照忘空理緣。情性離真極，妙常終始圓。

淨至身寂照，忘空理緣情。性離真極妙，常終始圓明。
至身寂照忘，空理緣情性。離真極妙常，終始圓明淨。
身寂照忘空，理緣情性離。真極妙常終，始圓明淨至。
寂照忘空理，緣情性離真。極妙常終始，圓明淨至身。
照忘空理緣，情性離真極。妙常終始圓，明淨至身寂。
忘空理緣情，性離真極妙。常終始圓明，淨至身寂照。
空理緣情性，離真極妙常。終始圓明淨，至身寂照忘。
理緣情性離，真極妙常終。始圓明淨至，身寂照忘空。
緣情性離真，極妙常終始。圓明淨至身，寂照忘空理。
情性離真極，妙常終始圓。明淨至身寂，照忘空理緣。
性離真極妙，常終始圓明。淨至身寂照，忘空理緣情。
離真極妙常，終始圓明淨。至身寂照忘，空理緣情性。
真極妙常終，始圓明淨至。身寂照忘空，理緣情性離。

圖錄自回文類聚卷二、古詩類苑卷一〇三、程氏墨苑卷十二、方氏墨譜卷五。

『情』：永樂大典卷二六二九作『盡』，靈隱寺誌卷三下、新續高僧傳四集卷十八作『清』。

『至』：永樂大典、靈隱寺誌、新續高僧傳俱作『智』，禪宗寶典作『或志』。

『寂』：禪宗寶典作『滅』、『或𡧛』。

『極』：禪宗寶典作『㮇』。

達磨（？—五三五），一作達摩，南天竺王子。梁普通元年，泛海抵廣州，武帝迎至金陵，與談佛理，不契。折蘆渡江入魏，住嵩山少林寺，面壁九年。大同初示寂，葬耳山，爲中國佛教禪宗之創始人。

玉連環

璧 圓 水 冷 跡 愈 理 明

丘遲

玉連環　硯銘

讀法　或左或右，俱可叶韵成文。

四言

璧圓水平，跡宣理明　圓水平跡，宣理明璧
水平跡宣，理明璧圓　平跡宣理，明璧圓水
跡宣理明，璧圓水平　宣理明璧，圓水平跡
理明璧圓，水平跡宣　明璧圓水，平跡宣理
明理宣跡，平水圓璧　理宣跡平，水圓璧明
宣跡平水，圓璧明理　跡平水圓，璧明理宣
平水圓璧，明理宣跡　水圓璧明，理宣跡平
圓璧明理，宣跡平水　璧明理宣，跡平水圓

回文類聚卷二　高似孫硯箋卷四

『璧圓』，藝文類聚卷五十八作『璧圖』。馬星翼東泉詩話卷一：『梁武帝研銘八字，回環可讀，音模德寫心圖墨假，見虞氏北堂書鈔。坊刻誤以模爲横，與圖字不韻，且不可解，知是模字，模與摹古通用。假墨圖心寫德模音，又模德寫心圖墨假音，如此回互，可得十六首，亦奇作。又邱遲研銘八字，璧圓水平跡宣理明，讀法如前，坊刻圓誤作圖，亦不可解，悉爲校正如右』。西清硯譜卷二唐八稜澄泥硯：『硯八稜，稜廣一寸八分，徑四寸一分。受墨處正圓如璧，外環墨池，池外周刻海馬飛魚，出没波濤之際，上方左右側面鎸銘欵十二字，明理宣跡，平水圓璧，建武庚子。考明理宣跡，平水圓璧八字迴文銘，爲梁邱遲作，欵署建武庚子四字，建武爲齊明帝年號，遲逮事明帝，故署建武。惟明帝以甲戌建元至戊寅改元永泰，無庚子年，意銘後庚子二字或書其日也。唐人作硯時，蓋沿用銘詞，並列原欵，以爲重耳』。日本京都人鵜飼錬齋（一六三三—一六九三）著有梁丘遲硯銘衍一册（見近代名家著述目録、水户文籍考）。

遲（四六四—五〇八）字希範，吴興烏程人。八歲能屬文。初仕齊，歷太學博士、殿中郎。入梁，武帝任爲中書郎，待詔文德殿，遷永嘉太守，官至司徒從事中郎。有文集十卷。

玉連環

蕭衍

模德寫心圖聲假音

玉連環　古硯銘

讀法　同前　回文類聚卷二

藝文類聚卷五十八、高似孫硯箋卷四、沈士硯譜圖等書，題俱作硯銘。『模』，藝文類聚作『横』，硯箋、硯譜圖作『攄』。俞樾梁武帝硯銘：『梁武帝集有硯銘，止八字，反覆讀之，皆成韵語，今錄於左，音模德寫心圖墨假。音模德寫，心圖墨假一讀也；模德寫心，圖墨假音二讀也；德寫心圖，墨假音模三讀也；寫心圖墨，假音模德四讀也；音假墨圖，心寫德模五讀也；假墨圖心，寫德模音六讀也；墨圖心寫，德模音假七讀也；圖心寫德，模音假墨八讀也。梁簡文帝有紗扇銘，亦同此體，今亦錄於左，風發曜光空月照霜』（茶香室叢鈔卷二十）。

衍（四六四—五四九）即梁武帝，字叔達，小字練兒，南蘭陵中都里人。少能文，及長，博學多通。仕齊爲雍州刺史，鎮襄陽。乘内亂，起兵奪得帝位。晚年篤信佛教，大建寺院，三次舍身入同泰寺。太清三年，降將侯景叛，被困台城，餓死，在位四十八年。著作甚多，明人輯有梁武帝御製集。

玉連環

蕭綱

曜

發

光

風

空

霜

月

照

玉連環　紗窗銘

讀法　同前　回文類聚卷二　藝文類聚卷六十九

陸紹曾簡文帝紗團扇銘曰：『風霜照月空江曜發，右回文規式可左右從横讀之』（古今名扇錄）。宋代王質紗扇詩云『八字回環字字精，一規孤月半銖輕，只應來自鮫人室，風動猶聞細浪聲簡文帝紗扇銘照月空光耀發風霜』（雪山集卷十五）。

玉連環

月澄華鏡炎菱花淨

失名

玉連環　鏡銘

讀法　馮雲鵬金索卷六：『此鏡一字一華，相間迴環，往復無不可讀，中作菱華之飾』，『又首尾交加，正讀五言八首，迴文讀五言八首，共得詩三十二首，其交加讀，如鏡發菱花淨，淨月澄華鏡之類』。

正讀四言八首

鏡發菱花，淨月澄華一　發菱花淨，月澄華鏡二

菱花淨月，澄華鏡發三　花淨月澄，華鏡發菱四

淨月澄華，鏡發菱花五　月澄華鏡，發菱花淨六

澄華鏡發，菱花淨月七　華鏡發菱，花淨月澄八

迴文讀四言八首

鏡華澄月，淨花菱發一　華澄月淨，花菱發鏡二

澄月淨花，菱發鏡華三　月淨花菱，發鏡華澄四

淨花菱發，鏡華澄月五　花菱發鏡，華澄月淨六

菱發鏡華，澄月淨花七　發鏡華澄，月淨花菱八

玉連環

失名

花鏡菱精華淨澄清

玉連環　澄清回文鏡銘

讀法　同前　善齋吉金録鏡三　小校經閣金文卷十六

玉連環

失名

冰華月淨蕊花蕊鏡

玉連環　鏡銘

讀法　同前　陳佩芬上海博物館藏青銅器

玉連環

失名

真象物澂神朗月鑒

玉連環　鏡銘

讀法　同前　錢坫浣花拜石軒鏡銘集錄卷一

玉連環

失名

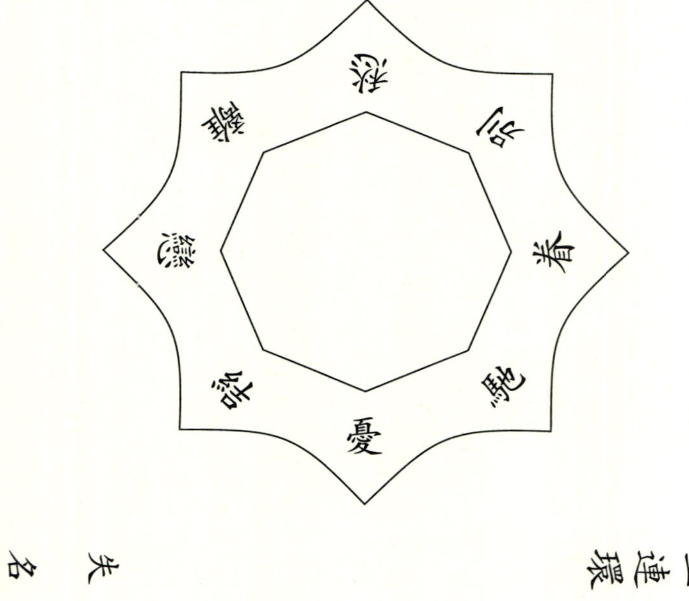

玉連環　戀離迴文鏡銘

讀法　同前　小校經閣金文卷十六　小檀欒室鏡影卷四

玉連環

失名

光 正 隨 丫 長 風 宜 新

玉連環　鏡銘

讀法　同前　陝西省出土銅鏡

回文

失名

花流采波澄影正月素齋明鑑秦逾淨發

回文　鏡銘

讀法　馮雲鵬金索卷六、馮雲鵷濟南金石志卷一謂：『此鏡銘十六字可迴文，不能脱卸讀，故首尾之間有一花隔之』。

正讀

發花流采，波澄影正。月素齊明，鑒秦逾淨。

迴文讀

淨逾秦鑒，明齊素月。正影澄波，采流花發。

鞶鑑圖

南海女子

（引自浣花拜石軒鏡錄卷一）

鞶鑑圖

讀法　花上八字，枝間八字，環旋讀之，四字爲句，遞相爲韻。其盤屈糾結爲八枝者，左旋讀之，自篇字起至詞字止，當就支脂字韻；右旋讀之，自詞字起篇字止，當就先仙字韻。花上、枝間，或左或右，俱可成文，即古玉連環也。

鞶鑑銘（一名轉輪鈎枝八花鑑銘）

清月曉河，澄雪皎波　月曉河澄，雪皎波清
曉河澄雪，皎波清月　河澄雪皎，波清月曉
澄雪皎波，清月曉河　雪皎波清，月曉河澄
皎波清月，曉河澄雪　波清月曉，河澄雪皎
波皎雪澄，河曉月清　皎雪澄河，曉月清波
雪澄河曉，月清波皎　澄河曉月，清波皎雪
河曉月清，波皎雪澄　曉月清波，皎雪澄河
月清波皎，雪澄河曉　清波皎雪，澄河曉月（右花上八字環旋讀之得十六句）
清光耀日，菱芳照室　光耀日菱，芳照室清

耀日菱芳，照室清光　日菱芳照，室清光耀
菱芳照室，清光耀日　芳照室清，光耀日菱
照室清光，耀日菱芳　室清光耀，日菱芳照
室照芳菱，日耀光清　照芳菱日，耀光清室
芳菱日耀，光清室照　菱日耀光，清室照芳
日耀光清，室照芳菱　耀光清室，照芳菱日
光清室照，芳菱日耀　清室照芳，菱日耀光右枝間八字環旋讀之得十六句

篇章隱約，雅合雍熙。鉛華著飾，晝瘁妍媸。旋軀合配，懿德章施。宣光炳耀，列象標奇。先人後已，閱禮崇詩。懸堂象設，啓匣光馳。傳芳遠古，照引毫厘。堅惟瑩澈，跡異磷緇。連星引月，藻振芳垂。妍齊錦繡，色配漣漪。虔思早暮，守謹閨闈。圓虗配道，象罔齊儀。煙疑綴玉，影表方枝。捐瑕滌蕩，釋怨忘疲。蓮芳表質，日素疑姿。編辭衍義，質動形隨。前瞻後戒，雪拂雲披。聯翩動鵲，映掩辭螭。蟬輕約鬢，柳翠分眉。全斯節志，敬爾尊卑。鮮含翠羽，影透輕池。源分派引，地等天規。延年益壽，代變時移。筌簡等義，繪綵分詞。

詞分綵繪，義等簡筌。移時變代，壽益年延。規天等地，引派分源。池輕透影，羽翠含鮮。卑尊爾敬，志節斯全。眉分翠柳，鬢約輕蟬。螭辭掩映，鵲動翩聯。披雲拂

雪，戒後瞻前。隨形動質，義衍辭編。姿疑素日，質表芳蓮。疲忘怨釋，怪滌瑕捐。

枝方表影，玉綴疑煙。儀齊罔象，道配虛圓。闌閨謹守，暮早思虔。漪漣配色，繡錦

齊妍。垂芳振藻，月引星連。緇磷異跡，澈瑩惟堅。厘毫引照，古遠芳傳。馳光匣

啓，設象堂懸。詩崇禮閲，已後人先。奇標象列，耀炳光宣。施章德懿，配合軀旋。

嫿妍瘁盡，飾著華鉛。熙雍合雅，約隱章篇。回文類聚卷二

『厘』、『疑』：廣東新語卷八、全唐文卷九八八作『釐』、『凝』

『捐』：明本回文類聚卷二作『涓』

回文

失名

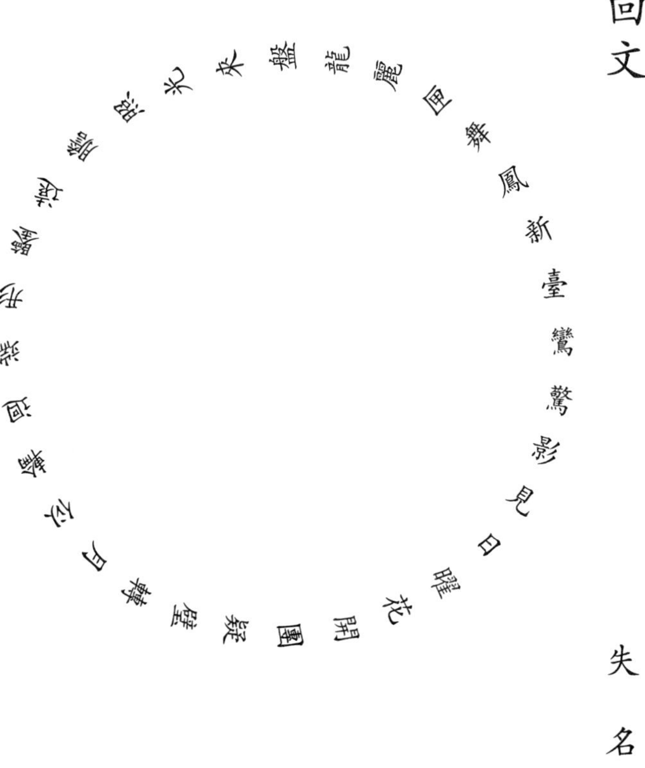

回文　盤龍舞鳳鏡銘

讀法　四字一句，盤字起來字止，回文來字起盤字止。

四言

盤龍麗匣，舞鳳新臺。鸞驚影見，日曜花開。團疑璧轉，月似輪迴。端形鑒遠，膽照光來。

回文

來光照膽，遠鑒形端。迴輪似月，轉璧疑團。開花曜日，見影驚鸞。臺新鳳舞，匣麗龍盤。　寧壽鑑古卷十六

回文

失名

流傳明逾滿月玉潤珠圓驚鸞鈿後儛鳳臺前生菱上壁倒井澄蓮情虛應態影逐粧妍清神鑒物代代

回文　唐滿月廻文鏡銘

讀法　馮雲鵬金索卷六云『銘四十字，可以廻文，正讀一先韻，倒讀八庚韵，其王即玉字，唐避世字，故不曰世世，曰代代也』。

四言

明逾滿月，玉潤珠圓。驚鸞鈿後，儛鳳臺前。生菱上壁，倒井澄蓮。情虛應態，影逐粧妍。清神鑒物，代代流傳。

回文

傳流代代，物鑒神清。妍粧逐影，態應虛情。蓮澄井倒，壁上菱生。前臺鳳儛，後鈿鸞驚。圓珠潤玉，月滿逾明。

案『玉』，銅鏡本作『王』。『驚鸞鈿後，儛鳳臺前』原是『鸞驚鈿後，鳳儛臺前』，回文不叶，互乙。

藏頭拆字詩

白居易

好酒漿洗塵埃道味嘗於名利兩相忘懷六洞丹霞客誦三清紫府章里採蓮歌達旦輪明月桂飄香高公子還相覓得山中

藏頭拆字詩　遊紫霄宫

讀法　每句取第一字下半爲起字，從右轉。首句用漿字之下半水字讀起，如水洗塵埃道味嘗，甘於名利兩相忘是也。

七言八句

水洗塵埃道味嘗，甘於名利兩相忘。心懷六洞丹霞客，口誦三清紫府章。十里採蓮歌達旦，一輪明月桂飄香。日高公子還相覔，見得山中好酒漿。麟玉堂本回文類聚卷二

明本回文類聚卷二、三才圖會文史卷三、圖名藏頭廻文拆字體，『每句取上字下半字爲起字，如漿字用水字是也，末句用漿字爲韻』，圖中央書『玉連環』三字。

居易（七七二—八四六）字樂天，晚年號香山居士，祖籍太原，後家韓城，又徙下邽。唐德宗貞元中進士，授校書郎。憲宗元和間，歷翰林學士、左拾遺、左贊善，因對殿中，論執强鯁，出爲江州司馬，遷杭州、蘇州刺史。文宗立，擢刑部侍郎。二李黨事興，乃稱病分司東都。開成中，起太子少傅，進馮翊侯。武宗會昌初，以刑部尚書致仕。工詩文，與元稹、劉禹錫齊名，世稱元白、劉白，著有白氏長慶集七十五卷。

玉連環

呂巖

神 修 德 養 身 荒 國 敗

玉連環 酒箴

讀法 或左或右，俱可叶韵成文。

四言

神傷德壞，身荒國敗 傷德壞身，荒國敗神

德壞身荒，國敗神傷 壞身荒國，敗神傷德

身荒國敗，神傷德壞 荒國敗神，傷德壞身

國敗神傷，德壞身荒 敗神傷德，壞身荒國

敗國荒身，壞德傷神 國荒身壞，德傷神敗

荒身壞德，傷神敗國 身壞德傷，神敗國荒

壞德傷神，敗國荒身 德傷神敗，國荒身壞

傷神敗國，荒身壞德 神敗國荒，身壞德傷 回文類聚卷一

全唐文紀事卷二十三題回文酒箴，『陳鴻墀謹案，吕洞賓酒色二箴，左右迴環讀之，各得十六句。見宋人桑世昌回文類聚采入，四庫全書提要謂足以備文章之一體，謹依其例備錄之』。

巖（七九八—？）字洞賓，京兆（一作河中永樂）人。唐懿宗咸通初進士，兩調縣令，值黄巢起義，遂携家歸終南修道，後雲遊各地，自號純陽子、回道人，莫測所往。

玉連環

神　壞　志　心　真　敗　氣　傷

玉連環　色箴

讀法　同前

全唐文紀事卷二十三題回文色箴。

玉連環

真　亡　氣　聚　神　傷　智　德

玉連環　鍊生訣

讀法　同前

永樂大典卷八六二九西山記：『真人曰，雖常服餌而未明鍊性之術，亦難以長生也。鍊性之道，欲小勞但莫大疲，及强所不能耳。因遺寶書八字於塵凡中，含六十四訣，反覆循環，自有無窮之玄理』。

玉連環

氣寬神暢意安身壯

玉連環　修真術

讀法　同前

永樂大典卷八六二九神仙傳：『純陽真人周遊三界，誓度百人，遂以至道之妙旨，留題連環八字於青城白石山石壁之上，開悟凡夫內人，儻默會此理，縱未能冲舉上昇，亦可度厄，延年長生久視』。

回文集卷三　目録

心輪圖

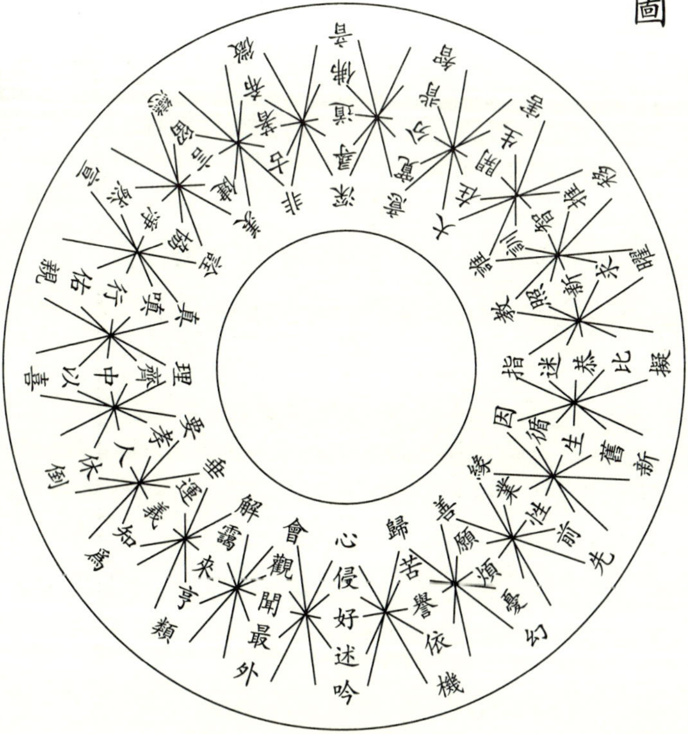

趙光義

心輪圖　御製蓮華心輪廻文偈頌

右此頌文，因起一章，終成千首，原乎心字，冠在諸篇，起例迴文二百首，心字拘就，觀字交牙，羅文爲八百首，復通心字，計成千首。

心字正廻文

心會解垂要，理真詮羨非。深意大誰教，指因緣善歸。
會解垂要理，真詮羨非深。意大誰教指，因緣善歸心。
解垂要理真，詮羨非深意。大誰教指因，緣善歸心會。
垂要理真詮，羨非深意大。誰教指因緣，善歸心會解。
要理真詮羨，非深意大誰。教指因緣善，歸心會解垂。
理真詮羨非，深意大誰教。指因緣善歸，心會解垂要。
真詮羨非深，意大誰教指。因緣善歸心，會解垂要理。
詮羨非深意，大誰教指因。緣善歸心會，解垂要理真。
羨非深意大，誰教指因緣。善歸心會解，垂要理真詮。
非深意大誰，教指因緣善。歸心會解垂，要理真詮羨。

深意大誰教，指因緣善歸。心會解垂要，理真詮羡非。
意大誰教指，因緣善歸心。會解垂要理，真詮羡非深。
大誰教指因，緣善歸心會。解垂要理真，詮羡非深意。
誰教指因緣，善歸心會解。垂要理真詮，羡非深意大。
教指因緣善，歸心會解垂。要理真詮羡，非深意大誰。
指因緣善歸，心會解垂要。理真詮羡非，深意大誰教。
因緣善歸心，會解垂要理。真詮羡非深，意大誰教指。
緣善歸心會，解垂要理真。詮羡非深意，大誰教指因。
善歸心會解，垂要理真詮。羡非深意大，誰教指因緣。
歸心會解垂，要理真詮羡。非深意大誰，教指因緣善。

心字倒迴文

歸善緣因指，教誰大意深。非羡詮真理，要垂解會心。
善緣因指教，誰大意深非。羡詮真理要，垂解會心歸。
緣因指教誰，大意深非羡。詮真理要垂，解會心歸善。
因指教誰大，意深非羡詮。真理要垂解，會心歸善緣。

指教誰大意，深非羨詮真。理要垂解會，心歸善緣因。
教誰大意深，非羨詮真理。要垂解會心，歸善緣因指。
誰大意深非，羨詮真理要。垂解會心歸，善緣因指教。
大意深非羨，詮真理要垂。解會心歸善，緣因指教誰。
意深非羨詮，真理要垂解。會心歸善緣，因指教誰大。
深非羨詮真，理要垂解會。心歸善緣因，指教誰大意。
非羨詮真理，要垂解會心。歸善緣因指，教誰大意深。
羨詮真理要，垂解會心歸。善緣因指教，誰大意深非。
詮真理要垂，解會心歸善。緣因指教誰，大意深非羨。
真理要垂解，會心歸善緣。因指教誰大，意深非羨詮。
理要垂解會，心歸善緣因。指教誰大意，深非羨詮真。
要垂解會心，歸善緣因指。教誰大意深，非羨詮真理。
垂解會心歸，善緣因指教。誰大意深非，羨詮真理要。
解會心歸善，緣因指教誰。大意深非羨，詮真理要垂。
會心歸善緣，因指教誰大。意深非羨詮，真理要垂解。
心歸善緣因，指教誰大意。深非羨詮真，理要垂解會。

侵字正廻文

侵觀靄運孝，齊嗔協健古。尋寬在訓照，迷循業願苦。
觀靄運孝齊，嗔協健古尋。寬在訓照迷，循業願苦侵。
靄運孝齊嗔，協健古尋寬。在訓照迷循，業願苦侵觀。
運孝齊嗔協，健古尋寬在。訓照迷循業，願苦侵觀靄。
孝齊嗔協健，古尋寬在訓。照迷循業願，苦侵觀靄運。
齊嗔協健古，尋寬在訓照。迷循業願苦，侵觀靄運孝。
嗔協健古尋，寬在訓照迷。循業願苦侵，觀靄運孝齊。
協健古尋寬，在訓照迷循。業願苦侵觀，靄運孝齊嗔。
健古尋寬在，訓照迷循業。願苦侵觀靄，運孝齊嗔協。
古尋寬在訓，照迷循業願。苦侵觀靄運，孝齊嗔協健。
尋寬在訓照，迷循業願苦。侵觀靄運孝，齊嗔協健古。
寬在訓照迷，循業願苦侵。觀靄運孝齊，嗔協健古尋。
在訓照迷循，業願苦侵觀。靄運孝齊嗔，協健古尋寬。
訓照迷循業，願苦侵觀靄。運孝齊嗔協，健古尋寬在。

御製蓮華心輪廻文偈頌卷第一

照迷循業願，苦侵觀靄運。孝齊嗔協健，古尋寬在訓。
迷循業願苦，侵觀靄運孝。齊嗔協健古，尋寬在訓照。
循業願苦侵，觀靄運孝齊。嗔協健古尋，寬在訓照迷。
業願苦侵觀，靄運孝齊嗔。協健古尋寬，在訓照迷循。
願苦侵觀靄，運孝齊嗔協。健古尋寬在，訓照迷循業。
苦侵觀靄運，孝齊嗔協健。古尋寬在訓，照迷循業願。

侵字倒廻文

侵苦願業循，迷照訓在寬。尋古健協嗔，齊孝運靄觀。
苦願業循迷，照訓在寬尋。古健協嗔齊，孝運靄觀侵。
願業循迷照，訓在寬尋古。健協嗔齊孝，運靄觀侵苦。
業循迷照訓，在寬尋古健。協嗔齊孝運，靄觀侵苦願。
循迷照訓在，寬尋古健協。嗔齊孝運靄，觀侵苦願業。
迷照訓在寬，尋古健協嗔。齊孝運靄觀，侵苦願業循。
照訓在寬尋，古健協嗔齊。孝運靄觀侵，苦願業循迷。
訓在寬尋古，健協嗔齊孝。運靄觀侵苦，願業循迷照。

在寬尋古健，協嗔齊孝運。靄觀侵苦願，業循迷照訓。
寬尋古健協，嗔齊孝運靄。觀侵苦願業，循迷照訓在。
尋古健協嗔，齊孝運靄觀。侵苦願業循，迷照訓在寬。
古健協嗔齊，孝運靄觀侵。苦願業循迷，照訓在寬尋。
健協嗔齊孝，運靄觀侵苦。願業循迷照，訓在寬尋古。
協嗔齊孝運，靄觀侵苦願。業循迷照訓，在寬尋古健。
嗔齊孝運靄，觀侵苦願業。循迷照訓在，寬尋古健協。
齊孝運靄觀，侵苦願業循。迷照訓在寬，尋古健協嗔。
孝運靄觀侵，苦願業循迷。照訓在寬尋，古健協嗔齊。
運靄觀侵苦，願業循迷照。訓在寬尋古，健協嗔齊孝。
靄觀侵苦願，業循迷照訓。在寬尋古健，協嗔齊孝運。
觀侵苦願業，循迷照訓在。寬尋古健協，嗔齊孝運靄。

好字正廻文

好聞來義人，中行淨言著。道分開智新，恭生性煩譽。
聞來義人中，行淨言著道。分開智新恭，生性煩譽好。

來義人中行，淨言著道分。開智新恭生，性煩譽好聞。
義人中行淨，言著道分開。智新恭生性，煩譽好聞來。
人中行淨言，著道分開智。新恭生性煩，譽好聞來義。
中行淨言著，道分開智新。恭生性煩譽，好聞來義人。
行淨言著道，分開智新恭。生性煩譽好，聞來義人中。
淨言著道分，開智新恭生。性煩譽好聞，來義人中行。
言著道分開，智新恭生性。煩譽好聞來，義人中行淨。
著道分開智，新恭生性煩。譽好聞來義，人中行淨言。
道分開智新，恭生性煩譽。好聞來義人，中行淨言著。
分開智新恭，生性煩譽好。聞來義人中，行淨言著道。
開智新恭生，性煩譽好聞。來義人中行，淨言著道分。
智新恭生性，煩譽好聞來。義人中行淨，言著道分開。
新恭生性煩，譽好聞來義。人中行淨言，著道分開智。
恭生性煩譽，好聞來義人。中行淨言著，道分開智新。
生性煩譽好，聞來義人中。行淨言著道，分開智新恭。
性煩譽好聞，來義人中行。淨言著道分，開智新恭生。

煩譽好聞來，義人中行淨。言著道分開，智新恭生性。
譽好聞來義，人中行淨言。著道分開智，新恭生性煩。

好字倒迴文

好譽煩性生，恭新智開分。道著言淨行，中人義來聞。
譽煩性生恭，新智開分道。著言淨行中，人義來聞好。
煩性生恭新，智開分道著。言淨行中人，義來聞好譽。
性生恭新智，開分道著言。淨行中人義，來聞好譽煩。
生恭新智開，分道著言淨。行中人義來，聞好譽煩性。
恭新智開分，道著言淨行。中人義來聞，好譽煩性生。
新智開分道，著言淨行中。人義來聞好，譽煩性生恭。
智開分道著，言淨行中人。義來聞好譽，煩性生恭新。
開分道著言，淨行中人義。來聞好譽煩，性生恭新智。
分道著言淨，行中人義來。聞好譽煩性，生恭新智開。
道著言淨行，中人義來聞。好譽煩性生，恭新智開分。
著言淨行中，人義來聞好。譽煩性生恭，新智開分道。

言淨行中人，義來聞好譽。煩性生恭新，智開分道著。
淨行中人義，來聞好譽煩。性生恭新智，開分道著言。
行中人義來，聞好譽煩性。生恭新智開，分道著言淨。
中人義來聞，好譽煩性生。恭新智開分，道著言淨行。
人義來聞好，譽煩性生恭。新智開分道，著言淨行中。
義來聞好譽，煩性生恭新。智開分道著，言淨行中人。
來聞好譽煩，性生恭新智。開分道著言，淨行中人義。
聞好譽煩性，生恭新智開。分道著言淨，行中人義來。

述字正廻文

述最亨知休，以祐然留希。佛背生推求，比舊前憂依。
最亨知休以，祐然留希佛。背生推求比，舊前憂依述。
亨知休以祐，然留希佛背。生推求比舊，前憂依述最。
知休以祐然，留希佛背生。推求比舊前，憂依述最亨。
休以祐然留，希佛背生推。求比舊前憂，依述最亨知。
以祐然留希，佛背生推求。比舊前憂依，述最亨知休。

祐然留希佛，背生推求比。舊前憂依述，最亨知休以。
然留希佛背，生推求比舊。前憂依述最，亨知休以祐。
留希佛背生，推求比舊前。憂依述最亨，知休以祐然。
希佛背生推，求比舊前憂。依述最亨知，休以祐然留。
佛背生推求，比舊前憂依。述最亨知休，以祐然留希。
背生推求比，舊前憂依述。最亨知休以，祐然留希佛。
生推求比舊，前憂依述最。亨知休以祐，然留希佛背。
推求比舊前，憂依述最亨。知休以祐然，留希佛背生。
求比舊前憂，依述最亨知。休以祐然留，希佛背生推。
比舊前憂依，述最亨知休。以祐然留希，佛背生推求。
舊前憂依述，最亨知休以。祐然留希佛，背生推求比。
前憂依述最，亨知休以祐。然留希佛背，生推求比舊。
憂依述最亨，知休以祐然。留希佛背生，推求比舊前。
依述最亨知，休以祐然留。希佛背生推，求比舊前憂。

述字倒廻文

述依憂前舊，比求推生背。佛希留然祐，以休知亨最。
依憂前舊比，求推生背佛。希留然祐以，休知亨最述。
憂前舊比求，推生背佛希。留然祐以休，知亨最述依。
前舊比求推，生背佛希留。然祐以休知，亨最述依憂。
舊比求推生，背佛希留然。祐以休知亨，最述依憂前。
比求推生背，佛希留然祐。以休知亨最，述依憂前舊。
求推生背佛，希留然祐以。休知亨最述，依憂前舊比。
推生背佛希，留然祐以休。知亨最述依，憂前舊比求。
生背佛希留，然祐以休知。亨最述依憂，前舊比求推。
背佛希留然，祐以休知亨。最述依憂前，舊比求推生。
佛希留然祐，以休知亨最。述依憂前舊，比求推生背。
希留然祐以，休知亨最述。依憂前舊比，求推生背佛。
留然祐以休，知亨最述依。憂前舊比求，推生背佛希。
然祐以休知，亨最述依憂。前舊比求推，生背佛希留。

御製蓮華心輪廻文偈頌卷第三

祐以休知亨，最述依憂前。舊比求推生，背佛希留然。
以休知亨最，述依憂前舊。比求推生背，佛希留然祐。
休知亨最述，依憂前舊比。求推生背佛，希留然祐以。
知亨最述依，憂前舊比求。推生背佛希，留然祐以休。
亨最述依憂，前舊比求推。生背佛希留，然祐以休知。
最述依憂前，舊比求推生。背佛希留然，祐以休知亨。

吟字正迴文

吟外類爲倒，喜親宣戀微。音智害移曜，擬新先幻機。
外類爲倒喜，親宣戀微音。智害移曜擬，新先幻機吟。
類爲倒喜親，宣戀微音智。害移曜擬新，先幻機吟外。
爲倒喜親宣，戀微音智害。移曜擬新先，幻機吟外類。
倒喜親宣戀，微音智害移。曜擬新先幻，機吟外類爲。
喜親宣戀微，音智害移曜。擬新先幻機，吟外類爲倒。
親宣戀微音，智害移曜擬。新先幻機吟，外類爲倒喜。
宣戀微音智，害移曜擬新。先幻機吟外，類爲倒喜親。

戀微音智害，移曜擬新先。幻機吟外類，爲倒喜親宣。
微音智害移，曜擬新先幻。機吟外類爲，倒喜親宣戀。
音智害移曜，擬新先幻機。吟外類爲倒，喜親宣戀微。
智害移曜擬，新先幻機吟。外類爲倒喜，親宣戀微音。
害移曜擬新，先幻機吟外。類爲倒喜親，宣戀微音智。
移曜擬新先，幻機吟外類。爲倒喜親宣，戀微音智害。
曜擬新先幻，機吟外類爲。倒喜親宣戀，微音智害移。
擬新先幻機，吟外類爲倒。喜親宣戀微，音智害移曜。
新先幻機吟，外類爲倒喜。親宣戀微音，智害移曜擬。
先幻機吟外，類爲倒喜親。宣戀微音智，害移曜擬新。
幻機吟外類，爲倒喜親宣。戀微音智害，移曜擬新先。
機吟外類爲，倒喜親宣戀。微音智害移，曜擬新先幻。

吟字倒廻文

吟機幻先新，擬曜移害智。音微戀宣親，喜倒爲類外。
機幻先新擬，曜移害智音。微戀宣親喜，倒爲類外吟。

幻先新擬曜，移害智音微。戀宣親喜倒，爲類外吟機。
先新擬曜移，害智音微戀。宣親喜倒爲，類外吟機幻。
新擬曜移害，智音微戀宣。親喜倒爲類，外吟機幻先。
擬曜移害智，音微戀宣親。喜倒爲類外，吟機幻先新。
曜移害智音，微戀宣親喜。倒爲類外吟，機幻先新擬。
移害智音微，戀宣親喜倒。爲類外吟機，幻先新擬曜。
害智音微戀，宣親喜倒爲。類外吟機幻，先新擬曜移。
智音微戀宣，親喜倒爲類。外吟機幻先，新擬曜移害。
音微戀宣親，喜倒爲類外。吟機幻先新，擬曜移害智。
微戀宣親喜，倒爲類外吟。機幻先新擬，曜移害智音。
戀宣親喜倒，爲類外吟機。幻先新擬曜，移害智音微。
宣親喜倒爲，類外吟機幻。先新擬曜移，害智音微戀。
親喜倒爲類，外吟機幻先。新擬曜移害，智音微戀宣。
喜倒爲類外，吟機幻先新。擬曜移害智，音微戀宣親。
倒爲類外吟，機幻先新擬。曜移害智音，微戀宣親喜。
爲類外吟機，幻先新擬曜。移害智音微，戀宣親喜倒。

類外吟機幻，先新擬曜移。害智音微戀，宣親喜倒爲。
外吟機幻先，新擬曜移害。智音微戀宣，親喜倒爲類。

御製蓮華心輪廻文偈頌卷第四

心字拘就觀字正廻文

心觀解運要，齊真協羡古。深寬大訓教，迷因業善苦。
觀解運要齊，真協羡古深。寬大訓教迷，因業善苦心。
解運要齊真，協羡古深寬。大訓教迷因，業善苦心觀。
運要齊真協，羡古深寬大。訓教迷因業，善苦心觀解。
要齊真協羡，古深寬大訓。教迷因業善，苦心觀解運。
齊真協羡古，深寬大訓教。迷因業善苦，心觀解運要。
真協羡古深，寬大訓教迷。因業善苦心，觀解運要齊。
協羡古深寬，大訓教迷因。業善苦心觀，解運要齊真。
羡古深寬大，訓教迷因業。善苦心觀解，運要齊真協。
古深寬大訓，教迷因業善。苦心觀解運，要齊真協羡。
深寬大訓教，迷因業善苦。心觀解運要，齊真協羡古。
寬大訓教迷，因業善苦心。觀解運要齊，真協羡古深。

大訓教迷因，業善苦心觀。解運要齊真，協羡古深寬。

訓教迷因業，善苦心觀解。運要齊真協，羡古深寬大。

教迷因業善，苦心觀解運。要齊真協羡，古深寬大訓。

迷因業善苦，心觀解運要。齊真協羡古，深寬大訓教。

因業善苦心，觀解運要齊。真協羡古深，寬大訓教迷。

業善苦心觀，解運要齊真。協羡古深寬，大訓教迷因。

善苦心觀解，運要齊真協。羡古深寬大，訓教迷因業。

苦心觀解運，要齊真協羡。古深寬大訓，教迷因業善。

心字拘就苦字倒廻文

心苦善業因，迷教訓大寬。深古羡協真，齊要運解觀。

苦善業因迷，教訓大寬深。古羡協真齊，要運解觀心。

善業因迷教，訓大寬深古。羡協真齊要，運解觀心苦。

業因迷教訓，大寬深古羡。協真齊要運，解觀心苦善。

因迷教訓大，寬深古羡協。真齊要運解，觀心苦善業。

迷教訓大寬，深古羡協真。齊要運解觀，心苦善業因。

教訓大寬深，古羨協真齊。要運解觀心，苦善業因迷。
訓大寬深古，羨協真齊要。運解觀心苦，善業因迷教。
大寬深古羨，協真齊要運。解觀心苦善，業因迷教訓。
寬深古羨協，真齊要運解。觀心苦善業，因迷教訓大。
深古羨協真，齊要運解觀。心苦善業因，迷教訓大寬。
古羨協真齊，要運解觀心。苦善業因迷，教訓大寬深。
羨協真齊要，運解觀心苦。善業因迷教，訓大寬深古。
協真齊要運，解觀心苦善。業因迷教訓，大寬深古羨。
真齊要運解，觀心苦善業。因迷教訓大，寬深古羨協。
齊要運解觀，心苦善業因。迷教訓大寬，深古羨協真。
要運解觀心，苦善業因迷。教訓大寬深，古羨協真齊。
運解觀心苦，善業因迷教。訓大寬深古，羨協真齊要。
解觀心苦善，業因迷教訓。大寬深古羨，協真齊要運。
觀心苦善業，因迷教訓大。寬深古羨協，真齊要運解。

心字拘就聞字正迴文

心聞解義要，中真淨羡著。深分大智教，恭因性善譬。
聞解義要中，真淨羡著深。分大智教恭，因性善譬心。
解義要中真，淨羡著深分。大智教恭因，性善譬心聞。
義要中真淨，羡著深分大。智教恭因性，善譬心聞解。
要中真淨羡，著深分大智。教恭因性善，譬心聞解義。
中真淨羡著，深分大智教。恭因性善譬，心聞解義要。
真淨羡著深，分大智教恭。因性善譬心，聞解義要中。
淨羡著深分，大智教恭因。性善譬心聞，解義要中真。
羡著深分大，智教恭因性。善譬心聞解，義要中真淨。
著深分大智，教恭因性善。譬心聞解義，要中真淨羡。
深分大智教，恭因性善譬。心聞解義要，中真淨羡著。
分大智教恭，因性善譬心。聞解義要中，真淨羡著深。
大智教恭因，性善譬心聞。解義要中真，淨羡著深分。
智教恭因性，善譬心聞解。義要中真淨，羡著深分大。

教恭因性善，譽心聞解義。要中真淨羡，著深分大智。
恭因性善譽，心聞解義要。中真淨羡著，深分大智教。
因性善譽心，聞解義要中。真淨羡著深，分大智教恭。
性善譽心聞，解義要中真。淨羡著深分，大智教恭因。
善譽心聞解，義要中真淨。羡著深分大，智教恭因性。
譽心聞解義，要中真淨羡。著深分大智，教恭因性善。

心字拘就譽字倒廻文

心譽善性因，恭教智大分。深著羡淨真，中要義解聞。
譽善性因恭，教智大分深。著羡淨真中，要義解聞心。
善性因恭教，智大分深著。羡淨真中要，義解聞心譽。
性因恭教智，大分深著羡。淨真中要義，解聞心譽善。
因恭教智大，分深著羡淨。真中要義解，聞心譽善性。
恭教智大分，深著羡淨真。中要義解聞，心譽善性因。
教智大分深，著羡淨真中。要義解聞心，譽善性因恭。
智大分深著，羡淨真中要。義解聞心譽，善性因恭教。

大分深著羡，淨真中要義。解聞心譬善，性因恭教智。
分深著羡淨，真中要義解。聞心譬善性，因恭教智大。
深著羡淨真，中要義解聞。心譬善性因，恭教智大分。
著羡淨真中，要義解聞心。譬善性因恭，教智大分深。
羡淨真中要，義解聞心譬。善性因恭教，智大分深著。
淨真中要義，解聞心譬善。性因恭教智，大分深著羡。
真中要義解，聞心譬善性。因恭教智大，分深著羡淨。
中要義解聞，心譬善性因。恭教智大分，深著羡淨真。
要義解聞心，譬善性因恭。教智大分深，著羡淨真中。
義解聞心譬，善性因恭教。智大分深著，羡淨真中要。
解聞心譬善，性因恭教智。大分深著羡，淨真中要義。
聞心譬善性，因恭教智大。分深著羡淨，真中要義解。

心字拘就最字正迴文

心最解知要，以真然羡希。深背大推教，比因前善依。
最解知要以，真然羡希深。背大推教比，因前善依心。

解知要以真，然羡希深背。大推教比因，前善依心最。
知要以真然，羡希深背大。推教比因前，善依心最解。
要以真然羡，希深背大推。教比因前善，依心最解知。
以真然羡希，深背大推教。比因前善依，心最解知要。
真然羡希深，背大推教比。因前善依心，最解知要以。
然羡希深背，大推教比因。前善依心最，解知要以真。
羡希深背大，推教比因前。善依心最解，知要以真然。
希深背大推，教比因前善。依心最解知，要以真然羡。
深背大推教，比因前善依。心最解知要，以真然羡希。
背大推教比，因前善依心。最解知要以，真然羡希深。
大推教比因，前善依心最。解知要以真，然羡希深背。
推教比因前，善依心最解。知要以真然，羡希深背大。
教比因前善，依心最解知。要以真然羡，希深背大推。
比因前善依，心最解知要。以真然羡希，深背大推教。
因前善依心，最解知要以。真然羡希深，背大推教比。
前善依心最，解知要以真。然羡希深背，大推教比因。

善依心最解，知要以真然。羡希深背大，推教比因前。
依心最解知，要以真然羡。希深背大推，教比因前善。

心字拘就依字倒廻文

心依善前因，比教推大背。深希羡然真，以要知解最。
依善前因比，教推大背深。希羡然真以，要知解最心。
善前因比教，推大背深希。羡然真以要，知解最心依。
前因比教推，大背深希羡。然真以要知，解最心依善。
因比教推大，背深希羡然。真以要知解，最心依善前。
比教推大背，深希羡然真。以要知解最，心依善前因。
教推大背深，希羡然真以。要知解最心，依善前因比。
推大背深希，羡然真以要。知解最心依，善前因比教。
大背深希羡，然真以要知。解最心依善，前因比教推。
背深希羡然，真以要知解。最心依善前，因比教推大。
深希羡然真，以要知解最。心依善前因，比教推大背。
希羡然真以，要知解最心。依善前因比，教推大背深。

羡然真以要，知解最心依。善前因比教，推大背深希。
然真以要知，解最心依善。前因比教推，大背深希羡。
真以要知解，最心依善前。因比教推大，背深希羡然。
以要知解最，心依善前因。比教推大背，深希羡然真。
要知解最心，依善前因比。教推大背深，希羡然真以。
知解最心依，善前因比教。推大背深希，羡然真以要。
解最心依善，前因比教推。大背深希羡，然真以要知。
最心依善前，因比教推大。背深希羡然，真以要知解。

心字拘就外字正廻文

心外解爲要，喜真宣羡微。深智大移教，擬因先善機。
外解爲要喜，真宣羡微深。智大移教擬，因先善機心。
解爲要喜真，宣羡微深智。大移教擬因，先善機心外。
爲要喜真宣，羡微深智大。移教擬因先，善機心外解。
要喜真宣羡，微深智大移。教擬因先善，機心外解爲。
喜真宣羡微，深智大移教。擬因先善機，心外解爲要。

真宣羡微深，智大移教擬。因先善機心，外解爲要喜。
宣羡微深智，大移教擬因。先善機心外，解爲要喜真。
羡微深智大，移教擬因先。善機心外解，爲要喜真宣。
微深智大移，教擬因先善。機心外解爲，要喜真宣羡。
深智大移教，擬因先善機。心外解爲要，喜真宣羡微。
智大移教擬，因先善機心。外解爲要喜，真宣羡微深。
大移教擬因，先善機心外。解爲要喜真，宣羡微深智。
移教擬因先，善機心外解。爲要喜真宣，羡微深智大。
教擬因先善，機心外解爲。要喜真宣羡，微深智大移。
擬因先善機，心外解爲要。喜真宣羡微，深智大移教。
因先善機心，外解爲要喜。真宣羡微深，智大移教擬。
先善機心外，解爲要喜真。宣羡微深智，大移教擬因。
善機心外解，爲要喜真宣。羡微深智大，移教擬因先。
機心外解爲，要喜真宣羡。微深智大移，教擬因先善。

心字拘就機字倒廻文

心機善先因，擬教移大智。深微羨宣真，喜要爲解外。
機善先因擬，教移大智深。微羨宣真喜，要爲解外心。
善先因擬教，移大智深微。羨宣真喜要，爲解外心機。
先因擬教移，大智深微羨。宣真喜要爲，解外心機善。
因擬教移大，智深微羨宣。真喜要爲解，外心機善先。
擬教移大智，深微羨宣真。喜要爲解外，心機善先因。
教移大智深，微羨宣真喜。要爲解外心，機善先因擬。
移大智深微，羨宣真喜要。爲解外心機，善先因擬教。
大智深微羨，宣真喜要爲。解外心機善，先因擬教移。
智深微羨宣，真喜要爲解。外心機善先，因擬教移大。
深微羨宣真，喜要爲解外。心機善先因，擬教移大智。
微羨宣真喜，要爲解外心。機善先因擬，教移大智深。
羨宣真喜要，爲解外心機。善先因擬教，移大智深微。
宣真喜要爲，解外心機善。先因擬教移，大智深微羨。

御製蓮華心輪廻文偈頌卷第七

真喜要爲解，外心機善先。因擬教移大，智深微羨宣。
喜要爲解外，心機善先因。擬教移大智，深微羨宣真。
要爲解外心，機善先因擬。教移大智深，微羨宣真喜。
爲解外心機，善先因擬教。移大智深微，羨宣真喜要。
解外心機善，先因擬教移。大智深微羨，宣真喜要爲。
外心機善先，因擬教移大。智深微羨宣，真喜要爲解。

吟字拘就會字正廻文

吟會類垂倒，理親詮戀非。音意害誰曜，指新緣幻歸。
會類垂倒理，親詮戀非音。意害誰曜指，新緣幻歸吟。
類垂倒理親，詮戀非音意。害誰曜指新，緣幻歸吟會。
垂倒理親詮，戀非音意害。誰曜指新緣，幻歸吟會類。
倒理親詮戀，非音意害誰。曜指新緣幻，歸吟會類垂。
理親詮戀非，音意害誰曜。指新緣幻歸，吟會類垂倒。
親詮戀非音，意害誰曜指。新緣幻歸吟，會類垂倒理。
詮戀非音意，害誰曜指新。緣幻歸吟會，類垂倒理親。

戀非音意害，誰曜指新緣。幻歸吟會類，垂倒理親詮。
非音意害誰，曜指新緣幻。歸吟會類垂，倒理親詮戀。
音意害誰曜，指新緣幻歸。吟會類垂倒，理親詮戀非。
意害誰曜指，新緣幻歸吟。會類垂倒理，親詮戀非音。
害誰曜指新，緣幻歸吟會。類垂倒理親，詮戀非音意。
誰曜指新緣，幻歸吟會類。垂倒理親詮，戀非音意害。
曜指新緣幻，歸吟會類垂。倒理親詮戀，非音意害誰。
指新緣幻歸，吟會類垂倒。理親詮戀非，音意害誰曜。
新緣幻歸吟，會類垂倒理。親詮戀非音，意害誰曜指。
緣幻歸吟會，類垂倒理親。詮戀非音意，害誰曜指新。
幻歸吟會類，垂倒理親詮。戀非音意害，誰曜指新緣。
歸吟會類垂，倒理親詮戀。非音意害誰，曜指新緣幻。

吟字拘就歸字倒迴文

吟歸幻緣新，指曜誰害意。音非戀詮親，理倒垂類會。
歸幻緣新指，曜誰害意音。非戀詮親理，倒垂類會吟。

幻緣新指曜，誰害意音非。戀詮親理倒，垂類會吟歸。
緣新指曜誰，害意音非戀。詮親理倒垂，類會吟歸幻。
新指曜誰害，意音非戀詮。親理倒垂類，會吟歸幻緣。
指曜誰害意，音非戀詮親。理倒垂類會，吟歸幻緣新。
曜誰害意音，非戀詮親理。倒垂類會吟，歸幻緣新指。
誰害意音非，戀詮親理倒。垂類會吟歸，幻緣新指曜。
害意音非戀，詮親理倒垂。類會吟歸幻，緣新指曜誰。
意音非戀詮，親理倒垂類。會吟歸幻緣，新指曜誰害。
音非戀詮親，理倒垂類會。吟歸幻緣新，指曜誰害意。
非戀詮親理，倒垂類會吟。歸幻緣新指，曜誰害意音。
戀詮親理倒，垂類會吟歸。幻緣新指曜，誰害意音非。
詮親理倒垂，類會吟歸幻。緣新指曜誰，害意音非戀。
親理倒垂類，會吟歸幻緣。新指曜誰害，意音非戀詮。
理倒垂類會，吟歸幻緣新。指曜誰害意，音非戀詮親。
倒垂類會吟，歸幻緣新指。曜誰害意音，非戀詮親理。
垂類會吟歸，幻緣新指曜。誰害意音非，戀詮親理倒。

類會吟歸幻，緣新指曜誰。害意音非戀，詮親理倒垂。
會吟歸幻緣，新指曜誰害。意音非戀詮，親理倒垂類。

吟字拘就觀字正廻文

吟觀類運倒，齊親協戀古。音寬害訓曜，迷新業幻苦。
觀類運倒齊，親協戀古音。寬害訓曜迷，新業幻苦吟。
類運倒齊親，協戀古音寬。害訓曜迷新，業幻苦吟觀。
運倒齊親協，戀古音寬害。訓曜迷新業，幻苦吟觀類。
倒齊親協戀，古音寬害訓。曜迷新業幻，苦吟觀類運。
齊親協戀古，音寬害訓曜。迷新業幻苦，吟觀類運倒。
親協戀古音，寬害訓曜迷。新業幻苦吟，觀類運倒齊。
協戀古音寬，害訓曜迷新。業幻苦吟觀，類運倒齊親。
戀古音寬害，訓曜迷新業。幻苦吟觀類，運倒齊親協。
古音寬害訓，曜迷新業幻。苦吟觀類運，倒齊親協戀。
音寬害訓曜，迷新業幻苦。吟觀類運倒，齊親協戀古。
寬害訓曜迷，新業幻苦吟。觀類運倒齊，親協戀古音。

害訓曜迷新，業幻苦吟觀。類運倒齊親，協戀古音寬。
訓曜迷新業，幻苦吟觀類。運倒齊親協，戀古音寬害。
曜迷新業幻，苦吟觀類運。倒齊親協戀，古音寬害訓。
迷新業幻苦，吟觀類運倒。齊親協戀古，音寬害訓曜。
新業幻苦吟，觀類運倒齊。親協戀古音，寬害訓曜迷。
業幻苦吟觀，類運倒齊親。協戀古音寬，害訓曜迷新。
幻苦吟觀類，運倒齊親協。戀古音寬害，訓曜迷新業。
苦吟觀類運，倒齊親協戀。古音寬害訓，曜迷新業幻。

吟字拘就苦字倒迴文

吟苦幻業新，迷曜訓害寬。音古戀協親，齊倒運類觀。
苦幻業新迷，曜訓害寬音。古戀協親齊，倒運類觀吟。
幻業新迷曜，訓害寬音古。戀協親齊倒，運類觀吟苦。
業新迷曜訓，害寬音古戀。協親齊倒運，類觀吟苦幻。
新迷曜訓害，寬音古戀協。親齊倒運類，觀吟苦幻業。
迷曜訓害寬，音古戀協親。齊倒運類觀，吟苦幻業新。

曜訓害寬音，古戀協親齊。倒運類觀吟，苦幻業新迷。
訓害寬音古，戀協親齊倒。運類觀吟苦，幻業新迷曜。
害寬音古戀，協親齊倒運。類觀吟苦幻，業新迷曜訓。
寬音古戀協，親齊倒運類。觀吟苦幻業，新迷曜訓害。
音古戀協親，齊倒運類觀。吟苦幻業新，迷曜訓害寬。
古戀協親齊，倒運類觀吟。苦幻業新迷，曜訓害寬音。
戀協親齊倒，運類觀吟苦。幻業新迷曜，訓害寬音古。
協親齊倒運，類觀吟苦幻。業新迷曜訓，害寬音古戀。
親齊倒運類，觀吟苦幻業。新迷曜訓害，寬音古戀協。
齊倒運類觀，吟苦幻業新。迷曜訓害寬，音古戀協親。
倒運類觀吟，苦幻業新迷。曜訓害寬音，古戀協親齊。
運類觀吟苦，幻業新迷曜。訓害寬音古，戀協親齊倒。
類觀吟苦幻，業新迷曜訓。害寬音古戀，協親齊倒運。
觀吟苦幻業，新迷曜訓害。寬音古戀協，親齊倒運類。

吟字拘就聞字正廻文

吟聞類義倒，中親淨戀著。音分害智曜，恭新性幻譬。
聞類義倒中，親淨戀著音。分害智曜恭，新性幻譬吟。
類義倒中親，淨戀著音分。害智曜恭新，性幻譬吟聞。
義倒中親淨，戀著音分害。智曜恭新性，幻譬吟聞類。
倒中親淨戀，著音分害智。曜恭新性幻，譬吟聞類義。
中親淨戀著，音分害智曜。恭新性幻譬，吟聞類義倒。
親淨戀著音，分害智曜恭。新性幻譬吟，聞類義倒中。
淨戀著音分，害智曜恭新。性幻譬吟聞，類義倒中親。
戀著音分害，智曜恭新性。幻譬吟聞類，義倒中親淨。
著音分害智，曜恭新性幻。譬吟聞類義，倒中親淨戀。
音分害智曜，恭新性幻譬。吟聞類義倒，中親淨戀著。
分害智曜恭，新性幻譬吟。聞類義倒中，親淨戀著音。
害智曜恭新，性幻譬吟聞。類義倒中親，淨戀著音分。
智曜恭新性，幻譬吟聞類。義倒中親淨，戀著音分害。

曜恭新性幻，譽吟聞類義。倒中親淨戀，著音分害智。
恭新性幻譽，吟聞類義倒。中親淨戀著，音分害智曜。
新性幻譽吟，聞類義倒中。親淨戀著音，分害智曜恭。
性幻譽吟聞，類義倒中親。淨戀著音分，害智曜恭新。
幻譽吟聞類，義倒中親淨。戀著音分害，智曜恭新性。
譽吟聞類義，倒中親淨戀。著音分害智，曜恭新性幻。

吟字拘就譽字倒迴文

吟譽幻性新，恭曜智害分。音著戀淨親，中倒義類聞。
譽幻性新恭，曜智害分音。著戀淨親中，倒義類聞吟。
幻性新恭曜，智害分音著。戀淨親中倒，義類聞吟譽。
性新恭曜智，害分音著戀。淨親中倒義，類聞吟譽幻。
新恭曜智害，分音著戀淨。親中倒義類，聞吟譽幻性。
恭曜智害分，音著戀淨親。中倒義類聞，吟譽幻性新。
曜智害分音，著戀淨親中。倒義類聞吟，譽幻性新恭。
智害分音著，戀淨親中倒。義類聞吟譽，幻性新恭曜。

害分音著戀，淨親中倒義。類聞吟譽幻，性新恭曜智。
分音著戀淨，親中倒義類。聞吟譽幻性，新恭曜智害。
音著戀淨親，中倒義類聞。吟譽幻性新，恭曜智害分。
著戀淨親中，倒義類聞吟。譽幻性新恭，曜智害分音。
戀淨類中倒，義類聞吟譽。幻性新恭曜，智害分音著。
淨親中倒義，類聞吟譽幻。性新恭曜智，害分音著戀。
親中倒義類，聞吟譽幻性。新恭曜智害，分音著戀淨。
中倒義類聞，吟譽幻性新。恭曜智害分，音著戀淨親。
倒義類聞吟，譽幻性新恭。曜智害分音，著戀淨親中。
義類聞吟譽，幻性新恭曜。智害分音著，戀淨親中倒。
類聞吟譽幻，性新恭曜智。害分音著戀，淨親中倒義。
聞吟譽幻性，新恭曜智害。分音著戀淨，親中倒義類。

吟字拘就最字正迴文

吟最類知倒，以親然戀希。音背害推曜，比新前幻依。
最類知倒以，親然戀希音。背害推曜比，新前幻依吟。

類知倒以親，然戀希音背。害推曜比新，前幻依吟最。
知倒以親然，戀希音背害。推曜比新前，幻依吟最類。
倒以親然戀，希音背害推。曜比新前幻，依吟最類知。
以親然戀希，音背害推曜。比新前幻依，吟最類知倒。
親然戀希音，背害推曜比。新前幻依吟，最類知倒以。
然戀希音背，害推曜比新。前幻依吟最，類知倒以親。
戀希音背害，推曜比新前。幻依吟最類，知倒以親然。
希音背害推，曜比新前幻。依吟最類知，倒以親然戀。
音背害推曜，比新前幻依。吟最類知倒，以親然戀希。
背害推曜比，新前幻依吟。最類知倒以，親然戀希音。
害推曜比新，前幻依吟最。類知倒以親，然戀希音背。
推曜比新前，幻依吟最類。知倒以親然，戀希音背害。
曜比新前幻，依吟最類知。倒以親然戀，希音背害推。
比新前幻依，吟最類知倒。以親然戀希，音背害推曜。
新前幻依吟，最類知倒以。親然戀希音，背害推曜比。
前幻依吟最，類知倒以親。然戀希音背，害推曜比新。

幻依吟最類，知倒以親然。戀希音背害，推曜比新前。
依吟最類知，倒以親然戀。希音背害推，曜比新前幻。

吟字拘就依字倒廻文

吟依幻前新，比曜推害背。音希戀然親，以倒知類最。
依幻前新比，曜推害背音。希戀然親以，倒知類最吟。
幻前新比曜，推害背音希。戀然親以倒，知類最吟依。
前新比曜推，害背音希戀。然親以倒知，類最吟依幻。
新比曜推害，背音希戀然。親以倒知類，最吟依幻前。
比曜推害背，音希戀然親。以倒知類最，吟依幻前新。
曜推害背音，希戀然親以。倒知類最吟，依幻前新比。
推害背音希，戀然親以倒。知類最吟依，幻前新比曜。
害背音希戀，然親以倒知。類最吟依幻，前新比曜推。
背音希戀然，親以倒知類。最吟依幻前，新比曜推害。
音希戀然親，以倒知類最。吟依幻前新，比曜推害背。
希戀然親以，倒知類最吟。依幻前新比，曜推害背音。

戀然親以倒，知類最吟依。幻前新比曜，推害背音希。
然親以倒知，類最吟依幻。前新比曜推，害背音希戀。
親以倒知類，最吟依幻前。新比曜推害，背音希戀然。
以倒知類最，吟依幻前新。比曜推害背，音希戀然親。
倒知類最吟，依幻前新比。曜推害背音，希戀然親以。
知類最吟依，幻前新比曜。推害背音希，戀然親以倒。
類最吟依幻，前新比曜推。害背音希戀，然親以倒知。
最吟依幻前，新比曜推害。背音希戀然，親以倒知類。

侵字拘就聞字正廻文

侵聞靄義孝，中嗔淨健著。尋分在智照，恭循性願譽。
聞靄義孝中，嗔淨健著尋。分在智照恭，循性願譽侵。
靄義孝中嗔，淨健著尋分。在智照恭循，性願譽侵聞。
義孝中嗔淨，健著尋分在。智照恭循性，願譽侵聞靄。
孝中嗔淨健，著尋分在智。照恭循性願，譽侵聞靄義。
中嗔淨健著，尋分在智照。恭循性願譽，侵聞靄義孝。

嗔淨健著尋，分在智照恭。循性願譽侵，聞靄義孝中。
淨健著尋分，在智照恭循。性願譽侵聞，靄義孝中嗔。
健著尋分在，智照恭循性。願譽侵聞靄，義孝中嗔淨。
著尋分在智，照恭循性願。譽侵聞靄義，孝中嗔淨健。
尋分在智照，恭循性願譽。侵聞靄義孝，中嗔淨健著。
分在智照恭，循性願譽侵。聞靄義孝中，嗔淨健著尋。
在智照恭循，性願譽侵聞。靄義孝中嗔，淨健著尋分。
智照恭循性，願譽侵聞靄。義孝中嗔淨，健著尋分在。
照恭循性願，譽侵聞靄義。孝中嗔淨健，著尋分在智。
恭循性願譽，侵聞靄義孝。中嗔淨健著，尋分在智照。
循性願譽侵，聞靄義孝中。嗔淨健著尋，分在智照恭。
性願譽侵聞，靄義孝中嗔。淨健著尋分，在智照恭循。
願譽侵聞靄，義孝中嗔淨。健著尋分在，智照恭循性。
譽侵聞靄義，孝中嗔淨健。著尋分在智，照恭循性願。

侵字拘就譽字倒廻文

侵譽願性循，恭照智在分。尋著健淨嗔，中孝義靄聞。

譽願性循恭，照智在分尋。著健淨嗔中，孝義靄聞侵。

願性循恭照，智在分尋著。健淨嗔中孝，義靄聞侵譽。

性循恭照智，在分尋著健。淨嗔中孝義，靄聞侵譽願。

循恭照智在，分尋著健淨。嗔中孝義靄，聞侵譽願性。

恭照智在分，尋著健淨嗔。中孝義靄聞，侵譽願性循。

照智在分尋，著健淨嗔中。孝義靄聞侵，譽願性循恭。

智在分尋著，健淨嗔中孝。義靄聞侵譽，願性循恭照。

在分尋著健，淨嗔中孝義。靄聞侵譽願，性循恭照智。

分尋著健淨，嗔中孝義靄。聞侵譽願性，循恭照智在。

尋著健淨嗔，中孝義靄聞。侵譽願性循，恭照智在分。

著健淨嗔中，孝義靄聞侵。譽願性循恭，照智在分尋。

健淨嗔中孝，義靄聞侵譽。願性循恭照，智在分尋著。

淨嗔中孝義，靄聞侵譽願。性循恭照智，在分尋著健。

御製蓮華心輪廻文偈頌卷第十一

嗔中孝義靄，聞侵譽願性。循恭照智在，分尋著健淨。
中孝義靄聞，侵譽願性循。恭照智在分，尋著健淨嗔。
孝義靄聞侵，譽願性循恭。照智在分尋，著健淨嗔中。
義靄聞侵譽，願性循恭照。智在分尋著，健淨嗔中孝。
靄聞侵譽願，性循恭照智。在分尋著健，淨嗔中孝義。
聞侵譽願性，循恭照智在。分尋著健淨，嗔中孝義靄。

侵字拘就最字正迴文

侵最靄知孝，以嗔然健希。尋背在推照，比循前願依。
最靄知孝以，嗔然健希尋。背在推照比，循前願依侵。
靄知孝以嗔，然健希尋背。在推照比循，前願依侵最。
知孝以嗔然，健希尋背在。推照比循前，願依侵最靄。
孝以嗔然健，希尋背在推。照比循前願，依侵最靄知。
以嗔然健希，尋背在推照。比循前願依，侵最靄知孝。
嗔然健希尋，背在推照比。循前願依侵，最靄知孝以。
然健希尋背，在推照比循。前願依侵最，靄知孝以嗔。

健希尋背在，推照比循前。願依侵最靄，知孝以嗔然。
希尋背在推，照比循前願。依侵最靄知，孝以嗔然健。
尋背在推照，比循前願依。侵最靄知孝，以嗔然健希。
背在推照比，循前願依侵。最靄知孝以，嗔然健希尋。
在推照比循，前願依侵最。靄知孝以嗔，然健希尋背。
推照比循前，願依侵最靄。知孝以嗔然，健希尋背在。
照比循前願，依侵最靄知。孝以嗔然健，希尋背在推。
比循前願依，侵最靄知孝。以嗔然健希，尋背在推照。
循前願依侵，最靄知孝以。嗔然健希尋，背在推照比。
前願依侵最，靄知孝以嗔。然健希尋背，在推照比循。
願依侵最靄，知孝以嗔然。健希尋背在，推照比循前。
依侵最靄知，孝以嗔然健。希尋背在推，照比循前願。

侵字拘就依字倒廻文

侵依願前循，比照推在背。尋希健然嗔，以孝知靄最。
依願前循比，照推在背尋。希健然嗔以，孝知靄最侵。

顯前循比照，推在背尋希。健然嗔以孝，知靄最侵依。
前循比照推，在背尋希健。然嗔以孝知，靄最侵依顯。
循比照推在，背尋希健然。嗔以孝知靄，最侵依顯前。
比照推在背，尋希健然嗔。以孝知靄最，侵依顯前循。
照推在背尋，希健然嗔以。孝知靄最侵，依顯前循比。
推在背尋希，健然嗔以孝。知靄最侵依，顯前循比照。
在背尋希健，然嗔以孝知。靄最侵依顯，前循比照推。
背尋希健然，嗔以孝知靄。最侵依顯前，循比照推在。
尋希健然嗔，以孝知靄最。侵依顯前循，比照推在背。
希健然嗔以，孝知靄最侵。依顯前循比，照推在背尋。
健然嗔以孝，知靄最侵依。顯前循比照，推在背尋希。
然嗔以孝知，靄最侵依顯。前循比照推，在背尋希健。
嗔以孝知靄，最侵依顯前。循比照推在，背尋希健然。
以孝知靄最，侵依顯前循。比照推在背，尋希健然嗔。
孝知靄最侵，依顯前循比。照推在背尋，希健然嗔以。
知靄最侵依，顯前循比照。推在背尋希，健然嗔以孝。

靄最侵依願，前循比照推。在背尋希健，然嗔以孝知。
最侵依願前，循比照推在。背尋希健然，嗔以孝知靄。

侵字拘就外字正廻文

侵外靄爲孝，喜嗔宣健微。尋智在移照，擬循先願機。
外靄爲孝喜，嗔宣健微尋。智在移照擬，循先願機侵。
靄爲孝喜嗔，宣健微尋智。在移照擬循，先願機侵外。
爲孝喜嗔宣，健微尋智在。移照擬循先，願機侵外靄。
孝喜嗔宣健，微尋智在移。照擬循先願，機侵外靄爲。
喜嗔宣健微，尋智在移照。擬循先願機，侵外靄爲孝。
嗔宣健微尋，智在移照擬。循先願機侵，外靄爲孝喜。
宣健微尋智，在移照擬循。先願機侵外，靄爲孝喜嗔。
健微尋智在，移照擬循先。願機侵外靄，爲孝喜嗔宣。
微尋智在移，照擬循先願。機侵外靄爲，孝喜嗔宣健。
尋智在移照，擬循先願機。侵外靄爲孝，喜嗔宣健微。
智在移照擬，循先願機侵。外靄爲孝喜，嗔宣健微尋。

在移照擬循，先願機侵外。靄爲孝喜嗔，宣健微尋智。
移照擬循先，願機侵外靄。爲孝喜嗔宣，健微尋智在。
照擬循先願，機侵外靄爲。孝喜嗔宣健，微尋智在移。
擬循先願機，侵外靄爲孝。喜嗔宣健微，尋智在移照。
循先願機侵，外靄爲孝喜。嗔宣健微尋，智在移照擬。
先願機侵外，靄爲孝喜嗔。宣健微尋智，在移照擬循。
願機侵外靄，爲孝喜嗔宣。健微尋智在，移照擬循先。
機侵外靄爲，孝喜嗔宣健。微尋智在移，照擬循先願。

侵字拘就機字倒迴文

侵機願先循，擬照移在智。尋微健宣嗔，喜孝爲靄外。
機願先循擬，照移在智尋。微健宣嗔喜，孝爲靄外侵。
願先循擬照，移在智尋微。健宣嗔喜孝，爲靄外侵機。
先循擬照移，在智尋微健。宣嗔喜孝爲，靄外侵機願。
循擬照移在，智尋微健宣。嗔喜孝爲靄，外侵機願先。
擬照移在智，尋微健宣嗔。喜孝爲靄外，侵機願先循。

照移在智尋，微健宣嗔喜。孝爲靄外侵，機願先循擬。
移在智尋微，健宣嗔喜孝。爲靄外侵機，願先循擬照。
在智尋微健，宣嗔喜孝爲。靄外侵機願，先循擬照移。
智尋微健宣，嗔喜孝爲靄。外侵機願先，循擬照移在。
尋微健宣嗔，喜孝爲靄外。侵機願先循，擬照移在智。
微健宣嗔喜，孝爲靄外侵。機願先循擬，照移在智尋。
健宣嗔喜孝，爲靄外侵機。願先循擬照，移在智尋微。
宣嗔喜孝爲，靄外侵機願。先循擬照移，在智尋微健。
嗔喜孝爲靄，外侵機願先。循擬照移在，智尋微健宣。
喜孝爲靄外，侵機願先循。擬照移在智，尋微健宣嗔。
孝爲靄外侵，機願先循擬。照移在智尋，微健宣嗔喜。
爲靄外侵機，願先循擬照。移在智尋微，健宣嗔喜孝。
靄外侵機願，先循擬照移。在智尋微健，宣嗔喜孝爲。
外侵機願先，循擬照移在。智尋微健宣，嗔喜孝爲靄。

侵字拘就會字正廻文

侵會靄垂孝，理嗔詮健非。尋意在誰照，指循緣願歸。
會靄垂孝理，嗔詮健非尋。意在誰照指，循緣願歸侵。
靄垂孝理嗔，詮健非尋意。在誰照指循，緣願歸侵會。
垂孝理嗔詮，健非尋意在。誰照指循緣，願歸侵會靄。
孝理嗔詮健，非尋意在誰。照指循緣願，歸侵會靄垂。
理嗔詮健非，尋意在誰照。指循緣願歸，侵會靄垂孝。
嗔詮健非尋，意在誰照指。循緣願歸侵，會靄垂孝理。
詮健非尋意，在誰照指循。緣願歸侵會，靄垂孝理嗔。
健非尋意在，誰照指循緣。願歸侵會靄，垂孝理嗔詮。
非尋意在誰，照指循緣願。歸侵會靄垂，孝理嗔詮健。
尋意在誰照，指循緣願歸。侵會靄垂孝，理嗔詮健非。
意在誰照指，循緣願歸侵。會靄垂孝理，嗔詮健非尋。
在誰照指循，緣願歸侵會。靄垂孝理嗔，詮健非尋意。
誰照指循緣，願歸侵會靄。垂孝理嗔詮，健非尋意在。

御製蓮華心輪廻文偈頌卷第十三

照指循緣願，歸侵會靄垂。孝理嗔詮健，非尋意在誰。
指循緣願歸，侵會靄垂孝。理嗔詮健非，尋意在誰照。
循緣願歸侵，會靄垂孝理。嗔詮健非尋，意在誰照指。
緣願歸侵會，靄垂孝理嗔。詮健非尋意，在誰照指循。
願歸侵會靄，垂孝理嗔詮。健非尋意在，誰照指循緣。
歸侵會靄垂，孝理嗔詮健。非尋意在誰，照指循緣願。

侵字拘就歸字倒迴文

侵歸願緣循，指照誰在意。尋非健詮嗔，理孝垂靄會。
歸願緣循指，照誰在意尋。非健詮嗔理，孝垂靄會侵。
願緣循指照，誰在意尋非。健詮嗔理孝，垂靄會侵歸。
緣循指照誰，在意尋非健。詮嗔理孝垂，靄會侵歸願。
循指照誰在，意尋非健詮。嗔理孝垂靄，會侵歸願緣。
指照誰在意，尋非健詮嗔。理孝垂靄會，侵歸願緣循。
照誰在意尋，非健詮嗔理。孝垂靄會侵，歸願緣循指。
誰在意尋非，健詮嗔理孝。垂靄會侵歸，願緣循指照。

在意尋非健，詮嗔理孝垂。靄會侵歸願，緣循指照誰。
意尋非健詮，嗔理孝垂靄。會侵歸願緣，循指照誰在。
尋非健詮嗔，理孝垂靄會。侵歸願緣循，指照誰在意。
非健詮嗔理，孝垂靄會侵。歸願緣循指，照誰在意尋。
健詮嗔理孝，垂靄會侵歸。願緣循指照，誰在意尋非。
詮嗔理孝垂，靄會侵歸願。緣循指照誰，在意尋非健。
嗔理孝垂靄，會侵歸願緣。循指照誰在，意尋非健詮。
理孝垂靄會，侵歸願緣循。指照誰在意，尋非健詮嗔。
孝垂靄會侵，歸願緣循指。照誰在意尋，非健詮嗔理。
垂靄會侵歸，願緣循指照。誰在意尋非，健詮嗔理孝。
靄會侵歸願，緣循指照誰。在意尋非健，詮嗔理孝垂。
會侵歸願緣，循指照誰在。意尋非健詮，嗔理孝垂靄。

述字拘就聞字正廻文

述聞亨義休，中祐淨留著。佛分生智求，恭舊性憂譽。
聞亨義休中，祐淨留著佛。分生智求恭，舊性憂譽述。

亨義休中祐，淨留著佛分。生智求恭舊，性憂譽述聞。
義休中祐淨，留著佛分生。智求恭舊性，憂譽述聞亨。
休中祐淨留，著佛分生智。求恭舊性憂，譽述聞亨義。
中祐淨留著，佛分生智求。恭舊性憂譽，述聞亨義休。
祐淨留著佛，分生智求恭。舊性憂譽述，聞亨義休中。
淨留著佛分，生智求恭舊。性憂譽述聞，亨義休中祐。
留著佛分生，智求恭舊性。憂譽述聞亨，義休中祐淨。
著佛分生智，求恭舊性憂。譽述聞亨義，休中祐淨留。
佛分生智求，恭舊性憂譽。述聞亨義休，中祐淨留著。
分生智求恭，舊性憂譽述。聞亨義休中，祐淨留著佛。
生智求恭舊，性憂譽述聞。亨義休中祐，淨留著佛分。
智求恭舊性，憂譽述聞亨。義休中祐淨，留著佛分生。
求恭舊性憂，譽述聞亨義。休中祐淨留，著佛分生智。
恭舊性憂譽，述聞亨義休。中祐淨留著，佛分生智求。
舊性憂譽述，聞亨義休中。祐淨留著佛，分生智求恭。
性憂譽述聞，亨義休中祐。淨留著佛分，生智求恭舊。

憂譽述聞亨，義休中祐淨。留著佛分生，智求恭舊性。
譽述聞亨義，休中祐淨留。著佛分生智，求恭舊性憂。

述字拘就譽字倒廻文

述譽憂性舊，恭求智生分。佛著留淨祐，中休義亨聞。
譽憂性舊恭，求智生分佛。著留淨祐中，休義亨聞述。
憂性舊恭求，智生分佛著。留淨祐中休，義亨聞述譽。
性舊恭求智，生分佛著留。淨祐中休義，亨聞述譽憂。
舊恭求智生，分佛著留淨。祐中休義亨，聞述譽憂性。
恭求智生分，佛著留淨祐。中休義亨聞，述譽憂性舊。
求智生分佛，著留淨祐中。休義亨聞述，譽憂性舊恭。
智生分佛著，留淨祐中休。義亨聞述譽，憂性舊恭求。
生分佛著留，淨祐中休義。亨聞述譽憂，性舊恭求智。
分佛著留淨，祐中休義亨。聞述譽憂性，舊恭求智生。
佛著留淨祐，中休義亨聞。述譽憂性舊，恭求智生分。
著留淨祐中，休義亨聞述。譽憂性舊恭，求智生分佛。

留淨祐中休，義亨聞述譽。憂性舊恭求，智生分佛著。
淨祐中休義，亨聞述譽憂。性舊恭求智，生分佛著留。
祐中休義亨，聞述譽憂性。舊恭求智生，分佛著留淨。
中休義亨聞，述譽憂性舊。恭求智生分，佛著留淨祐。
休義亨聞述，譽憂性舊恭。求智生分佛，著留淨祐中。
義亨聞述譽，憂性舊恭求。智生分佛著，留淨祐中休。
亨聞述譽憂，性舊恭求智。生分佛著留，淨祐中休義。
聞述譽憂性，舊恭求智生。分佛著留淨，祐中休義亨。

述字拘就觀字正迴文

述觀亨運休，齊祐協留古。佛寬生訓求，迷舊業憂苦。
觀亨運休齊，祐協留古佛。寬生訓求迷，舊業憂苦述。
亨運休齊祐，協留古佛寬。生訓求迷舊，業憂苦述觀。
運休齊祐協，留古佛寬生。訓求迷舊業，憂苦述觀亨。
休齊祐協留，古佛寬生訓。求迷舊業憂，苦述觀亨運。
齊祐協留古，佛寬生訓求。迷舊業憂苦，述觀亨運休。

祐協留古佛，寬生訓求迷。舊業憂苦述，觀亨運休齊。
協留古佛寬，生訓求迷舊。業憂苦述觀，亨運休齊祐。
留古佛寬生，訓求迷舊業。憂苦述觀亨，運休齊祐協。
古佛寬生訓，求迷舊業憂。苦述觀亨運，休齊祐協留。
佛寬生訓求，迷舊業憂苦。述觀亨運休，齊祐協留古。
寬生訓求迷，舊業憂苦述。觀亨運休齊，祐協留古佛。
生訓求迷舊，業憂苦述觀。亨運休齊祐，協留古佛寬。
訓求迷舊業，憂苦述觀亨。運休齊祐協，留古佛寬生。
求迷舊業憂，苦述觀亨運。休齊祐協留，古佛寬生訓。
迷舊業憂苦，述觀亨運休。齊祐協留古，佛寬生訓求。
舊業憂苦述，觀亨運休齊。祐協留古佛，寬生訓求迷。
業憂苦述觀，亨運休齊祐。協留古佛寬，生訓求迷舊。
憂苦述觀亨，運休齊祐協。留古佛寬生，訓求迷舊業。
苦述觀亨運，休齊祐協留。古佛寬生訓，求迷舊業憂。

述字拘就苦字倒廻文

述苦憂業舊，迷求訓生寬。佛古留協祐，齊休運亨觀。
苦憂業舊迷，求訓生寬佛。古留協祐齊，休運亨觀述。
憂業舊迷求，訓生寬佛古。留協祐齊休，運亨觀述苦。
業舊迷求訓，生寬佛古留。協祐齊休運，亨觀述苦憂。
舊迷求訓生，寬佛古留協。祐齊休運亨，觀述苦憂業。
迷求訓生寬，佛古留協祐。齊休運亨觀，述苦憂業舊。
求訓生寬佛，古留協祐齊。休運亨觀述，苦憂業舊迷。
訓生寬佛古，留協祐齊休。運亨觀述苦，憂業舊迷求。
生寬佛古留，協祐齊休運。亨觀述苦憂，業舊迷求訓。
寬佛古留協，祐齊休運亨。觀述苦憂業，舊迷求訓生。
佛古留協祐，齊休運亨觀。述苦憂業舊，迷求訓生寬。
古留協祐齊，休運亨觀述。苦憂業舊迷，求訓生寬佛。
留協祐齊休，運亨觀述苦。憂業舊迷求，訓生寬佛古。
協祐齊休運，亨觀述苦憂。業舊迷求訓，生寬佛古留。

御製蓮華心輪廻文偈頌卷第十五

祐齊休運亨，觀述苦憂業。舊迷求訓生，寬佛古留協。
齊休運亨觀，述苦憂業舊。迷求訓生寬，佛古留協祐。
休運亨觀述，苦憂業舊迷。求訓生寬佛，古留協祐齊。
運亨觀述苦，憂業舊迷求。訓生寬佛古，留協祐齊休。
亨觀述苦憂，業舊迷求訓。生寬佛古留，協祐齊休運。
觀述苦憂業，舊迷求訓生。寬佛古留協，祐齊休運亨。

述字拘就會字正廻文

述會亨垂休，理祐詮留非。佛意生誰求，指舊緣憂歸。
會亨垂休理，祐詮留非佛。意生誰求指，舊緣憂歸述。
亨垂休理祐，詮留非佛意。生誰求指舊，緣憂歸述會。
垂休理祐詮，留非佛意生。誰求指舊緣，憂歸述會亨。
休理祐詮留，非佛意生誰。求指舊緣憂，歸述會亨垂。
理祐詮留非，佛意生誰求。指舊緣憂歸，述會亨垂休。
祐詮留非佛，意生誰求指。舊緣憂歸述，會亨垂休理。
詮留非佛意，生誰求指舊。緣憂歸述會，亨垂休理祐。

留非佛意生，誰求指舊緣。憂歸述會亨，垂休理祐詮。
非佛意生誰，求指舊緣憂。歸述會亨垂，休理祐詮留。
佛意生誰求，指舊緣憂歸。述會亨垂休，理祐詮留非。
意生誰求指，舊緣憂歸述。會亨垂休理，祐詮留非佛。
生誰求指舊，緣憂歸述會。亨垂休理祐，詮留非佛意。
誰求指舊緣，憂歸述會亨。垂休理祐詮，留非佛意生。
求指舊緣憂，歸述會亨垂。休理祐詮留，非佛意生誰。
指舊緣憂歸，述會亨垂休。理祐詮留非，佛意生誰求。
舊緣憂歸述，會亨垂休理。祐詮留非佛，意生誰求指。
緣憂歸述會，亨垂休理祐。詮留非佛意，生誰求指舊。
憂歸述會亨，垂休理祐詮。留有佛意生，誰求指舊緣。
歸述會亨垂，休理祐詮留。非佛意生誰，求指舊緣憂。

述字拘就歸字倒廻文

述歸憂緣舊，指求誰生意。佛非留詮祐，理休垂亨會。
歸憂緣舊指，求誰生意佛。非留詮祐理，休垂亨會述。

憂緣舊指求，誰生意佛非。留詮祐理休，垂亨會述歸。
緣舊指求誰，生意佛非留。詮祐理休垂，亨會述歸憂。
舊指求誰生，意佛非留詮。祐理休垂亨，會述歸憂緣。
指求誰生意，佛非留詮祐。理休垂亨會，述歸憂緣舊。
求誰生意佛，非留詮祐理。休垂亨會述，歸憂緣舊指。
誰生意佛非，留詮祐理休。垂亨會述歸，憂緣舊指求。
生意佛非留，詮祐理休垂。亨會述歸憂，緣舊指求誰。
意佛非留詮，祐理休垂亨。會述歸憂緣，舊指求誰生。
佛非留詮祐，理休垂亨會。述歸憂緣舊，指求誰生意。
非留詮祐理，休垂亨會述。歸憂緣舊指，求誰生意佛。
留詮祐理休，垂亨會述歸。憂緣舊指求，誰生意佛非。
詮祐理休垂，亨會述歸憂。緣舊指求誰，生意佛非留。
祐理休垂亨，會述歸憂緣。舊指求誰生，意佛非留詮。
理休垂亨會，述歸憂緣舊。指求誰生意，佛非留詮祐。
休垂亨會述，歸憂緣舊指。求誰生意佛，非留詮祐理。
垂亨會述歸，憂緣舊指求。誰生意佛非，留詮祐理休。

亨會述歸憂，緣舊指求誰。生意佛非留，詮祐理休垂。
會述歸憂緣，舊指求誰生。意佛非留詮，祐理休垂亨。

御製蓮華心輪迴文偈頌卷第十六

述字拘就外字正迴文

述外亨爲休，喜祐宣留微。佛智生移求，擬舊先憂機。
外亨爲休喜，祐宣留微佛。智生移求擬，舊先憂機述。
亨爲休喜祐，宣留微佛智。生移求擬舊，先憂機述外。
爲休喜祐宣，留微佛智生。移求擬舊先，憂機述外亨。
休喜祐宣留，微佛智生移。求擬舊先憂，機述外亨爲。
喜祐宣留微，佛智生移求。擬舊先憂機，述外亨爲休。
祐宣留微佛，智生移求擬。舊先憂機述，外亨爲休喜。
宣留微佛智，生移求擬舊。先憂機述外，亨爲休喜祐。
留微佛智生，移求擬舊先。憂機述外亨，爲休喜祐宣。
微佛智生移，求擬舊先憂。機述外亨爲，休喜祐宣留。
佛智生移求，擬舊先憂機。述外亨爲休，喜祐宣留微。
智生移求擬，舊先憂機述。外亨爲休喜，祐宣留微佛。

生移求擬舊，先憂機述外。亨爲休喜祐，宣留微佛智。
移求擬舊先，憂機述外亨。爲休喜祐宣，留微佛智生。
求擬舊先憂，機述外亨爲。休喜祐宣留，微佛智生移。
擬舊先憂機，述外亨爲休。喜祐宣留微，佛智生移求。
舊先憂機述，外亨爲休喜。祐宣留微佛，智生移求擬。
先憂機述外，亨爲休喜祐。宣留微佛智，生移求擬舊。
憂機述外亨，爲休喜祐宣。留微佛智生，移求擬舊先。
機述外亨爲，休喜祐宣留。微佛智生移，求擬舊先憂。

述字拘就機字倒廻文

述機憂先舊，擬求移生智。佛微留宣佑，喜休爲亨外。
機憂先舊擬，求移生智佛。微留宣佑喜，休爲亨外述。
憂先舊擬求，移生智佛微。留宣佑喜休，爲亨外述機。
先舊擬求移，生智佛微留。宣佑喜休爲，亨外述機憂。
舊擬求移生，智佛微留宣。佑喜休爲亨，外述機憂先。
擬求移生智，佛微留宣佑。喜休爲亨外，述機憂先舊。

求移生智佛，微留宣佑喜。休爲亨外述，機憂先舊擬。
移生智佛微，留宣佑喜休。爲亨外述機，憂先舊擬求。
生智佛微留，宣佑喜休爲。亨外述機憂，先舊擬求移。
智佛微留宣，佑喜休爲亨。外述機憂先，舊擬求移生。
佛微留宣佑，喜休爲亨外。述機憂先舊，擬求移生智。
微留宣佑喜，休爲亨外述。機憂先舊擬，求移生智佛。
留宣佑喜休，爲亨外述機。憂先舊擬求，移生智佛微。
宣佑喜休爲，亨外述機憂。先舊擬求移，生智佛微留。
佑喜休爲亨，外述機憂先。舊擬求移生，智佛微留宣。
喜休爲亨外，述機憂先舊。擬求移生智，佛微留宣佑。
休爲亨外述，機憂先舊擬。求移生智佛，微留宣佑喜。
爲亨外述機，憂先舊擬求。移生智佛微，留宣佑喜休。
亨外述機憂，先舊擬求移。生智佛微留，宣佑喜休爲。
外述機憂先，舊擬求移生。智佛微留宣，佑喜休爲亨。

好字拘就觀字正廻文

好觀來運人，齊行協言古。道寬開訓新，迷生業煩苦。
觀來運人齊，行協言古道。寬開訓新迷，生業煩苦好。
來運人齊行，協言古道寬。開訓新迷生，業煩苦好觀。
運人齊行協，言古道寬開。訓新迷生業，煩苦好觀來。
人齊行協言，古道寬開訓。新迷生業煩，苦好觀來運。
齊行協言古，道寬開訓新。迷生業煩苦，好觀來運人。
行協言古道，寬開訓新迷。生業煩苦好，觀來運人齊。
協言古道寬，開訓新迷生。業煩苦好觀，來運人齊行。
言古道寬開，訓新迷生業。煩苦好觀來，運人齊行協。
古道寬開訓，新迷生業煩。苦好觀來運，人齊行協言。
道寬開訓新，迷生業煩苦。好觀來運人，齊行協言古。
寬開訓新迷，生業煩苦好。觀來運人齊，行協言古道。
開訓新迷生，業煩苦好觀。來運人齊行，協言古道寬。
訓新迷生業，煩苦好觀來。運人齊行協，言古道寬開。

新迷生業煩，苦好觀來運。人齊行協言，古道寬開訓。
迷生業煩苦，好觀來運人。齊行協言古，道寬開訓新。
生業煩苦好，觀來運人齊。行協言古道，寬開訓新迷。
業煩苦好觀，來運人齊行。協言古道寬，開訓新迷生。
煩苦好觀來，運人齊行協。言古道寬開，訓新迷生業。
苦好觀來運，人齊行協言。古道寬開訓，新迷生業煩。

好字拘就苦字倒廻文

好苦煩業生，迷新訓開寬。道古言協行，齊人運來觀。
苦煩業生迷，新訓開寬道。古言協行齊，人運來觀好。
煩業生迷新，訓開寬道古。言協行齊人，運來觀好苦。
業生迷新訓，開寬道古言。協行齊人運，來觀好苦煩。
生迷新訓開，寬道古言協。行齊人運來，觀好苦煩業。
迷新訓開寬，道古言協行。齊人運來觀，好苦煩業生。
新訓開寬道，古言協行齊。人運來觀好，苦煩業生迷。
訓開寬道古，言協行齊人。運來觀好苦，煩業生迷新。

開寬道古言，協行齊人運。來觀好苦煩，業生迷新訓。
寬道古言協，行齊人運來。觀好苦煩業，生迷新訓開。
道古言協行，齊人運來觀。好苦煩業生，迷新訓開寬。
古言協行齊，人運來觀好。苦煩業生迷，新訓開寬道。
言協行齊人，運來觀好苦。煩業生迷新，訓開寬道古。
協行齊人運，來觀好苦煩。業生迷新訓，開寬道古言。
行齊人運來，觀好苦煩業。生迷新訓開，寬道古言協。
齊人運來觀，好苦煩業生。迷新訓開寬，道古言協行。
人運來觀好，苦煩業生迷。新訓開寬道，古言協行齊。
運來觀好苦，煩業生迷新。訓開寬道古，言協行齊人。
來觀好苦煩，業生迷新訓。開寬道古言，協行齊人運。
觀好苦煩業，生迷新訓開。寬道古言協，行齊人運來。

好字拘就會字正廻文

好會來垂人，理行詮言非。道意開誰新，指生緣煩歸。
會來垂人理，行詮言非道。意開誰新指，生緣煩歸好。

來垂人理行，詮言非道意。開誰新指生，緣煩歸好會。
垂人理行詮，言非道意開。誰新指生緣，煩歸好會來。
人理行詮言，非道意開誰。新指生緣煩，歸好會來垂。
理行詮言非，道意開誰新。指生緣煩歸，好會來垂人。
行詮言非道，意開誰新指。生緣煩歸好，會來垂人理。
詮言非道意，開誰新指生。緣煩歸好會，來垂人理行。
言非道意開，誰新指生緣。煩歸好會來，垂人理行詮。
非道意開誰，新指生緣煩。歸好會來垂，人理行詮言。
道意開誰新，指生緣煩歸。好會來垂人，理行詮言非。
意開誰新指，生緣煩歸好。會來垂人理，行詮言非道。
開誰新指生，緣煩歸好會。來垂人理行，詮言非道意。
誰新指生緣，煩歸好會來。垂人理行詮，言非道意開。
新指生緣煩，歸好會來垂。人理行詮言，非道意開誰。
指生緣煩歸，好會來垂人。理行詮言非，道意開誰新。
生緣煩歸好，會來垂人理。行詮言非道，意開誰新指。
緣煩歸好會，來垂人理行。詮言非道意，開誰新指生。

煩歸好會來，垂人理行詮。言非道意開，誰新指生緣。
歸好會來垂，人理行詮言。非道意開誰，新指生緣煩。

好字拘就歸字倒迴文

好歸煩緣生，指新誰開意。道非言詮行，理人垂來會。
歸煩緣生指，新誰開意道。非言詮行理，人垂來會好。
煩緣生指新，誰開意道非。言詮行理人，垂來會好歸。
緣生指新誰，開意道非言。詮行理人垂，來會好歸煩。
生指新誰開，意道非言詮。行理人垂來，會好歸煩緣。
指新誰開意，道非言詮行。理人垂來會，好歸煩緣生。
新誰開意道，非言詮行理。人垂來會好，歸煩緣生指。
誰開意道非，言詮行理人。垂來會好歸，煩緣生指新。
開意道非言，詮行理人垂。來會好歸煩，緣生指新誰。
意道非言詮，行理人垂來。會好歸煩緣，生指新誰開。
道非言詮行，理人垂來會。好歸煩緣生，指新誰開意。
非言詮行理，人垂來會好。歸煩緣生指，新誰開意道。

言詮行理人，垂來會好歸。煩緣生指新，誰開意道非。
詮行理人垂，來會好歸煩。緣生指新誰，開意道非言。
行理人垂來，會好歸煩緣。生指新誰開，意道非言詮。
理人垂來會，好歸煩緣生。指新誰開意，道非言詮行。
人垂來會好，歸煩緣生指。新誰開意道，非言詮行理。
垂來會好歸，煩緣生指新。誰開意道非，言詮行理人。
來會好歸煩，緣生指新誰。開意道非言，詮行理人垂。
會好歸煩緣，生指新誰開。意道非言詮，行理人垂來。

好字拘就最字正迴文

好最來知人，以行然言希。道背開推新，比生前煩依。
最來知人以，行然言希道。背開推新比，生前煩依好。
來知人以行，然言希道背。開推新比生，前煩依好最。
知人以行然，言希道背開。推新比生前，煩依好最來。
人以行然言，希道背開推。新比生前煩，依好最來知。
以行然言希，道背開推新。比生前煩依，好最來知人。

行然言希道，背開推新比。生前煩依好，最來知人以。
然言希道背，開推新比生。前煩依好最，來知人以行。
言希道背開，推新比生前。煩依好最來，知人以行然。
希道背開推，新比生前煩。依好最來知，人以行然言。
道背開推新，比生前煩依。好最來知人，以行然言希。
背開推新比，生前煩依好。最來知人以，行然言希道。
開推新比生，前煩依好最。來知人以行，然言希道背。
推新比生前，煩依好最來。知人以行然，言希道背開。
新比生前煩，依好最來知。人以行然言，希道背開推。
比生前煩依，好最來知人。以行然言希，道背開推新。
生前煩依好，最來知人以。行然言希道，背開推新比。
前煩依好最，來知人以行。然言希道背，開推新比生。
煩依好最來，知人以行然。言希道背開，推新比生前。
依好最來知，人以行然言。希道背開推，新比生前煩。

好字拘就依字倒迴文

好依煩前生，比新推開背。道希言然行，以人知來最。
依煩前生比，新推開背道。希言然行以，人知來最好。
煩前生比新，推開背道布。言然行以人，知來最好依。
前生比新推，開背道希言。然行以人知，來最好依煩。
生比新推開，背道希言然。行以人知來，最好依煩前。
比新推開背，道希言然行。以人知來最，好依煩前生。
新推開背道，希言然行以。人知來最好，依煩前生比。
推開背道希，言然行以人。知來最好依，煩前生比新。
開背道希言，然行以人知。來最好依煩，前生比新推。
背道希言然，行以人知來。最好依煩前，生比新推開。
道希言然行，以人知來最。好依煩前生，比新推開背。
希言然行以，人知來最好。依煩前生比，新推開背道。
言然行以人，知來最好依。煩前生比新，推開背道希。
然行以人知，來最好依煩。前生比新推，開背道希言。

御製蓮華心輪迴文偈頌卷第十九

行以人知來，最好依煩前。生比新推開，背道希言然。
以人知來最，好依煩前生。比新推開背，道希言然行。
人知來最好，依煩前生比。新推開背道，希言然行以。
知來最好依，煩前生比新。推開背道希，言然行以人。
來最好依煩，前生比新推。開背道希言，然行以人知。
最好依煩前，生比新推開。背道希言然，行以人知來。

好字拘就外字正迴文

好外來爲人，喜行宣言微。道智開移新，擬生先煩機。
外來爲人喜，行宣言微道。智開移新擬，生先煩機好。
來爲人喜行，宣言微道智。開移新擬生，先煩機好外。
爲人喜行宣，言微道智開。移新擬生先，煩機好外來。
人喜行宣言，微道智開移。新擬生先煩，機好外來爲。
喜行宣言微，道智開移新。擬生先煩機，好外來爲人。
行宣言微道，智開移新擬。生先煩機好，外來爲人喜。
宣言微道智，開移新擬生。先煩機好外，來爲人喜行。

言微道智開，移新擬生先。煩機好外來，爲人喜行宣。
微道智開移，新擬生先煩。機好外來爲，人喜行宣言。
道智開移新，擬生先煩機。好外來爲人，喜行宣言微。
智開移新擬，生先煩機好。外來爲人喜，行宣言微道。
開移新擬生，先煩機好外。來爲人喜行，宣言微道智。
移新擬生先，煩機好外來。爲人喜行宣，言微道智開。
新擬生先煩，機好外來爲。人喜行宣言，微道智開移。
擬生先煩機，好外來爲人。喜行宣言微，道智開移新。
生先煩機好，外來爲人喜。行宣言微道，智開移新擬。
先煩機好外，來爲人喜行。宣言微道智，開移新擬生。
煩機好外來，爲人喜行宣。言微道智開，移新擬生先。
機好外來爲，人喜行宣言。微道智開移，新擬生先煩。

好字拘就機字倒廻文

好機煩先生，擬新移開智。道微言宣行，喜人爲來外。
機煩先生擬，新移開智道。微言宣行喜，人爲來外好。

煩先生擬新，移開智道微。言宣行喜人，爲來外好機。
先生擬新移，開智道微言。宣行喜人爲，來外好機煩。
生擬新移開，智道微言宣。行喜人爲來，外好機煩先。
擬新移開智，道微言宣行。喜人爲來外，好機煩先生。
新移開智道，微言宣行喜。人爲來外好，機煩先生擬。
移開智道微，言宣行喜人。爲來外好機，煩先生擬新。
開智道微言，宣行喜人爲。來外好機煩，先生擬新移。
智道微言宣，行喜人爲來。外好機煩先，生擬新移開。
道微言宣行，喜人爲來外。好機煩先生，擬新移開智。
微言宣行喜，人爲來外好。機煩先生擬，新移開智道。
言宣行喜人，爲來外好機。煩先生擬新，移開智道微。
宣行喜人爲，來外好機煩。先生擬新移，開智道微言。
行喜人爲來，外好機煩先。生擬新移開，智道微言宣。
喜人爲來外，好機煩先生。擬新移開智，道微言宣行。
人爲來外好，機煩先生擬。新移開智道，微言宣行喜。
爲來外好機，煩先生擬新。移開智道微，言宣行喜人。

來外好機煩，先生擬新移。開智道微言，宣行喜人爲。外好機煩先，生擬新移開。智道微言宣，行喜人爲來。御製蓮華心輪廻文偈頌卷第二十

圖錄自明本回文類聚卷二，『苦』、『崇』、『變』、『旋』依鈔句御製蓮華心輪廻文偈頌改成『古』、『恭』、『幻』、『然』。

回文集卷四　目錄

寶子垂綬連環詩

錢惟治

○聖主欽崇麥千光顯紺容暎雲牕綺暖籠月筍花重淨剎香風遠危欄碧霧濃勝因良以詠華一闕斯逢

春城滿望曉閣閑登塵銷霽景空出真僧人懷遠思檻凭危層因圓果證勝境斯興

雕鏤彩錯綾明霞精麗亭玉女窺牖飛仙捧鐸沉煙煥寶香媚水滴珠箔千山蓊鬱晴霽萬井喧填曉郭登臨徒倚傍瓊欄滿目春光照家廓

閣般斤郢呈作木從繩工必度華飾藻繪丹施榱桷明蟾代寶燈瑞霧爲珍箔欄危似倚高空梯迥疑穿碧落有時閒上瞰人寰自謂禽中騰一鶚

閑窈望一城春教靄輕和落絮□平水遠分衣帶高低暮山遙扣□黛眉嚬鶯禽亂囀煙林遠戲蝶雙粘露草新清景異疑身寄蓬閬中雲縫□遊人

清皇明感契斯因勝蹟化神功世謂無香蓋散時明組頂瑞華開處捧蓮蹤光滿月殿雕欄玉彩闘星垂結網珠揚讚莫窮無憶萬閣棟金相賞功殊

臨迥閣晴雪點山屏夕煙斂霞明月吟閒亭碧天

迥殿香霧擁輕簾曉花吹雨院芳樹捧晴簷雲衣霞披

寶子垂綬連環詩　春日登大悲閣

杼成連環詩并綬帶寶子詩共九十首

一字至七字詩二首

閣，閣。雕鏤，彩錯。簇明霞，攢麗萼。玉女窺牖，飛仙捧鐸。沉煙煥寶香，媚水涵珠箔。千山蓊鬱晴霽，萬井喧填曉郭。登臨徙倚傍瓊欄，滿目春光煦寥廓。

閣，閣。般斤，郢作。木從繩，工必度。華飾藻繪，密施榱桷。明蟾代寶燈，瑞霧爲珍箔。欄危似倚高空，梯迥疑穿碧落。有時閑上瞰人寰，自謂禽中騰一鶚。

『煥』：梁橋冰川詩式卷一、吳允嘉吳越順存集卷二作『燠』。

『霧』：冰川詩式作『靄』，吳越順存集注云『一作靄』。

四言回文二首

春城滿望，曉閣閑登。塵銷霽景，定出真僧。人懷遠思，檻凭危層。因圓果證，勝境斯興。

興斯境勝，證果圓因。層危凭檻，思遠懷人。僧真出定，景霽銷塵。登閑閣曉，望滿城春。

五言四句 二十字連環讀反覆成詩四十首共八十首

碧天臨迥閣，晴雪點山屏。
夕煙侵冷箔，明月斂閑亭。
天臨迥閣晴，雪點山屏夕。
煙侵冷箔明，月斂閑亭碧。
臨迥閣晴雪，點山屏夕煙。
侵冷箔明月，斂閑亭碧天。
迥閣晴雪點，山屏夕煙侵。
冷箔明月斂，閑亭碧天臨。
閣晴雪點山，屏夕煙侵冷。
箔明月斂閑，亭碧天臨迥。
晴雪點山屏，夕煙侵冷箔。
明月斂閑亭，碧天臨迥閣。
雪點山屏夕，煙侵冷箔明。
月斂閑亭碧，天臨迥閣晴。
點山屏夕煙，侵冷箔明月。
斂閑亭碧天，臨迥閣晴雪。
山屏夕煙侵，冷箔明月斂。
閑亭碧天臨，迥閣晴雪點。
屏夕煙侵冷，箔明月斂閑。
亭碧天臨迥，閣晴雪點山。
夕煙侵冷箔，明月斂閑亭。
碧天臨迥閣，晴雪點山屏。
煙侵冷箔明，月斂閑亭碧。
天臨迥閣晴，雪點山屏夕。
侵冷箔明月，斂閑亭碧天。
臨迥閣晴雪，點山屏夕煙。
冷箔明月斂，閑亭碧天臨。
迥閣晴雪點，山屏夕煙侵。
箔明月斂閑，亭碧天臨迥。
閣晴雪點山，屏夕煙侵冷。

明月歛閑亭，碧天臨逈閣。晴雪點山屏，夕煙侵冷箔。

月歛閑亭碧，天臨逈閣晴。雪點山屏夕，煙侵冷箔明。

歛閑亭碧天，臨逈閣晴雪。點山屏夕煙，侵冷箔明月。

閑亭碧天臨，逈閣晴雪點。山屏夕煙侵，冷箔明月歛。

亭碧天臨逈，閣晴雪點山。屏夕煙侵冷，箔明月歛閑。

亭閑歛月明，箔冷侵煙夕。屏山點雪晴，閣逈臨天碧。

閑歛月明箔，冷侵煙夕屏。山點雪晴閣，逈臨天碧亭。

歛月明箔冷，侵煙夕屏山。點雪晴閣逈，臨天碧亭閑。

月明箔冷侵，煙夕屏山點。雪晴閣逈臨，天碧亭閑歛。

明箔冷侵煙，夕屏山點雪。晴閣逈臨天，碧亭閑歛月。

箔冷侵煙夕，屏山點雪晴。閣逈臨天碧，亭閑歛月明。

冷侵煙夕屏，山點雪晴閣。逈臨天碧亭，閑歛月明箔。

侵煙夕屏山，點雪晴閣逈。臨天碧亭閑，歛月明箔冷。

煙夕屏山點，雪晴閣逈臨。天碧亭閑歛，月明箔冷侵。

夕屏山點雪，晴閣逈臨天。碧亭閑歛月，明箔冷侵煙。

屏山點雪晴，閣逈臨天碧。亭閑歛月明，箔冷侵煙夕。

山點雪晴閣，迥臨天碧亭。閑歛月明箔，冷侵煙夕屏。
點雪晴閣迥，臨天碧亭閑。歛月明箔冷，侵煙夕屏山。
雪晴閣迥臨，天碧亭閑歛。月明箔冷侵，煙夕屏山點。
晴閣迥臨天，碧亭閑歛月。明箔冷侵煙，夕屏山點雪。
閣迥臨天碧，亭閑歛月明。箔冷侵煙夕，屏山點雪晴。
迥臨天碧亭，閑歛月明箔。冷侵煙夕屏，山點雪晴閣。
臨天碧亭閑，歛月明箔冷。侵煙夕屏山，點雪晴閣迥。
天碧亭閑歛，月明箔冷侵。煙夕屏山點，雪晴閣迥臨。
碧亭閑歛月，明箔冷侵煙。夕屏山點雪，晴閣迥臨天。
褭霞披迥殿，香霧擁輕簾。曉花欹靜院，芳樹捧晴簷。讀法如前得詩二十首又回文二十首

五言八句二首

聖主欽崇教，千光顯紺容。暎雲牕綺暖，籠月箔花重。淨刹香風遠，危欄碧霧濃。勝因良以詠，華閣一斯逢。
逢斯一閣華，詠以良因勝。濃霧碧欄危，遠風香刹淨。重花箔月籠，暖綺牕雲暎。容紺顯光千，教崇欽主聖。

『綺』：冰川詩式、吴越順存集作『倚』。

七言回文 四首

情閑豁望一城春，散靄輕和落絮□。平水遠分衣帶褭，暮山遥扌□黛眉嚬。驚禽亂觸煙林遠，戲蝶雙粘露草新。清景異疑身舉運，閣中雲繞□遊人。

人遊□繞雲中閣，運舉身疑異景清。新草露粘雙蝶戲，遠林煙觸亂禽驚。嚬眉黛扌□遥山暮，褭帶衣分遠水平。□絮落和輕靄散，春城一望豁閑情。

皇明感契斯因勝，變化神功世謂無。香盖散時明組頂，瑞華開處捧蓮跗。光滿月瑩雕欄玉，彩鬬星垂結網珠。揚讚莫窮無億萬，閣標金相賞功殊。

殊功賞相金標閣，萬億無窮莫讚揚。珠網結垂星鬬彩，玉欄雕瑩月滿光。跗蓮捧處開華瑞，頂組明時散盖香。無謂世功神化變，勝因斯契感明皇。　順治真定縣志卷十四

『落絮□』：『□』疑似『因』

惟治（九四九—一〇一四）字世和，吴越廢王倧長子，忠懿王俶愛之，養爲己子。八歲授兩浙牙内諸軍指揮使，判軍糧營田事。又改德化軍使，遷檢校太保，台州團練使。宋太祖乾德四年，制授寧遠軍節度、檢校太傅，仍兼衙職。太宗嗣位，進檢校太尉，改領鎮國軍節度使。雍熙三年，出征幽州，命權知真定軍府兼兵馬都部署。真宗景德中，特轉右武衛上將軍，累加左驍衛上將軍，左神武統軍。卒贈太師，追封彭城郡王。自幼好學，家聚法帖圖書萬餘卷，多異本。善草隸，尤好二王書。宋史稱其『生平慕皮陸爲詩，有集十卷』。

擬織錦圖

失名

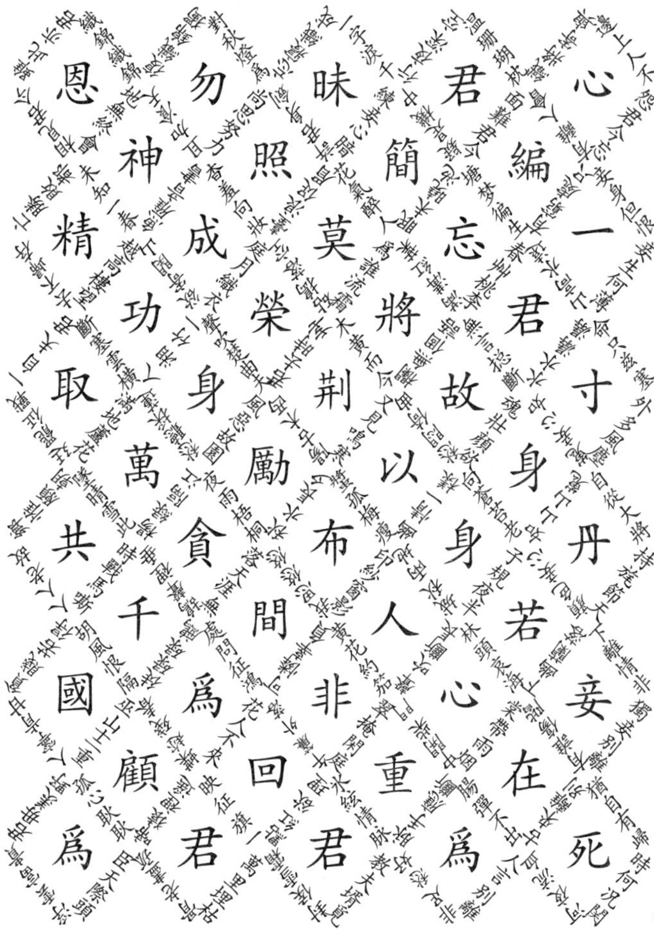
心一寸丹妾死
編君身若在
君忘故身心爲
簡將以人重
昧莫荊布非君
照榮勵間回
勿成身貪爲君
神功萬千顧
恩精取共國爲

擬織錦圖

讀法　從東南角織錦織錦復織錦讀起，由西北東北環至存亡勝敗都未知，又轉向内至中間，復又環回外，轉至君今雖此亦君，即接斜眼内恩字，横連勿昧君心一寸丹，至將以人間勵荆布止。

七言古詩一首

織錦織錦復織錦，獨對秋燈爲忘寢。織成一字淚千行，夜深空溫珊瑚枕。織將寄與邊上人，不怨君今忘妾身。但恨妾生何薄命，只兹塞外多風塵。自從大將持旄節，天下離情非獨妾。别離猶自有歸時，何况關河夜流血。人言别離非足愁，好教夫壻覓封侯。雪霜萬里埋枯骨，老盡孤臣天際頭。浮雲富貴君毋羨，野人寧肯甘貧賤。若得人人老故鄉，惟願朝廷罷征戰。一自夫君去不歸，存亡勝敗都未知。一春魚雁音書杳，羞向妝臺浪促眉。花氣醉人眠未曉，池塘梦偏生春艸。桃李無言揔斷魂，壯顔欲向蒼苔老。子規夜半林頭哀，海棠帶雨烟中開。柴門翠掩閑庭午，簾外落花人不來。蝶趂殘春徒碌碌，鷓鴣聲裡垂楊綠。隔江愁聽採蓮人，湘竹一聲吹楚曲。夫君去時艸木黄，而今又見鳴寒蛩。孤梅瘦印紗窗影，我思悠悠秋水長。夕陽古木西風惡，故園夜雨梧桐落。天涯無處問征鴻，可憐辜負黄花約。笳聲吹斷長城秋，兩地幽情一樣愁。悶倚曲欄無個語，滿溝紅葉爲誰流。霜砧搗落空庭月，織衣欲寄関山越。高樓望斷塞雲横，滿地蘆花墜晴雪。此時戰馬嘶胡風，恨隔巫山十二重。孤心耿耿啼猿裡，遥映征旗一點紅。欲理氷絃情脉脉，手應斷腸彈不出。古來離别有誰傷，階下幽蘭落顔色。妾心如山山嵬嵬，妾心如水水潺潺。山高水遠有窮處，只有離人會面難。君今疑是機中練，妾心暗許君身劍。尚思努力且加湌，天地無終會相見。君今雖此亦君恩，勿昧君心一寸丹。妾死爲君君爲國，共取精神照簡編。君身若在重回顧，千萬功成莫忘故。身心非爲貪身榮，將以人間勵荊布。麟玉堂本回文類聚卷二

明本回文類聚卷二題『宋人』作，『織字起至布字止』。文淵閣四庫全書本回文類聚卷二，署名裴逾字益之宋太宗朝内臣『織錦織錦復織錦讀起，至將以人間勵荊布』。十五卷本，朱象賢又改爲『失名』。

通貫回文

宋庠

沙平接濶野麻亂聚螢飛花開近翠殘槁荻露灘磯

通貫回文　寄范希文

讀法　從花字起，五言向上右旋至飛字止，又左旋回讀至花字止，不必拆借。七言將花字拆作艸化、麻字拆作广音剡林、沙字拆作少水、槁字拆作木高，向上左轉，以首字拆開讀，次用合全之，麻沙花爲韻；回讀右轉，以末字拆開讀，次用合全者爲起字，以少艸爲韻。

五言四句順回讀二首

花開近翠微，槁荻露灘磯。沙平接潤野，麻亂聚螢飛。

飛螢聚亂麻，野潤接平沙。磯灘露荻槁，微翠近開花。

七言四句順回讀二首

艸化飛螢聚亂麻，广林野潤接平沙。少水磯灘露荻槁，木高微翠近開花。

花開近翠微高木，槁荻露灘磯水少。沙平接潤野林广，麻亂聚螢飛化艸。麟玉堂本回文類聚卷二

陳元靚事林廣記後集卷七、明本回文類聚卷二、三才圖會文史卷三圖名藏頭廻文拆字體廣記作詩『花字藏頭，雙呼三喚，五七成章，左右通貫』。廣記在圖名之下，書『玉連環』三字，又云『古有藏頭拆字體，又有藏頭廻文體，是作也，超異乎二體之上』。梁橋冰川詩式卷一、謝天

瑞詩法卷十、稱離合體亦廻文，『錄玉連環一首，以備一體』，謂『此詩原作連環寫之，以花字藏頭其詩中，花字麻字沙字槁字俱雙呼三喚，五七成文，左右通貫，兼回文藏頭析合三體而有之』。此前各本回文類聚原題俱作寄范仲淹，讀法亦甚簡要。

庠（九九六—一〇六六），原名郊，字公序，安陸人，後徙雍丘。與弟祁同以文學擅名天下，人稱二宋。仁宗天聖元年進士，累試皆第一，擢大理評事，通判襄州，召直史館，歷左正言、知制誥、翰林學士、參知政事，至兵部尚書同平章事，充樞密使，封莒國公。英宗即位，移鎮武軍，改封鄭國公，出判亳州，旋以司空致仕。文章典雅，詩多麗穠之作，有宋元獻集四十卷。

脫卸連環

蘇軾

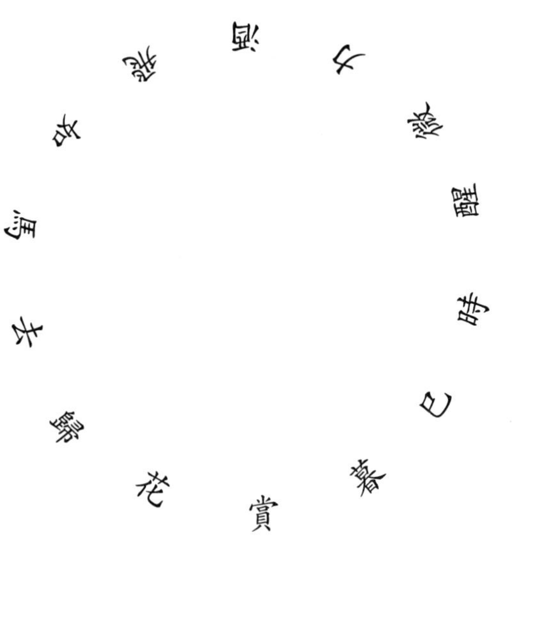

脱卸連環　採蓮

讀法　從下中間賞字左旋，第二句從前句第四字讀起，如賞花歸去馬如飛，第二句去馬如飛酒力微，第三句又從第二句第五字讀，第四句與第二句同。

七言四句

賞花歸去馬如飛，去馬如飛酒力微。酒力微醒時已暮，醒時已暮賞花歸。麟玉堂本回文類聚卷二

明本回文類聚卷二圖名借字廻文體，讀法原云『每句用前句第四字讀起，如客懷從靜字起，採蓮從賞字起』，誤。

此圖又見東坡問答錄、馮夢龍醒世恒言卷十一、抱甕老人今古奇觀第十七回。

脱卸連環

失名

采蓮人在綠楊津一闋新歌聲漱玉

脱卸連環　采蓮詞

讀法　從上采蓮左旋，第二句從前句第四字讀起，第三句又從前句第五字起，第四句與第二句同，采蓮人止。

七言四句

采蓮人在綠楊津，在綠楊津一闋新。一闋新歌聲漱玉，歌聲漱玉采蓮人。麟玉堂本回文類聚續編卷一

文淵閣四庫全書本回文類聚補遺，題採蓮借字體署名『蘇軾』，十五卷本改失名。

此圖又見東坡問答錄、馮夢龍醒世恒言卷十一、抱甕老人今古奇觀第十七回。

連環疊字詩

佛印

野野鳥鳥啼啼時時有有思思春春氣氣桃桃花花
發發滿滿枝枝鶯鶯雀雀相相呼呼喚喚巖巖畔畔
花花紅紅似似錦錦屏屏堪堪看看山山秀秀麗麗
山山前前煙煙霧霧起起清清浮浮浪浪促促潺潺
溪溪水水景景幽幽深深處處好好追追遊遊傍傍
水水花花似似雪雪梨梨花花光光皎皎潔潔玲玲
瓏瓏似似墜墜銀銀花花折折最最好好柔柔茸茸
溪溪畔畔草草青青雙雙蝴蝴蝶蝶飛飛來來到到
落落花花林林裏裏鳥鳥啼啼叫叫不不休休爲爲
憶憶春春光光好好楊楊柳柳枝枝頭頭春春色色
秀秀時時常常共共飲飲春春濃濃酒酒似似醉醉
閒閒行行春春色色裡裡相相逢逢競競憶憶遊遊
山山水水心心息息悠悠歸歸去去來來休休役役

連環疊字詩　寄友

讀法　每字兩遍讀，句法連環頂下。第一句三言，二句至八句七言，九十句三言，十一句至十四句七言，十五句至十八句五言，十九句至三十三句七言，三十四句五言，三十五句至四十句七言。如野鳥啼，野鳥啼時時有思，有思春氣桃花發，春氣桃花發滿枝之類是也。

長短句

野鳥啼，野鳥啼時時有思。有思春氣桃花發，春氣桃花發滿枝。滿枝鶯雀相呼喚，鶯雀相呼喚巖畔。巖畔花紅似錦屏，花紅似錦屏堪看。堪看山，山秀麗，秀麗山前煙霧起。山前煙霧起清浮，清浮浪促潺湲水。浪促潺湲水景幽，景幽深處好，深處好追遊。追遊傍水花，傍水花似雪，似雪梨花光皎潔。梨花光皎潔玲瓏，玲瓏似墜銀花折。似墜銀花折最好，最好柔茸溪畔草。柔茸溪畔草青青，雙雙蝴蝶飛來到。蝴蝶飛來到落花，落花林裏鳥啼叫。林裏鳥啼叫不休，不休爲憶春光好。爲憶春光好楊柳，楊柳枝頭春色秀。枝頭春色秀時常，時常共飲春濃酒。共飲春濃酒似醉，似醉閒行春色裡。閒行春色裡相逢，相逢競憶遊山水。競憶遊山水心息，心息悠悠歸去來，歸去來休休役役。

麟玉堂本回文類聚續編卷二

讀法中『三十四句五言』，非；仍以七言爲是。『三十三句七言，三十四句五言，三十五句至』等十七字，可刪。

此圖又見東坡問答錄、馮夢龍醒世恒言卷十一、抱甕老人古今奇觀第十七回，各書都漏讀『枝頭』兩字。

佛印（一〇三二—一〇九八），法號了元，俗姓林，字覺老，饒州浮梁人。歷駐江州承天，淮山斗方，廬山開先、歸宗，丹陽金山、焦山，江西大仰，四住雲居，凡四十年。

脱卸連環

秦觀

静思伊久阻歸期憶別離時聞漏轉

脱卸連環　客懷

讀法　從下中間靜字左旋，第二句從前句第四字讀起，如靜思伊久阻歸期，第二句久阻歸期憶別離，第三句又從第二句第五字讀，第四句與第二句同。

七言四句

靜思伊久阻歸期，久阻歸期憶別離。憶別離時聞漏轉，時聞漏轉靜思伊。　麟玉堂本回文類聚卷二

明本回文類聚卷二、三才圖會文史卷三圖名借字廻文體；文淵閣四庫全書本回文類聚圖名借字體。

此圖又見東坡問答錄、馮夢龍醒世恒言卷十一、抱甕老人今古奇觀第十七回。

錦纏枝

好	處	深	居	近	翠	巒
音	親	邀	客	侍	閒	秀
清	室	喜	來	歸	吟	聳
玉	淨	席	殘	興	恣	嵒
漱	牕	終	闌	酒	取	飛
泉	寒	陪	聚	宴	歡	澗
无	宜	檜	竹	松	邊	水

南山

錦纏枝　幽居對客

讀法　東北起，借寒字冠於泉字之首，接漱玉字從上右轉，螺紋讀入至中心殘字止，每句以上句末字作次句首字，回讀亦然。

七言八句順回讀二首

寒泉漱玉清音好，好處深居近翠巒。巒秀聳嵓飛澗水，水邊松竹檜宜寒。寒牕淨室親邀客，客侍閒吟恣取歡。歡宴聚陪終席喜，喜來歸興酒闌殘。

殘闌酒興歸來喜，喜席終陪聚宴歡。歡取恣吟閒侍客，客邀親室淨牕寒。寒宜檜竹松邊水，水澗飛嵓聳秀巒。巒翠近居深處好，好音清玉漱泉寒。麟玉堂本回文類聚卷二

陳元靚事林廣記後集卷七於圖名錦纏枝之上，冠『藏頭廻文借字詩』七字。廣記、明本及文淵閣四庫全書本回文類聚讀法俱爲『寒字藏頭，左右貫串，借韻讀之，自然流轉』。

擬織錦圖

失名

擬織錦圖

讀法　自東南角君承皇詔安邊戍起，横行至西南，轉下西北珊瑚帳裏紅塵滿，向上斜曲至一心願作嶺頭雲，照前向下回旋至左上角怨結，即接斜眼中先成曲未成，向下環轉入内至織將一本獻天子，願放兒夫及早還止。

七言古詩一首

君承皇詔安邊戍，送君遠别河橋路。含悲掩涙贈君言，莫忘恩情便長去。何期一去音信斷，遣妾屏幃春不暖。璚瑶階下碧苔生，珊瑚帳裏紅塵滿。此時道别每驚魂，將心何托更逢君。一心願作滄海月，一心願作嶺頭雲。嶺雲歲歲逢夫面，海月年年照得徧。飛來飛去到君傍，千里萬里遥相見。迢迢路遠関山隔，恨君塞外長爲客。去時送别蘆葉黄，誰悟已經柳花白。百花散亂逢春早，春意催人向誰道。垂楊滿地爲君攀，落花滿地無人掃。庭前春草正芬芳，抱得秦箏向畫堂。爲君彈得江南曲，附寄情深寄朔方。朔方迢迢山難越，萬里音書長斷絶。銀粄枕上涙沾衣，金縷羅裳縫皆裂。三春鴻雁渡江聲，此時離人斷腸情。箏絃未斷腸先斷，怨結先成曲未成。君今憶妾重如山，妾亦思君不暫閑。織將一本獻天子，願放兒夫及早還。　麟玉堂本回文類聚卷二

『璚』、『悟』、『垂楊滿地』、『朔方迢迢』、『敉』、『縫』諸字，陳元靚事林廣記後集卷七、永樂大典卷二四〇五，依次作『瓊』、『悞』、『垂楊滿砌』、『朔方迢遞』、『裝』、『盡』。事林廣記、永樂大典認爲此詩係蘇蕙之織錦璇璣圖、織錦迴文詩。由于兩書誤導，致使後人以訛傳訛。如戴冠濯纓亭筆記、無名氏竇滔回文記戲文、無名氏織錦回文金冠記彈詞，及日本高井伴寛回文錦字詩抄。其實，預修大典之李懋，在叙織錦圖中，已經指出『事林廣記所載末云，願放兒夫及早還者，其膺可知矣』（見黃瑜雙槐歲抄卷七）。明本回文類聚卷二題『宋人』作，『君字起至還字止』。文淵閣四庫全書本回文類聚卷二，署名孫明復名介字不朋號雪齋野叟餘姚人『君承皇詔安邊戍讀起，至願放兒夫及早還止』。十五卷本，朱象賢又改成『失名』。勞格讀書雜識卷十二：『明復小集補掇織錦圖七古』。

此圖又見程大約程氏墨苑卷五織錦圖，方于魯方氏墨譜卷三織錦圖。

學生回文

劉秉忠

光歷萬照廣持亘明長迪湛曜朗熙承輪

學生回文　鏡銘

讀法　縱横左右讀之，皆可成文。

四言三十二首

光輪承熙，朗曜湛迪。長明恒持，廣照萬歷。
輪承熙朗，曜湛迪長。明恒持廣，照萬歷光。
承熙朗曜，湛迪長明。恒持廣照，萬歷光輪。
熙朗曜湛，迪長明恒。持廣照萬，歷光輪承。
朗曜湛迪，長明恒持。廣照萬歷，光輪承熙。
曜湛迪長，明恒持廣。照萬歷光，輪承熙朗。
湛迪長明，恒持廣照。萬歷光輪，承熙朗曜。
迪長明恒，持廣照萬。歷光輪承，熙朗曜湛。
長明恒持，廣照萬歷。光輪承熙，朗曜湛迪。
明恒持廣，照萬歷光。輪承熙朗，曜湛迪長。
恒持廣照，萬歷光輪。承熙朗曜，湛迪長明。

持廣照萬，歷光輪承。熙朗曜湛，迪長明恒。
廣照萬歷，光輪承熙。朗曜湛迪，長明恒持。
照萬歷光，輪承熙朗。曜湛迪長，明恒持廣。
萬歷光輪，承熙朗曜。湛迪長明，恒持廣照。
歷光輪承，熙朗曜湛。迪長明恒，持廣照萬。
歷萬照廣，持恒明長。迪湛曜朗，熙承輪光。
萬照廣持，恒明長迪。湛曜朗熙，承輪光歷。
照廣持恒，明長迪湛。曜朗熙承，輪光歷萬。
廣持恒明，長迪湛曜。朗熙承輪，光歷萬照。
持恒明長，迪湛曜朗。熙承輪光，歷萬照廣。
恒明長迪，湛曜朗熙。承輪光歷，萬照廣持。
明長迪湛，曜朗熙承。輪光歷萬，廣照持恒。
長迪湛曜，朗熙承輪。光歷萬照，廣持恒明。
迪湛曜朗，熙承輪光。歷萬照廣，持恒明長。
湛曜朗熙，承輪光歷。萬照廣持，恒明長迪。
曜朗熙承，輪光歷萬。照廣持恒，明長迪湛。

朗熙承輪，光歷萬照。廣持恒明，長迪湛曜。

熙承輪光，歷萬照廣。持恒明長，迪湛曜朗。

承輪光歷，萬照廣持。恒明長迪，湛曜朗熙。

輪光歷萬，照廣持恒。明長迪湛，曜朗熙承。

光歷萬照，廣持恒明。長迪湛曜，朗熙承輪。

徐宗幹濟寧州金石志卷一

袁昶元太保劉秉忠回文鏡歌鏡徑圓三寸鼻紐刻鳳一雛二輪廓篆二十六言銘曰光輪承熙朗曜湛迪長明恆持廣照萬厤又曰孿生迴文壬寅秋秉忠製回環讀之得四言三十二首公弟長卿名秉恕仕至禮部尚書似即與公孿生者秉恕子蘭璋還爲文貞後鏡今藏商城楊鐸家『湛然居士光芒續，六妙門中趺白足。青銅一片出世間，要令魍魎無留躅。土花繡蝕經幾春，商城楊子摩挲熟。交螭鏤鳳驚市人，大似秦燔留漆竹。背銘認作聰書記，拂拭光氣猶肅肅。篆文不署虎兒年，淨業頗依龍樹宿。奇渥真人兆中統，邢臺令史栖武安。作鏡之年裁廿七，南堂野衲清齋寒。文家据隱質家見，孿生莫考義所安。墨名儒行古未有，天生異人元羽翰。遂持梵服侍帷幄，十事九中著龜殫。勸農養士萬言筴，黔首裁獲蘇痍瘢。一朝王鶚痞上意，始改金紫加巾冠。藏春一集絶蕭淡，萬物不能靈臺干。當其握鏡登丹墀，大政率仗公發之。桓東灤北論都好，善建不拔之宏基。辟禪皇帝寶人不寶器，臣有六鏡能使四方上下無傾陂。完完青陽鏡光燭神州東皃，臾滿飾夷列九解辯作貢魚。皮同沈沈白藏鏡，雪山西頭贅面服。百城寘吏受約束，天戈所臨角不觸。南條一尉夷滇池，北戒一候成金微。上推日躔、雖禮飛入赤道内，下窮河嶇、寒玉萬頃昆崙陂。森森百怪無不有，那識寒芒入人手。賢哉公乎古所無，金簡珠囊洞穿牖。孤虛術秘世莫聞，一鑑今亡贊者后。始知汗馬收心地，以靜成學良非偶。後來傳書出依託（謂玉尺經之類）恠妄翻爲公秕垢。雷蟠電掣六十春，此鏡與公長不朽。漂流十一度壬寅（壬寅之歲當宋理宗淯祐二年乃馬真后稱制之第二年也明年癸卯耶律文正始卒）錦贉金題記誰某。令君雅有吉金癖，紫電紅光出薜茩。大峨仙人不云乎，人生安得如汝壽』（漸西村人初集詩四）。

鄧之誠劉秉忠回文鏡：『漸西邨人初集云，商城楊鐸藏元太保劉秉忠鏡，徑圓三寸，鼻紐刻鳳一雛二，輪廓篆十六言，銘曰光輪承熙，朗曜湛迪，長明恒持，廣照萬歷。又曰孿生回文，壬寅秋秉忠製。回環讀之，得四言三十二首。公弟長卿，名秉恕，仕至禮部尚書，似即與公孿生者。秉恕子蘭璋，還爲文貞後。壬寅當理宗淳祐二年，乃馬真后稱制第二年云云。壬戌春，予于津市得一鏡，制作欵銘與此同，豈即楊氏舊物，抑文貞所制不只此一面也。唯鏤鳳二，又作鸞生，不作孿，微異，或爽翁未細審耳』（骨董瑣記卷三）。

按回文類聚續編卷一規式回文，題陸景升作，鏡銘『光輪承照朗耀□□長明□□永□萬□』。

秉忠（一二一六—一二七四）初名侃，字仲晦，自號藏春散人。其先瑞州人，曾祖仕金，官邢州節度副使，因家焉。年十七，爲邢臺節度使府令史。尋隱武安山作僧，名子聰。後遊雲中，隨海雲禪師入見忽必烈，遂留藩邸，襄贊大計。世祖正位，拜光祿大夫，參領中書省事。卒贈太傅，謚文貞，有藏春散人集十卷。

擬織錦圖

朱權

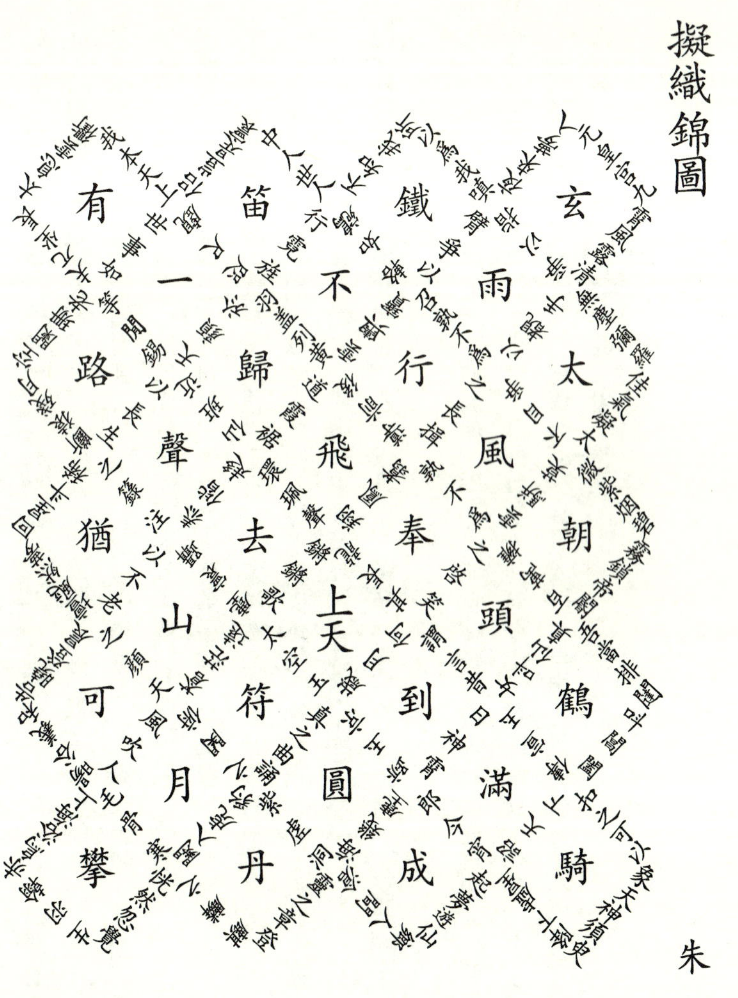

擬織錦圖　神遊太清作

讀法　我字起至天字止。

七古一首

我本天上侶，豈是寰中人。世人不知我，所以爲我嗔。夜來夢入元皇宮，九霄風露清無塵。彌羅佳氣凝太微，紫烟碧霧鎖帝閽。吾當排闥叫閶闔，扣之可以象天神。須臾降下虚星詔，天下傳宣玉女叫。仙真百萬擁雲駢，莫不目爭以覩，手爭以指，臂爭以召。孰不爲之長揖，孰不爲之啓笑。謂言昔日神霄郎，今宵起夢遊仙鄉。人間滄海幾塵跡，玉京歲月何其長。龍翔鳳翥導前後，雲輿寶輅如鵷行。霓旌羽盖列黄道，霞裾環珮聲鏘鏘。歌太空玉真之曲，誦紫虚洞靈之章。登麒麟之闕，入虎豹之関。俯蒼茫，遠塵寰。躡泰偕，趁仙班。近天顔於咫尺，覷世事如等閒。錫以長生之籙，注以不老之顔。天風吹人毛骨寒，恍然忽覺生羽翰。赤烏浴海上暘谷，羲和告曉登晨壇。颸然夢回星斗稀，斷猿殘月空闌珊。老夫兀坐長太息，雲衢有路猶可攀。丹成騎鶴朝太玄，鐵笛一聲山月圓。滿頭風雨不歸去，符到奉行飛上天。　明本回文類聚卷二

離合藏頭詩

朱瞻基

金瓶須傾瀉懷詩句醉時吟朝避暑列瓊林葉含風爽氣侵喜軒窗開朗霽聽歌管動清音長偏稱從容勸飲何妨瀲灩斟酒

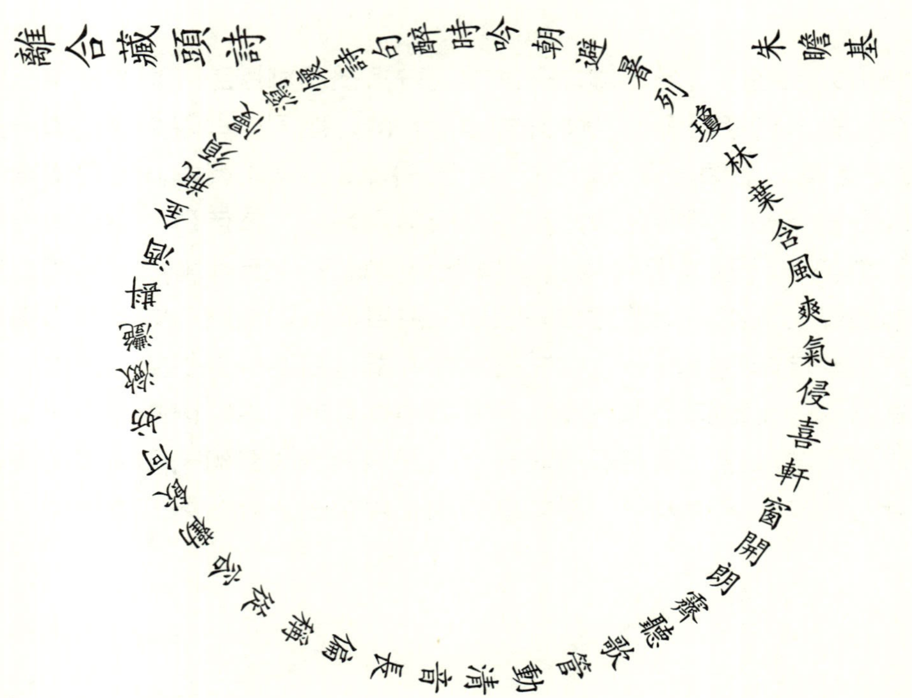

離合藏頭詩　偶成賜太監王瑾

讀法　自右中吟字拆開起左旋，以今朝避暑列瓊林爲句，其下每句首字仿此拆讀至吟字止。

七律

今朝避暑列瓊林，木葉含風爽氣侵。又喜軒窗開朗霽，齊聽歌管動清音。日長偏稱從容勸，力飲何妨瀲灩斟。斗酒金瓶須慢瀉，寫懷詩句醉時吟。麟玉堂本回文類聚續編卷二

錢謙益列朝詩集乾上，題作宣德四年御製偶成詩賜太監王瑾，離合藏頭七言律詩一首。『偏』作『偏』。

梁橋氷川詩式卷二、謝天瑞詩法卷十借字體有明宣宗春景七律一首，『皇家美景際春陽氣繁華物物芳草和煙當砌好花笑日隔簾香風已趂群生樂歲應期萬載昌運如斯臻盛治平有永紹羲皇』。吳門嚴一清云：『此即御製回文二十八圖之一也』。

相思璧

徐有貞

相思璧　閨思

讀法　此亦藏頭拆字，每句俱拆上句末之半爲首字，如憑字拆爲心緒悠悠隨碧浪，浪字拆爲良宵空鎖長亭是也。下俱倣此，憑字仍爲末句之韻。

長短句一調

心緒悠悠隨碧浪，良宵空鎖長亭。丁香時結意衷情，月斜門半掩，手弄聽鐘聲。耳畔盟言非草草，十年一夢堪驚。馬蹄何日到宸京，小橋村徑密，山遠路難憑。麟玉

回文類聚失名，據逸老堂詩話改。明人俞弁逸老堂詩話卷下：近見天全翁徐武功墨跡一卷于友人家，筆畫遒勁可愛。其詞云，心緒悠悠隨碧浪，良宵空鎖長亭，丁香暗結意中情，月斜門半掩，才聽斷鐘聲。耳畔盟言非草草，十年一夢堪驚，馬啼何日到神京，小橋松徑密，山遠路難憑。其詞句句首尾字相連續，故名之爲玉連環，想此體格自天全翁始。堂本回文類聚續編卷二

有貞（一四〇七—一四七二）初名珵，字元玉，江南吴縣人。明宣德八年癸丑進士，正統中，官侍講，因言南遷事，見惡朝列，遂改今名。以復辟功，陞至兵部尚書，兼華蓋殿大學士，封武功伯。誣殺于謙、王文，中外側目。後被石亨所構，徙金齒爲民。亨敗，釋歸，著有武功集五卷。

轉尾連環

失名

春頻來去蝶戀花新媚柳津前噪鵲喜晴

轉尾連環　春詞

讀法　從上春晴起左旋，次句即從前句第四字起，至末句。回讀如順讀法，至初起第一字止，後倣此。

七言四句順回讀二首

春晴喜鵲噪前津，鵲噪前津柳媚新。津柳媚新花戀蝶，新花戀蝶去來頻。
頻來去蝶戀花新，蝶戀花新媚柳津。新媚柳津前噪鵲，津前噪鵲喜晴春。

轉尾連環

芊芊草含對芳蓮碧障川平暎水接長天

轉尾連環　夏詞

讀法　從天長起，餘同前。

七言四句順回讀二首

天長接水暎平川，水暎平川障碧蓮。川障碧蓮芳對舍，蓮芳對舍草芊芊。

芊芊草舍對芳蓮，舍對芳蓮碧障川。蓮碧障川平暎水，川平暎水接長天。

轉尾連環

天鮮新菊靜苑空連翠竹煙輕散彩月高

轉尾連環　秋詞

讀法　從天高起，餘同前。

七言四句順回讀二首

天高月彩散輕煙，彩散輕煙竹翠連。煙竹翠連空苑靜，連空苑靜菊新鮮。

鮮新菊靜苑空連，靜苑空連翠竹煙。連翠竹煙輕散彩，煙輕散彩月高天。

轉尾連環

茫香梅淡淨苑銀妝玉襯簾回舞雪白茫

轉尾連環　冬詞

讀法　從茫茫起，餘同前。

七言四句順回讀二首

茫茫白雪舞回廊，雪舞回廊襯玉妝。廊襯玉妝銀苑淨，妝銀苑淨淡梅香。

香梅淡淨苑銀妝，淨苑銀妝玉襯廊。妝玉襯廊回舞雪，廊回舞雪白茫茫。

（類聚續編卷二）　　（麟玉堂本回文）

轉尾減字連環

沈瓊蓮

日 映 紗 窗 隔 影 弄 枝 花 斜

轉尾減字連環　春詞

讀法　從上中花枝起左旋，次句即從前句第四字起，第三句又從第二句末字右旋讀，亦如左旋法。後倣此。

七言順回讀四句

花枝弄影罩窗紗，影罩窗紗暎日斜。斜日暎紗窗罩影，紗窗罩影弄枝花。

轉尾減字連環

圓點簇錢青貼水長新蓮

轉尾減字連環　夏詞

讀法　從蓮新起，餘同前。

七言順回讀四句

蓮新長水貼青錢，水貼青錢數點圓。圓點數錢青貼水，錢青貼水長新蓮。

轉尾減字連環

浮秋色半樓南過雁白雲

轉尾減字連環　秋詞

讀法　從浮雲起，餘同前。

七言順回讀四句

浮雲白雁過南樓，雁過南樓半色秋。秋色半樓南過雁，樓南過雁白雲浮。

轉尾減字連環

梅來信春開花雪點綴枝

轉尾減字連環　冬詞

讀法　從梅枝起，餘同前。

七言順回讀四句

梅枝幾點雪花開，點雪花開春信來。來信春開花雪點，開花雪點幾枝梅。　麟玉堂本回文

類聚續編卷一

裴景福闐蹟名題唐宋元明女子書册：『沈瓊蓮十字四景迴文，尤巧妙絶倫。余前在南海，曾屬友人朱某代繹，某素著才名，尋思三日，繼以失眠，竟無端緒，此後遂閣置不覲。辛酉長夏，孫兒履道尋出示余，焚香却扇破半日閑，繹成十餘什，乃知其妙處全在左右順逆長短重叠，仍以韻爲限，可以隨意成章。沈休文云，十字之文，顛倒相配，字不過十，巧歷已不能盡。後人不解，雪樵詩話謂即今之五言，非也，今瑩中作，正與休文説合。織錦回文，前人已習爲之，女子性静，多怨思，思則巧出，固非鹵莽男子所能學步。兹將繹語附後，若再繹，尚不止此，姑存以待後人。

四景迴文七言絶句　特賜女學士瑩中沈瓊蓮著

就十字左右順逆進退讀之，皆可成五言福注

罩影弄枝花，窗紗映日斜，斜花枝弄影，弄影罩窗紗

青錢數點圓，貼水長新蓮，圓蓮新長水，長水貼青錢
過雁暮雲愁，南樓半色秋，秋愁雲暮雁，暮雁過南樓
雪點幾枝梅，花開春信來，來梅枝幾點，幾點雪花開

繹句附後：花枝弄影罩窗紗，影罩窗紗映日斜，斜日映紗窗罩影，紗窗罩影弄枝花。蓮新長水貼青錢，水貼青錢數點圓，圓點數錢青貼水，錢青貼水長新蓮。愁雲暮雁過南樓，雁過南樓半色秋，秋色半樓南過雁，樓南過雁暮雲愁。梅枝幾點雪花開，點雪花開春信來，來信春開花雪點，開花雪點幾枝梅（此迴文七絕如瑩中本意）

窗紗映日斜，花枝弄影、弄影罩窗紗，窗紗映日斜
青錢數點圓，蓮新長水、長水貼青錢，青錢數點圓
南樓半色秋，愁雲暮雁、暮雁過南樓，南樓半色秋
花開春信來，梅枝幾點、幾點雪花開，花開春信來

斜日映紗，紗窗罩影，罩影弄枝花
圓點數錢，錢青貼水，貼水長新蓮
秋色半樓，樓南過雁，過雁暮雲愁
來信春開，開花雪點，雪點幾枝梅

弄枝花斜日映紗，紗窗罩影、罩影弄枝花，花斜日映紗
長新蓮圓點數錢，錢青貼水、貼水長新蓮，蓮圓點數錢

暮雲愁秋色半樓，樓南過雁、過雁暮雲愁，愁秋色半樓
幾枝梅來信春開，開花雪點、雪點幾枝梅，梅來信春開

東坡云，身如芭蕉，心如蓮花，百節疏通，萬竅玲瓏，來時一，去時八萬四千，此義出楞嚴，世無知者。今觀伯丈所繹，真得楞嚴奧旨，尤難者將文内所嵌三韻，繹成五七絶，更想入非非，非三生慧業，焉能及此，不覺俯首至地。壁城讀。

己丑冬滬上，偶以此册示屺懷，屺懷云文啓美茗香餘瀋，曾載瑩中詩文數事，十字四景迴文初成，其姪女某勸其將詩句演出，以免後人疑難。瑩中曰，安知後世無如我者。卒不演，幸入香光之目，僅一題而止。四百餘年至小子，始爲繹出，文字顯晦，殆亦有數存歟。『睫庵』（壯陶閣書畫卷二）。景福（一八五五—一九二六），字伯謙，號睫闇，安嶽霍丘人。清光緒十二年進士，授户部主事。二十二年，改官廣東陸豐知縣，調潮陽。

瓊蓮字瑩中，浙江烏程人。明天順末，置女史，時年十三，以才被選入宫。成化時，供奉禁苑。弘治初，嘗試守宫論，其發端云『甚矣，秦之無道也，宫豈必守者』，孝廟悦，擢爲第一，給事禁中，稱女學士，吴興人呼爲女閣老。

回文集卷五　目錄

玉連環

唐寅

先斐徵容玄理存書

玉連環　墨銘

讀法　或左或右，不拘何方讀起，無不成文叶韻。

四言

先斐徵客，玄理存畫　斐徵客玄，理存畫先
徵客玄理，存畫先斐　客玄理存，畫先斐徵
玄理存畫，先斐徵客　理存畫先，斐徵客玄
存畫先斐，徵客玄理　畫先斐徵，客玄理存
畫存理玄，客徵斐先　存理玄客，徵斐先畫
理玄客徵，斐先畫存　玄客徵斐，先畫存理
客徵斐先，畫存理玄　徵斐先畫，存理玄客
斐先畫存，理玄客徵　先畫存理，玄客徵斐

麟玉堂本回文類聚續編卷一　文淵閣四庫全書本回文類聚補遺　唐伯虎先生外編續刻卷十一

『玄』：避玄燁諱，清刻本六如居士全集改作『元』

寅（一四七〇—一五二四）字伯虎，一字子畏，號六如居士，江南吴縣人。明弘治十一年，舉鄉試第一，旋因牽涉科場舞弊案，被株連下獄，謫爲吏，恥不就。居家益放浪。寧王宸濠聞其名，以厚幣聘之，寅佯狂使酒，放還。築室桃花塢，號桃花庵主、逃禪仙吏，擅山水，並工人物、花鳥。以賣畫爲生，自署江南第一風流才子。文詞敏捷，尤以繪畫著稱於世。與祝允明、文璧、徐禎卿并稱『吳中四才子』，有六如居士全集七卷補遺一卷外集六卷（清嘉慶六年果克山房刻本）。

轉尾減字連環

李時

紅風雪迴北寒向炭熾爐

轉尾減字連環　冬詞

讀法　從上中紅爐起左旋，次句即從前句第四字起，第三句又從第二句末字右旋讀，亦如左旋法。後倣此。

七言順回讀四句

紅爐熾炭向寒冬，炭向寒冬過雪風。風雪過冬寒向炭，冬寒向炭熾爐紅。　麟玉堂本回文類聚續編卷一

時（一四七一—一五三八）字宗易，號序庵，又號松溪，河間任丘人。明弘治十五年進士，授編修。正德間，歷侍讀、右諭德。嘉靖十年，以禮部侍郎兼文淵閣大學士，入參機務，屢加少傅太子太師、吏部尚書、華蓋殿大學士。十七年卒，謚文康。

轉尾減字連環

嚴嵩

香 蓮 碧 水 動 風 涼 夏 日 長

轉尾減字連環　夏詞

讀法　從香蓮起，餘同前。

七言順回讀四句

香蓮碧水動風涼，水動風涼夏日長。長日夏涼風動水，涼風動水碧蓮香。　麟玉堂本回文類聚續編卷一

嵩（一四八〇—一五六七）字惟中，號介溪，江西分宜人。明弘治十八年進士，授編修，進侍講，移疾歸，讀書鈐山十年。世宗時，累官禮部尚書、武英殿大學士，入直文淵閣。嘉靖二十三年代翟鑾爲首輔、華蓋殿大學士、太子太師。竊權罔利，横行公卿間，搆殺夏言、曾銑、張經、楊繼盛等，專政長達二十年之久。後年邁寵衰，令致仕，歸南昌終老。工吟咏，所爲詩古文，頗著清譽。此首夏詞在句法上回轉自如，毫無牽强之迹，曾采入彈詞開篇鶯鶯操琴，傳播遐邇，膾炙人口（籍没家産時，還從其府中抄出李公麟織錦回文圖，見嚴氏書畫品手卷目）。

轉尾減字連環

夏言

秋江楚雁宿沙洲淺水流

轉尾減字連環　秋詞

讀法　從秋江起，餘同前。

七言順回讀四句

秋江楚雁宿沙洲，雁宿沙州淺水流。流水淺洲沙宿雁，洲沙宿雁楚江秋。麟玉堂本回文

類聚續編卷一

玉連環

戴冠

玉連環　夏夜納凉戲作廻文詩擬古連環體

讀法　左右加減，首尾相連，每首四句，每句六言。每言反讀，言言對偶，兩頭前脚，共成六首。

六言六首

雨過前溪綠水，風生後苑榮花。塵墮連愁集蚋，宵清却怨鳴蛙。

蛙鳴怨却清宵，蚋集愁連墮塵。花榮苑後生風，水綠溪前過雨。

鳴蛙雨過前溪，綠水風生後苑。榮花塵墮連愁，集蚋宵清却怨。

怨却清宵蚋集，愁連墮塵花榮。苑後生風水綠，溪前過雨蛙鳴。

前溪綠水風生，後苑榮花塵墮。連愁集蚋宵清，却怨鳴蛙雨過。

過雨蛙鳴怨却，清宵蚋集愁連。墮塵花榮苑後，生風水綠溪前。

戴氏集卷三

『塵』：原作『麈』，不叶。

冠（一四八五—一五二四）字仲鶡，別號邃谷，河南信陽人。明正德二年丁卯舉人，三年戊辰進士，授户部主事。憤時事之非，條陳治道，忤旨，貶廣東烏石驛丞，起復潛山知縣。嘉靖初，擢户部員外郎，出知延平府，在道改蘇州，終山東提學副使。著有戴氏集十二卷（嘉靖二十七年張魯刻本）。

轉尾減字連環

朱厚熜

日曉晴春弄柳繞啼鶯明

轉尾減字連環　春詞

讀法　從上中鶯啼起左旋，次句即從前句第四字起，第三句又從第二句末字右旋讀，亦如左旋法。後倣此。

七言順回讀四句

鶯啼繞柳弄春晴，柳弄春晴曉日明。明日曉晴春弄柳，晴春弄柳繞啼鶯。麟玉堂本回文類聚續編卷一

明代蔣一葵連理迴文詩：『春夏秋冬各一首，但十字成四韻。迴文詩順讀連下四字，逆讀連上四字，故成四韻。其春詩是世廟首倡，御製盖是宮體，而夏秋冬則嚴、夏、李三相，以次應制者也。春詩曰，鶯啼岸柳弄春晴、曉日明。夏詩曰，香蓮碧水動風涼、夏日長。秋詩曰，秋江楚雁宿沙洲、淺水流。冬詩曰，紅鑪獸炭積寒冬、過雪風』（長安客話卷一）。

厚熜（一五〇七—一五六六），建元嘉靖，廟號世宗。在位四十五載，迷信道教，求長生，二十多年不見朝臣，由嚴嵩當國，政治腐敗。

轉尾減字連環

失名

日春聲啼鳥過雨園名晴

轉尾減字連環　春詞

讀法　從名園起，餘同前。

七言順回讀四句

名園雨過鳥啼聲，過鳥啼聲春日晴。晴日春聲啼鳥過，聲啼鳥過雨園名。

轉尾減字連環

噴荷涼風夏景小亭香長

轉尾減字連環　夏詞

讀法　從長亭起，餘同前。

七言順回讀四句

長亭小景夏風涼，景夏風涼荷噴香。香噴荷涼風夏景，涼風夏景小亭長。

轉尾減字連環

秋 鷗 白 起 流 西 遲 水 曲 江

轉尾減字連環　秋詞

讀法　從秋江起，餘同前。

七言順回讀四句

秋江曲水望西流，水望西流起白鷗。鷗白起流西望水，流西望水曲江秋。

轉尾減字連環

冬風地刮徑長舞雪東寒

轉尾減字連環　冬詞

讀法　從冬寒起，餘同前。

七言順回讀四句

冬寒凍雪舞長空，雪舞長空刮地風。風地刮空長舞雪，空長舞雪凍寒冬。　麟玉堂本回文

類聚續編卷一

玉連環

朱必信

宣
愼
示
[illegible]
傳
信
致
華

玉連環　印銘

讀法　或左或右，不拘何方讀起，無不成文叶韻。

四言

宣慎示遐，傳信致華　慎示遐傳，信致華宣
示遐傳信，致華宣慎　遐傳信致，華宣慎示
傳信致華，宣慎示遐　信致華宣，慎示遐傳
致華宣慎，示遐傳信　華宣慎示，遐傳信致
華致信傳，遐示慎宣　致信傳遐，示慎宣華
信傳遐示，慎宣華致　傳遐示慎，宣華致信
遐示慎宣，華致信傳　示慎宣華，致信傳遐
慎宣華致，信傳遐示　宣華致信，傳遐示慎

麟玉堂本回文類聚續編卷一　朱象賢印典卷八

必信字怡軒，明江南吴縣人，朱象賢之先世，官大理。

玉連環

失名

濃　色　秀

陰　聲

芝　泱

質

玉連環　松

讀法　同前

玉連環

節　直　資　秀　葉　碧　枝　高

玉連環　竹

讀法　同前　麟玉堂本回文類聚續編卷二

錦纏枝

失名

暖	上	東	林	暎	嶂	巒
回	生	香	細	點	紅	近
春	草	夢	魂	驚	桃	翠
霽	碧	覺	殘	徹	對	微
晚	凝	因	聲	漏	笑	幽
收	寒	題	醉	後	歡	趨
无	花	露	潤	常	時	適

錦纏枝　春詞和南山韵

讀法　自東北借寒字從左向上右轉，如寒收晚霽春回暖，環轉入中心殘字止。每句藏頭，借上句末字作次句起字，回讀亦然。

七言八句順回讀二首

寒收晚霽春回暖，暖上東林暎嶂巒。巒近翠微幽邃適，適時常潤露花寒。寒凝碧草生香細，細點紅桃對笑歡。歡後醉題因覺夢，夢魂驚徹漏聲殘。

殘聲漏徹驚魂夢，夢覺因題醉後歡。歡笑對桃紅點細，細香生草碧凝寒。寒花露潤常時適，適邃幽微翠近巒。巒嶂暎林東上暖，暖回春霽晚收寒。

錦纏枝

近	出	飛	泉	落	頂	巒
山	當	陰	翠	擁	林	挂
氷	逻	日	浮	香	前	倒
洞	暑	永	殘	盡	座	松
雪	交	供	盃	茗	客	遮
生	寒	碁	着	處	歡	古
无	風	惹	徑	幽	穿	檜

錦纏枝 夏詞和南山韵

讀法 同前

七言八句順回讀二首

寒生雪洞氷山近，近出飛泉落頂巒。巒挂倒松遮古檜，檜穿幽徑惹風寒。寒交暑退當陰翠，翠擁林前座客歡。歡處着碁供永日，日浮香盡茗盃殘。

殘盃茗盡香浮日，日永供碁着處歡。歡客座前林擁翠，翠陰當退暑交寒。寒風惹徑幽穿檜，檜古遮松倒挂巒。巒頂落泉飛出近，近山氷洞雪生寒。

錦纏枝

亂	葉	微	黄	積	翠	巒
棲	高	風	遠	雁	來	對
驚	露	起	時	慵	回	逕
噪	洒	睡	殘	看	報	籬
晚	空	酣	篇	簡	信	東
鴉	寒	歌	欲	盛	歡	值
无	霜	傲	茂	皆	松	菊

錦纏枝　秋詞和南山韵

讀法　同前

七言八句順回讀二首

寒鴉晚噪驚棲亂，亂葉微黄積翠巒。巒對逕籬東值菊，菊松皆茂傲霜寒。寒空洒露高風遠，遠雁來回報信歡。歡盛欲歌酣睡起，起時慵看簡篇殘。殘篇簡看慵時起，起睡酣歌欲盛歡。歡信報回來雁遠，遠風高露洒空寒。寒霜傲茂皆松菊，菊值東籬逕對巒。巒翠積黄微葉亂，亂棲驚噪晚鴉寒。

錦纏枝

<table>
<tr><td>雪</td><td>瑞</td><td>爲</td><td>銀</td><td>白</td><td>裹</td><td>巒</td></tr>
<tr><td>飄</td><td>當</td><td>牕</td><td>北</td><td>院</td><td>圍</td><td>起</td></tr>
<tr><td>天</td><td>面</td><td>飲</td><td>餘</td><td>皆</td><td>爐</td><td>黑</td></tr>
<tr><td>冽</td><td>刮</td><td>暢</td><td>殘</td><td>醉</td><td>暖</td><td>雲</td></tr>
<tr><td>苦</td><td>風</td><td>還</td><td>闌</td><td>興</td><td>坐</td><td>迷</td></tr>
<tr><td>威</td><td>寒</td><td>吟</td><td>更</td><td>笑</td><td>歡</td><td>嶺</td></tr>
<tr><td>无</td><td>枝</td><td>一</td><td>放</td><td>梅</td><td>香</td><td>暗</td></tr>
</table>

錦纏枝　冬詞和南山韵

讀法　同前

七言八句順回讀二首

寒威苦冽天飄雪，雪瑞爲銀白裹巒。巒起黑雲迷嶺暗，暗香梅放一枝寒。寒風刮面當牕北，北院圍爐暖坐歡。歡笑更吟還暢飲，飲餘皆醉興闌殘。

殘闌興醉皆餘飲，飲暢還吟更笑歡。歡坐暖爐圍院北，北牕當面刮風寒。寒枝一放梅香暗，暗嶺迷雲黑起巒。巒裹白銀爲瑞雪，雪飄天冽苦威寒。

麟玉堂本回文類聚續編卷二

三言回文

失名

體 龍 蟠 勢 遠 風 沸 恖 鬱 氣 寒 偃

三言回文　古松

讀法　上正中體字左轉至龍字止，回讀龍字右轉至體字止。

三言四句順回讀二首

體偃蹇，氣鬱悤。沸風遠，勢蟠龍。
龍蟠勢，遠風沸。悤鬱氣，蹇偃體。

三言回文

中秋綻賞佳節紅白黄種三色

三言回文　桂

讀法　節字左轉至紅字止，餘同前。

三言四句順回讀二首

節佳賞，綻秋中。色三種，黄白紅。

紅白黄，種三色。中秋綻，賞佳節。

麟玉堂本回文類聚續編卷二

花罇

失名

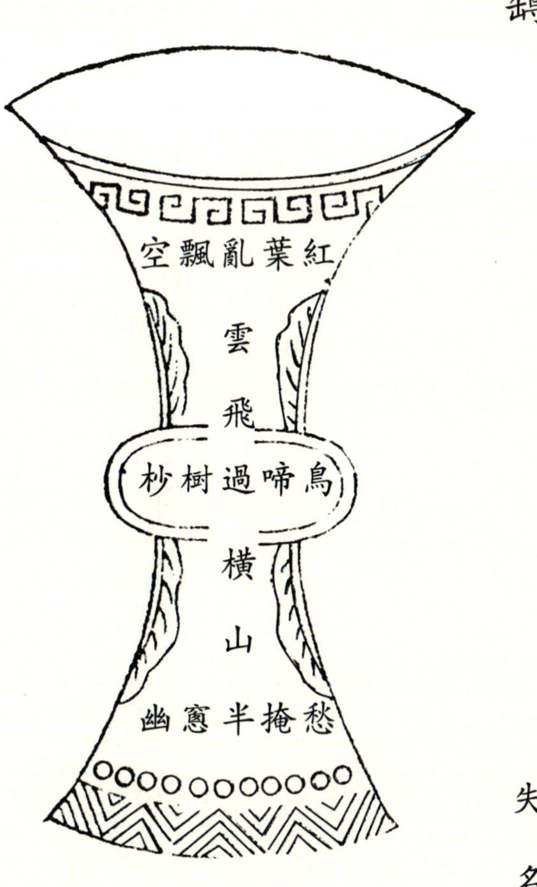

花罇 秋閨詞

讀法 縱横讀，先中直七字，次上横，再次中下横各五字，順讀半調，回讀即全調。亂過半三字，直横俱用。

菩薩蠻順回讀一調

亂雲飛過横山半，半山横過飛雲亂。紅葉亂飄空，空飄亂葉紅。　鳥啼過樹杪，杪樹過啼鳥。愁掩半窻幽，幽窻半掩愁。

麟玉堂本回文類聚續編卷二

靈檀几

失名

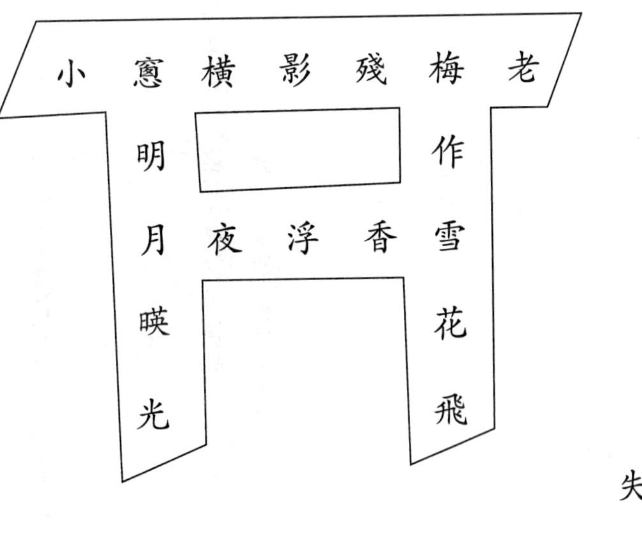

靈檀几　寒梅

讀法　先從上横七字起，次右直，再次下横，再次左直，順讀半調，回讀即全調。梅窻雪月四字，横直俱用。

菩薩蠻順回讀一調

老梅殘影横窻小，小窻横影殘梅老。梅作雪花飛，飛花雪作梅。雪香浮夜月，月夜浮香雪。光暎月明窻，窻明月暎光。麟玉堂本回文類聚續編卷二

横縱其畝

鳴亂口
樂芳菲

想遙心
知友遠

明初
沉月
西去

聞内
外耳
清聲

出石山
澗水枯

林成木
枝葉盛

暮易
負曰
良辰

春遊
人日
同伴

失名

横縱其畝　春遊

讀法　自右上角起，縱横俱左行轉下，由右逆上合第一字，每方一句，藏頭拆讀，如明字拆日字起，作日沉西去月初明是也。

七言八句一首

日沉西去月初明，門外清聲耳内聞。山澗水枯山石出，木枝葉盛木成林。相知友遠心遥想，鳥樂芳菲口亂鳴。莫負良辰日易暮，三人同伴日遊春。麟玉堂本回文類聚續編卷二

藏頭拆字詩

失　名

何惜春光醉綺羅人能唱客能歌觀芍藥欄前景甕蒲桃酒日多日繡簾飛紫鷰籠金索鎖鸚哥邀漫看浮雲碧髮春愁奈老

藏頭拆字詩　春日感懷

讀法　自上正中字右旋，每句拆第一字之半，如何字拆爲可惜春光醉綺羅，羅字拆作佳人能唱客能歌，下俱倣此，末句仍以何字爲韻。

七言八句

可惜春光醉綺羅，佳人能唱客能歌。人觀芍藥欄前景，小甕蒲桃酒日多。夕日綉簾飛紫燕，鳥籠金索鎖鸚哥。可邀漫看浮雲碧，白髮春愁奈老何。

麟玉堂本回文類聚續編卷二

藏頭拆字詩

失名

輕雲靜正春宵淡星映帶浪搖蘚綠陰侵曲澗桃紅艷映平潮鶯喚醒金閨夢杏妝成玉貌嬌柳垂溪頻點翠分芳蕙異香飄

藏頭拆字詩　春詞

讀法　風輕雲靜起，拆字讀法與前同。

七言八句

風輕雲靜正春宵，月淡星踈帶浪摇。山蘚綠陰侵曲澗，水桃紅艷暎平潮。朝鶯喚醒金閨夢，夕杏妝成玉貌嬌。夭柳垂溪頻點翠，十分芳蕙異香飄。

藏頭拆字詩

人棲息樂林泉溪蛙聲鬧野田里煙雲光照室園夕木影篩天波鬆日西湖景扇搖風北牖仙色半懸蒼冥外陽送暎萬尋巔

藏頭拆字詩　夏詞

讀法　山人棲息起，餘同前。

七言八句

山人棲息樂林泉，水涘蛙聲鬧野田。十里煙雲光照室，一園竹木影篩天。大波瀰日西湖景，小扇摇風北牖仙。山色半懸蒼冥外，夕陽遥暎萬尋巔。

藏頭拆字詩

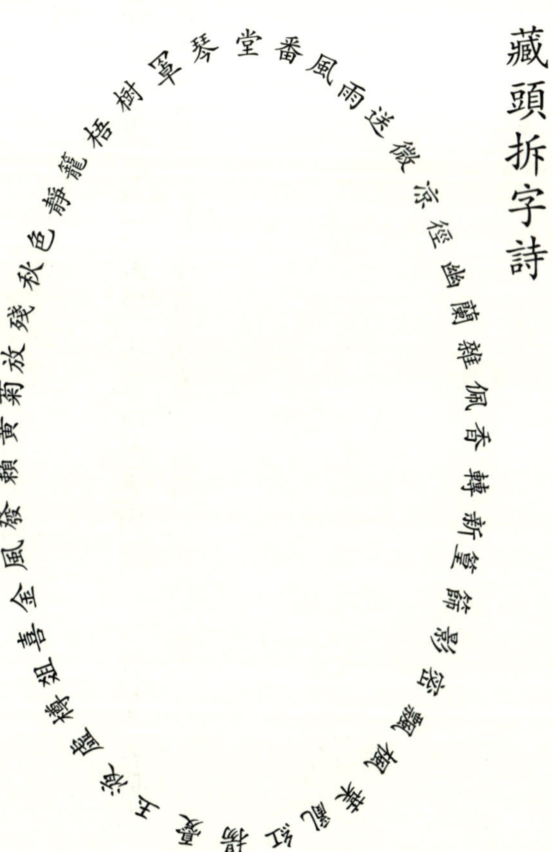

藏頭拆字詩　秋詞

讀法　一番風雨起，餘同前。

七言八句

一番風雨送微凉，小徑幽蘭雜佩香。日轉新篁篩影密，山飄楓葉亂紅揚。勿憂玉液虛樽俎，且喜金風發籟簧。黄菊放殘秋色静，青籠梧樹罩琴堂。

藏頭拆字詩

凝是瑶花舞上冥荒堆白似妝銀爐燼送遺香潤漏聲傳夜氣清挂寒梅光白淡烹氷水咏初深鷺栖烏風威疾溜茫茫玉筋

藏頭拆字詩　冬詞

讀法　疑是瑶花起，餘同前。

七言八句

疑是瑶花舞上寘，八荒堆白似妝銀。金爐燼送遺香潤，玉漏聲傳夜氣清。月挂寒梅光自淡，火烹氷水咏初深。木鷩栖鳥風威疾，冰溜茫茫玉筯凝。

麟玉堂本回文類聚續編卷二

回文集卷六　目録

圓局詩

汪廷訥

詩顛仙談喜笑同客與名奇秘玄語旨妙工奕敘成

圓局詩

讀法　字字可起，左右可讀，『順逆得詩四十首』。

五言四句

詩顛仙談喜，笑同客與名。奇秘玄譜旨，妙工奕叙成。

顛仙談喜笑，同客與名奇。秘玄譜旨妙，工奕叙成詩。

仙談喜笑同，客與名奇秘。玄譜旨妙工，奕叙成詩顛。

談喜笑同客，與名奇秘玄。譜旨妙工奕，叙成詩顛仙。

喜笑同客與，名奇秘玄譜。旨妙工奕叙，成詩顛仙談。

笑同客與名，奇秘玄譜旨。妙工奕叙成，詩顛仙談喜。

同客與名奇，秘玄譜旨妙。工奕叙成詩，顛仙談喜笑。

客與名奇秘，玄譜旨妙工。奕叙成詩顛，仙談喜笑同。

與名奇秘玄，譜旨妙工奕。叙成詩顛仙，談喜笑同客。

名奇秘玄譜，旨妙工奕叙。成詩顛仙談，喜笑同客與。

奇秘玄譜旨，妙工奕叙成。詩顛仙談喜，笑同客與名。

秘玄諳旨妙，工奕叙成詩。顒仙談喜笑，同客與名奇。
玄諳旨妙工，奕叙成詩顒。仙談喜笑同，客與名奇秘。
諳旨妙工奕，叙成詩顒仙。談喜笑同客，與名奇秘玄。
旨妙工奕叙，成詩顒仙談。喜笑同客與，名奇秘玄諳。
妙工奕叙成，詩顒仙談喜。笑同客與名，奇秘玄諳旨。
工奕叙成詩，顒仙談喜笑。同客與名奇，秘玄諳旨妙。
奕叙成詩顒，仙談喜笑同。客與名奇秘，玄諳旨妙工。
叙成詩顒仙，談喜笑同客。與名奇秘玄，諳旨妙工奕。
成詩顒仙談，喜笑同客與。名奇秘玄諳，旨妙工奕叙。
成叙奕工妙，旨諳玄秘奇。名與客同笑，喜談仙顒詩。
叙奕工妙旨，諳玄秘奇名。與客同笑喜，談仙顒詩成。
奕工妙旨諳，玄秘奇名與。客同笑喜談，仙顒詩成叙。
工妙旨諳玄，秘奇名與客。同笑喜談仙，顒詩成叙奕。
妙旨諳玄秘，奇名與客同。笑喜談仙顒，詩成叙奕工。
旨諳玄秘奇，名與客同笑。喜談仙顒詩，成叙奕工妙。
諳玄秘奇名，與客同笑喜。談仙顒詩成，叙奕工妙旨。

玄秘奇名與，客同笑喜談。仙麯詩成叙，奕工妙旨諳。
秘奇名與客，同笑喜談仙。麯詩成叙奕，工妙旨諳玄。
奇名與客同，笑喜談仙麯。詩成叙奕工，妙旨諳玄秘。
名與客同笑，喜談仙麯詩。成叙奕工妙，旨諳玄秘奇。
與客同笑喜，談仙麯詩成。叙奕工妙旨，諳玄秘奇名。
客同笑喜談，仙麯詩成叙。奕工妙旨諳，玄秘奇名與。
同笑喜談仙，麯詩成叙奕。工妙旨諳玄，秘奇名與客。
笑喜談仙麯，詩成叙奕工。妙旨諳玄秘，奇名與客同。
喜談仙麯詩，成叙奕工妙。旨諳玄秘奇，名與客同笑。
談仙麯詩成，叙奕工妙旨。諳玄秘奇名，與客同笑喜。
仙麯詩成叙，奕工妙旨諳。玄秘奇名與，客同笑喜談。
麯詩成叙奕，工妙旨諳玄。秘奇名與客，同笑喜談仙。
詩成叙奕工，妙旨諳玄秘。奇名與客同，笑喜談仙麯。

矩式回文

翠	烟	湖	上	亭
苔				幽
繡				在
石				隱
汀	鷗	自	解	意

矩式回文

讀法　自四角起，每次句即用上句末字爲首，四角讀四首，回讀又四首也。

坐隱先生集木部讀法原云：每從角上讀起，重一字頂針接句，順逆得詩八首。

五言四句順回讀八首

亭幽在隱意，意解自鷗汀。汀石繡苔翠，翠烟湖上亭。
意解自鷗汀，汀石繡苔翠。翠烟湖上亭，亭幽在隱意。
汀石繡苔翠，翠烟湖上亭。亭幽在隱意，意解自鷗汀。
翠烟湖上亭，亭幽在隱意。意解自鷗汀，汀石繡苔翠。
亭上湖烟翠，翠苔繡石汀。汀鷗自解意，意隱在幽亭。
翠苔繡石汀，汀鷗自解意。意隱在幽亭，亭上湖烟翠。
汀鷗自解意，意隱在幽亭。亭上湖烟翠，翠苔繡石汀。
意隱在幽亭，亭上湖烟翠。翠苔繡石汀，汀鷗自解意。

案：圖名，坐隱先生集原稱方局詩。回文類聚續編卷二載此，題幽居吟，『失名』作。

叠字歌

坐坐 隱隱 園園 中中 正正 袪袪 繁繁 迴迴 出出 塵塵 埃埃 外外
愛愛 暄暄 復復 愛愛 林林 花花 媚媚 薜薜 荔荔 蔓蔓 延延 柳柳
欲欲 垂垂 拖拖 翠翠 時時 鶯鶯 弄弄 春春 林林 聲聲 巧巧 送送
輕輕 清清 又又 入入 山山 雲雲 洞洞 更更 奇奇 堪堪 醉醉 好好
吟吟 詩詩 幾幾 句句 新新 寫寫 意意 其其 中中 言言 我我 志志
如如 何何 盡盡 發發 胸胸 襟襟 思思 自自 闌闌 留留 神神 還還
自自 遣遣 逍逍 遥遥 歲歲 月月 隨隨 舒舒 卷卷 澹澹 然然 清清
淨淨 碁碁 經經 衍衍 目目 前前 至至 理理 真真 機機 轉轉 又又
玄玄 方方 是是 得得 先先 天天 秘秘 奥奥 由由 來來 石石 室室
傳傳 仙仙 訣訣 應應 須須 對對 人人 説説 楸楸 枰枰 黑黑 白白
星星 辰辰 列列 布布 宣宣 訂訂 譜譜 得得 自自 然然 悟悟 翩翩

疊字歌

坐隱園，坐隱園中正祛繁。祛繁迥出塵埃外，迥出塵埃外愛暄。愛暄復愛林花媚，復愛林花媚薜荔。薜荔蔓延柳欲垂，蔓延柳欲垂拖翠。拖翠時，時鶯弄，鶯弄春林聲巧送。春林聲巧送輕清，輕清又入山雲洞。又入山雲洞更奇，更奇堪醉好吟詩。堪醉好吟詩幾句，幾句新，新寫意，寫意其中言我志。其中言我志如何，如何盡發胸襟思。盡發胸襟思自闡，自闡留神還自遣。留神還自遣逍遥，逍遥歲月隨舒卷。歲月隨舒卷澹然，澹然清淨碁經衍。清淨碁經衍目前，目前至理真機轉。至理真機轉又玄，又玄方是得先天。方是得先天秘奧，秘奧由來石室傳。由來石室傳仙訣，仙訣應須對人說。應須對人說楸枰，楸枰黑白星辰列。黑白星辰列布宣，布宣訂譜得自然。訂譜得自然，悟悟翩翩。坐隱先生集木部

案：圖中『中、正、訂、譜』四字，原文僅讀一次。

疊字歌

呂　震

環環　翠翠　堂堂　開開　色色　光光　正正　映映　花花　光光
艷艷　吐吐　芳芳　又又　聽聽　枝枝　鶯鶯　語語　共共　侶侶
啼啼　時時　花花　滿滿　枝枝　堪堪　佇佇　詩詩　豪豪　放放
詩詩　才才　氣氣　益益　壯壯　虹虹　霓霓　直直　抵抵　青青
冥冥　上上　更更　高高　步步　共共　醉醉　葡葡　萄萄　美美
酒酒　濃濃　不不　厭厭　輕輕　風風　舞舞　長長　劍劍　龍龍
泉泉　燁燁　飛飛　騰騰　閃閃　興興　好好　楸楸　枰枰　傍傍
池池　沼沼　澄澄　清清　爽爽　氣氣　來來　縹縹　緲緲　素素
亭亭　梧梧　竹竹　多多　繞繞　繞繞　翠翠　匀匀　偏偏　自自
舞舞　嫋嫋　嫋嫋　棲棲　鳳鳳　林林　中中　峰峰　拱拱　秀秀
清清　景景　幽幽　人人　成成　坐坐　隱隱　訂訂　譜譜　其其
中中　列列　星星　斗斗　森森　然然　無無　人人　絫絫　透透
髓髓　玄玄　關關　惟惟　有有　自自　心心　傳傳　妙妙　賢賢

疊字歌　坐隱先生訂譜雙字長歌有引

無如先生，名世上才，身膺軒冕，情寄丘園，有生世超世之妙，在塵脱塵之想，諸子百家之書，無不涉獵，且能擊劒奕碁，可作萬人敵。兹訂譜一書，深得妙悟，盖發前人所未發者，而海内名公薦紳，咸各贈言。不佞託在末交，竊效佛印禪師雙字長歌一章，以附諸篇之後云。

環翠堂，環翠堂開開色光。色光正映花光艷，正映花光艷吐芳。吐芳又聽枝鶯語，又聽枝鶯語共侣。共侣啼時花滿枝，啼時花滿枝堪佇。堪佇詩，詩豪放，豪放詩才氣益壯。詩才益壯吐虹霓，虹霓直抵青冥上。直抵青冥上更高，更高步共醉葡萄。步共醉葡萄美酒，美酒濃，濃不厭，不厭輕風舞長劒。輕風舞長劒龍泉，龍泉燁燁飛騰閃。燁燁飛騰閃興好，興好楸枰傍池沼。楸枰傍池沼澄清，澄清爽氣來縹緲。爽氣來縹緲素亭，素亭梧竹多繞繞。梧竹多繞繞翠匀，翠匀偏自舞翾翾。偏自舞翾翾棲鳳，棲鳳林中峯拱秀。林中峯拱秀清景，清景幽人成坐隱。幽人成坐隱訂譜，訂譜其中列星斗。其中列星斗森然，森然無人条透髓。無人条透髓玄關，玄關惟有自心傳。惟有自心傳、妙妙賢賢。坐隱先生訂譜匏部

案：圖中『氣、惟、有』三字，原文僅讀一次，而抄句又增入『燁燁』兩字。

震字起潜，江南太和人。

擬織錦圖

陳所聞

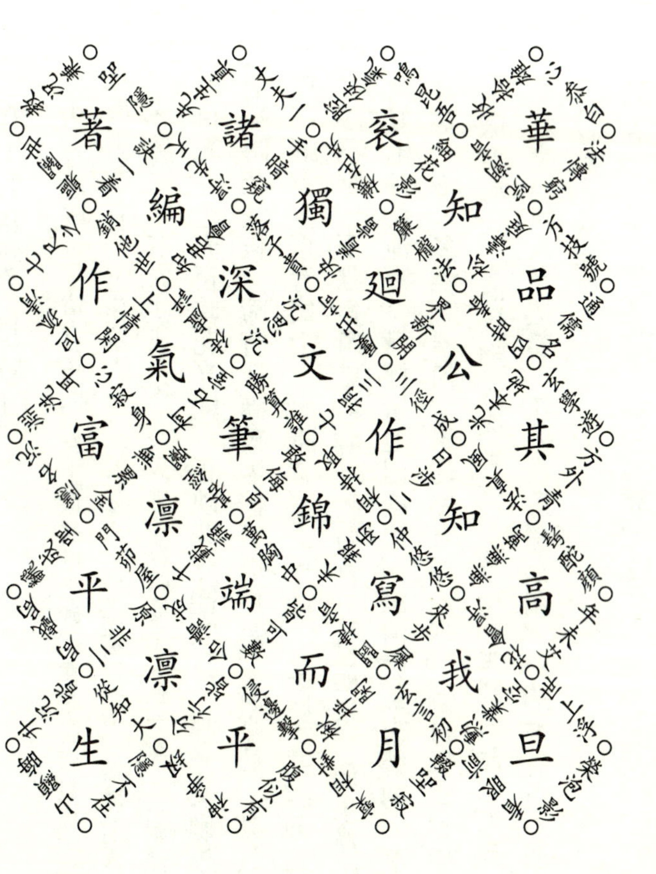

擬織錦圖

坐隱歌効織錦廻文體

坐隱先生真丈夫，一腔俠氣嗚昆吾。收拾雄心忝白法，慱窮方技號通儒。儒名玄學遊方外，青髩酡顔年未艾。世上浮榮泡影看，眼前勳業空花會。會淂無無萬法真，風光本地四時春。松濤庭院潮音細，花影簾櫳法界新。新開三徑成日涉，二仲悠悠來步屧。玄言初輟坐寂寀，相對楸枰閑鬪掟。掟音未報兩相持，取七捐三屢出奇。快着當機在先手，暗窺落子貴沉思。思沉勝算誰敢侮，百萬胸中皆可數。侵邊擊腹似有神，爭刼分行皆合譜。譜成千載誦棋經，爛柯石室徒虚評。知君會淂先天訣，一着銷他世上情。情閑心寂身無累，金門茆屋原非二。從知大隱不在山，顯晦升沉皆局戲。戲局飜成坐隱名，沉淵洗耳但孤清。七尺之軀關世教，况兼著作富平生。生平月旦高其品，華衮諸編氣凜凜。而我知公知獨深，筆端寫作廻文錦。

坐隱先生訂譜匏部

所聞號蘿月居士，上元人。庠生，卜居莫愁湖，與金鑾、姚汝循等結長干詩社。洞曉聲律，擅長詞曲。

圓局詩

閑久重名詩玩同能調格群友須清時冠雄稱妙奕

許應善

圓局詩

坐隱先生訂譜，名公贈詩，爭尚新奇。不佞漫作圓局詩二十字，順逆成文成韻，得詩四十首，計八百字。更作方局詩十六字，每從角上讀起，重一字頂針接句，共十六字，順逆得詩八首，非敢云工，聊備一體耳。眷弟許應善。

五言四句

詩玩同能調，格群友頌清。時冠雄稱妙，奕聞久重名。

玩同能調格，群友頌清時。冠雄稱妙奕，聞久重名詩。

同能調格群，友頌清時冠。雄稱妙奕聞，久重名詩玩。

能調格群友，頌清時冠雄。稱妙奕聞久，重名詩玩同。

調格群友頌，清時冠雄稱。妙奕聞久重，名詩玩同能。

格群友頌清，時冠雄稱妙。奕聞久重名，詩玩同能調。

群友頌清時，冠雄稱妙奕。聞久重名詩，玩同能調格。

友頌清時冠，雄稱妙奕聞。久重名詩玩，同能調格群。

頌清時冠雄，稱妙奕聞久。重名詩玩同，能調格群友。

清時冠雄稱，妙奕聞久重。名詩玩同能，調格群友頌。
時冠雄稱妙，奕聞久重名。詩玩同能調，格群友頌清。
冠雄稱妙奕，聞久重名詩。玩同能調格，群友頌清時。
雄稱妙奕聞，久重名詩玩。同能調格群，友頌清時冠。
稱妙奕聞久，重名詩玩同。能調格群友，頌清時冠雄。
妙奕聞久重，名詩玩同能。調格群友頌，清時冠雄稱。
奕聞久重名，詩玩同能調。格群友頌清，時冠雄稱妙。
聞久重名詩，玩同能調格。群友頌清時，冠雄稱妙奕。
久重名詩玩，同能調格群。友頌清時冠，雄稱妙奕聞。
重名詩玩同，能調格群友。頌清時冠雄，稱妙奕聞久。
名詩玩同能，調格群友頌。清時冠雄稱，妙奕聞久重。
名重久聞奕，妙稱雄冠時。清頌友群格，調能同玩詩。
重久聞奕妙，稱雄冠時清。頌友群格調，能同玩詩名。
久聞奕妙稱，雄冠時清頌。友群格調能，同玩詩名重。
聞奕妙稱雄，冠時清頌友。群格調能同，玩詩名重久。
奕妙稱雄冠，時清頌友群。格調能同玩，詩名重久聞。

妙稱雄冠時，清頌友群格。調能同玩詩，名重久聞奕。
稱雄冠時清，頌友群格調。能同玩詩名，重久聞奕妙。
雄冠時清頌，友群格調能。同玩詩名重，久聞奕妙稱。
冠時清頌友，群格調能同。玩詩名重久，聞奕妙稱雄。
時清頌友群，格調能同玩。詩名重久聞，奕妙稱雄冠。
清頌友群格，調能同玩詩。名重久聞奕，妙稱雄冠時。
頌友群格調，能同玩詩名。重久聞奕妙，稱雄冠時清。
友群格調能，同玩詩名重。久聞奕妙稱，雄冠時清頌。
群格調能同，玩詩名重久。聞奕妙稱雄，冠時清頌友。
格調能同玩，詩名重久聞。奕妙稱雄冠，時清頌友群。
調能同玩詩，名重久聞奕。妙稱雄冠時，清頌友群格。
能同玩詩名，重久聞奕妙。稱雄冠時清，頌友群格調。
同玩詩名重，久聞奕妙稱。雄冠時清頌，友群格調能。
玩詩名重久，聞奕妙稱雄。冠時清頌友，群格調能同。
詩名重久聞，奕妙稱雄冠。時清頌友群，格調能同玩。

矩式回文

奕	隱	自	君	知
譜				心
附				有
新				雅
奇	談	每	聚	客

矩式回文

讀法　自四角起，每次句即用上句末字爲首，四角讀四首，回讀又四首也。

五言四句八首

坐隱先生訂譜匏部

知心有雅客，客聚每談奇。奇新附譜奕，奕隱自君知。

客聚每談奇，奇新附譜奕。奕隱自君知，知心有雅客。

奇新附譜奕，奕隱自君知。知心有雅客，客聚每談奇。

奕隱自君知，知心有雅客。客聚每談奇，奇新附譜奕。

知君自隱奕，奕譜附新奇。奇談每聚客，客雅有心知。

奕譜附新奇，奇談每聚客。客雅有心知，知君自隱奕。

奇談每聚客，客雅有心知。知君自隱奕，奕譜附新奇。

客雅有心知，知君自隱奕。奕譜附新奇，奇談每聚客。

案：圖名原稱方局詩，此從回文類聚。

鴛鴦廻紋

傅汝舟

仙凌空秀霞曉毬弄吹雨烟醉紅瘦花鳥寒夢悲女

鴛鴦迴紋詩

乙丑秋日，戲題錦水落花居。二十字，計四十首。鴛鴦主人識。

鴛鴦迴紋詩序：涼帷落木，秋士伊懷。遠夢餘砧，文心高寄。遂有海仙贈別，鴛鴦語龍女之壺；河漢相思，迴紋織天孫之恨。此遠公之逸思，渺近代以孤興。象緯寒而磨蟻旋天，扶輿秀而盤龍舞地。蘢葱錦字，俱成珥日之華；宛轉霜毫，互抱垂虹之巧。八音自相終始，九宮迭爲主賓。首尾曲應，常山之蛇號率然；環繞無端，典墳之魚名脉望。纏情萬種，故字則少而句轉多；結意千重，故圖有限而篇無盡。豈來順逆，生成犧象之先；左右合離，竗得黿龍之外。掩昔賢於機上，陋舊製於盤中。詢藝寶之天球，真詞珍之拱璧者矣。若乃緘愁送怨，感歸旅於刀頭；望德希恩，泣孤臣于衣裡。指如覗之明月，已覺魂驚；對若帶之長河，那堪淚隕。况復腸同輪轉，思滾滾以何期；心共蕉抽，緒層層而莫罄。有不臨文悵別，形銷顛倒之詞，撫詠懷人，氣盡團欒之句者乎。信夫情生於文，千古然耶，文生於情，而今至矣。八千社弟廖孔悦撰。

五言四句 順回四十首

仙女悲夢寒，鳥花瘦紅醉。烟雨吹弄殘，曉霞秀空淚。

女悲夢寒鳥，花瘦紅醉烟。雨吹弄殘曉，霞秀空淚仙。

悲夢寒鳥花，瘦紅醉烟雨。吹弄殘曉霞，秀空淚仙女。
夢寒鳥花瘦，紅醉烟雨吹。弄殘曉霞秀，空淚仙女悲。
寒鳥花瘦紅，醉烟雨吹弄。殘曉霞秀空，淚仙女悲夢。
鳥花瘦紅醉，烟雨吹弄殘。曉霞秀空淚，仙女悲夢寒。
花瘦紅醉烟，雨吹弄殘曉。霞秀空淚仙，女悲夢寒鳥。
瘦紅醉烟雨，吹弄殘曉霞。秀空淚仙女，悲夢寒鳥花。
紅醉烟雨吹，弄殘曉霞秀。空淚仙女悲，夢寒鳥花瘦。
醉烟雨吹弄，殘曉霞秀空。淚仙女悲夢，寒鳥花瘦紅。
烟雨吹弄殘，曉霞秀空淚。仙女悲夢寒，鳥花瘦紅醉。
雨吹弄殘曉，霞秀空淚仙。女悲夢寒鳥，花瘦紅醉烟。
吹弄殘曉霞，秀空淚仙女。悲夢寒鳥花，瘦紅醉烟雨。
弄殘曉霞秀，空淚仙女悲。夢寒鳥花瘦，紅醉烟雨吹。
殘曉霞秀空，淚仙女悲夢。寒鳥花瘦紅，醉烟雨吹弄。
曉霞秀空淚，仙女悲夢寒。鳥花瘦紅醉，烟雨吹弄殘。
霞秀空淚仙，女悲夢寒鳥。花瘦紅醉烟，雨吹弄殘曉。
秀空淚仙女，悲夢寒鳥花。瘦紅醉烟雨，吹弄殘曉霞。

空淚仙女悲，夢寒鳥花瘦。紅醉烟雨吹，弄殘曉霞秀。
淚仙女悲夢，寒鳥花瘦紅。醉烟雨吹弄，殘曉霞秀空。
淚空秀霞曉，殘弄吹雨烟。醉紅瘦花鳥，寒夢悲女仙。
空秀霞曉殘，弄吹雨烟醉。紅瘦花鳥寒，夢悲女仙淚。
秀霞曉殘弄，吹雨烟醉紅。瘦花鳥寒夢，悲女仙淚空。
霞曉殘弄吹，雨烟醉紅瘦。花鳥寒夢悲，女仙淚空秀。
曉殘弄吹雨，烟醉紅瘦花。鳥寒夢悲女，仙淚空秀霞。
殘弄吹雨烟，醉紅瘦花鳥。寒夢悲女仙，淚空秀霞曉。
弄吹雨烟醉，紅瘦花鳥寒。夢悲女仙淚，空秀霞曉殘。
吹雨烟醉紅，瘦花鳥寒夢。悲女仙淚空，秀霞曉殘弄。
雨烟醉紅瘦，花鳥寒夢悲。女仙淚空秀，霞曉殘弄吹。
烟醉紅瘦花，鳥寒夢悲女。仙淚空秀霞，曉殘弄吹雨。
醉紅瘦花鳥，寒夢悲女仙。淚空秀霞曉，殘弄吹雨烟。
紅瘦花鳥寒，夢悲女仙淚。空秀霞曉殘，弄吹雨烟醉。
瘦花鳥寒夢，悲女仙淚空。秀霞曉殘弄，吹雨烟醉紅。
花鳥寒夢悲，女仙淚空秀。霞曉殘弄吹，雨烟醉紅瘦。

鳥寒夢悲女，仙淚空秀霞。曉殘弄吹雨，烟醉紅瘦花。
寒夢悲女仙，淚空秀霞曉。殘弄吹雨烟，醉紅瘦花鳥。
夢悲女仙淚，空秀霞曉殘。弄吹雨烟醉，紅瘦花鳥寒。
悲女仙淚空，秀霞曉殘弄。吹雨烟醉紅，瘦花鳥寒夢。
女仙淚空秀，霞曉殘弄吹。雨烟醉紅瘦，花鳥寒夢悲。
仙淚空秀霞，曉殘弄吹雨。烟醉紅瘦花，鳥寒夢悲女。

傳遠度八集卷八鴛鴦廻紋詩

茅元儀石民四十集卷十五傳遠度詩選序曰：『予俯仰上下而訂之叙云，拔劍集自爲廻紋集，同治上江兩縣志卷十二中藝文著錄。『鴛鴦廻文不載，以足以單傳也』。又題傅子八集曰：『鴛鴦廻文足以單傳也』。書而其傳贊也，

汝舟（一五八七—一六二九後）字遠度，自號紫石君，江南上元人。隸籍京衛。修眉長髯，奇崛好古，與艾容稱金陵二奇士。明天啟三年，河西之役，守將羅一桂、監軍高廷佑死，汝舟同武康茅元儀，各爲祭文，奠而哭之。有傅遠度八集八卷（明刻本）。

圓圖

張縞

疎窮搜意深思通縈悶心奇空睟醉吹悲風秋對林

圓圖　織錦廻文體

前題賦就，客猶未足，請曰蘇氏廻文相錯成韵，遇有圓解者得詩甚多，今請賦絶句一首，必欲縱横可讀。殊不知蘇作苦心巧手，不計日月，方能成此，若予片頃，安得效之。因客固請，勉賦二十字，詩之多少，在善讀者自尋之耳。

順讀五首

疎林對秋風，悲吟醉眸空。奇心闕幽通，思深意搜窮。

林對秋風悲，吟醉眸空奇。心闕幽通思，深意搜窮疎。

對秋風悲吟，醉眸空奇心。闕幽通思深，意搜窮疎林。

秋風悲吟醉，眸空奇心闕。幽通思深意，搜窮疎林對。

風悲吟醉眸，空奇心闕幽。通思深意搜，窮疎林對秋。

逆念五首

秋對林疎窮，搜意深思通。幽闕心奇空，眸醉吟悲風。

對林疎窮搜，意深思通幽。闕心奇空眸，醉吟悲風秋。

林疎窮搜意，深思通幽闕。心奇空眸醉，吟悲風秋對。

疎窮搜意深，思通幽闕心。奇空眸醉吟，悲風秋對林。

窮搜意深思，通幽闕心奇。空眸醉吟悲，風秋對林疎。

已上順逆二圖，祇各演一句，若四句齊演，得詩凡四十首，他若縱横紆曲讀之，又不止四十首也。華陽洞主惟心集

連環詩

失名

碧孛柳霧飛輕絮落霞紫陌煙有樹啼鶯去暮花蕊

連環詩

右連環詩二首，左旋右迴，隨意順逆，共各得五言絶句四十首。

五言絶句

碧李柳霧飛，輕絮落霞紫。陌煙有樹晞，鶯去幕花蕊。

李柳霧飛輕，絮落霞紫陌。煙有樹晞鶯，去幕花蕊碧。

柳霧飛輕絮，落霞紫陌煙。有樹晞鶯去，幕花蕊碧李。

霧飛輕絮落，霞紫陌煙有。樹晞鶯去幕，花蕊碧李柳。

飛輕絮落霞，紫陌煙有樹。晞鶯去幕花，蕊碧李柳霧。

輕絮落霞紫，陌煙有樹晞。鶯去幕花蕊，碧李柳霧飛。

絮落霞紫陌，煙有樹晞鶯。去幕花蕊碧，李柳霧飛輕。

落霞紫陌煙，有樹晞鶯去。幕花蕊碧李，柳霧飛輕絮。

霞紫陌煙有，樹晞鶯去幕。花蕊碧李柳，霧飛輕絮落。

紫陌煙有樹，晞鶯去幕花。蕊碧李柳霧，飛輕絮落霞。

陌煙有樹晞，鶯去幕花蕊。碧李柳霧飛，輕絮落霞紫。

煙有樹晞鶯，去幕花蕊碧。孛柳霧飛輕，絮落霞紫陌。
有樹晞鶯去，幕花蕊碧孛。柳霧飛輕絮，落霞紫陌煙。
樹晞鶯去幕，花蕊碧孛柳。霧飛輕絮落，霞紫陌煙有。
晞鶯去幕花，蕊碧孛柳霧。飛輕絮落霞，紫陌煙有樹。
鶯去幕花蕊，碧孛柳霧飛。輕絮落霞紫，陌煙有樹晞。
去幕花蕊碧，孛柳霧飛輕。絮落霞紫陌，煙有樹晞鶯。
幕花蕊碧孛，柳霧飛輕絮。落霞紫陌煙，有樹晞鶯去。
花蕊碧孛柳，霧飛輕絮落。霞紫陌煙有，樹晞鶯去幕。
蕊碧孛柳霧，飛輕絮落霞。紫陌煙有樹，晞鶯去幕花。
蕊花幕去鶯，晞樹有煙陌。紫霞落絮輕，飛霧柳孛碧。
花幕去鶯晞，樹有煙陌紫。霞落絮輕飛，霧柳孛碧蕊。
幕去鶯晞樹，有煙陌紫霞。落絮輕飛霧，柳孛碧蕊花。
去鶯晞樹有，煙陌紫霞落。絮輕飛霧柳，孛碧蕊花幕。
鶯晞樹有煙，陌紫霞落絮。輕飛霧柳孛，碧蕊花幕去。
晞樹有煙陌，紫霞落絮輕。飛霧柳孛碧，蕊花幕去鶯。
樹有煙陌紫，霞落絮輕飛。霧柳孛碧蕊，花幕去鶯晞。

有煙陌紫霞，落絮輕飛霧。柳李碧蕊花，幕去鶯晞樹。
煙陌紫霞落，絮輕飛霧柳。李碧蕊花幕，去鶯晞樹有。
陌紫霞落絮，輕飛霧柳李。碧蕊花幕去，鶯晞樹有煙。
紫霞落絮輕，飛霧柳李碧。蕊花幕去鶯，晞樹有煙陌。
霞落絮輕飛，霧柳李碧蕊。花幕去鶯晞，樹有煙陌紫。
落絮輕飛霧，柳李碧蕊花。幕去鶯晞樹，有煙陌紫霞。
絮輕飛霧柳，李碧蕊花幕。去鶯晞樹有，煙陌紫霞落。
輕飛霧柳李，碧蕊花幕去。鶯晞樹有煙，陌紫霞落絮。
飛霧柳李碧，蕊花幕去鶯。晞樹有煙陌，紫霞落絮輕。
霧柳李碧蕊，花幕去鶯晞。樹有煙陌紫，霞落絮輕飛。
柳李碧蕊花，幕去鶯晞樹。有煙陌紫霞，落絮輕飛霧。
李碧蕊花幕，去鶯晞樹有。煙陌紫霞落，絮輕飛霧柳。
碧蕊花幕去，鶯晞樹有煙。陌紫霞落絮，輕飛霧柳李。

連環詩

涼花渫露天碧柳芳晴夏長霞沁暮蓮白藕香清夜

連環詩

讀法　同前　徐樹丕識小錄卷四

連環疊字詩

高爾儼

柳柳 色色 輕輕 飄飄 翠翠 莖莖 枝枝 上上 黃黃 鸝鸝
囀囀 韵韵 清清 嬌嬌 細細 如如 簧簧 巧巧 相相 攪攪
幽幽 人人 春春 思思 濃濃 如如 膠膠 縈縈 無無 歇歇
深深 情情 長長 對對 月月 光光 瑩瑩 留留 伴伴 歌歌
聲聲 越越 碧碧 空空 雲雲 影影 亂亂 芳芳 叢叢 映映
緣緣 溪溪 成成 碧碧 苔苔 痕痕 青青 似似 藉藉 柔柔
茸茸 翠翠 色色 真真 堪堪 摭摭 盈盈 把把 相相 期期
荳荳 蔻蔻 下下 揉揉 花花 戲戲 把把 鶯鶯 兒兒 打打
不不 休休 爲爲 引引 傷傷 春春 愁愁 脉脉 雙雙 蝴蝴
蝶蝶 逐逐 花花 遊遊 春春 色色 溶溶 春春 意意 逼逼
時時 堪堪 挹挹 得得 觥觥 籌籌 側側 共共 醉醉 杏杏
花花 春春 色色 裏裏 如如 雲雲 爭爭 看看 游游 春春
子子 如如 玉玉 悠悠 花花 裏裏 分分 香香 馥馥

連環叠字詩

倣古叠字歌行

柳色輕，柳色輕飄飄翠莖。翠莖枝上黄鸝囀，枝上黄鸝囀韵清。韵清嬌細如簧巧，嬌細如簧巧相攬。相攬幽人春思濃，幽人春思濃如膠。如膠縈，縈無歇，無歇深情長對月。深情長對月光瑩，光瑩留伴歌聲越。留伴歌聲越碧空，碧空雲影亂芳叢。雲影亂，芳叢映綠溪成碧。映綠溪成碧苔痕，苔痕青似藉，青似藉柔茸。柔茸翠色真堪摭，翠色真堪摭盈把。盈把相期荳蔻下，相期荳蔻下揉花。揉花戲把鶯兒打，戲把鶯兒打不休，不休爲引傷春愁。爲引傷春愁脉脉，雙雙蝴蝶逐花遊。蝴蝶逐花遊春色，春色溶溶春意逼。春意逼時堪挹得，時堪挹得觥籌側。觥籌側共醉杏花，共醉杏花春色裏。春色裏如雲爭看，如雲爭看游春子。游春子如玉，如玉悠悠花裏分，花裏分香馥馥。

古處堂集卷四

爾儼（一六〇六—一六五五）字岱輿，直隸靜海人。明崇禎十三年庚辰進士，授編修。福王時，以曾附李自成，定入『從賊案』。清順治二年起用，官秘書院侍講學士，遷太子太保，補弘文院大學士，後以病解任。著有古處堂集四卷（康熙三年高懋恆刻本）。

連環詩

傅維鱗

春碧草生芳暖清風扇長圓簾蒼雨愁寂傷意獨來鳥雪映松幽積涼霧秋菊挾籠篆香遠紅桃小院

莎曉清高夜燕新色紋清簾隔影枝

虛分月永池荷弱闌

月曉梅

靜泛孑老寒餘柳咽蟬氣冷

連環詩

每環反覆得詩四十首，春夏秋冬四環共得詩一百六十首。

五言絶句一百六十首

春碧草生芳，暖風高裊燕。新色皎清香，遠紅桃小院。

碧草生芳暖，風高裊燕新。色皎清香遠，紅桃小院春。

草生芳暖風，高裊燕新色。皎清香遠紅，桃小院春碧。

生芳暖風高，裊燕新色皎。清香遠紅桃，小院春碧草。

芳暖風高裊，燕新色皎清。香遠紅桃小，院春碧草生。

暖風高裊燕，新色皎清香。遠紅桃小院，春碧草生芳。

風高裊燕新，色皎清香遠。紅桃小院春，碧草生芳暖。

高裊燕新色，皎清香遠紅。桃小院春碧，草生芳暖風。

裊燕新色皎，清香遠紅桃。小院春碧草，生芳暖風高。

燕新色皎清，香遠紅桃小。院春碧草生，芳暖風高裊。

新色皎清香，遠紅桃小院。春碧草生芳，暖風高裊燕。

色皎清香遠，紅桃小院春。碧草生芳暖，風高裊燕新。
皎清香遠紅，桃小院春碧。草生芳暖風，高裊燕新色。
清香遠紅桃，小院春碧草。生芳暖風高，裊燕新色皎。
香遠紅桃小，院春碧草生。芳暖風高裊，燕新色皎清。
遠紅桃小院，春碧草生芳。暖風高裊燕，新色皎清香。
紅桃小院春，碧草生芳暖。風高裊燕新，色皎清香遠。
桃小院春碧，草生芳暖風。高裊燕新色，皎清香遠紅。
小院春碧草，生芳暖風高。裊燕新色皎，清香遠紅桃。
院春碧草生，芳暖風高裊。燕新色皎清，香遠紅桃小。
院小桃紅遠，香清皎色新。燕裊高風暖，芳生草碧春。
小桃紅遠香，清皎色新燕。裊高風暖芳，生草碧春院。
桃紅遠香清，皎色新燕裊。高風暖芳生，草碧春院小。
紅遠香清皎，色新燕裊高。風暖芳生草，碧春院小桃。
遠香清皎色，新燕裊高風。暖芳生草碧，春院小桃紅。
香清皎色新，燕裊高風暖。芳生草碧春，院小桃紅遠。
清皎色新燕，裊高風暖芳。生草碧春院，小桃紅遠香。

皎色新燕裊，高風暖芳生。草碧春院小，桃紅遠香清。
色新燕裊高，風暖芳生草。碧春院小桃，紅遠香清皎。
新燕裊高風，暖芳生草碧。春院小桃紅，遠香清皎色。
燕裊高風暖，芳生草碧春。院小桃紅遠，香清皎色新。
裊高風暖芳，生草碧春院。小桃紅遠香，清皎色新燕。
高風暖芳生，草碧春院小。桃紅遠香清，皎色新燕裊。
風暖芳生草，碧春院小桃。紅遠香清皎，色新燕裊高。
暖芳生草碧，春院小桃紅。遠香清皎色，新燕裊高風。
芳生草碧春，院小桃紅遠。香清皎色新，燕裊高風暖。
生草碧春院，小桃紅遠香。清皎色新燕，裊高風暖芳。
草碧春院小，桃紅遠香清。皎色新燕裊，高風暖芳生。
碧春院小桃，紅遠香清皎。色新燕裊高，風暖芳生草。
春院小桃紅，遠香清皎色。新燕裊高風，暖芳生草碧。

枝莎曉清風，扇長圓月永。池荷嫋英籠，篆香簾隔影讀法如前得詩二十首又回文二十首

虛守月簾蒼，雨愁竹老寒。餘柳咽蟬涼，霧秋菊嫋闌讀法如前得詩二十首又回文二十首

曉月靜空愁，寂傷意獨來。鳥雪暎松幽，積涼氣谷梅讀法如前得詩二十首又回文二十首

連環詩

心寒透微燈楊霜枯冷夢意憂書寄思懷障形影心慘愁吁淚涕衣恨生冷夜衾鴛繡幃凝月窗孤影掛

連環詩

兩環共得詩八十首。

五言絶句八十首

冷夜衾鴛繡，幃凝月窓孤。影掛心寒透，微燈榻霜枯讀法同上圖得詩二十首又回文二十首

冷生悵哀涕，淚吁愁惄心。影形障懷思，寄書憂意吟讀法如前得詩二十首又回文二十首

四思堂文集卷七

美人揉碎梅花廻文圖

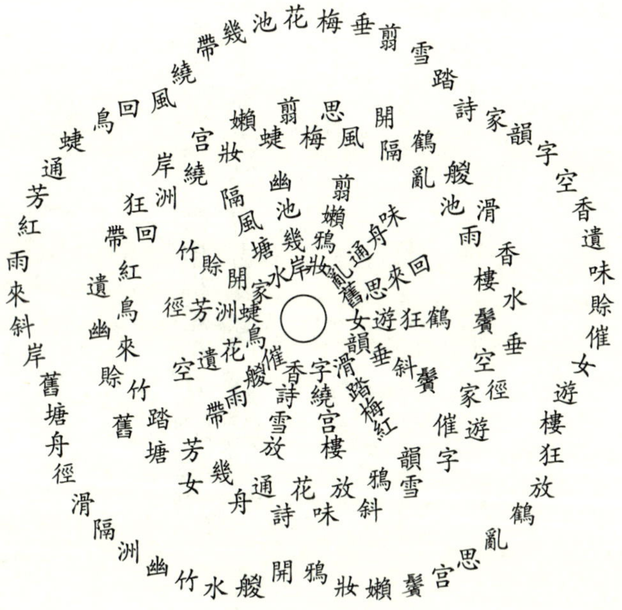

沈士瑛

梅垂翦雪踏詩家韻字空香遺味賒催女遊樓狂放鶴亂思宮鬟嬾妝鴉開般水竹幽洲隔滑徑舟塘舊岸斜來雨紅芳通蜨鳥回風繞帶幾池花

美人揉碎梅花迴文圖

兹圖順而逆，前而後參互讀之，都成韻語。中間讀法畢備，一流水讀，二回風讀，三連環讀，四脱蟬讀，五穿花讀，六夾蜨讀，七斷雲讀，八腰蜂讀，九旋帆讀，十歸鴈讀，像名取義，神與口傳，計圖内藏七言律詩六首，絶句二十四首，共得梅花詩三十首。自此縱横反覆，衍而伸之，雖千百萬首，亦可得于五十六字之内，將不僅三十咏止也，予今先以三十見端。看梅花兩字，時離時合，時散時分，猶揉碎然，予因名之曰美人揉碎梅花圖。韻人百出，定有知音，一片香心，因風亂落。

七言律詩六首

梅垂翦雪踏詩家，韻字空香遺味賖。催女遊樓狂放鶴，亂思宫鬢嬾妝鴉。開艘水竹幽洲隔，滑徑舟塘舊岸斜。來雨紅芳通蜨鳥，回風繞帶幾池花。

風開隔鶴亂艘池，滑雨香樓水鬢垂。空徑家遊催字韻，雪鴉斜放味花詩。通舟幾女芳塘踏，舊竹賖來幽鳥遺。紅帶回狂洲岸繞，宫妝嬾蜨翦梅思。

幽池幾岸隔風塘，水竹賖開家徑芳。洲蜨空遺花鳥帶，雨艘催放雪詩香。樓宫繞字紅梅踏，滑鬢斜垂韻鶴狂。遊女回來思舊味，舟通亂翦嬾鴉妝。

花池幾帶繞風回，鳥蜨通芳紅雨來。斜岸舊塘舟徑滑，隔洲幽竹水艘開。鴉妝嬾鬢宫思亂，鶴放狂樓遊女催。賒味遺香空字韻，家詩踏雪翦垂梅。思梅翦蜨嬾妝宮，繞岸洲狂回帶紅。遺鳥幽來賒竹舊，踏塘芳女幾舟通。詩花味放斜鴉雪，韻字催遊家徑空。垂鬢水樓香雨滑，池艘亂鶴隔開風。妝鴉嬾翦亂通舟，味舊思來回女遊。狂鶴韻垂斜鬢滑，踏梅紅字繞宮樓。香詩雪放催艘雨，帶鳥花遺空蜨洲。芳徑家開賒竹水，塘風隔岸幾池幽。

七言絶句二十四首

梅垂翦雪踏詩家，韻字空香遺味賒。催女遊樓狂放鶴，亂思宮鬢嬾妝鴉。

催女遊樓狂放鶴，亂思宮鬢嬾妝鴉。開艘水竹幽洲隔，滑徑舟塘舊岸斜。

開艘水竹幽洲隔，滑徑舟塘舊岸斜。來雨紅芳通蜨鳥，回風繞帶幾池花。

梅垂翦雪踏詩家，韻字空香遺味賒。來雨紅芳通蜨鳥，回風繞帶幾池花。

鴉妝嬾鬢宮思亂，鶴放狂樓遊女催。賒味遺香空字韻，家詩踏雪翦垂梅。

斜岸舊塘舟徑滑，隔洲幽竹水艘開。鴉妝嬾鬢宮思亂，鶴放狂樓遊女催。

花池幾帶繞風回，鳥蜨通芳紅雨來。斜岸舊塘舟徑滑，隔洲幽竹水艘開。

花池幾帶繞風回，鳥蜨通芳紅雨來。賒味遺香空字韻，家詩踏雪翦垂梅。

風開隔鶴亂艘池，滑雨香樓水鬢垂。空徑家遊催字韻，雪鴉斜放味花詩。

空徑家遊催字韻，雪鴉斜放味花詩。
通舟幾女芳塘踏，舊竹賒來幽鳥遺。
風開隔鶴亂艘池，滑雨香樓水鬢垂。
詩花味放斜鴉雪，韻字催遊家徑空。
遺鳥幽來賒竹舊，踏塘芳女幾舟通。
思梅翦蜨嬾妝宮，繞岸洲狂回帶紅。
思梅翦蜨嬾妝宮，繞岸洲狂回帶紅。
幽池幾岸隔風塘，水竹賒開家徑芳。
洲蜨空遺花鳥帶，雨艘催放雪詩香。
樓宮繞字紅梅踏，滑鬢斜垂韻鶴狂。
幽池幾岸隔風塘，水竹賒開家徑芳。
香詩雪放催艘雨，帶鳥花遺空蜨洲。
狂鶴韻垂斜鬢滑，踏梅紅字繞宮樓。
妝鴉嬾翦亂通舟，味舊思來回女遊。
妝鴉嬾翦亂通舟，味舊思來回女遊。

通舟幾女芳塘踏，舊竹賒來幽鳥遺。
紅帶回狂洲岸繞，宮妝嬾蜨翦梅思。
紅帶回狂洲岸繞，宮妝嬾蜨翦梅思。
垂鬢水樓香雨滑，池艘亂鶴隔開風。
詩花味放斜鴉雪，韻字催遊家徑空。
遺鳥幽來賒竹舊，踏塘芳女幾舟通。
垂鬢水樓香雨滑，池艘亂鶴隔開風。
洲蜨空遺花鳥帶，雨艘催放雪詩香。
樓宮繞字紅梅踏，滑鬢斜垂韻鶴狂。
遊女回來思舊味，舟通亂翦嬾鴉妝。
遊女回來思舊味，舟通亂翦嬾鴉妝。
芳徑家開賒竹水，塘風隔岸幾池幽。
香詩雪放催艘雨，帶鳥花遺空蜨洲。
狂鶴韻垂斜鬢滑，踏梅紅字繞宮樓。
芳徑家開賒竹水，塘風隔岸幾池幽。

周知美人揉碎梅花回文圖讀法

梅瓣順文

一　花池幾帶繞風回
二　鳥蜨通芳紅雨來
三　斜岸舊塘舟徑滑
四　隔洲幽竹水艘開
五　鴉妝嬾鬢宮思亂
六　鶴放狂樓遊女催
七　賖味遺香空字韻
八　家詩踏雪翦垂梅

梅瓣逆文

〡　梅垂翦雪踏詩家
〢　韻字空香遺味賖
〣　催女遊樓狂放鶴
〤　亂思宮鬢嬾妝鴉
〥　開艘水竹幽洲隔
〦　滑徑舟塘舊岸斜
〧　來雨紅芳通蜨鳥
〨　回風繞帶幾池花

梅蕊順文

一　思梅翦蜨嬾妝宮
二　繞岸洲狂回帶紅
三　遺鳥幽來賖竹舊

梅蕊逆文

〡　風開隔鶴亂艘池
〢　滑雨香樓水鬢垂
〣　空徑家遊催字韻

四　踏塘芳女幾舟通
五　詩花味放斜鴉雪
六　韻字催遊家徑空
七　垂鬟水樓香雨滑
八　池艘亂鶴隔開風

梅鬟順文

一　幽池幾岸隔風塘
二　水竹賒開家徑芳
三　洲婕空遺花鳥帶
四　雨艘催放雪詩香
五　樓宮繞字紅梅踏
六　滑鬟斜垂韻鶴狂
七　遊女回來思舊味
八　舟通亂翦嬾鴉妝

〤　雪鴉斜放味花詩
〥　通舟幾女芳塘踏
〦　舊竹賒來幽鳥遺
〧　紅帶回狂洲岸繞
〨　宮妝嬾婕翦梅思

梅鬟逆文

〡　妝鴉嬾翦亂通舟
〢　味舊思來回女遊
〣　狂鶴韻垂斜鬟滑
〤　踏梅紅字繞宮樓
〥　香詩雪放催艘雨
〦　帶鳥花遺空婕洲
〧　芳徑家開賒竹水
〨　塘風隔岸幾池幽

讀法圖目

讀法圖例

圖以數爲綱，正字（如一二三四五六七八）爲順文，馬字（如〡〢〣等字）爲逆文，所繪百七十九圖，照數換字，以正字作馬字（如一作〡二作〢三作〣四作〤五作〥六作〦七作〧八作〨）以馬字作正字（如〡作一〢作二〣作三等）則可作三百五十八圖觀，故省其半，每圖讀詩三首（梅瓣梅橥梅鬚各一首）換字又讀詩三首（如流水讀換字即回風讀連環讀換字即脱蟬讀穿花讀換字即夾蜨讀斷雲讀換字即腰蜂讀旋帆讀換字即歸鴈讀）共讀詩千七十有四首，圖中字綱聯以墨線，脈絡分明，從線端有小圈處讀起，餘依線遞讀，自成各體。

律詩順讀法二十四圖

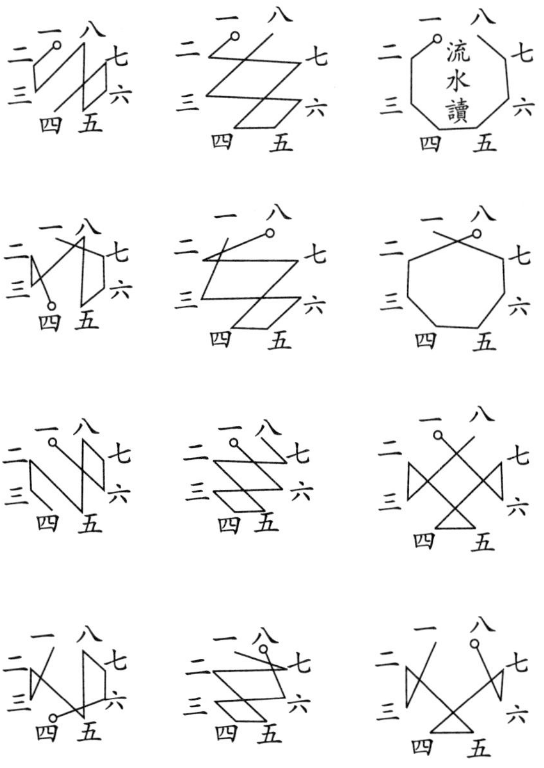

流水讀

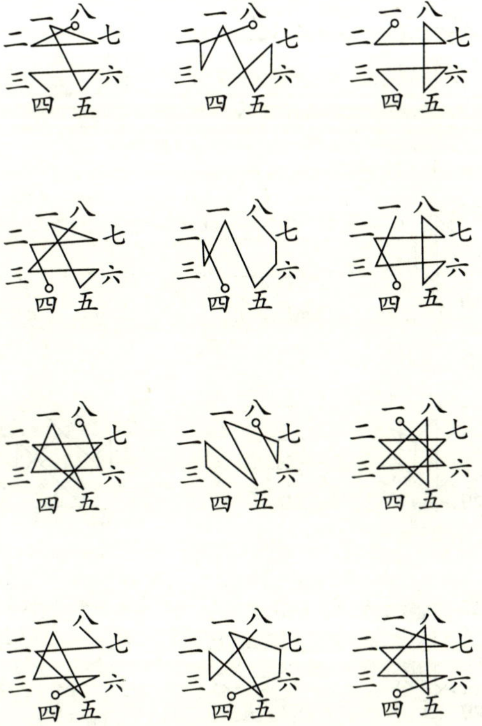

律詩首尾吟順讀法二十四圖

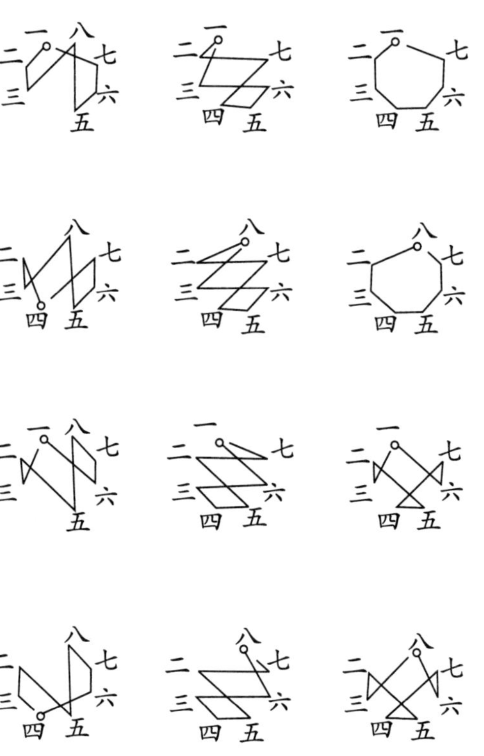

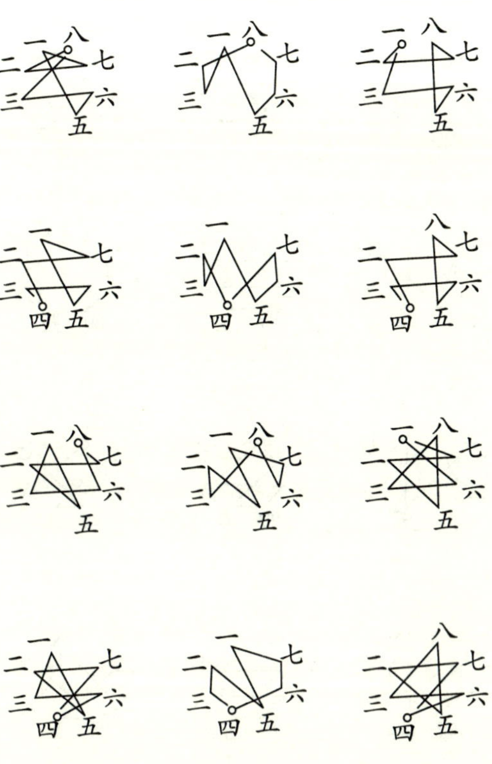

絶句順讀法二十九圖

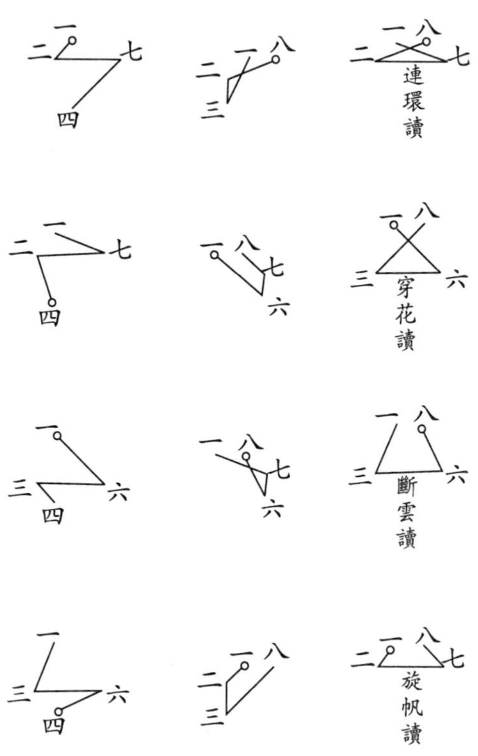

連環讀

穿花讀

斷雲讀

旋帆讀

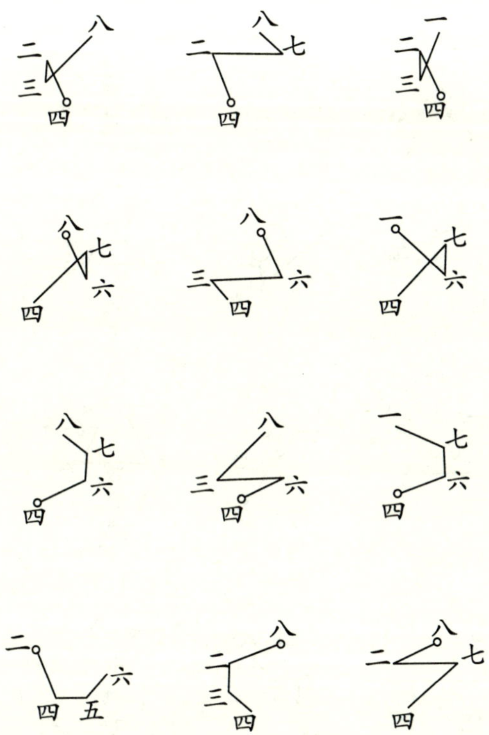

绝句順逆参互讀十六圖

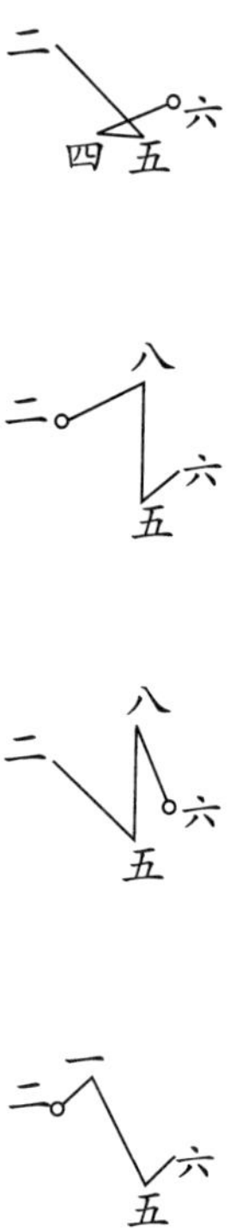

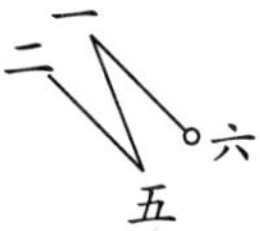

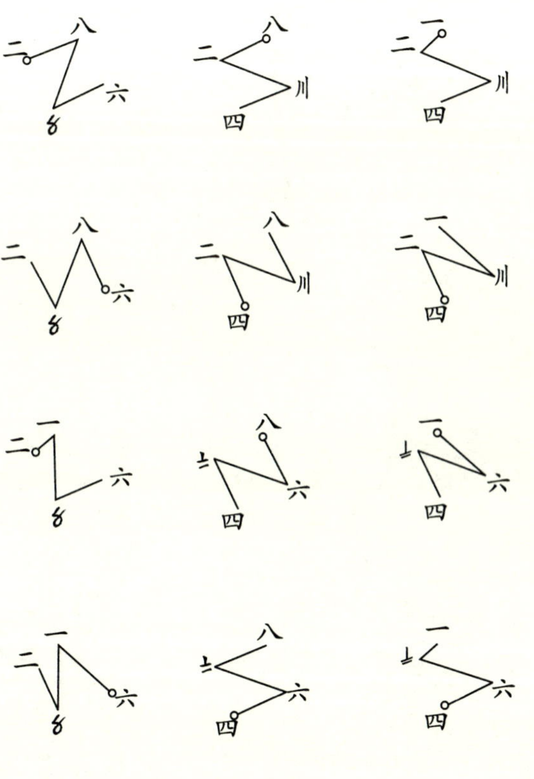

絶句鹿門體順讀法二十二圖

一 七 六 五

八 二 三 五

一 二 三 五

八 三 六 五

一 三 六 五

八 七 二 五

一 二 七 五

七 六 四 五

二 三 四 五

三 六 四 五

二 七 四 五

七 六 四 五

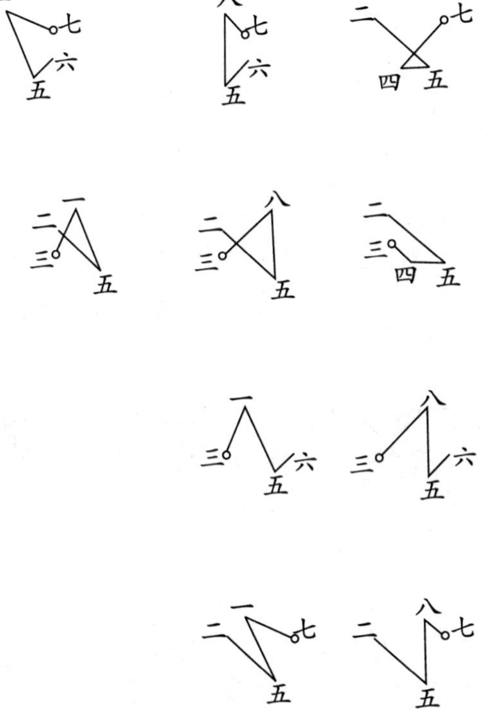
二
七
四
五
八
七
六
五
一
七
六
五
二
三
四
五
八
二
三
五
一
二
三
五
八
三
六
五
一
三
六
五
八
二
七
五
一
二
七
五

絶句鹿門體順逆參讀法三十六圖

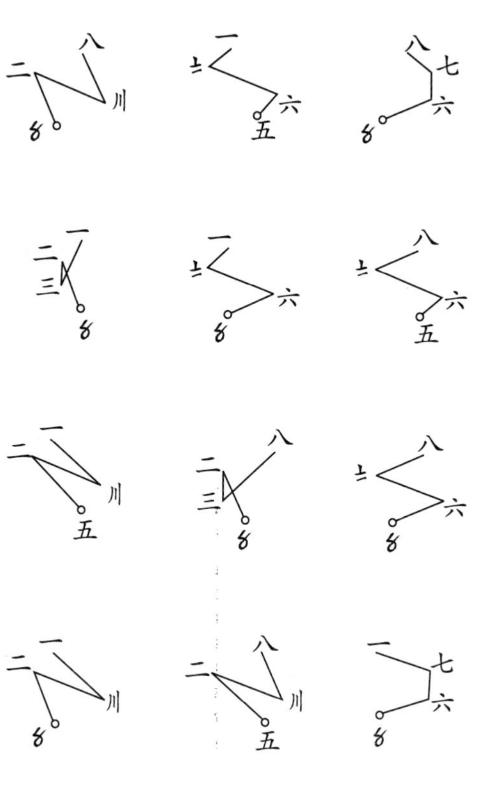

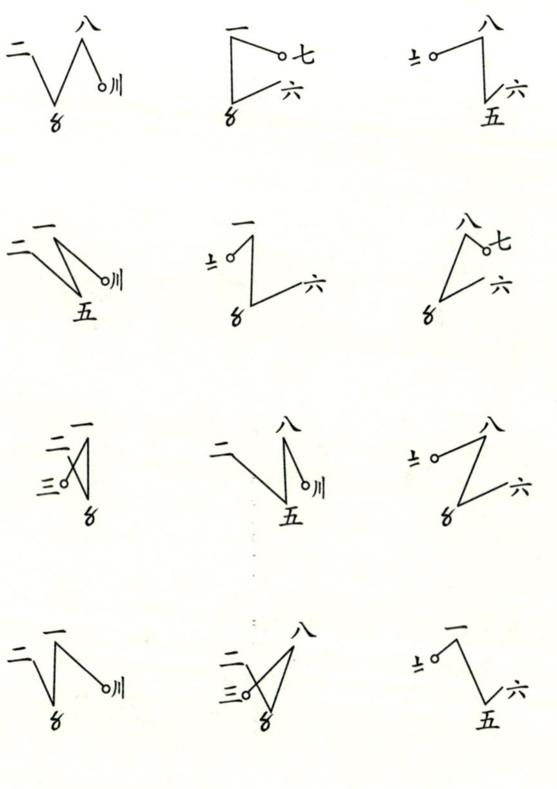

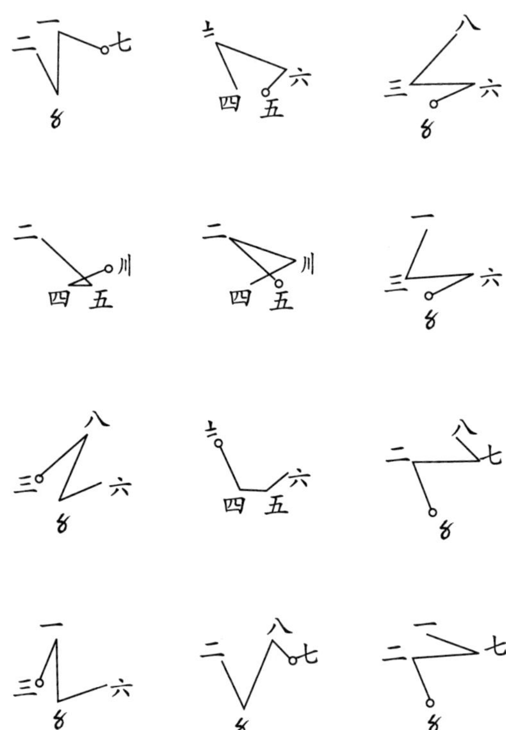

絶句首尾吟順讀法十八圖

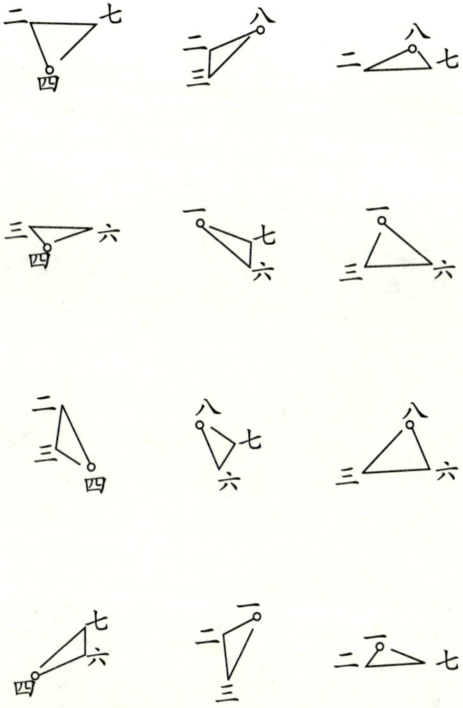

八 二 七

一 三 六

八 三 六

一 二 七

八 二 三

一 七 六

八 七 六

一 二 三

二 七 四

三 六 四

二 三 四

七 六 四

绝句首尾吟順逆參互讀法十圖

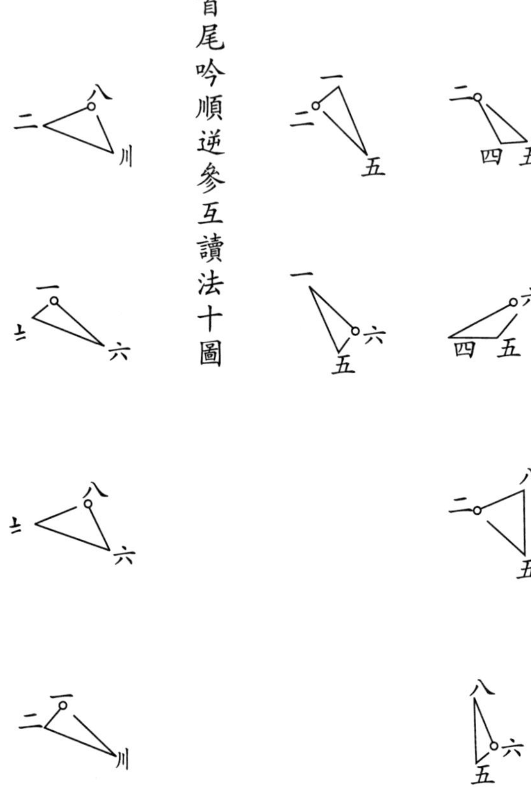

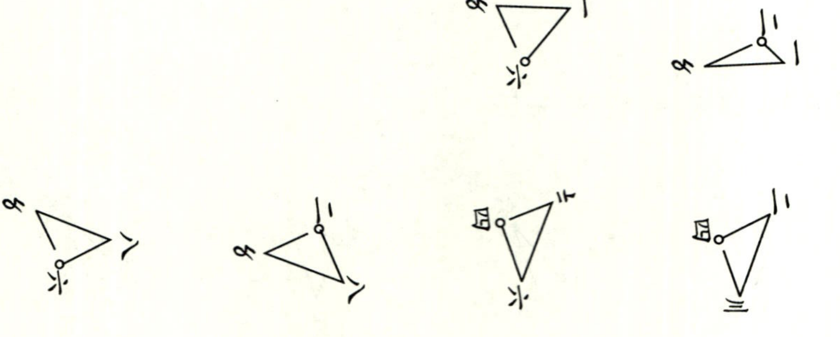

回文

顧景星

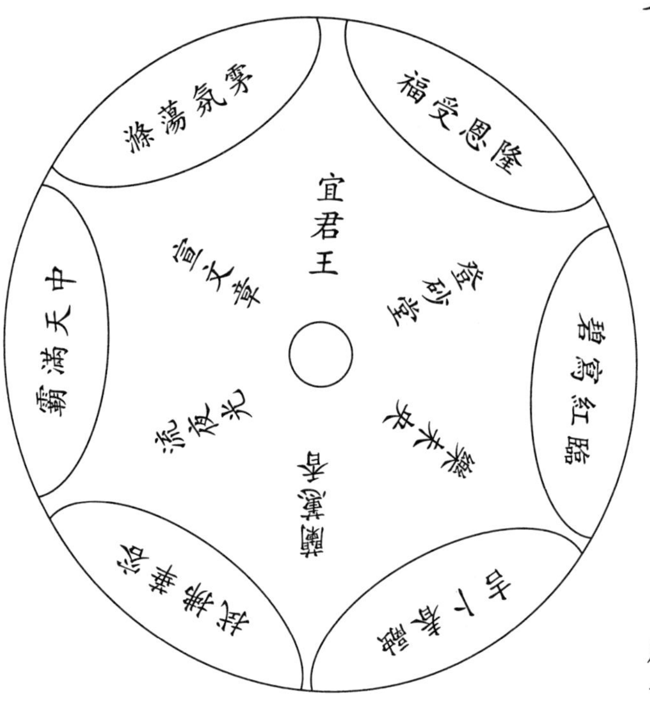

回文　右宮鏡銘

左右旋讀，三言二章、章六句左旋宜君王宣文章云云　右旋登砂堂樂未央云云　四言二章、章六句左旋雺氛蕩滌中天滿霸云云　右旋霸滿天中滌蕩氛雺云云　七言二章、章六句左旋雺氛蕩滌宣文章中天滿霸流夜光云云　右旋吉卜春融蘭蕙香拭拂容華流夜光云云　○昌按霸月魄本字　福音逼臨力容切

三言

宜君王，宣文章。流夜光，蘭蕙香。樂未央，登砂堂。
登砂堂，樂未央。蘭蕙香，流夜光。宣文章，宜君王。

四言

雺氛蕩滌，中天滿霸。容華拂拭，融春卜吉。臨紅寫碧，隆恩受福。
霸滿天中，滌蕩氛雺。福受恩隆，碧寫紅臨。吉卜春融，拭拂華容。

七言

雺氛蕩滌宣文章，中天滿霸流夜光。容華拂拭蘭蕙香，融春卜吉樂未央。臨紅寫碧登砂堂，隆恩受福宜君王。
吉卜春融蘭蕙香，拭拂華容流夜光。霸滿天中宣文章，滌蕩氛雺宜君王。福受恩隆登

砂堂，碧寫紅臨樂未央。

白茅堂集卷四十三（康熙間刻本）

景星（一六二一—一六八七）字黄公，號赤方，湖廣蕲州人。明貢生，與廣濟張仁熙，竟陵胡承諾皆著名江漢間。福王即位，考授推官。南都陷，爲清軍所獲，放歸，浮家隱于溦湖。康熙十八年，舉薦博學鴻詞，以病力辭。詩文雄贍，著述甚富，有白茅堂集四十六卷。

失名

烟雨輕風和柳眠
水流歸去遠行船
懸帆片影疎林隔
涓意耿心
年少空餘愁萬千
心耿意涓
詠題閑望倚樓前
牋書寄處無鴻便
捐棄難分鸞鏡圓

登樓遠眺

鷓鴣天回文

烟雨輕風和柳眠，水流歸去遠行船。懸帆片影疎林隔，年少空餘愁萬千。心耿耿，意涓涓，詠題閑望倚樓前。牋書寄處無鴻便，捐棄難分鸞鏡圓。

圓鏡鸞分難棄捐，便鴻無處寄書牋。前樓倚望閑題詠，千萬愁餘空少年。心耿耿，意涓涓，隔林疎影片帆懸。船行遠去歸流水，眠柳和風輕雨烟。

煙柳旋紗何
舞窗奈薄倖
庭隱紛多
中隱紛情
已輕落待等
新燕久歌花

春思迴文

轉應曲

煙柳，煙柳，旋舞庭中已久。歌輕隱隱窓紗，何奈紛紛落花。花落，花落，待等情多倖薄。

新燕，新燕，久已中庭舞旋。紗窓隱隱輕歌，花落紛紛奈何。何奈，何奈，薄倖多情等待。

回文詩詞　回文詩餘圖譜

穿心迴文體

祝定國

吟
槐影密侵階
客中愁度空長日
友情濃似酒
陰

穿心迴文體

長夏客中遣興 調寄菩薩蠻

客中愁度空長日，日長空度愁中客。槐影密侵階，階侵密影槐。友情濃似酒，酒似濃情友。吟密度濃陰，陰濃度密吟。

半邏隨筆（手稿本）

定國（一六三〇—一六六九後）字念非，號尚矣，浙江海寧人。諸生。著有半邏隨筆。

回文集卷七　目録

百念齡　雷文印

疊翠峰　一垣星斗

鏡蒂

萬樹

鏡蒂　竹枝詞

湘字左水、中木、右目，沐與目，泪與木，相與水皆合成湘。楚山句起，右旋瀟湘字止左中爲沐右爲目中爲木中右爲相左右爲泪左爲水全爲湘，四句共離合七字。

七言四句

楚山如沐曉蒼蒼，目斷長沙木落黃。借問相思多少泪，恰如流水下瀟湘。

蛛絲

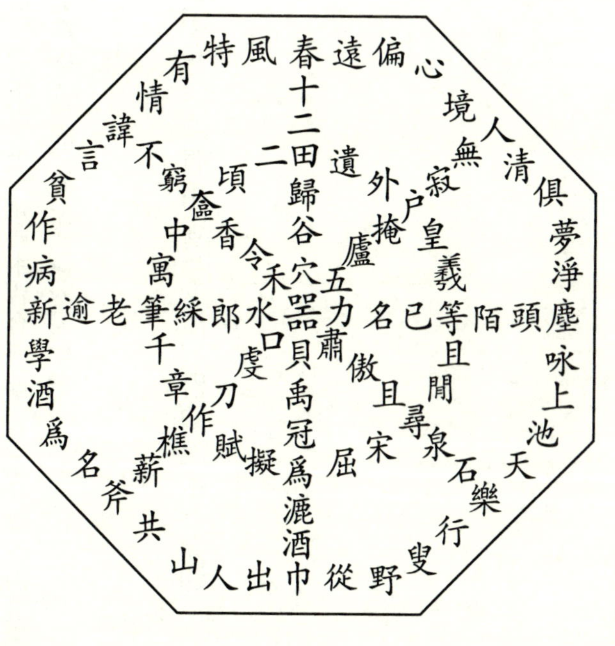

蛛絲　高隱吟

七言用中噐字，以口字合四隅，工字合四面，加於字之上下左右，自西南吾廬句起，次空谷句，縱行八句，功名句止。五言亦西南人境起，横行八句，塵淨句止。六言户外起，四句，尋閒句止。以上俱右旋。

七言律一首

吾廬掩户寂無人，空谷歸田二十春。和令香奩窮不諱，江郎綵筆老逾新。吕虔刀作樵薪斧，貢禹冠爲灑酒巾。嘯傲且尋泉石樂，功名已等陌頭塵。

五言律一首

人境心偏遠，春風特有情。諱言貧作病，新學酒爲名。斧共山人出，巾從野叟行。樂天池上咏，塵淨夢俱清。

六言絶一首

户外遺田二頃，奩中寓筆千章。作賦擬爲屈宋，尋閒且等羲皇。

子母錢

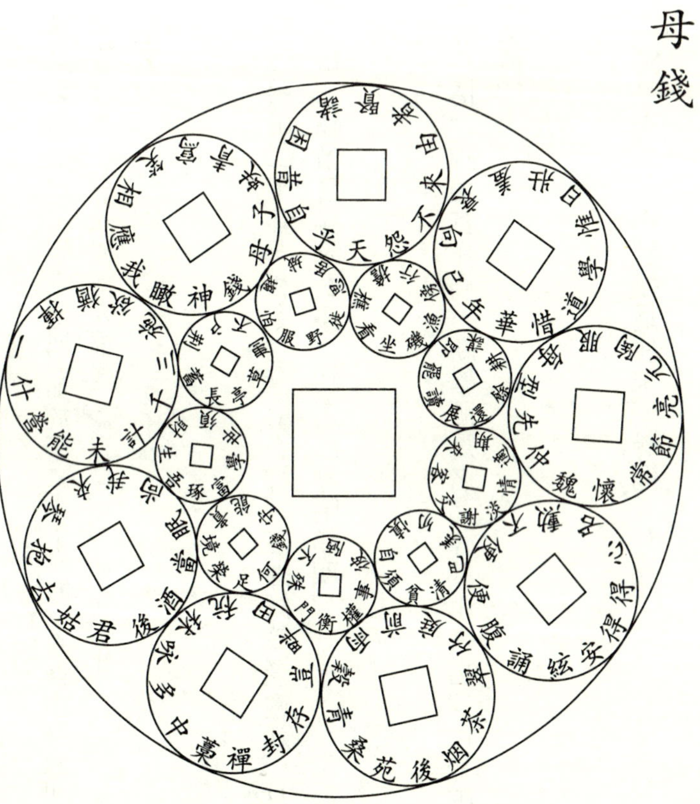

子母錢　甘貧吟

每錢二句，首尾連環讀。母錢七言，天平自昔困諸賢起。子錢五言，衡門殊不陋起。皆左旋，每首各十八句。

七言排律一首

天平自昔困諸賢，賢者由來不怨天。年已向衰羞壯日，日惟學道惜華年。先型每服陶元亮，亮節常懷魏仲先。便不動名心得得，得安絃誦服便便。前庭竹翠茶烟後，後苑桑青穀雨前。田畔豈存封禪藁，藁中多咏秫秔田。眠當酒後君姑去，去抱琴來我尚眠。千計未能營什一，一揮猶欲施三千。錢神瞰我應相笑，笑寫青蚨子母錢。

五言排律一首

衡門殊不陋，陋彼事權衡。榮境貴能守，守錢何足榮。生財須世學，學富琢吾生。荆户不删草，草亭常蓄荆。城居思徙野，野服怕趨城。行傍漁磯坐，坐看樵擔行。耕餘還展讀，讀罷即謀耕。情淡謝交客，客來期適情。清貧須自慎，慎勿羨巴清。

『常』：圖文作『長』

分飛鴻燕

塞 寒 群 宿 蓼 花 霜
金 剪 翥 甘 寂 寞
葉 秋 黍 郊 原 洲 風
分 輕 振 姬 名 受
榆 里 到 衡 堪 濱 蕭
尾 衣 紫 關 宮 漢
辭 萬 盡 州 旅 刷 瑟
窗 前 絮 偏 多 態
遠 書 無 雲 泊 羽 拂
女 聲 簧 舞 情 言
落 聯 影 晚 湘 三 簾
天 曉 試 解 有 最
樓 畫 過 鳴 長 雁 鈎

鴻燕分飛　咏鴻燕

字順者咏雁詩，七言自霜風起，左旋至中心州字止，次句之首皆借上句尾半字讀。字倒者咏燕詩，五言，分作四方塊，九字爲一方，作兩句讀，每聯次句亦借上半字爲首，天女窓前絮，如簧試曉聲，次聯尾起輕止，皆左旋，餘倣此。

七言律一首

霜風蕭瑟拂簾鈎，金雁長鳴過畫樓。木落遠辭榆葉塞，土寒羣宿蓼花洲。水濵刷羽三湘晚，日影聯書萬里秋。禾黍郊原堪旅泊，白雲無盡到衡州。

五言律一首

天女窗前絮，如簧試曉聲。尾分金剪翦，羽振紫衣輕。解舞偏多態，能言最有情。關姬甘寂寞，莫受漢宫名。

栢香堂本、漱霞仙館本、似静齋本題作鴻燕。

顛倒鴛鴦

顛倒鴛鴦　閨情

鴛鴦字交斜讀。上下四首，難嗔分秋四字起，左右四首，人書來年四字起，次句及第四句俱頂上末一字。難向雕籠鸚鵡傳，傳言不到玉關前，鴛鴦枕上鴛鴦夢，夢斷寒宵已隔年。次即從年字起仍到難字止，年去年來綵袖殘，殘花不耐倚闌看，鴛鴦機上鴛鴦錦，錦織成來欲寄難，餘倣此。

七言絶八首

難向雕籠鸚鵡傳，傳言不到玉關前。鴛鴦枕上鴛鴦夢，夢斷寒宵已隔年。

年去年來綵袖殘，殘花不耐倚闌看。鴛鴦機上鴛鴦錦，錦織成來欲寄難。

嗔忿雙眉鎖不開，開簾小玉喚看梅。鴛鴦裙上鴛鴦繡，繡得郎曾讃歎來。

來向花前賞暮春，春園消恨百花新。鴛鴦花上鴛鴦果，果核雙仁亦可嗔。

分袂垂楊拂鈿車，車輪眄斷倚寒閭。鴛鴦牋上鴛鴦字，字字相思帶淚書。

書繫蒼鴻寄白雲，雲連衰草黯斜曛。鴛鴦池上鴛鴦頸，頸欲交時翼已分。

秋送微凉到錦裀，裀施席展怯横陳。鴛鴦屏上鴛鴦画，画裏雙棲似笑人。

人去天涯懶上樓，樓頭七夕望牽牛。鴛鴦針上鴛鴦線，線待拈將又怯秋。

多麗碑

春深　液曉聞　語間關　轉清從來　女解題　葉偏能　字工
太真　鶯鶯道蘊　弄玉　紅兒　紅紅玉兒　小玉
解喚　真向誰　含多少　人名記取　家人似　家家在　樓中
皓齒　眸試越　花散葉　蓮歌惆悵　稀客思　行誰許　交遊
明君　羅敷小青　采蘋　紅拂　秋娘綠珠　鄭旦
雲中　去湘山　草湖邊　藻多爭如　拭書牋　珮憑予　夕求
閒來　事試評　聚香連　樹葩空聞　夜與朝　散高唐　粉消
無雙　花蕊采春　碧玉　夜來　朝雲若蘭　紅線
欲訪　成見丰　風直到　清家夢裡　回更誰　箋難畫　難挑
永巷　籠強屬　恩如水　還分楊家　豔画屏　穀香園　閣中
樊素　文君妹喜　合德　嬌娘　紅綃盼盼　紫玉
何如　質東隣　結梁鴻　耀群爭得　行垂一　來綵袖　簫風
芳名　字繼耶　粉塗朱　册迷翩然　節是耶　霧青鸞　復飛
麗華　西施壽陽　史鳳　絳仙　非烟永新　飛燕
小碣　牋千古　春詞倩　毫題不負　遊今夕　詩准付　銜歸

多麗碑　咏古美人

太真等一人名，左右分讀。鶯鶯道蘊等二人名，上一名右讀，下一名左讀。以首句末字合次句起字爲一人，三句末字合結句起字爲一人。如春深太液曉聞鶯，鶯語間關弄轉清，解喚真真向誰道，蘊含多少玉人名。餘倣此。

七言絶十首

春深太液曉聞鶯，鶯語間關弄轉清。解喚真真向誰道，蘊含多少玉人名。
從來紅女解題紅，紅葉偏能小字工。記取兒家人似玉，兒家家在玉樓中。
皓齒明眸試越羅，敷花散葉采蓮歌。雲中君去湘山小，青草湖邊蘋藻多。
惆悵紅稀客思秋，娘行誰許鄭交遊。爭如拂拭書牋綠，珠珮憑予旦夕求。
閒來無事試評花，蕊聚香連碧樹葩。欲訪雙成見丰采，春風直到玉清家。
空聞夜夜與朝朝，雲散高唐紅粉消。夢裏來回更誰若，蘭箋難畫綫難挑。
永巷樊籠强屬文，君恩如水合還分。何如素質東隣妹，喜結梁鴻德耀群。
楊家嬌艷画屏紅，綃縠香圍紫閣中。爭得娘行垂一盼，盼來綵袖玉簫風。
芳名麗字繼耶西，施粉塗朱史册迷。小碣華箋千古壽，陽春詞倩鳳毫題。

翩然絳節是耶非，烟霧青鸞飛復飛。不負仙遊今夕永，新詩准付燕銜歸。

栢香堂本圖文爲黑底白字

心

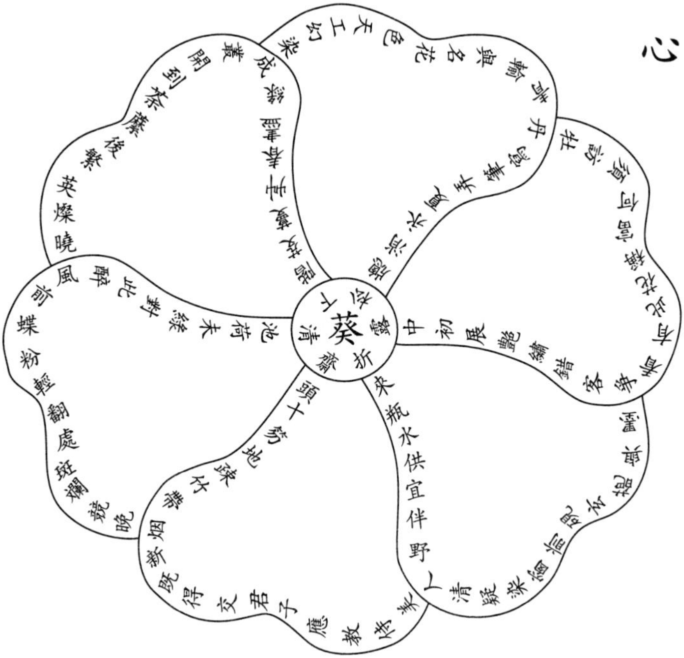

葵心　題葵

以王右丞句爲六絶首，以葵字居心，每瓣一首，其第一字在心中讀起，其末一字則讀出次瓣，丹成風烟人爭六字，皆兩首合用。

五言絶六首

松牕消永夏，弄筆寫丹青。輸與名花色，天工幻染成。
下階芟蔓草，春盡綠成叢。開到荼蘼後，繁英燦曉風。
清池荷未綠，對此醉風前。蝶粉輕翻處，斑斕競晚烟。
齋頭十笏地，踈竹帶烟新。既得交君子，應教侍美人。
折來瓶水供，宜伴野人清。疑染牕前硯，玄葩與墨爭。
露中初展艶，繡錯客爭看。有此花稱富，何須訪牡丹。

花月闌

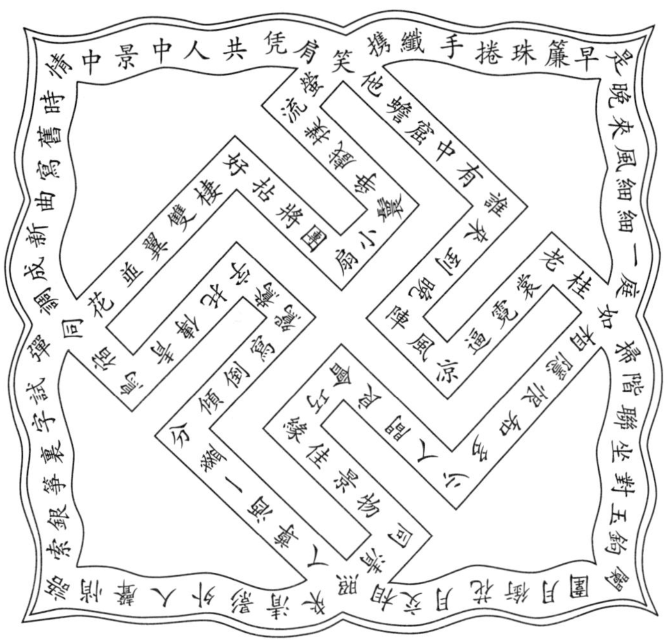

花月欄　夜景詞

内卍字謝池春慢，笑他蟾窟起，句句頂字讀，至戲撲流螢笑止。外圍驀山溪，笑携纖手起，亦頂字讀，至人共凭肩笑止。皆左旋。

謝池春慢一調

笑他蟾窟，窟中有誰來到。到晚陣風凉，凉逼霓裳老。老桂如相隱，隱恨知多少。少人間良會巧。巧緣佳景，景物同清照。　照人尊酒，酒一盞分傾倒。倒寫鴛鴦字，字托傳青鳥。鳥宿同花竝，竝翼雙棲好。好拈將團扇小。小鬟爭戲，戲撲流螢笑。

驀山溪一調

笑携纖手，手捲珠簾早。早是晚來風，風細細一庭如掃。掃階聯坐，坐對玉鈎闌，闌圍月，月銜花，花月交相照。　照來清影，影外人聲悄。悄語索銀箏，箏裏字試彈同調。調成新曲，曲寫舊時情，情中景，景中人，人共凭肩笑。

藥籠

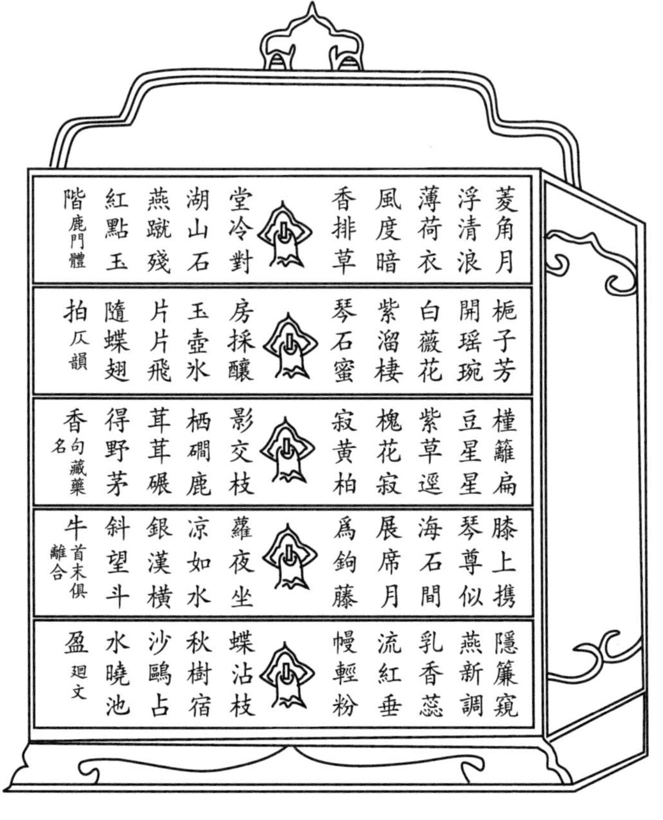

藥籠　初秋　藥名詩離合體

句末與次句首字皆合成藥名，第三首句内又藏一名，第四首第一字與末字亦合一名，第五首廻文讀，得二首。

七言絶六首

菱角月浮清浪薄，荷衣風度暗香排。草堂冷對湖山石。燕蹴殘紅點玉階鹿門體

梔子芳開瑶琬白，薇花紫溜棲琴石。蜜房採釀玉壺氷，片片飛隨蝶翅拍仄韻

槿籬扁豆星星紫，草逕槐花寂寂黄。柏影交枝栖磵鹿，茸茸碾得野茅香句藏藥名

膝上携琴尊似海，石間展席月爲鉤。藤蘿夜坐凉如水，銀漢横斜望斗牛首末俱離合

隱簾窺燕新調乳，香蕊流紅垂幔輕。粉蝶沾枝秋樹宿，沙鷗占水曉池盈廻文

盈池曉水占鷗沙，宿樹秋枝沾蝶粉。輕幔垂紅流蕊香，乳調新燕窺簾隱。

如意珠

如意珠　贈叙公和尚半畝居

如意蘭陵王，邑南郭起，是極樂止。佛珠乳燕飛，半畝寒榛碧起爲人説止。殘書艸野四字兩讀。

蘭陵王一調

邑南郭，草樹雲山如幕。蝸廬小，借綠鄰園，柳暗書堂水環閣。吟塲憐寂寞，縱有詩瓢誰托。村橋外，新月殘陽，乂手行歌少酬酢。　無着倦行脚，喜野塢松篁，幽徑籬落。一肩書擔來棲泊。共圃叟澆菜，山樵鋤藥。相逢道合隱丘壑，共我兩雲鶴。　商略，社蓮學。有齋期經課，暑日詩約。大顛不俗韓非錯。把形骸脱盡，且善諧謔。人勸參遊，道此處，是極樂。

乳燕飛一調

半畝寒榛碧。手長鑱、誅茅築土，旋安鉼鉢。何必萬千師子座，自比維摩丈室。客至有、茶香堪啜。半榻殘書消晝雨，更一爐、温火供秋月。塵不到，夢清絶。　芒鞋藜杖無餘物。到朝來、炊烟屢斷，小鐺糧缺。猶向竹窗哦七字，細嚼梅花冷雪。禁不學、頑空婆舌。荒草野狐驚擊磬，共長松、古鬼談揮拂。無有法，爲人説。

『鬼』：栢香堂本、漱霞仙館本、似靜齋本作『檜』

面面相逢

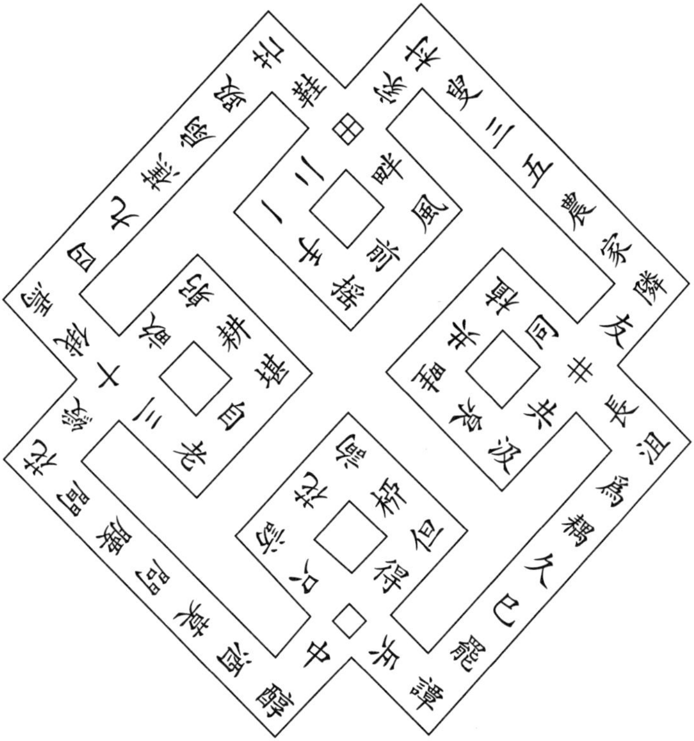

面面相逢　十口井田歌

十口井田四字，四面相同，交加讀，一二田家村叟起，田畔風前摇手止。

離亭燕一調

一二田家村叟，三五農家隣友。井共汲泉畦共植，同井長沮爲耦。久已罷談兵，口只訪花詢柳。但得口中醇酒，莫問腰間花綬。十畝躬耕堪自老，三十俄焉四九。蕉扇趿芒鞋，田畔風前摇手。

八音錦

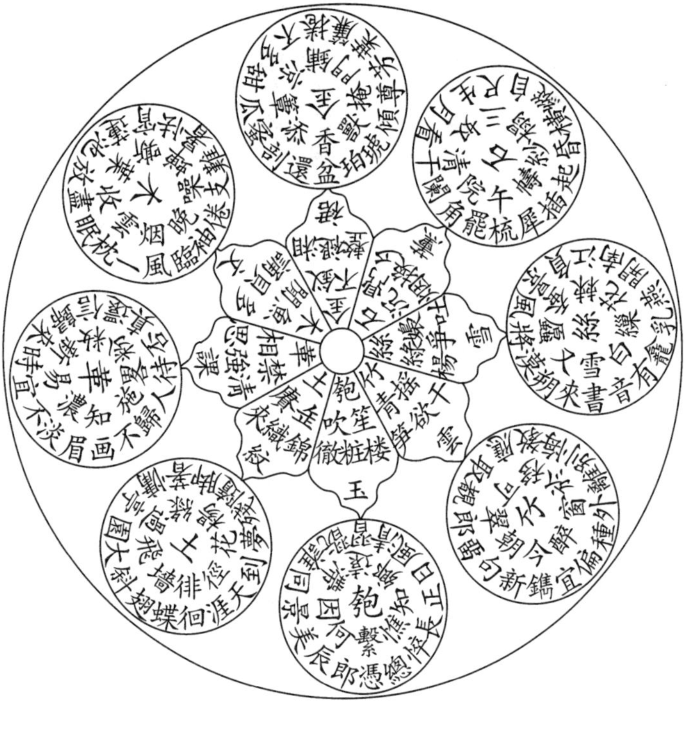

八音錦　夏景閨情

中律詩之字讀左旋，金釵不整褪湘裙起，共八句止。八面八首，從金至石左旋，每首自內至外螺文讀，金鋪門掩獸香添起，下句皆借上句尾半字爲首，第一句第一字從中起，第二字次層，第二句第四字外層。俱左旋。

七言律一首

金釵不整褪湘裙，石鼎沉烟換夕薰。絲裊綠楊爭吐雪，竹摇青笋欲干雲。匏笙吹徹粧樓玉，土缶賡來織錦紋。革禁相思强清課，木魚閒誦貝多文。

七言絶八首

金鋪門掩獸香添，水簟凉多不倦簾。竹葉芳尊傾琥珀，玉盆還剖蜜瓜甜。

石榻紗幬午院清，青奴三尺自縱横。黄昏起插犀梳罷，四角闌干看月生。

絲纖白雪又蠶蚕，天棘花開燕乳龕。合有音書來朔漠，莫將風景負江南。

竹醉今朝翠可移，多於窗外種偏宜。且鐫新句留郎覩，見取應教悔别離。

匏繫何因滯遠鄉，郎知憔悴總凭郎。良辰美景同誰翫，習習清風日正長。

土墻飛過綠楊花，草徑徘徊蝶翅斜。斗大園亭慵著脚，却隨殘夢到天涯。

革易新粧粉略施，方知濃淡不宜時。日來歸信還真否，不待人歸不画眉。

木葉嘶蟬噪晚烟，火雲收盡放池蓮。連宵怯暑難支倦，卷袖臨風一枕眠。

梅花三弄

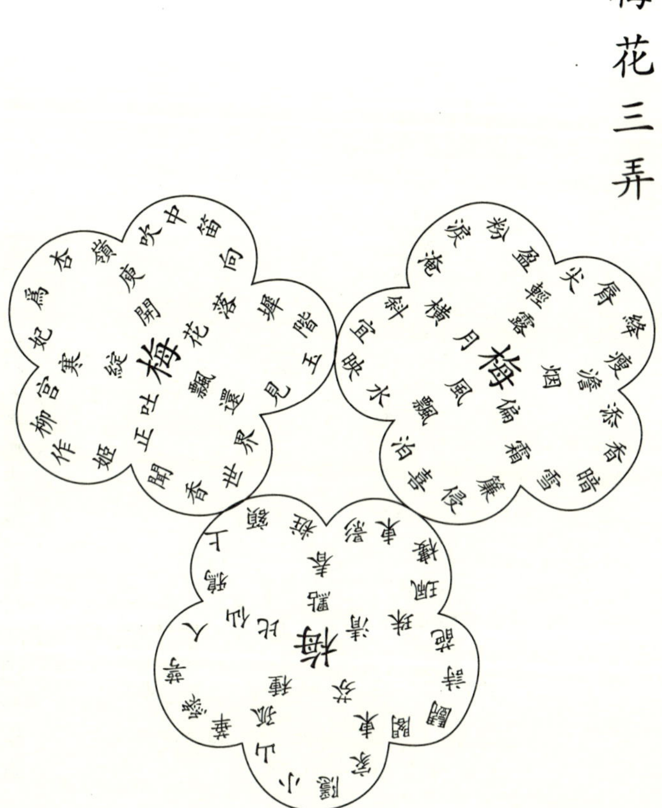

梅花三弄　咏梅花

俱從中梅字讀起，右旋，自西南始。梅烟澹瘦絳脣尖，梅露輕盈粉淚淹，餘倣此。

七言新體三章章五句

梅烟澹瘦絳脣尖，梅露輕盈粉淚淹。梅月横斜宜映水，梅風飄泊喜侵簾，梅偏霜雪暗香添。

梅開庾嶺杏爲妃，梅綻寒宫柳作姬。梅吐正聞香世界，梅飄還見玉階墀，梅花落向笛中吹。

梅種孤山小隱家，梅芬東閣鬭書葩。梅清珠珮樓東影，梅點春粧額上鴉，梅比仙人萼緑華。

栢香堂本、潄霞仙館本、似靜齋本作『左』旋，誤。

『書』：圖文作『詩』，栢香堂本、潄霞仙館本、似靜齋本俱爲『書』

栟帶同心結

		踏	草	愁		咽	聲	花		
		落		隨		哽		裏		
憑	恨	同	殘	草	寄	離	情	共	誰	醉
無		花		共		將		君		卧
久	雁	與	魚	生		憶	試	醒	樓	青
		淚						夢		
啄	檐	花	巧	作		斟	折	柳	渭	城
鶯		看		鳴		君		下		三
凍	花	明	月	夜	今	共	誰	共	誰	弄
		分		來		酒		君		
		倍	怨	啼		把	送	迎		

㮶帶同心結　春怨詞

交環讀。前調花裏起，花凍止。後調鶯啄起，咽聲止。

如夢令一調

花裏共君醒夢，柳下共君迎送。把酒共君斟，折柳渭城三弄。誰共，誰共，今夜月明花凍。

思佳客一調

鶯啄檐花巧作鳴，夜來啼怨倍分明。看花淚與花同落，踏草愁隨草共生。魚與雁，久無憑，恨同篯草寄離情。共誰醉臥青樓醒，試憶將離哽咽聲。

翠盤

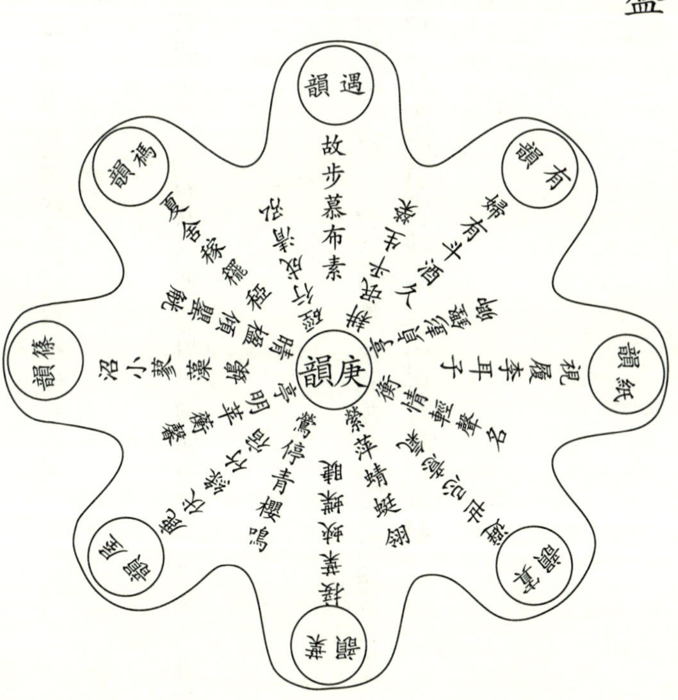

翠盤　鄉居樂

故步句起，次磴行句，右旋至耕氓句止。

五言疊韻體十六句

故步慕布素，磴行成清泓。夏舍稼䆉稏，晴楹傾罌觥。沼小蓼藻㜲，亭明苹蘅馨。鹿伏綠竹宿，鶯停青櫻鳴。接葉蛺蝶睫，縈萍蜻蜓翎。避世忌意氣，衡情輕聲名。視履李耳子，亨貞彭鏗卿。婦有斗酒久，耕氓平生榮。

『鏗』：抄句原作『籛』，據圖文改。

節節高

節節高　山園詩

口吃體。轟皛淼晶磊森矗鱻字，分書合讀。皛音夭，鱻即鮮字。

七言律一首

車馬轟轟相逐來，白雲皛皛滿山隈。水光淼淼春帆遠，日影晶晶曉逕開。磊磊石邊分圃囿，森森木末見樓臺。新篁矗矗銀塘直，鱻筭鱻魚亦美哉。

錫朋

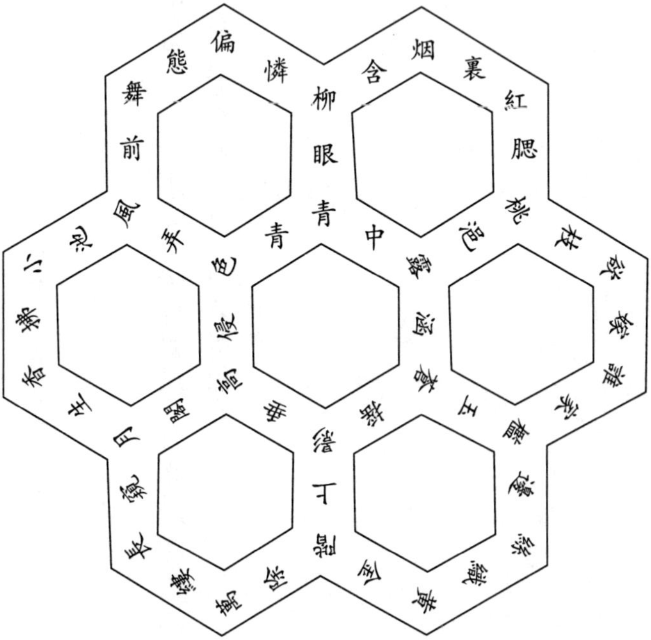

偏 烟
態 憐 含 裏
舞 柳 紅
前 眼 腮
風 手 青 青 中 桃 枝
小 池 色 泡 露 欹
拂 侵 濕 簇
香 高 蒼 誰
生 閣 垂 搖 玉 家
月 影 檻
氣 上 邊
長 階 絲
樓 除 金 纖
萬 黃

錫朋　柳枝辭

分上左右三首讀。上一首以烟偏二字爲領，從烟字左旋至露字爲一句，即從露字左旋仍至烟字爲一聯，次從偏至色，色仍至偏，是爲一首。左一首，香長二字爲領，右一首，絲誰二字爲領。中斜六路皆牽用。

七言四句三首

烟裹紅腮桃浥露，露中青眼柳含烟。偏憐柳眼青青色，色弄風前舞態偏。
香拂小池風弄色，色侵高閣月生香。長窺月閣高垂影，影上階除萬縷長。
絲織黄金階上影，影摇蒼玉檻邊絲。誰家檻玉蒼涵露，露浥桃枝欲嫁誰。

六稜品字玦

碧沼渟渟色暮
燕叢紅 頻春沸
舞漾芳間更歸字歌
斜簾月草紫欲錦揮鸝
風珠銜白露綰詩箋金綠
急影鬧蜂紗低絃手玉釧樹
夜深房曲帳垂花架滿紅紛翠
响音調笛柳飛落篆籠薰黛
前 吹弱對窗點重 粧
牕遲風臥西日苔埋停
雨枝鵲鳴簷上階鏡
小處處迷春曉暗

六稜品字玦　春景閨情

詞以低垂花三字爲領，厶字讀，廻文作一調。一低垂柳弱起，窗西止；二垂花架滿起，詩牋止；三花低露草起，蜂銜止，進皆右旋，廻文左旋。詩自小字斜行入内，遇垂字即右旋，亦厶字讀，小枝起調音止爲一首。又自夜字入内，至垂字即左旋，至吹遲爲一首。翠紛至花落右旋埋字止，暗階至花架左旋薰字止，各一首。暮春起至低字轉紅字止，碧叢起至低字轉頻字止，亦各一首。調吹重籠更間六字，平仄兩讀。

虞美人三調

低垂柳弱風枝小，處處迷春曉。暗階苔點落花飛，對臥鵲鳴簷上日窗西。

西窗日上簷鳴鵲，臥對飛花落。點苔階暗曉春迷，處處小枝風弱柳垂低。

垂花架滿紅紛翠，樹綠鸝歌沸。暮春歸欲緡低絃，手玉釧金揮字錦詩牋。

牋詩錦字揮金釧，玉手絃低緡。欲歸春暮沸歌鸝，綠樹翠紛紅滿架花垂。

花低露艸芳叢碧，燕舞斜風急。夜深房曲帳垂紗，白月漾簾珠影鬧蜂銜。

銜蜂鬧影珠簾漾，月白紗垂帳。曲房深夜急風斜，舞燕碧叢芳艸露低花。

五言絶六首

小枝風弱柳，垂帳曲房深。夜响前牕雨，遲吹笛調音。
夜深房曲帳，垂柳弱風枝。小雨牕前响，音調笛吹遲。
翠紛紅滿架，花落點苔階。暗鏡停粧黛，薰籠篆重埋。
暗階苔點落，花架滿紅紛。翠黛粧停鏡，埋重篆籠薰。
碧叢芳草露，低綃欲歸春。暮色渟渟沼，紅間紫更頻。
暮春歸欲綃，低露屮芳叢。碧沼渟渟色，頻更紫間紅。

交枝方勝

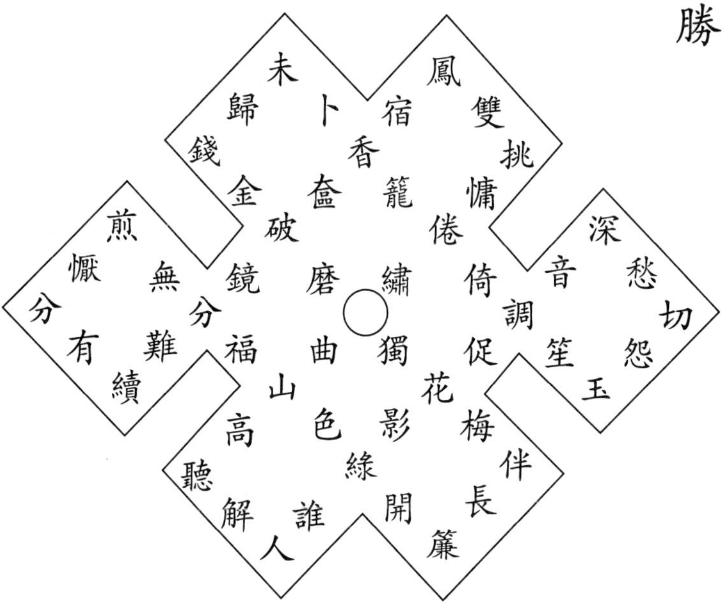

未　鳳
歸　卜　宿　雙
錢　香　挑
金　奩　籠　慵
煎　破　倦　深
慨　無　鏡　磨　繡　倚　音　愁
分　分　○　調　切
有　難　福　曲　獨　促　笙　怨
續　山　花　玉
高　色　影　梅
聽　綠　伴
解　誰　開　長
人　簾

交枝方勝　春寒曲

交加讀。前闋繡倦起，後闋磨破起，分調二字，平去兩音讀。

漁家傲一調

繡倦慵挑雙鳳宿，香奩破鏡分難續。有分懨煎無分福，山色綠，開簾長伴梅花獨。

磨破金錢歸未卜，香籠倦倚調笙玉。怨切愁深音調促，花影綠，誰人解聽高山曲。

火齊環

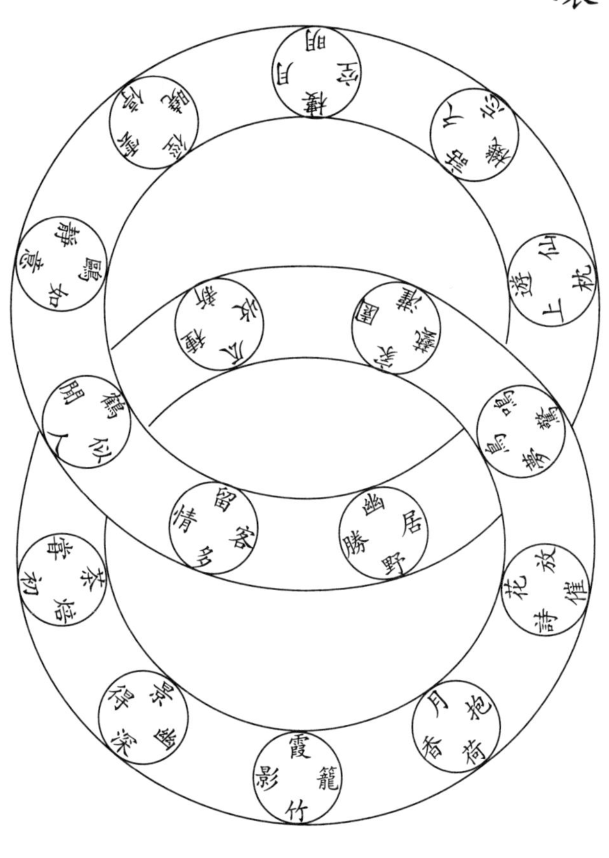

火齊環　幽齋夏日

逐句廻文讀，上環幽居野勝野居幽起，左旋八句。下環瓜種新收新種瓜起。

七言律二首

幽居野勝野居幽，留客多情多客留。鶴似人閒人似鶴，鷗如意靜意如鷗。徑雲停曉停雲徑，樓月明空明月樓。話久忘機忘久話，遊仙枕上枕仙遊。

瓜種新收新種瓜，家園灌藝灌園家。鳥鳴驚夢驚鳴鳥，花放催詩催放花。月抱荷香荷抱月，霞籠竹影竹籠霞。景幽深得深幽景，茶焙初嘗初焙茶。

九轉丹

一　花
風　轉　爐　綻　去
歸
杯　碧
雲　香　同
棋　深
中　轉　毳　背
雪　紅　熟　鶴　猶
轉
韻　斜　硐　時　記
玉　逕
插　草　三　清　還　曾
瑤　源
珮　調　來　毳
人　帝
俱　叢　冠　笛　夜　處　赴　汀
間　驂
向　錫　榮
玉　曲　碧
方　鸞　繞　路　導　水　琴　醉　霞　瓊
轉　轉
日　從　長
芳　觴
宮　上　午　相　仙　難　玄　尋　花　統　宅　職
蓝　一　通　京　百　乍
珠　指　娶　已　神　玉　歸　靈　處　升
頭　間　隱　深
街　拜
賣　仙　風　函　魅　書　羽　天　洞
凡　丹　驅　衣
轉　渡　捧　篆　律　來　賜　轉
九　纔　令
開　幾
庭　共　蛟　空
洞　轉　酒　虛
龍　轉
星　旋

九轉丹　遊仙詞

横斜交加平仄兩韻讀，遇轉字即轉，共九轉。浪淘沙，花綻起雲中止。山花子，斜插起霞觴止。長相思，宅乍起碧汀止。生查子，桃源起歸去止。

浪淘沙一調

花綻碧桃紅，磵草瑶叢。驂鸞日上蕊珠宫，轉向人間方日午，一霎閒風。　丹篆令蛟龍，旋轉虚空。閒來驅魅拜神通，仙從繞驂俱珮玉，韻轉雲中。

山花子一調

斜插瑶冠玉導長，玄京歸隱羽衣颺。幾轉洞天深處、百花芳。　琴曲夜調三磵雪，棋枰風轉一爐香。桃熟時還來赴、碧霞觴。

長相思一調

宅乍升，職轉榮。帝錫瓊觴統百靈，隱書驅律令。　共酒星，轉洞庭。纔捧丹函拜玉京，尋芳醉碧汀。

生查子一調

桃源逕轉深，猶記曾來處。曲水長難通，已間仙凡渡。九轉賣街頭，指一相從路。
玉笛調清時，鶴背同歸去。

同心梔子

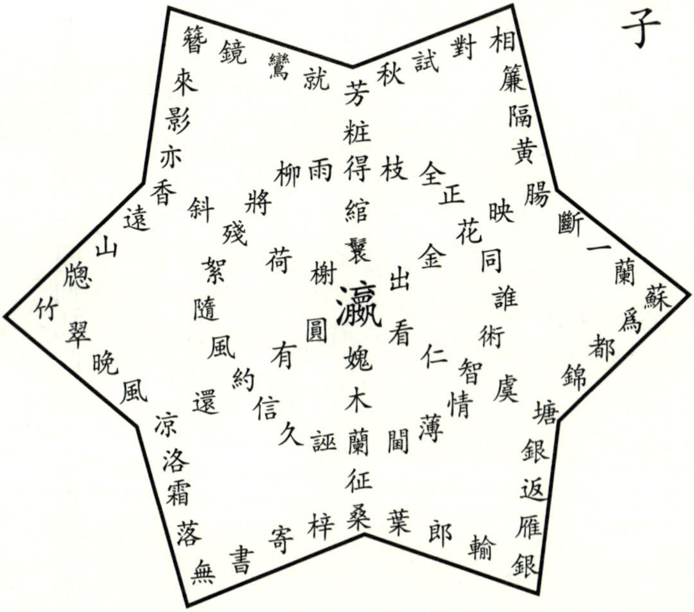

簪 鏡 鸞 就 秋 試 對 相
來 芳 簾
影 粧 隔
亦 柳 雨 得 枝 全 黃
香 斜 將 綰 正 映 腸
遠 殘 鬟 花 斷
山 荷 樹 出 金 同 一 蘭
憁 絮 瀛 誰 蘇
竹 隨 圓 看 術 爲
翠 風 有 媿 仁 都
晚 約 木 智 虞 錦
風 還 信 情 塘
涼 久 誣 蘭 闇 薄 銀
洛 征 返
霜 雁
落 寄 梓 桑 葉 郎 輸 銀
書
無

同心梔子　秋閨吟

七言用中瀛字分爲四云水月女凡六字，各列一聯之首，腸芳香涼桑塘六韻，先只借用月方日京木唐六半字，自西南四出金花映月黄一聯起，次云鬟、次水榭，共六聯十二句。六言亦西南花正起。俱右旋。

七言排律一首

四出金花映月黄，隔簾相對試秋芳。云鬟綰得粧方就，鸞鏡簪來影亦香。水榭荷殘斜日遠，山窗竹翠晚風涼。月圓有約還京洛，霜落無書寄梓桑。女媿木蘭征木葉，郎輸銀雁返銀塘。凡看仁智虞唐錦，都爲蘇蘭一斷腸。

六言絶句一首

花正全枝得雨，柳將殘絮隨風。約信久誣蘭閫，薄情智術誰同。

車輪

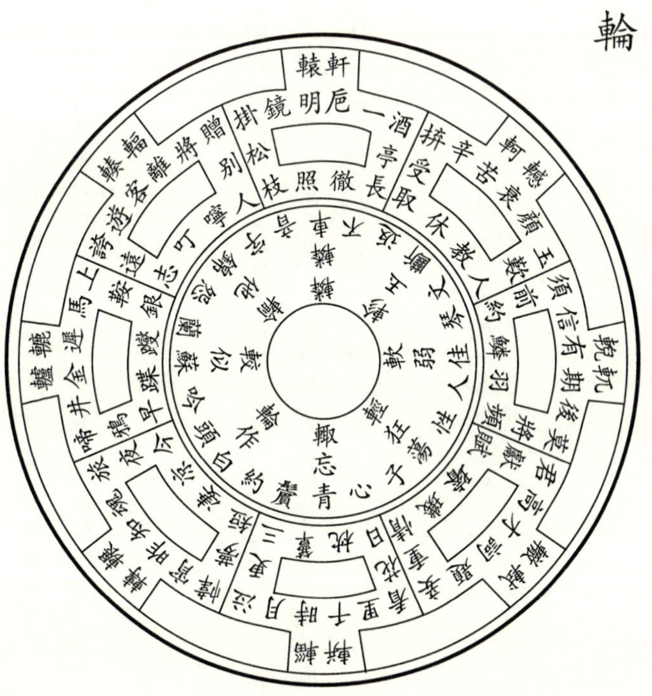

車輪　送別曲

外内俱車字邊旁起。七言軒轅起，旋轉至巵字止，軒轅明鏡掛松枝，照徹長亭酒一巵是爲一聯；右旋第二聯，輻輳起，餘同，八聯共十六句。五言轔轔車不返起，左旋。

七言排律一首

軒轅明鏡掛松枝，照徹長亭酒一巵。輻輳客遊誇遠志，叮嚀人别贈將離。轆轤金井啼鴉早，蹀躞銀鞍上馬遲。輾轉昨宵幃夢短，凄凉今夜旅魂知。輜軿千里看花日，枕簟三更泣月時。軾轍才高君獻賦，璿璣情重妾題詞。軏輗有信須前約，鱗羽頻將莫後期。轗軻苦辛拚受取，休教人歎玉顔衰。

五言律一首

轔轔車不返，軫玉斷文琴。軟弱佳人性，輕狂蕩子心。輒忘青鬢約，輪作白頭吟。較似蘇蘭怨，輸他錦字音。

栢香堂本、漱霞仙館本、似静齋本題作送别曲別懷。

連理牋

侈 明 浴 直
間 向 映 懸 邊 口 把 年
無 簧 静 敏 作
事 林 花 笋 聽 看 心 賦
甦 壬 岩 花
相 茗 片 枝 栖 挺 野 萊
焨 鈺 檎 愔

連理牋　山居咏

直浴明侈敏靜簧花岩壬甦棓檎鈺燖十五字，合寫分讀，十年作賦艸萊音句起，人間無事更相尋句止。

七言律一首

十年作賦艸萊音，且把文心化野心。谷口每看山挺木，水邊爭聽石栖禽。月懸青笲千枝玉，日暎黄花一片金。多向竹林生茗火，人間無事更相尋。

蜂房

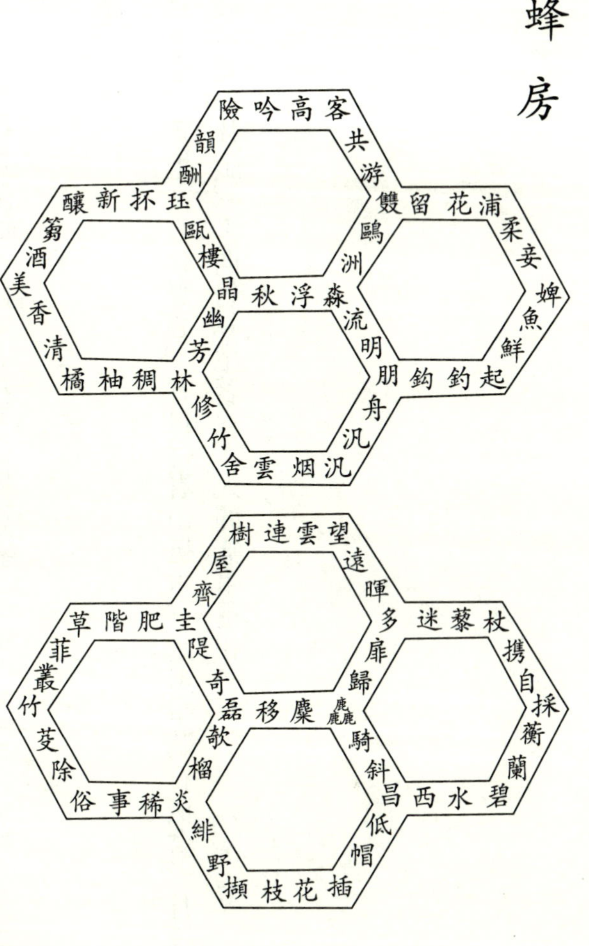

蜂房　秋興八首

上淼晶，下矗磊，俱分作三處。上雙朋珏林俱橫分，下多昌圭炎俱腰截，分作兩處。皆週圍讀，上秋日樓起，至洲水浮爲半調，廻文即爲全調。浮水流至幽日秋止，鷗隻留至流水洲止，樓日幽至抔玉甌止，皆廻文，是爲三調。下四調倣此。

長相思八調

秋日樓，甌玉酬。韻險吟高客共游，隻鷗洲水浮。浮水洲，鷗隻游。共客高吟險韻酬，玉甌樓日秋。

浮水流，明月舟。汎汎烟雲舍竹修，木芳幽日秋。秋日幽，芳木修。竹舍雲烟汎汎舟，月明流水浮。

鷗隻留，花浦柔。妾婢魚鮮起釣鈎，月明流水洲。洲水流，明月鈎。釣起鮮魚婢妾柔，浦花留隻鷗。

樓日幽，芳木稠。柚橘清香美酒篘，釀新抔玉甌。甌玉抔，新釀篘。酒美香清橘柚稠，木芳幽日樓。

移石奇，隄土齊。屋樹連雲望遠暉，夕扉歸鹿麋。麋鹿歸，扉夕暉。遠望雲連樹屋齊，土隄奇石移。

麋鹿騎，斜日低。帽插花枝擷野緋，火榴欹石移。移石欹，榴火緋。野擷枝花插帽

低，日斜騎鹿麋。自採蘅蘭碧水西，日斜騎鹿歸。歸鹿騎，斜日西。水碧蘭蘅採自

扉夕迷，藜杖携。

携，杖藜迷夕扉。

奇石欹，榴火稀。事俗除芟竹叢菲，草階肥土隄。隄土肥，階草菲。叢竹芟除俗事

稀，火榴欹石奇。

一局棋

磯	人	還	過	問	外	和	忠	義	聖	仁	智	天	淡	恬	安	已	思
釣	坐	竿	悵	惆	客	凝	彥	士	人	哉	矣	一	我	願	憲	可	追
翻	水			無	來	詩	家	携	曲	海	門	局	非			翁	漁
龍	珮			分	稀	格	聲	手	肱	上	前	棋	名			樂	棹
機	免	映	柴	扉	黍	誰	具	採	飲	忘	種	陰	犁	父	田	扶	移
化	亦	羊	物	祥	皆	非	在	薇	水	機	柳	茅	屋	蔽	蔓	石	階
發	觸	味	香	聲	色	懷	擾	雲	浮	避	烟	意	身	舌	鼻	耳	眼
言	目	爲	乃	聞	見	免	古	栢	尺	獨	淒	中	外	本	端	根	界
俗	村	米	松	溪	南	自	惟			招	多	自	別	蓮	銅	八	三
客	翁	汁	肪	水	山	煎	中			怨	舌	許	無	胎	臭	萬	千
皆	可	藜	竹	水	山	村	眠	揖	亦	思	田	高	長	未	巳	圓	空
驚	友	羹	實	聲	色	漁	作	伴	世	硯	爲	風	物	空	遠	通	濶
笛	玉	清	颺	綸	漁	數	書	御	射	樂	禮	梅	雨	煮	帶	竹	風
和	愛	野	蔬	多	潤	同	記	乎	者	不	豈	將	嬌	最	放	榴	燒
無	話			遣	波	管	姓	且	莫	因	爲	澆	兒			晏	韭
塵	市			奚	烟	郭	名	執	羞	碁	我	自	有			偏	枯
換	宇	陰	出	奴	弄	何	而	射	御	功	輩	手	天	趣	筆	學	題
鬻	懷	泉	石	癖	世	如	巳	乎	者	除	設	花	茗	烹	多	暑	蕉

一局棋　閒居咏志

分作九方讀。四正面，六德六藝六根六塵，皆六言。四隅皆從角字起，西南東北右旋，東南西北左旋，每句借上末半字讀，第一句即借末句末字之半，只第五句第四字須連下反旋而出，心已安恬淡，炎天一局棋，木陰茅屋蔽，艸蔓石階移，多棹漁翁槳，將扶田父犁，利名非我願，原憲可追思。餘倣此，中一方與西南同。

六言六句四首

智矣門前種柳，仁哉海上忘機。聖人曲肱飲水，義士携手採薇。忠彦家聲具在，和凝詩格誰非。

禮豈爲我輩設，樂不因朞功除。射者莫羞御者，御乎且執射乎。書記姓名而已，數同管郭何如。

眼界三千空濶，耳根八萬圓通。鼻端銅臭已遠，舌本蓮胎未空。身外别無長物，意中自許高風。

色見南山山色，聲聞溪水水聲。香乃松肪竹實，味爲米汁藜羹。觸目村翁可友，發言俗客皆驚。

五言律五首

心已安恬淡，炎天一局棋。木陰茅屋蔽，艸蔓石階移。多棹漁翁槳，將扶田父犁。利
名非我願，原憲可追思。

幾人還過問，門外客來稀。禾黍皆祥物，牛羊亦化機。木龍翻水珮，玉兔映柴扉。非
分無惆悵，長竿坐釣磯。

焦暑多烹茗，名花手自澆。水將梅雨煮，火帶竹風燒。堯韭枯偏晏，安榴放最嬌。女
兒有天趣，取筆學題蕉。

我懷泉石癖，辟世弄烟波。水濶漁綸颺，風清玉笛和。口無塵市話，舌受野蔬多。夕
遣奚奴出，山陰字換鵞。

因避浮雲擾，憂懷免自煎。前村漁作伴，半世硯爲田。口舌多招怨，心思亦損眠。目
中惟古栢，百尺獨凌烟。

百念齡

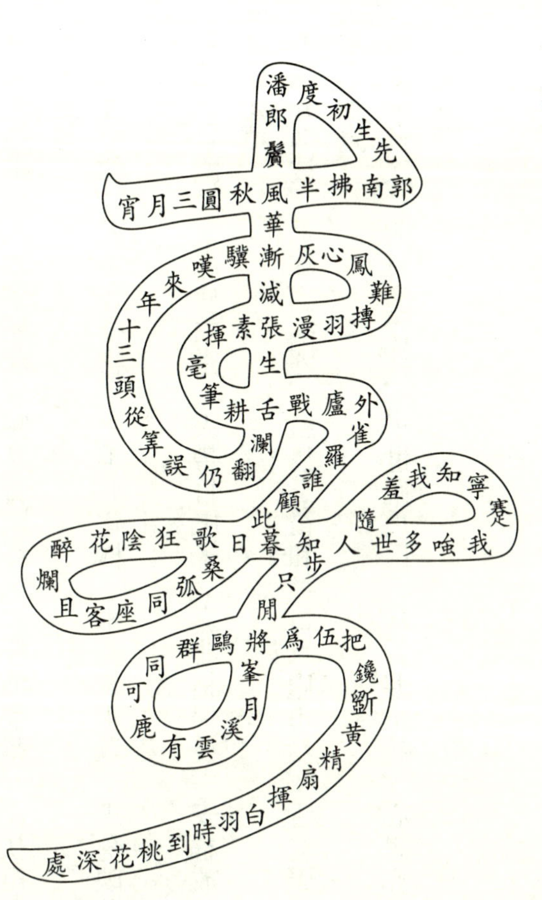

百念齡　自壽曲

交加讀，宵月起深處止。實一百十三字，讀作一百二十字。

夏雲峰一調

宵月三圓，秋風半拂，南郭先生初度。潘郎鬢、風華漸減，張生舌瀾翻仍誤。筭從頭、三十年來，嘆驥漸、灰心鳳難搏羽。漫張素揮毫，筆耕舌戰，廬外雀羅誰顧。此日桑弧同座客，且爛醉花陰，狂歌日暮。知人世，多唫我蹇，寧知我，羞隨人步。只閒將，峯月溪雲，有鹿可同羣，鷗將爲伍。把鑱斸黄精，扇揮白羽，時到桃源深處。

『念』：栢香堂本、潄霞仙館本、似靜齋本作『廿』。

『源』：圖文作『花』。

雷文印

鏡門無夢足餘年
岳粧異似頑仙陰
潘冠烟咏閒棲共
生衲烽中原樂賭
任醉起鼓鼙志圍
髮同高眠樹篇棋
泉茗煮燒常外墅

薺物何妨偶六如
於行看唱步虛壑
甘麝書歸南畝閒
覺塵樹讀相樂身
漸揮種經牛樵青
貧談聽出龍漁鏡
餘甘黑事舊冠裡

賦陵猶惜未逃名
作同酌晚風清濱
惟醪耕里鄰家約
音皎躬心安最棹
塵月事蕨采有看
絶春烹共笋情花
聲鳥聽笻聯徑落

映斜扶醉過芳堤
柳學稼道寧低憐
花謀溪鳥多情寂
莊懶清起間自寞
村亦對屋茅在春
處身兵譚罷啼無
題有賦閒幽愛語

雷文印　野居吟

螺紋讀，從中左旋至外，借上句尾半字讀，即用中心讀起四字爲四篇首字。

七言律四首

中原鼙鼓起烽烟，因咏閒棲樂志篇。竹樹眠高同醉衲，衣冠裝異似頑仙。山陰共睹圜棋墅，野外常燒煮茗泉。白髮任生潘岳鏡，金門無夢足餘年。水濵約棹看心安采蕨事躬耕，井里鄰家最有情。青笋共烹春月皎，白醪同酌晚風清。丘壑閒身青花落，草徑聯笻聽鳥聲。耳絶塵音惟作賦，武陵猶惜未逃名。人憐寂寞春讀相牛經種樹書，曰歸南畝樂樵漁。魚龍出聽談揮麈，鹿麝行看唱步虚。鏡裏，衣冠舊事黑甜餘。食貧漸覺甘於薺，齊物何妨偈六如。起間茅屋對清溪，水鳥多情自在啼。口罷譚兵身亦懶，心謀學稼道寧低。無語，吾愛幽閒賦有題。是處郵莊花柳映，日斜扶醉過芳堤。

疊翠峰

芙
蓉千
宜正朶
春 秋黃槲丹 曾
來嫩 南幽綴點楓 聞阮
紅亂碧郭先生家最近劉與肇
斑南岳樓山在卧坐昏晨採藥丹
酒山面面臺 遊常 我春裏洞霞
一鴟夷驢一跨山入夢有家山堪晤對
還陽夕擔柴隨多欲避人閒是道求他較
琴携 結蘿薜隱間 旁喬
蒼躡硯箇茅亭剛似斗相鳥木
苔欸乃歌樵和鹿教猿呼笑問人
千梅落看成 門懷 便無樂此知
古風流蘇學士何竟隱擬傳言朝市客
來田買色山因曾每閱圖山樂幅一他寄
今增恨愧中
日山靈巳相許
僧雲白與輸教不

疊翠峰　山居樂

厶字形之字讀，角尖字牽用，芙春曾臥擔道鹿七字爲首。

七言絶七首

芙蓉千朶正宜秋，黄槲丹楓點綴幽。南郭先生家最近，晨昏坐臥在山樓。

春來嫩碧亂紅斑，南岳樓臺面面山。酒一鴟夷驢一跨，多隨柴擔夕陽還。

曾聞阮肇與劉晨，採藥丹霞洞裏春。我有家山堪晤對，較他求道是閒人。

臥遊常夢入山多，欲避人間隱薜蘿。結箇茅亭剛似斗，呼猿教鹿和樵歌。

擔琴携硯躡蒼苔，欸乃歌成看落梅。千古風流蘇學士，曾因山色買田來。

道旁喬木鳥相呼，笑問人知此樂無。便擬傳言朝市客，寄他一幅樂山圖。

鹿門懷隱竟何曾，每閲圖中愧恨增。今日山靈已相許，不教輸與白雲僧。

『槲』：鈔句原作『檞』，據圖文改

一垣星斗

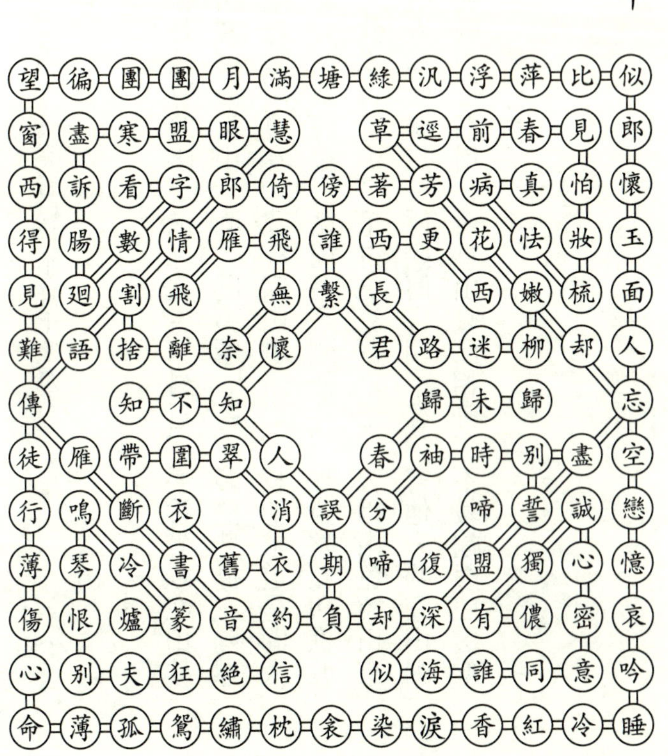

一垣星斗　閨怨詞

南鄉子：上自塘字向右三角轉入內真字止，復迴文至塘爲一調。左向自塘至看亦然。下自衾字右至儂、左至爐俱同。長相思：右從歸字入內，上轉至西字作龜紋讀，迴文爲一調，自歸字入內下轉至啼字亦然，左從知不知，上至飛、下至衣俱同。

南鄉子四調

塘綠汎浮萍，比似郎懷玉面人。忘却嫩花芳草逕，前春，見怕粧梳怯病真。　真病怯

梳粧，怕見春前逕草芳。花嫩却忘人面玉，懷郎，似比萍浮汎綠塘。

塘滿月團團，徧望窗西得見難。傳語割情郎慧眼，盟寒，盡訴腸迴數字看。　看字數

迴腸，訴盡寒盟眼慧郎。情割語傳難見得，西窗，望徧團團月滿塘。

衾染淚香紅，冷睡吟哀憶戀空。忘盡誓盟深似海，誰同，意密心誠獨有儂。　儂有獨

誠心，密意同誰海似深。盟誓盡忘空戀憶，哀吟，睡冷紅香淚染衾。

衾枕繡鴛孤，薄命心傷薄行徒。傳雁斷書音信絶，狂夫，別恨琴鳴冷篆爐。　爐篆冷

嗚琴，恨別夫狂絶信音。書斷雁傳徒行薄，傷心，命薄孤鴛繡枕衾。

長相思四調

歸未歸，君繫誰。傍着芳花嫩柳迷，路長西更西。

誰，繫君歸未歸。

歸未歸，春誤期。負却深盟誓別時，袖分啼復啼。

期，誤春歸未歸。

知不知，懷繫誰。傍倚郎情割捨離，奈無飛雁飛。

誰，繫懷知不知。

知不知，人誤期。負約音書斷帶圍，翠消衣舊衣。

期，誤人知不知。

西更西，長路迷。柳嫩花芳着傍

啼復啼，分袖時。別誓盟深却負

飛雁飛，無奈離。捨割情郎倚傍

衣舊衣，消翠圍。帶斷書音約負

康熙三十四年本璇璣碎錦　雍正四年本璇璣碎錦

『密』：圖文原作『滅』，據抄句及栢香堂本改。

回文集卷八　目錄

葫蘆

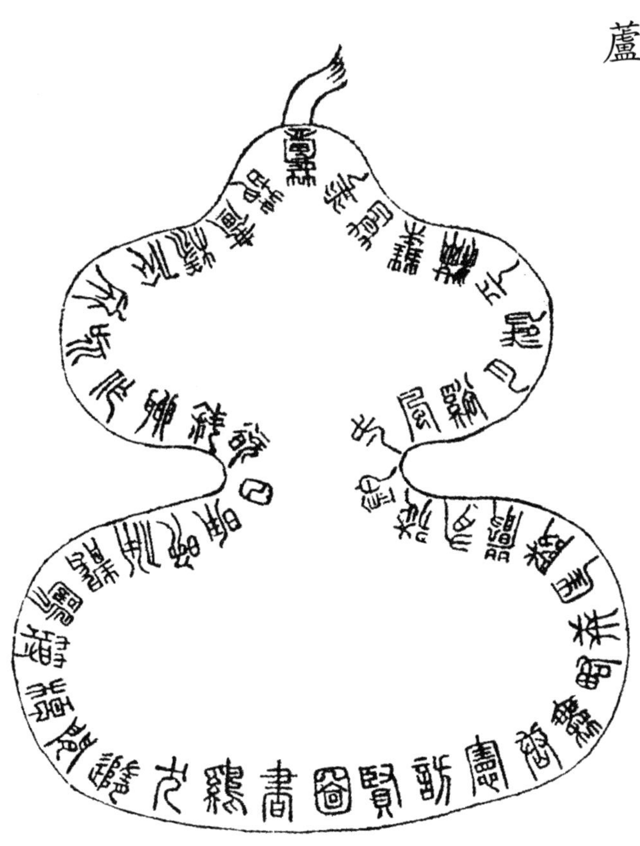

葫蘆　漁父辭

頂字讀，蘆花起葫蘆止。

七言律一首

蘆花菖葉滿平湖，湖月谿風一釣徒。徒有嚴陵𨻶世略，略無唐憲訪賢圖。圖書鷄犬隨閒棹，棹槳鷗鶺伴晚晡。晡日欲斜聊作咏，咏成依樣畫葫蘆。

『𨻶』：栢香堂本、漱霞仙館本、似靜齋本作『佳』

玉衡

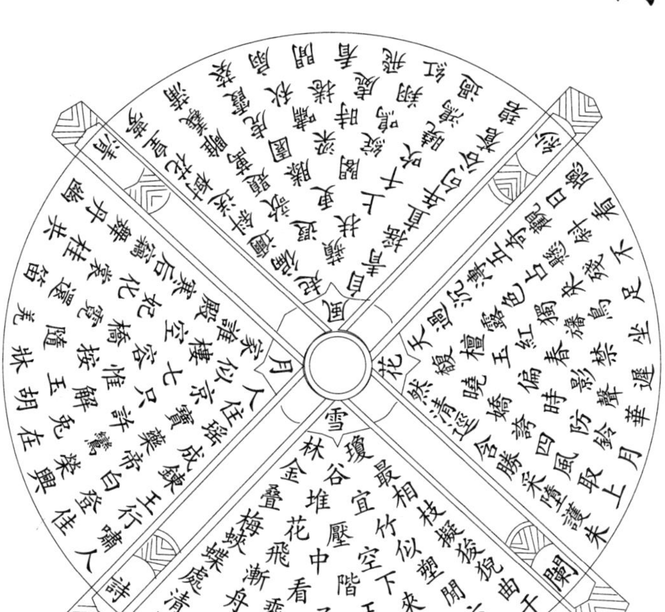

玉衡　咏風花雪月

風花雪月四字爲題，之字讀。風，從起自青蘋起。花，從天然青馥起。雪，從瓊林金谷起。月，從人家誰似起。每至邊一層，第七句第三字過右斜豎内一字讀，末句尾一字過左斜豎内一字讀。清紗闌詩四字兩邊合用。

七言律四首

起自青蘋徧邇遐，扶摇直上更欹斜。送題滕閣千年句，吹綻梁園萬樹花。雕虎嘯時鳴曉谷，蒼鴻翔處捲秋霞。羲皇清夢蒲葵扇，閒看飛紅過碧紗。

天然清馥過沉檀，曉徑含嬌玉露溥。五色紅偏誇勝采，四時春獨占奇觀。懸來旛影防風墮，護取鈴聲禁鳥殘。斜日紗牕看不足，坐遲華月上朱闌。

瓊林金谷最相宜，堆疊梅花壓竹枝。擬似空中飛蛺蝶，漸看階下塑狻猊。閒來王子乘舟處，清在陶家煮茗時。六曲闌干一尊酒，袖花飄點欲催詩。

人家誰似住瑶京，樓殿寒空七寶成。鍊藥只容妃后竊，化橋惟許帝王行。白鸞解按霓裳舞，丹桂還隨玉兔榮。登嘯詩人佳興在，胡牀羌笛共幽清。

栢香堂本、漱霞仙館本、似静齋本題作風花雪月。

土圭月影

遊
桂勝
郁芬作
天馥雲簫
一秋毬外笙
膧散朒玉落處
上童忽兆漾蒙何
月月月月月月月月
沽兔日向其朧良
魄光巳今山逾
幽垂綻色看
銀圓鏡夜
釣中深
收闌
凭

土圭月影　咏月詩

以首月字作題，湖曈明朓期朦朗等字分書合讀，湖明期朗月在右，曈朓朦月在左，相間而下，第一層横向右，第二層向左，三仍向右，下倣此。湖上曈曈句起，何處笙簫句止。俱用真月字邊旁，如勝朝朋等，及骨月之月俱不用。朓字平聲，音挑。

七言律一首

湖上曈曈兔魄幽，光明忽散一天秋。朒朓向已垂銀釣，圓綻今期漾玉毬。馥郁桂芬雲外落，朦朧山色鏡中收。凴闌深夜看逾朗，何處笙簫作勝遊。

栢香堂本、漱霞仙館本、似靜齋本題作咏月

合蔕梅

鏡晚臨初罷繡黃
試妝約及旹回昏鶴
寒望來記楊未月苔伴
清曉遠去隄見砌小衣長
照牕蒼山雁人落玉芳緑吟
影開遍問音書英寒痕履點欲
香簾半吐小枝梅傾倦酒盃腸斷
帳臺寂寂寒聲横開羅紫繡一
紙階霜如鼓愁雪坐囊未聲
孤映月角情淚影懶成吹
眠白哀薄郎灑落裁笛
怯長嘆枉多才空玉
夜一鐙殘梦遠塘

合蔕梅　寒宵吟

俱從中梅字起，分上左右三路厶字三角形讀。梅枝小吐半簾香句爲首，左旋至蒼字一首，右旋至霜字一首。又從梅橫雪影落空塘至郎囊各一首，梅英落砌月昏黄至芳楊又二首，共六首。又每首俱各廻文讀，亦得六首。

七言絶十二首

梅枝小吐半簾香，影照清寒試鏡妝。來去鴈書音問遍，開窗曉望遠山蒼。

蒼山遠望曉窗開，遍問音書鴈去來。妝鏡試寒清照影，香簾半吐小枝梅。

梅枝小吐半簾香，帳紙孤眠怯夜長。哀角鼓聲寒寂寂，臺階映白月如霜。

霜如月白映階臺，寂寂寒聲鼓角哀。長夜怯眠孤紙帳，香簾半吐小枝梅。

梅橫雪影落空塘，遠夢殘燈一夜長。哀角鼓聲愁泪灑，才多枉嘆薄情郎。

郎情薄嘆枉多才，灑泪愁聲鼓角哀。長夜一燈殘夢遠，塘空落影雪橫梅。

梅橫雪影落空塘，玉笛吹聲一斷腸。盃酒倦傾閒坐懶，裁成未繡紫羅囊。

囊羅紫繡未成裁，懶坐閒傾倦酒盃。腸斷一聲吹笛玉，塘空落影雪橫梅。

梅英落砌月昏黄，繡罷初臨晚鏡粧。來去雁書人見未，回時及約記堤楊。

楊堤記約及時回，未見人書雁去來。粧鏡晚臨初罷繡，黄昏月砌落英梅。
梅英落砌月昏黄，鶴伴長吟欲斷腸。盃酒倦傾寒玉小，苔衣緑點履痕芳。
芳痕履點緑衣苔，小玉寒傾倦酒盃。腸斷欲吟長伴鶴，黄昏月砌落英梅。

翠蕉

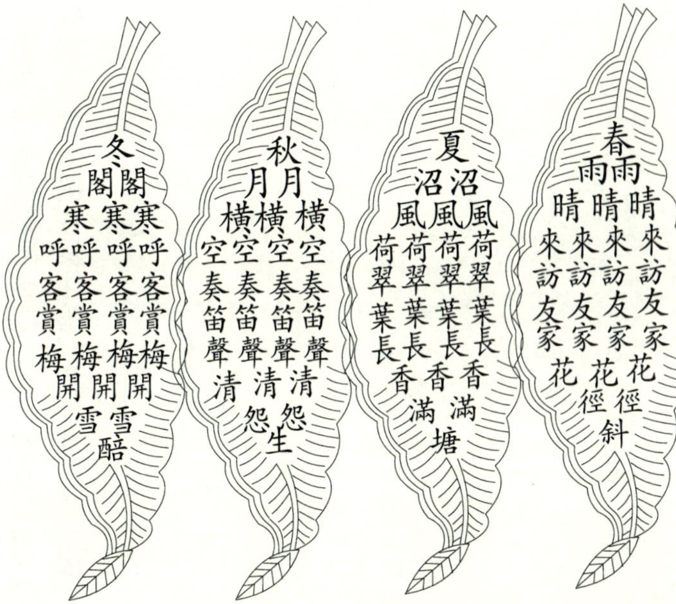

春
雨雨
晴晴晴
來來來來
訪訪訪訪
友友友友
家家家家
花花花
徑徑
斜

夏
沼沼
風風風
荷荷荷荷
翠翠翠翠
葉葉葉葉
長長長長
香香香
滿滿
塘

秋
月月
橫橫橫
空空空空
奏奏奏奏
笛笛笛笛
聲聲聲聲
清清清
怨怨
生

冬
閣閣
寒寒寒
呼呼呼呼
客客客客
賞賞賞賞
梅梅梅梅
開開開
雪雪
醅

翠蕉　四時歌

斜縱卸一字讀，春雨晴來訪友家，次句雨晴來訪友家花，三晴字起，四來字起。餘倣此。

七言絶四首

春雨晴來訪友家，雨晴來訪友家花。晴來訪友家花徑，來訪友家花徑斜。

夏沼風荷翠葉長，沼風荷翠葉長香。風荷翠葉長香滿，荷翠葉長香滿塘。

秋月横空奏笛聲，月横空奏笛聲清。横空奏笛聲清怨，空奏笛聲清怨生。

冬閣寒呼客賞梅，閣寒呼客賞梅開。寒呼客賞梅開雪，呼客賞梅開雪醅。

縱橫其畝

鋤旋茁 禾黍茁	庭遶好 都姣好	犁春生 布穀生
蕢堪清 茗湯清	户當畊 自耘畊	圃南楹 蔭前楹
俗塵忘 機全忘	仞千岳 雲中岳	共只語 村翁語
邊籬行 帶醉行	丸雙明 世外明	來常鳴 竹舍鳴

縱横其畝　躬稼吟

每句首二字合末一字，先自右向左，後自左向右，牛一春犁布穀生起，彳亍籬邊帶醉行止，共十二句。彳亍音躑躅，義同。

七言排律一首

牛一春梨布穀生，木盈南圃蔭前楹。吾言只共村翁語，鳥口常來竹舍鳴。子女遶庭都姣好，井田當户自耘畊。丘山千仞雲中岳，日月雙丸世外明。艸出旋鋤禾黍茁，水青堪煮茗湯清。心亡塵俗機全忘，彳亍籬邊帶醉行。

長命縷

長命縷

董蓉仙鼓瑟琴方朞而舉子賦此賀之時令祖父母皆八旬尊公遠任畿輔其伉儷則吳興錢氏也

兩層交加讀。外層蓦山溪，日長起來播止。天仙子，向日起四世止。內層浪淘沙，百兩起人昌止。最高樓，桑鐶起君裁止。相過重爲叢更燕幾長興等字，平仄兩讀。

蓦山溪一調

日長花院，客騎羣相過。笑語頌聲長，誇謝室、王門江左。蘭馨毓秀，初捧掌中珠，麒麟趾，鳳凰毛，好向庭前賀。啼音先卜，駿發輝青鎖。還羨相魁梧，料一躍，烟樓應破。天人三策，天爲百年傳，槐王植，户于興，種德從來播。

天仙子一調

向日元方千里驥，年少崢嶸頭角異。未幾星聚長文輝，名賢萃，歡聲沸，後起重爲諶與紀。竇氏高堂花滿砌，却比蘭蓀馨更美。緣知種玉得瓊枝，音徽繼，能有幾，鶴髮椿萱看四世。

浪淘沙一調

百兩向東陽，方羡求凰，新歡共祝鳳雛祥。植得花叢更一載，果綻圓香。佳信遺鴻將，遠播燕邦，孫枝喜接古椿長。名業莫求過郭令，願後人昌。

最高樓一調

桑鐶在，夙慧識重來，家慶室祥開。簾前虬玉初成燕，庭中桐碧漸成材。看犀錢，分玉果，有金罍。祥發長，千枝萱共長。瑞應來，百男榴共廣。將自此，試葫胎。桂添蘭叢偏加興，虬同鵲報喜先催。硯金星，牋玉版，爲君裁。

連環方結

蠶	𦯉	簪		只	向	書		童	紫	翠		三	綠	起
回		纓		醒		倉		子		來		弄		看
境	夢	逕	惟	醉	醒	坐		誙	萬	闢	雲	拂	迴	山
		不		堆						戶		起		
負	臺	問	誰	苔	裡	掩		香	勝	艷	公	將	寄	燒
釣		浮		落		松		花		真		只		懷
上	難	雲		瑾	許	關	閑	逕	艸	芳		月	明	對
						肯		蔣						
簾	際	舞		多	惡	風	但	令	無	得		霞	情	童
簷		去		交		新		陶		近		煙		癖
裝	去	來	還	市	蠶	從		輸	臥	雲	山	謝	攻	難
		臨		卅						山		大		
行	己	在	皆	濁	吾	謂		中	憶	自	重	舉	悠	作
吾		水		艱		持		隆		憐		消		翁
人	問	濱		獸	良	身		老	福	衣		气	淡	湖

連環方結　鄉居箴

左旋廻環交加讀，起字起，終字終。

七言律三首

起看山色拂雲開，萬壑千重紫翠來。開户鄭真芳艸逕，閉關許瑾落花堆。醉醒只向書倉坐，醒醉惟從夢境回。塵世簪纓從不問，浮雲難上釣魚臺。

問誰花裏掩松關，有客新從塵市還。來去燕當簾際舞，去來鷗在水濱閒。人言行己在皆濁，吾謂持身良獨艱。濁世市交多惡客，但令無得近雲山。

自憐衣褐老隆中，憶自童年倏作翁。湖海氣消年亦謝，烟霞情重癖難攻。謝山雲臥輸陶令，蔣逕花香勝鄭公。將寄愁懷對明月，只將琴拂弄三終。

錦障泥

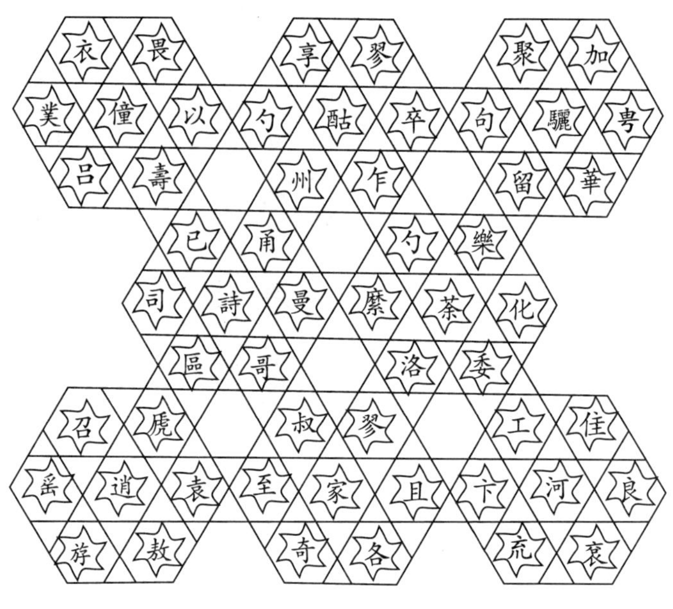

錦障泥　春莫送友北遊

中一字爲首，餘六字環繞，俱用首字邊旁。驪駒騄駕騁騹騮句起，逍遥迢遞遠遨遊句止。上三句横向左，中二句向右，下三句向左。

七言律一首

驪駒騄駕騁騹騮，酤酌醇醪醉酢酬。僮僕依偎似儔侶，詩詞記誦謾謌謳。荼蘼芍藥花萎落，河汴江淮浪滚流。家室寂寥宜客寄，逍遥迢遞遠遨遊。

栢香堂本、漱霞仙館本、似静齋本題作春暮送友北上。

筭盤

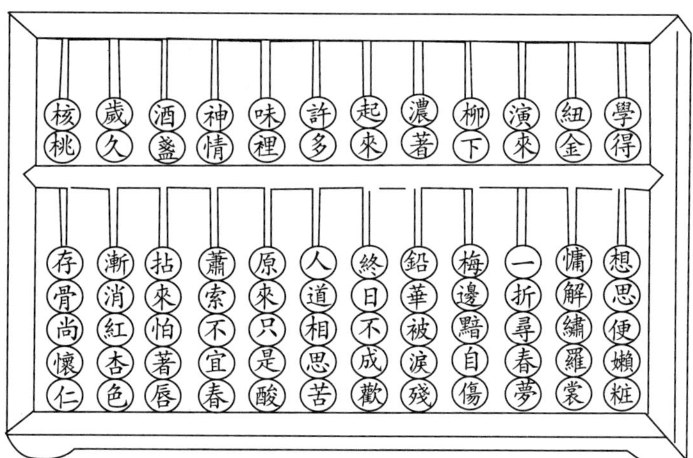

筭盤　相思十二時

每句第一字暗藏子丑寅卯辰巳午未申酉戌亥，每行上二下五七字合讀。

七言絶三首

學得相思便嬾粧，鈕金慵解繡羅裳。演來一折尋春夢，柳下梅邊黯自傷。

濃著鉛華被淚殘，起來終日不成歡。許多人道相思苦，味裡原來只是酸。

神情蕭索不宜春，酒盞拈來怕著唇。歲久漸消紅杏色，核桃存骨尚懷仁。

扇影

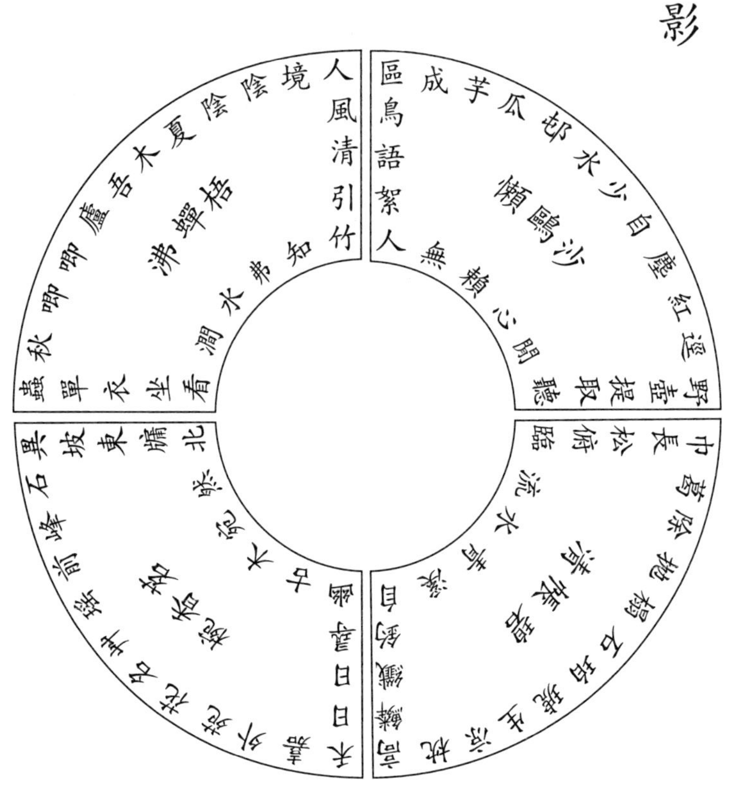

扇影　夏日咏

首尾字離合體。沙鷗懶，野逕起。梧蟬沸，人境起。茗香椀，異石起。碧帳清，高枕起。皆右旋。

六言絶四首

野逕紅塵自少，水村瓜芋成區。鳥語絮人無賴，心閒聽取提壺沙鷗懶

人境陰陰夏木，吾廬唧唧秋蟲。單衣坐看澗水，弗知竹引清風梧蟬沸

異石峰前瑶艸，名花苑外嘉禾。日日尋幽古木，宛然北牖東坡茗香椀

高枕凉生琥珀，石榻抛除葛巾。長松俯臨流水，青溪自釣纖鱗碧帳清

五雜組

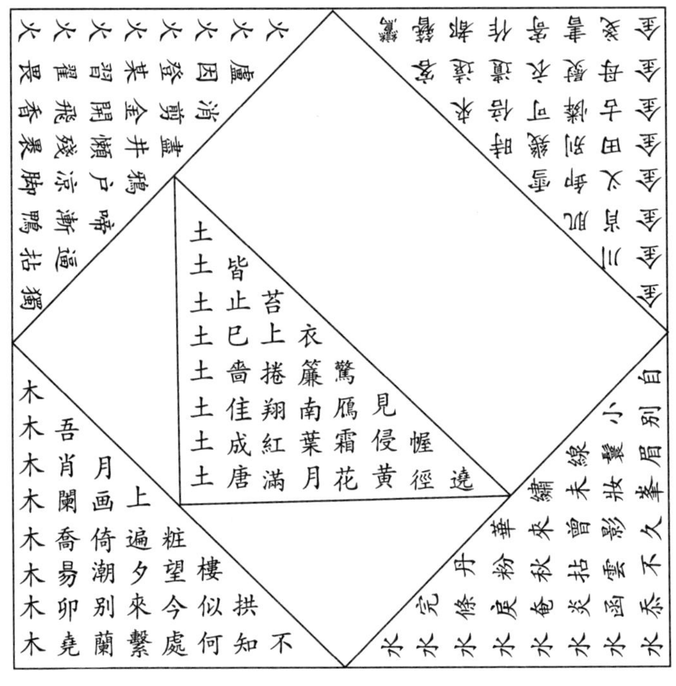

五雜組　閨中怨

首字金木水火土五字爲題，下七字近本題者俱分寫合讀，向左向右次第横讀。梧梢月上画欄橋，倚遍粧樓望夕潮，楊柳别來今似拱，不知何處繫蘭橈。餘倣此。

七言絶五首

釧銷肌雪卸釵鈿，别幾時來倍可憐。鈷鉧熨衣遺遠客，鸞簪都作寄書錢。

梧梢月上画欄橋，倚遍妝樓望夕潮。楊柳别來今似拱，不知何處繫蘭橈。

浣滌丹華粉淚淹，秋來繡線未曾拈。淡涵雲影粧鬟小，自别眉峯久不添。

爐烟消盡剪燈煤，金井鴉啼户嬾開。熠燿飛殘凉漸逼，獨拈鴨脚煨香煨。

堦址苔衣上圮墻，捲簾驚見雁南翔。堆城紅葉霜侵幄，遶徑黄花月滿塘。

栢香堂本、漱霞仙館本、似靜齋本題作閨怨。

奇門八卦

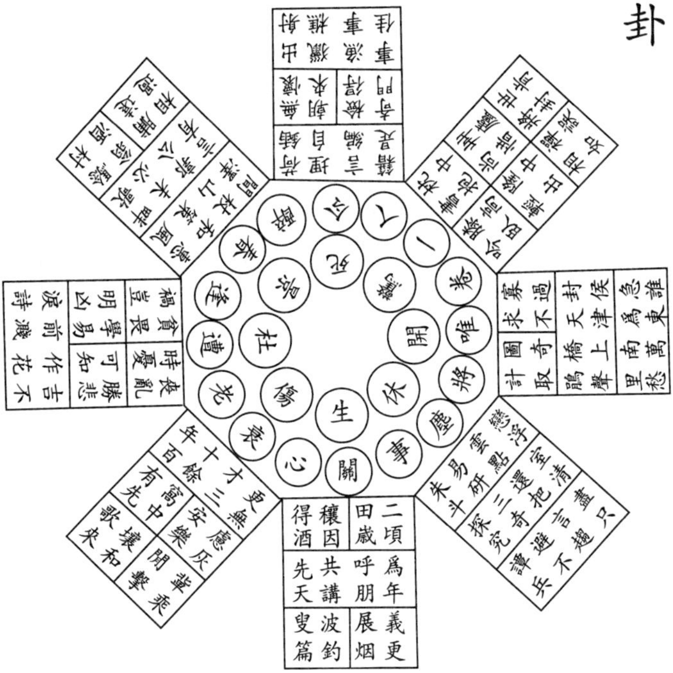

休 生 傷 杜 景 死 驚 開

心 關 事 塵 將 唯 卷 一 人 令 醉 春 逢 遭 光 衰

二頃田歲穰因得酒
爲年呼朋共講先天
義更展烟波釣叟篇

叟無才三十餘年百
慮仄安樂窩中有先
輦乘閒擊壤和歌來

禍貧豈畏時喪憂亂
明學凶易可勝知悲
淚前作吉詩濺花不

惠風和策杖山閒澤
畔歌未必公郭有言
驗村翁酒肅達相過

荷鋤埋自言編籍是
無懷朝來檢得奇門
出射獵樵漁事事佳

枕中書抱膝高吟臥
草廬尚詣隆中出輿
肯將主封禪談相如

過不寡求奇取圖計
封侯天津橋上鵰聲
誰東萬愁急爲南里

朱易雲戀斗研點浮
探三還室究奇把清
譚避言畫兵不趣只

奇門八卦　學易吟

内八卦休生傷杜景死驚開，外八卦乾坎艮震巽離坤兑。第一首，休將塵事戀浮雲句起，只言趨避不譚兵句止，事字與左一首合用。次首生事關心二頃田起。將字與右一首互用，末首開卷唯將寡過求起。

七言絶八首

休將塵事戀浮雲，點易研朱斗室清。還把三奇探究盡，只言趨避不譚兵。
生事關心二頃田，歲穰因得酒爲年。呼朋共講先天義，更展烟波釣叟篇。
傷心衰老更無才，三十餘年百慮灰。安樂窩中有先輩，乘閒擊壤和歌來。
杜老遭逢喪亂時，憂貧畏禍豈勝悲。可知學易明凶吉，不作花前濺淚詩。
景逢春醉惠風和，策杖山間澤畔歌。未必郭公言有驗，村翁酒脯遠相過。
死醉令人荷鍤埋，自言編籍是無懷。朝來檢得奇門出，射獵樵漁事事佳。
驚人一卷枕中書，抱膝高吟臥草廬。尚惜隆中輕出世，肯將封禪誤相如。
開卷惟將寡過求，不圖奇計取封侯。天津橋上鵑聲急，誰爲東南萬里愁。

『誤』：抄句原作『讓』，據圖文改

重重結綺窗

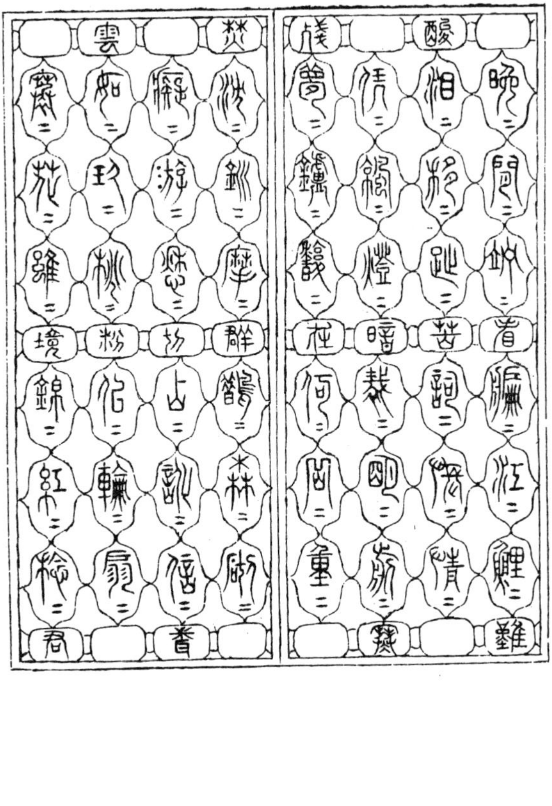

重重結綺窗　閨中恨

每句前六字逐字借半讀，如晚下重日、閒下重門、竚下重立，第一句爲晚日閒門竚立看，第二句體同。三四兩句則先讀半字，後讀全字，如心情長悵言詞苦，故第一行自上而下，次行自下而上。三聯同首行，末聯同次行。至于左幅一首，則又先半後全爲首聯，亦相間而下，故石砌林森鳥鵲羣，先自下而上。

七言律二首

晚日閒門竚立看，艑舟江水鯉魚難。心情長悵言詞苦，足趾多移目泪酸。凭几颸風燈火暗，裁衣明月剪刀寒。千重山岳人何在，香馥金鑪夕夢殘。

石砌林森鳥鵲群，手摩金釧水沉焚。癡疑遊子愁心切，占卜訛言信口聞。羽扇車輪人似粉，木桃玉玖女如雲。褰衣花艸雖佳境，錦帛紅糸稔念君。

卐字

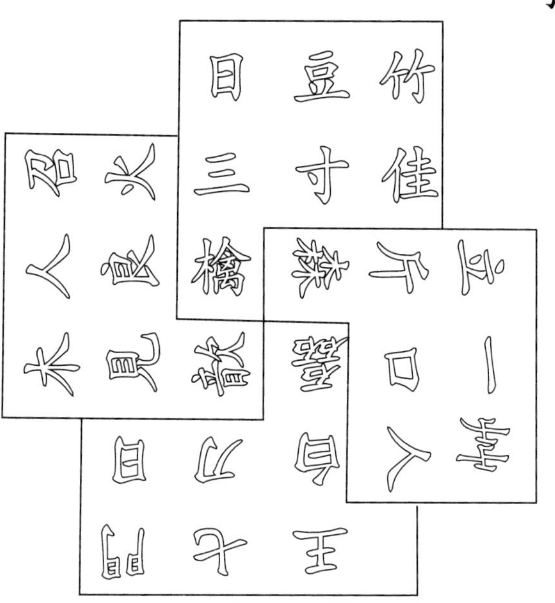

卍字　春日吟

用七言絶句隱三言絶句，以每句末字離爲三字，分配上六字，如檎字以离合竹佳爲籬，以木合豆寸爲樹，以人合日三爲春，七言爲竹佳豆寸日三檎，三言即爲籬樹春，次句照飲親，三句磵砌碧，四句茶味新。

三言絶一首

籬樹春，照飲親。磵砌碧，茶味新。

雲璈

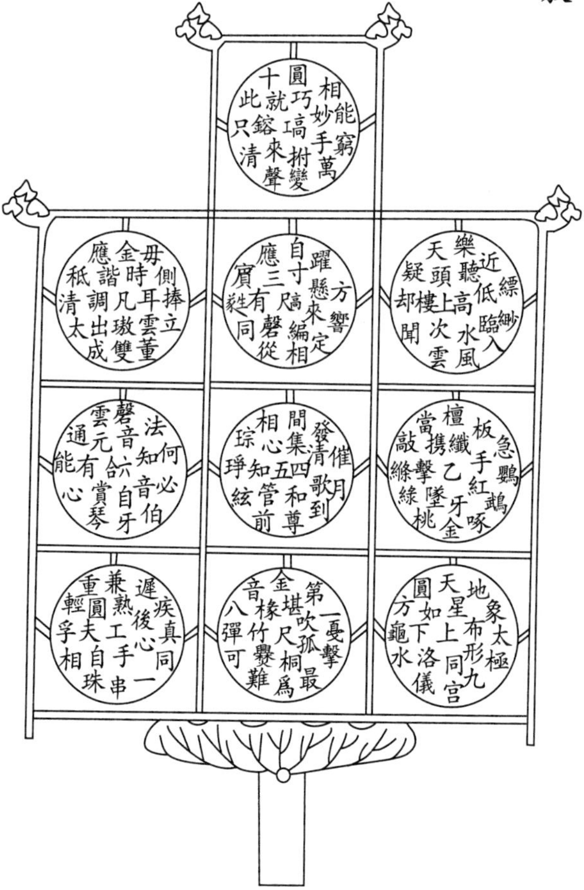

相能窮萬
圓妙手揣變
十巧搞來聲
此就鎔
只清

毋側捧立
金時耳雲董
應諧凡璈雙
秖調出成
清太

躍方響
自懸來定
寸隔編相
應三尺磬從
寘有
䆿同

縹緲入
近低臨風
樂聽高水雲
天頭上次
疑樓聞
却

法何必
磬知伯
音音牙
雲元𣓁自
有賞琴
通能心

催月
發清歌到
間集四和尊
相心五管前
知
琮琤絃

急鸚
板手紅鵡
檀纖乙啄
當攜擊墜牙金
敲絲綠桃

遲疾真同
兼後心一
熟工手串
重圓夫自珠
輕孚相

第一戛擊
金堪吹孤最
椽尺桐爲
音竹爨難
八彈可

地象太極
天星布形九
圓如上同宮
方下洛儀
龜水

雲璈　咏雲鑼

每圓中心即用合四上尺等字爲詩首，左旋至外。其上尺工三高字，即以高字别之，如高上樓頭聽，低臨水次聞，却疑天樂近，縹緲入風雲。餘同。

五言絶十首

四五知心集，清歌和管絃。琤琮相間發，催月到尊前。
上下如星布，形同洛水龜。方圓天地象，太極九宫儀。
尺竹椽堪吹，孤桐爨可彈。八音金第一，戛擊最爲難。
工夫圓熟後，心手自相孚。輕重兼遲疾，真同一串珠。
六合有元音，知音自賞心。能通雲磬法，何必伯牙琴。
高上樓頭聽，低臨水次聞。却疑天樂近，縹緲入風雲。
高尺有三寸，懸來編磬同。雜賓應自躍，方響定相從。
高工鎔就巧，妙手拊來清。只此十圓相，能窮萬變聲。
乙擊携纖手，紅牙墜綠絲。敲當檀板急，鸜鵒啄金桃。
凡調諧時耳，雲璈出太清。秖應金母側，捧立董雙成。

『母』：圖文作『毋』

九十六爻

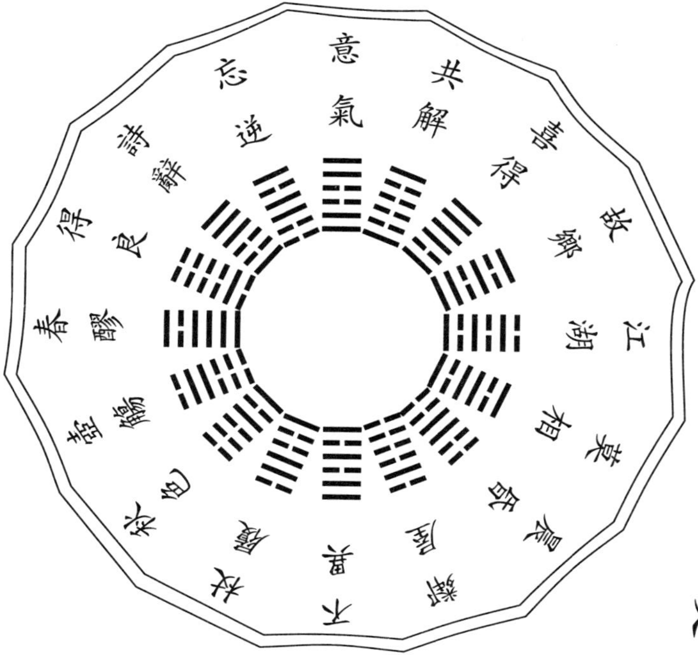

江莫晨鄰不杖秋壺春得詩忘意共喜故

湖相昏屋異屨色觴醪良辭逆氣解得鄉

九十六爻　贈客寓隣友

江湖句起，右旋晨昏句止，用既濟、暌、同人、頤、中孚、旅、无妄、師、大有、萃、明夷、隨、家人、比、小過、離十六卦，每句二卦。

七言律一首

江湖既濟故鄉暌，喜得同人共解頤。意氣中孚忘逆旅，詩辭无妄得良師。春醪大有壺觴萃，秋色明夷杖履隨。不異家人隣屋比，晨昏小過莫相離。

『暌』：抄句原作『揆』

八行箋

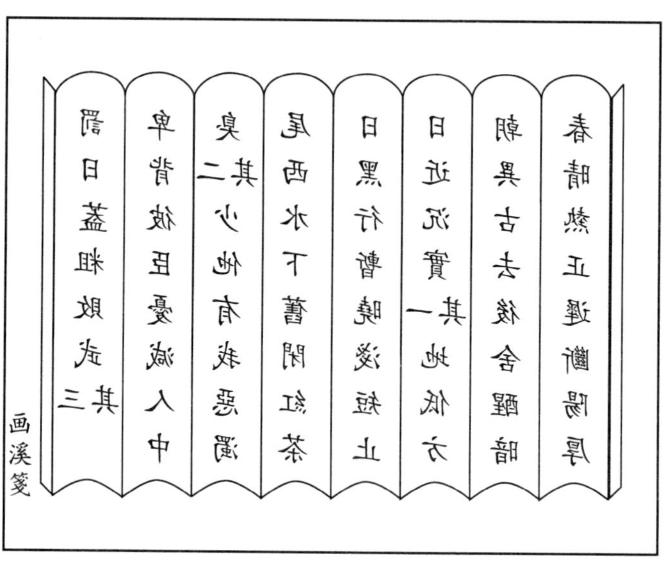

八行箋　飲月辭

字皆反書，意亦反讀，如春晴熱正遲，乃秋雨寒偏早，斷陽厚朝異，乃連陰薄暮同。餘倣此。

五言絶三首

秋雨寒偏早，連陰薄暮同。今來先取醉，明月遠浮空。
天高圓月白，坐久夜深長。舉首東山上，新開綠酒香。
老我無他好，清尊向此君。喜添物外賞，月底細成文。

蓮房

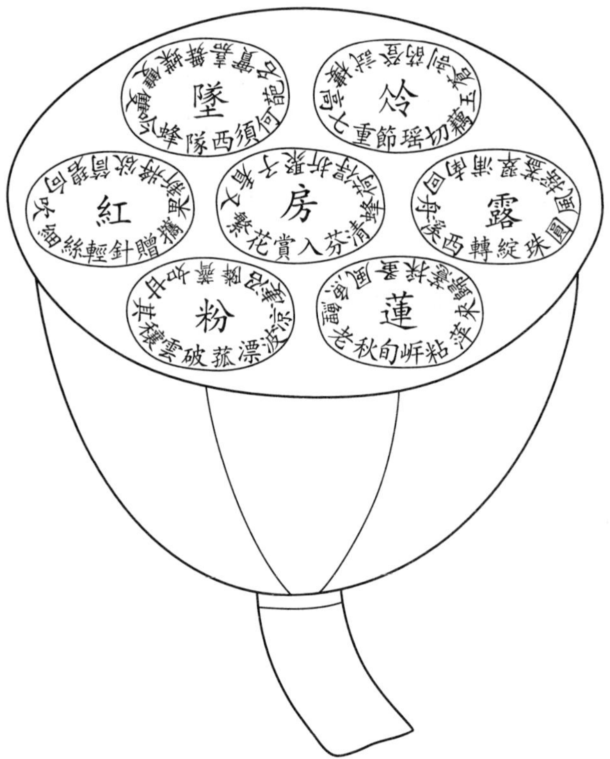

蓮房　咏蓮房

用杜工部露冷蓮房墜粉紅句，分作七首。七字分作十四字，以七字爲首，以七字爲尾。如路轉西溪至末句圓珠綻雨是也。冷旁從仌，即氷字，紅旁糸字，音覓。

四言七首

路轉西溪，舟回南浦。翠蓋摇風，圓珠綻雨。
令節重七，高樓試登。葯剖蒼玉，藕切瑶仌。
連句秋老，鯉魚風早。採薏歸來，萍粘岸屮。
方賞花繁，又看子聚。折得荷蜂，清芬入户。
隊隊蜂吟，雙雙蝶舞。嘉賞名葩，何須西土。
分破雲穰，其甘如薺。隣沼凄凉，波飄菰米。
糸輕絲細，吐向碧筩。欲將新果，携贈針工。

『嘉賞名葩』：圖文作『嘉實名葩』，回文類聚續編卷五同

『飄』：回文類聚暨各本璇璣碎錦圖文俱作『漂』

『吐』：圖文作『吹』，回文類聚與諸本璇璣碎錦均作『吐』

五雲

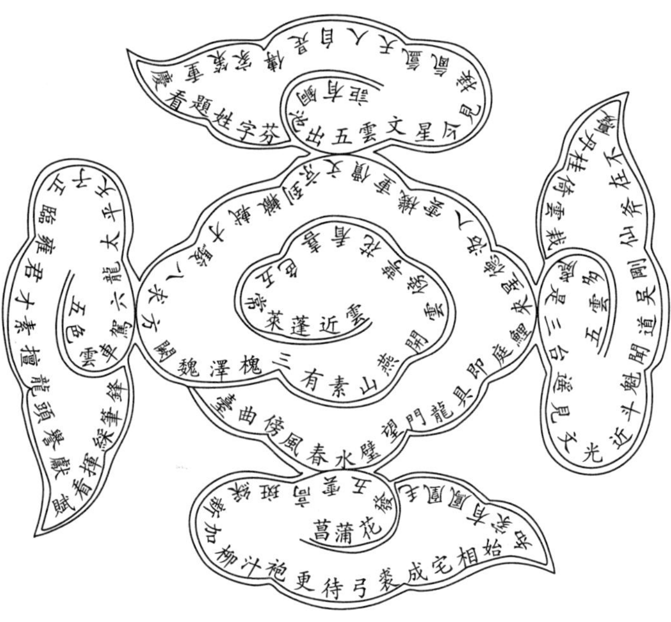

五雲　贈華天逸吳向若董蓉仙吳亦揆侯蔚颷夏若昆仲入雍

首句俱用唐人詩，有五雲二字在内者，皆從内至外。中左旋，四面右旋。

七言絶四首

五色雲車駕六龍，太平天子正臨雍。君才素擅龍頭譽，獻賦看揮綵筆鋒。

五雲多處是三台，遥見文光近斗魁。聞道吳剛仙斧在，不憂丹桂倚雲栽。

詎有銅池出五雲，文星今見接氤氲。天人自是傳家策，重慶看題姓字芬。

菖蒲花發五雲高，斑綵新加柳汁袍。更待弓裘成宅相，始知家有鳳凰毛。

七言律一首

雲近蓬萊常五色，喜看花萼傍雲開。燕山素有三槐澤，魏闕方求八駿才。軾轍到京文價重，機雲入洛德星來。鯉庭即具龍門望，璧水春風傍曲臺。

太極圖

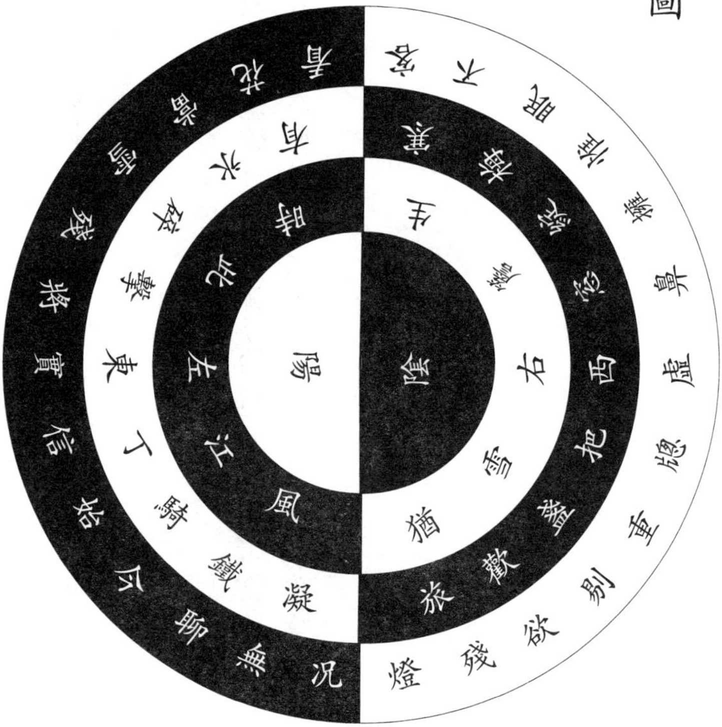

陽
陰

時此左江風
生簷右雪摘

有冰碎擊東丁鷗鸞凝
寒梅綻窗西把盞歡旅

看花當雪殘將實信吟以聊無況
客不眠准擁鼻虛憁重別欲殘燈

太極圖　長至客懷

陰字左旋至風、至寒、至况，看字止。陽字左旋至生、至凝、至客，燈字止。其陰字直下爲右爲西爲虚，陽字直下爲左爲東爲實。

七言絶二首

陰風江左此時寒，梅綻窓西把盞歡。旅况無聊今始信，實將殘雪當花看。

陽生簷右雪猶凝，鐵騎丁東擊碎氷。有客不眠惟擁鼻，虚牕重剔欲殘燈。

陽關疊

柳柳色色青青青青滿滿城城烟烟雨雨春春光光
送送遠遠行行君君向向燕燕山山路路前前去去
旗旗亭亭芳芳草草青青無無數數山山翠翠水水
潺潺湲湲行行路路難難時時往往還還多多是是
名名塲塲客客行行急急寧寧論論山山水水程程
千千百百人人戀戀芳芳春春不不似似君君家家
有有老老親親長長倚倚門門望望君君馬馬到到
金金臺臺下下桂桂花花香香報報高高堂堂正正
屈屈稀稀齡齡壽壽春春酒酒遲遲君君衣衣錦錦
倾倾金金斗斗汎汎春春風風人人共共醉醉融融

陽關疊　送華小邢燕遊

每字兩遍讀，句法連環頂下。首句三字，次七句皆七字，次一句三字，次一句五字，次六句皆七字，次二句皆三字，次三句皆七字，次二句皆三字，次七句皆七字，次二句皆三字，末二句皆五字。第二青青及時報融三字皆聯讀。

長短句二百字

柳色青，柳色青青青滿城。滿城烟雨春光送，烟雨春光送遠行。遠行君向燕山路，君向燕山路前去。前去旗亭芳草青，旗亭芳草青無數。無數山，山翠水潺湲。翠水潺湲行路難，行路難時時往還。往還多是名塲客，多是名塲客行急。行急寧論山水程，寧論山水程千百。千百人，戀芳春，人戀芳春不似君。不似君家有老親，家有老親長倚門。長倚門，望君馬，望君馬到金臺下。到金臺下桂花香，桂花香報報高堂。高堂正屆稀齡壽，正屆稀齡壽春酒。春酒遲君衣錦傾，遲君衣錦傾金斗。金斗汎，汎春風，春風人共醉，人共醉融融。

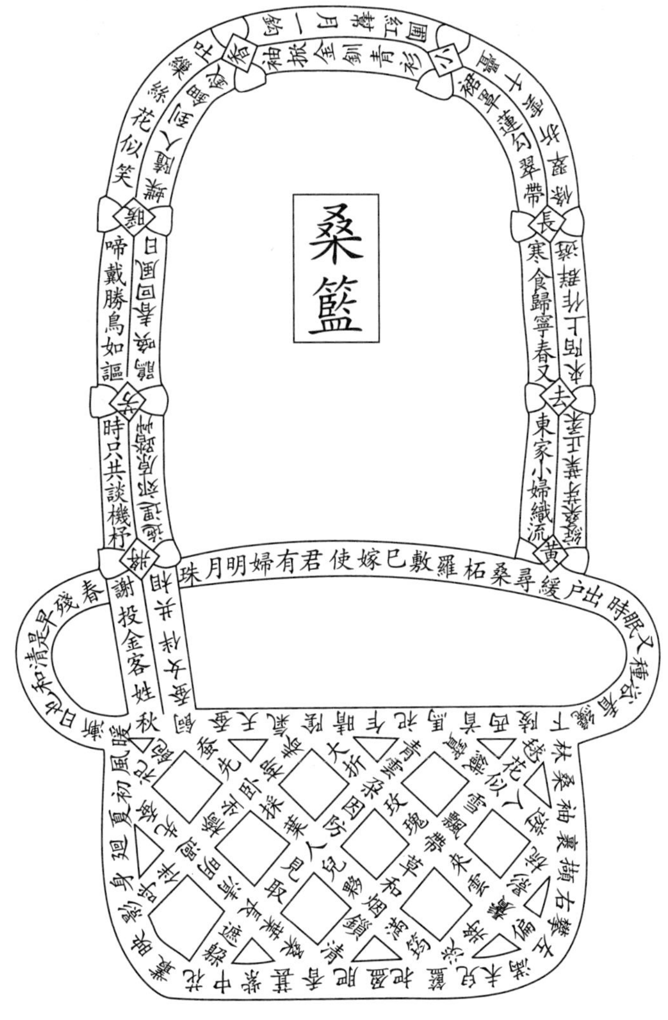
桑籃
珠月明婦有君使嫁已敷羅柘桑尋緩户出時眠又

桑籃　採桑人

詩從飼蠶女伴起，織流黄止爲一律，黄綻桑芽起，客姓秋止爲一律，將芳等八字通用。御街行：從飼蠶天氣右旋，至日漸暖風初夏轉至桑林下止，相謝二字飼字與詩合用。滿路花：從毬花似雪飄起，每斜行至邊，又復斜轉至帶來雲鬟偏左止，飼字與詩合用，飼初等在邊十字與前詞合用，内斜行似帶等九字交加讀。

七言律二首

飼蠶女伴共相將，迤逦郊原踏草芳。鶻唤春回風日暖，蝶隨人到鈿釵香。袖掀金釧青衫小，裙罩蓮勾翠帶長。寒食歸寧春又去，東家小婦織流黄。

黄綻桑芽葉正柔，去來陌上作群遊。長條翠折雲千疊，小圃紅幫月一鈎。香吐纈絲花似笑，暖啼戴勝鳥如謳。芳時只共談機杼，將謝投金客姓秋。

御街行一調

飼蠶天氣陰晴乍，祀馬首、西陵下。纔看浴種又眠時，出户緩尋桑柘。羅敷已嫁，使君有婦，明月珠相謝。　春殘早是清和也，日漸暖、風初夏。廻身影映叢花中，紫葚香肥盈把。籃兒未滿，左攀右擷，裹袖桑林下。

滿路花一調

毬花似雪飄，帶草和烟鎖。清香桑葉長，清明過。先蚕初祀，飽飼蚕先臥。採葉人兒夥，烟滿筠籃，淡將鬢影梳裹。遊人似織，寶馬青雲朶。因防人見取，長遮躲。花叢映影，呼伴過橋坐。臥柳春陰大，折朶玫瑰，帶來雲鬢偏左。

『鬢影』：抄句原作『鬢影』，據圖文改

天度小浮圖

月
華
澂澄
月 最嬋娟 月
漫花東蒲一第江金
憶周郎年少事尊
流風渚牛壁赤
南楼逸興嘯
月 發輝清傲 月
明園爭如親見霓裳裡
千梁滿客是曾闕宫
里賦手誰能及斗
下影香横参轉
月 萬樹羅浮如 月
在臺瑶深波石采雪處中
夢斷秦楼别玉人何清
八宫寒廣聞笛聞夜
萬四千七寶楼臺
月 補石綵皇媧自 月
何奔天術在吴剛玉斧修傳
年桂丹株幾蟾銀問爲来
手自栽山河影料義和
知誰猜難步亥測未
月 盤樣氷胎引惹得 月
金得塲歡每開處萬間人哀自
波添賞愁懷對月玉笛增常
三傾須酒把壯昔非人圓
百盃狂歌罷趂清風兩
月 朱二十萊蓬上飛袖 月
鏡宜闌朧朧飛上桃花影晚來掛
照更暑長冷陰春院小高枝柳
銀床轆轤金井碧梧庭下紅
平馥桂静人闌夜邊池菡
月 分画楼三五良宵永誰 月
到餅璃琉出剪氷輪一海滄將光映
秋來偏勝向寒天玉梅千嶺雪清
問楼瓊上欲景佳時四衢天澂
玉京悲歡無限感人情春衣平樂
讓慮俗塵燈下絃陽潯艇夜酒前花
閒下可中庭上方品淨心如鏡坐對浮
僧臺 經圖
生公 卷一

天度小浮圖　咏月詞

橫行之字讀，遇角即向上，月字轉下。酹江月自月華起，聞笛止。沁園春聞廣起，蓬萊止。燭影摇紅十二起，佳境止。鷓鴣天欲上起，卷經止。共三百六十五字。

酹江月一調

月華澄澈，最嬋娟第一，蒲東花月。漫憶周郎年少事，江月金尊赤壁。牛渚風流，南樓逸興，嘯傲清輝發。爭如親見，霓裳月裏宫闕。　曾是客滿梁園，月明千里，賦手誰能及。斗轉參横香影下，萬樹羅浮如雪。采石波深，瑶臺月在，夢斷秦樓别。玉人何處，月中清夜聞笛。

沁園春一調

聞廣寒宫，八萬四千，七寶樓臺。自媧皇綵石，補天術在，吴剛玉斧，修月傳來。爲問銀蟾，幾株丹桂，奔月何年手自栽。山河影，料羲和未測，亥步難猜。　誰知盤樣冰胎，引惹得、人間萬慮開。每歡塲得月，金波添賞，愁懷對月，玉笛增哀。月自常圓，人非昔壯，把酒須傾三百盃。狂歌罷，趂清風兩袖，飛上蓬萊。

燭影搖紅一調

十二朱闌，朧朧飛上桃花影。晚來月掛柳枝高，小院春陰冷。長暑更宜月鏡，照銀牀、轆轤金井。碧梧庭下，紅菡池邊，夜闌人靜。桂馥平分，画樓三五良宵永。誰將滄海一輪氷，剪出琉璃餅。月到秋來偏勝，向寒天、玉梅千嶺。雪光月映，清澈天衢，四時佳景。

鷓鴣天一調

欲上瓊樓問玉京，悲歡無限感人情。春衣平樂花前酒，夜艇潯陽紘下燈。塵俗慮，讓閒僧，生公臺下可中庭。上方品淨心如鏡，坐對浮圖一卷經。

逕遠白金鸞銅甑下流到石亭芳境十里香

曲堤平出遶水溪潺磵古山深

題爭到客樓心記源桃

一泓澄澈萬斛涵香

到每影清竹松來照坐閒苔蒼

雨過飛風花落點春家分試品別中藏

至來玉珠似泉流樹紅啼鶯取聽携堪梲七藝

瀟湘遠行沽陶令攢眉喜一爐方

扉松襯青座佛淹白寮禪繞烟

勝瓦鼎煎松柏樹共濤龍團餅足稱

岩高後廟茗佳水佳僧佳絕

雨前新葉一槍初展雙旗漸

處燕乳成時正是日長香院看滿汲一捧

碧泉鉼　遊石亭等躋上人汲澗水煮新茶作供

前調深山古磵起至十里幽深，折至一泓澄澈及香冷，横行入腹從每到雨過泉飛風清花落一路，斜讀至堪敵中冷香勝右旁下，行至三絶又横入中至佳茗止。後調廟後高岩折至雨前新葉起，横至鵑花向下旋轉至長來剝啄，又横入中右行方爇，又折左行，由珠玉笙篊至爭題止。

百字令一調

深山古磵，潺湲水遶出，平隄曲徑。遠自金鷰銅甑下，流到石亭芳境。十里幽深，一泓澄澈，萬斛涵香冷。蒼苔閒坐，照來松竹清影。　每到雨過泉飛，風清花落，紅點春來景。汲取試嘗閒品別，堪敵中冷香勝。瓦鼎膨脝，松肪榾柮，共瀹龍團餅。足稱三絶，佳僧佳水佳茗。

鳳凰臺上憶吹簫一調

廟後高岩，雨前新葉，一槍初展雙旗。漸鵑花開處，燕乳成時。正是日長香院，看滿汲、一捧軍持。茶烟繞，禪寮白雀，佛座青猊。　松扉，長來剝啄，無慧遠行沽，陶令攢眉。喜一爐方爇，七椀堪携。聽取鶯啼紅樹，流泉似、珠玉笙篊。桃源記，小樓客到爭題。

一帆風

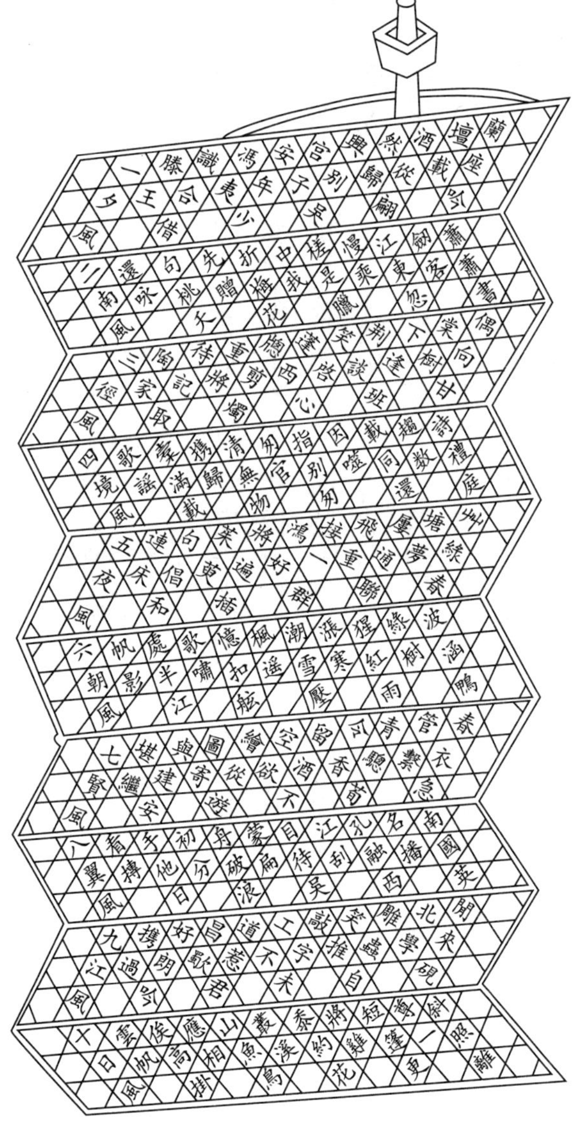

一帆風　送豫章李靖共世兄歸南昌時尊公李父師蔚宗先生客留荆水世兄歸省北堂并伯仲六人兼卜乘龍之吉見索拙稿以此爲贈

斜曳讀十首，俱有風字結尾，末行編第一至第十號數。

七言絶十首

蘭座吟壇載酒從，翩然歸興别吴宫。子安年少馮夷識，合借滕王一夕風。
蕭蕭書劒客江東，忽慢乘槎是臘中。我折梅花先贈句，桃夭還咏二南風。
偶向甘棠樹下逢，班荆談笑啓心蓬。西牕剪燭重將待，記取陶家三徑風。
詩禮庭趨數載同，還因噬指别匆匆。官清無物携歸橐，满載歌謡四境風。
艸緑春塘夢屢通，聯飛重接一羣鴻。好將遍插茱萸句，倡和連牀五夜風。
波涵鴨緑樹猩紅，雨漲寒潮雪壓楓。遥憶扣舷歌嘯處，半江帆影六朝風。
春衣急管繫青驄，荀令香留酒不空。欲繪從遊圖寄與，建安堪繼七賢風。
南國英名播孔融，西江刮目待吴蒙。扁舟破浪初分手，他日看搏八翼風。
閒來硯北學雕蟲，自笑推敲字未工。不道惹君昌歜好，朗吟携過九江風。
斜照離尊一短篷，更將雞黍約花叢。溪山魚鳥應相俟，高掛雲帆十日風。

栢香堂本、潄霞仙館本、似静齋本題作送李靖共世兄歸南昌時尊公蔚宗父師客留荆水世兄歸省北堂伯仲六人兼卜乘龍之吉見索拙稿以此爲贈。

『趨』：抄句原作『闈』，據圖文改

金花勝

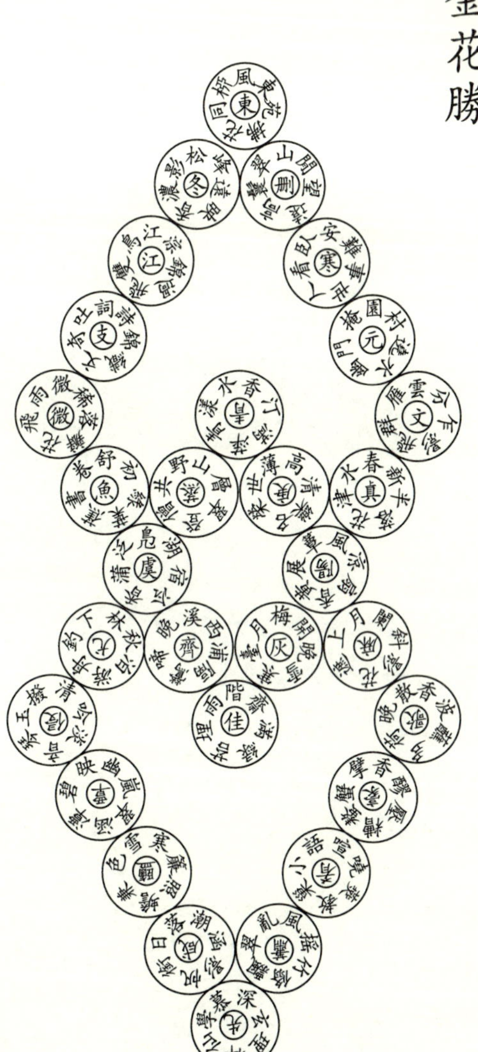

金花勝　褋咏

中爲韻，上平十五首正南字起，如風柳同花拂苑東，下平十五首正北字起，如禪理玄深慕學仙，凡二三四句皆遞卸一字右旋讀。

七言絶三十首

風柳同花拂苑東，柳同花拂苑東風。同花拂苑東風柳，花拂苑東風柳同。

松影濃香映遠峰，影濃香映遠峰松。濃香映遠峰松影，香映遠峰松影濃。

江鳥雙飛過錦淙，鳥雙飛過錦淙江。雙飛過錦淙江鳥，飛過錦淙江鳥雙。

詞吐奇文織錦詩，吐奇文織錦詩詞。奇文織錦詩詞吐，文織錦詩詞吐奇。

微雨飛花瓣落稀，雨飛花瓣落稀微。飛花瓣落稀微雨，花瓣落稀微雨飛。

舒卷書蕉葉綠初，卷書蕉葉綠初舒。書蕉葉綠初舒卷，蕉葉綠初舒卷書。

鳧泛蒲香冷宿湖，泛蒲香冷宿湖鳧。蒲香冷宿湖鳧泛，香冷宿湖鳧泛蒲。

溪晚啼鶯隔浦西，晚啼鶯隔浦西溪。啼鶯隔浦西溪晚，鶯隔浦西溪晚啼。

階雨埋苔綠滿齋，雨埋苔綠滿齋階。埋苔綠滿齋階雨，苔綠滿齋階雨埋。

梅月臺寒雪晚開，月臺寒雪晚開梅。臺寒雪晚開梅月，寒雪晚開梅月臺。

春水津花落半新，水津花落半新春。津花落半新春水，花落半新春水津。
雲雁羣飛影乍分，雁羣飛影乍分雲。羣飛影乍分雲雁，飛影乍分雲雁羣。
園掩門幽水遶村，掩門幽水遶村園。門幽水遶村園掩，幽水遶村園掩門。
安臥看人世事難，臥看人世事難安。看人世事難安臥，人世事難安臥看。
山翠鬟高遠望閒，翠鬟高遠望閒山。鬟高遠望閒山翠，高遠望閒山翠鬟。
禪理玄深慕學仙，理玄深慕學仙禪。玄深慕學仙禪理，深慕學仙禪理玄。
翛竹摇風亂翠飄，竹摇風亂翠飄翛。摇風亂翠飄翛竹，風亂翠飄翛竹摇。
教燕嘵喧語小巢，燕嘵喧語小巢教。嘵喧語小巢教燕，喧語小巢教燕嘵。
糟壓醪香擘蟹螯，壓醪香擘蟹螯糟。醪香擘蟹螯糟壓，香擘蟹螯糟壓醪。
多蘸波香散晚荷，蘸波香散晚荷多。波香散晚荷多蘸，香散晚荷多蘸波。
花影斜闌月上遮，影斜闌月上遮花。斜闌月上遮花影，闌月上遮花影斜。
香扇凉風簟展黄，扇凉風簟展黄香。凉風簟展黄香扇，風簟展黄香扇凉。
名樂清高薄世榮，樂清高薄世榮名。清高薄世榮名樂，高薄世榮名樂清。
萍滿汀香水漾清，滿汀香水漾清萍。汀香水漾清萍滿，香水漾清萍滿汀。
登翠層山野共僧，翠層山野共僧登。層山野共僧登翠，山野共僧登翠層。
游泊秋林下釣舟，泊秋林下釣舟游。秋林下釣舟游泊，林下釣舟游泊秋。

音淡吟清撥玉琴，淡吟清撥玉琴音。吟清撥玉琴音淡，清撥玉琴音淡吟。
涵翠嵐幽映碧潭，翠嵐幽映碧潭涵。嵐幽映碧潭涵翠，幽映碧潭涵翠嵐。
蟾照簾寒雪色兼，照簾寒雪色兼蟾。簾寒雪色兼蟾照，寒雪色兼蟾照簾。
帆影函潮落日銜，影函潮落日銜帆。函潮落日銜帆影，潮落日銜帆影函。

『函』：除似靜齋本外，諸本圖文俱作『涵』，栢香堂本、漱霞仙館本抄句改作『寒』

霹靂環

霹靂環　四時怨

脱卸讀。春景，豔陽天色麗春烟，色麗春烟萬卉鮮，萬卉鮮時人自負，時人自負艷陽天。夏景點池起，秋景一庭起，冬景玉爐起。

七言絶四首

豔陽天色麗春烟，色麗春烟萬卉鮮。萬卉鮮時人自負，時人自負豔陽天。

點池荷蕊發香多，蕊發香多蘸緑波。蘸緑波同垂粉淚，同垂粉淚點池荷。

一庭秋葉落清幽，葉落清幽夜助愁。夜助愁懷人不寐，懷人不寐一庭秋。

玉鑪香靜夜偏凉，靜夜偏凉錦字長。錦字長牋題寫盡，牋題寫盡玉鑪香。

聚景燈

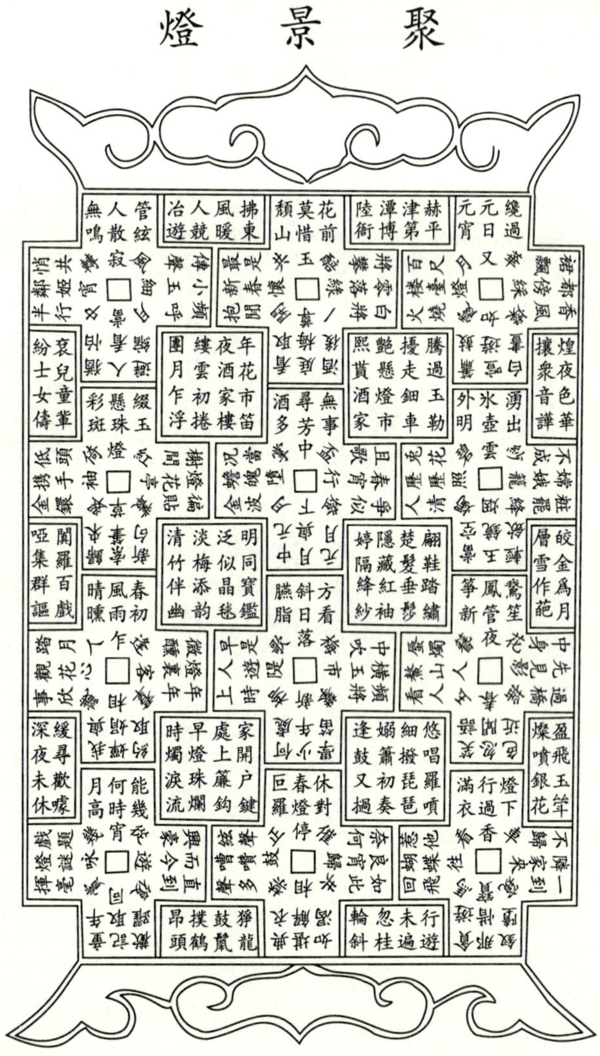

聚景燈　上元燈月

七絶在亞字圍内，每句先二字、次三、次二，纔過元日又元宵右旋，至香風都傍綵裙飄止，餘同。五律左右中分三首，即在七絶内圓寫八字，首尾環讀作二句，直下四圓八句爲一首，西南起，左旋右自華綵燦如霞，至馬往看香車止，中左同。排律在中方圍及上下兩旁半方内，右一首自邊上三長半方，至上横半方，中三方、下横半方止，左自上至中至下至邊止，句首字俱雙讀，煌煌夜色華起，深深夜未休止，每首念二句。

七言絶十二首

纔過元日又元宵，百尺楼臺燈火燒。簫鼓喧遊如白晝，香風都傍綵裙飄。
湧出氷壺雲外明，兎花歷歷照人清。當空玉鏡烟輕歛，粧罷嫦娥籠不成。
鵞笙鳳管夜箏新，蜃燭鰲山人看人。笑語忽聞春色近，過橋先見影中身。
燈下行過香滿衣，惹他蝴蝶往回飛。貪遊那惜寶釵墮，一到隣家來不歸。
花前莫惜玉頽山，最是新春懷抱閒。看取庭梅尊酒後，白將零落綠將攀。
無事尋芳中酒多，况當蟾魄墮金波。中元月與下元月，爭似春宵行且歌。
方看斜日落臙脂，早是人遊隄上時。何處少年新學笛，頻將横玉市中吹。
休對春燈停叵羅，絃聲嘈囋鼓聲多。典衣堪解相如渴，如此良宵歸奈何。

管絃人散寂無鳴，悄共鄰姬宵半行。猶怕人看當避縮，頻呼小玉細傳聲。
綴玉懸珠燈彩斑，低頭携手袖金鐶。歸來索筆草新句，偏貼燈花亭榭間。
春初風雨乍晴曛，踏月觀花心事欣。我與嬋娟相約取，年年燈裏客微醺。
能幾何時宵月高，戲題燈謎咏揮毫。童年記取同歡躍，直到而今遊興豪。

五言律三首

華綵燦如霞，霞燈月又華。紗籠絳烟燭，燭照碧雲紗。花影摇春玉，玉人簪夜花。車來窺寶馬，馬徃看香車。

醅緣一尊開，開懷共玉醅。盃行燈下月，月墮掌中盃。梅市攀新柳，柳隄歌落梅。催歸共相禁，禁鼓正停催。

風細月當中，中宵轉寂風。紅亭叢草翠，翠袖倚燈紅。逢客羣相識，識心人乍逢。從遊復同賞，賞咏幾宵從。

五言排律二首

煌煌夜色華，攘攘衆音譁。皎皎金爲月，層層雪作葩。盈盈飛玉斝，瑑瑑噴銀花。
赫赫平津第，潭潭博陸衙。騰騰過玉勒，擾擾走鈿車。艷艷懸燈市，熙熙貰酒家。

翩翩鞋踏繡，楚楚髮垂髿。隱隱藏紅袖，婷婷隔絳紗。悠悠唱囉嗊，細細撥琵琶。
嫋嫋簫初奏，逢逢鼓又撾。行行遊未遍，忽忽桂輪斜。
拂拂東風暖，人人競冶遊。年年花市笛，夜夜酒家樓。縷縷雲初捲，團團月乍浮。
明明同寶鑑，泛泛似晶毬。淡淡梅添韵，清清竹伴幽。家家開户鍵，處處上簾鈎。
早早燈珠爛，時時燭淚流。猙猙龍鼓鬣，撲撲鶴昂頭。衰衰兒童輩，紛紛士女儔。
闐闐羅百戲，啞啞集群謳。緩緩尋歡噱，深深夜未休。

『童』：圖文原作『章』，據栢香堂本改

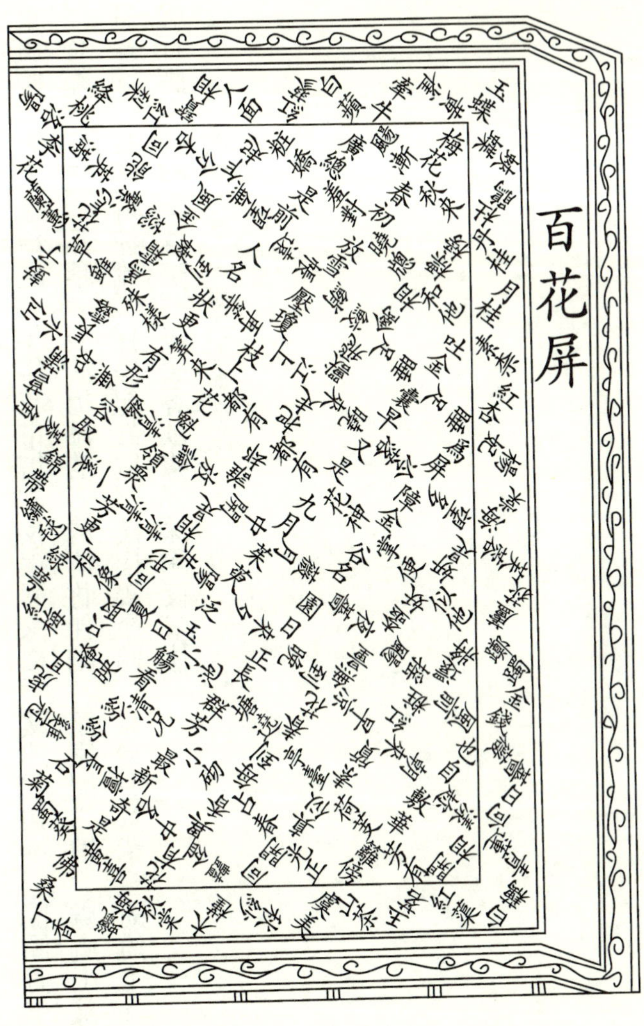
百花屏

百花屏　咏百種名花

分左右二幅，每幅四圍近邊兩字皆花名，合共花名一百種。右幅步步嬌，玉蝶梅花起，相向止。山坡羊日薔薇風前搖颺起，異香止。五更轉每到春起，籬傍止。江兒水虞美秋紗艷起，相像止。黄鶯兒夏日小池塘起，蘋颺止。貓兒墜漸秋來丹桂起，紅粧止。尾聲還將蘆荻芙蓉望起，洛陽止。左幅自楝子花開春殘矣起，牌名句字與右同，至舞絮顛狂出柳枝止。

南曲二套

〔步步嬌〕玉蝶梅花春初放，雪壓瓊枝上，花魁領衆芳。更綠萼紅梅，掩映清況。小砌占春光，正山茶玉茗開相向。

〔山坡羊〕日薔薇風前搖颺，夜薔薇月中開放。論清幽無如水仙，鼓子花怎能同寶相。人面粧，嬌羞對曉牕。和他素柰紅杏爲屏障，金谷名園日正長。群芳，最新奇是佛桑。丁香，蠟梅花有異香。

〔五更轉〕每到春花無量，盉妖妍是海棠。楊妃睡足、睡足鮫綃帳。遠望無分，杏紅梨絳。桃李花，蘭蕙草，雖殊樣。筭來都有、都有花神掌。便似他躑躅金錢，也自敷華籬傍。

〔江兒水〕虞美秋紗豔，盆中各擅長。雞冠虎耳只取同形相，是誰却把走獸飛禽相標榜。杜鵑蛺蝶黄雀牽牛廣，總是前人名狀。更有形容取，錦帶繡毬相像。

〔黄鶯兒〕夏日小池塘，遶亭臺荷芰芳，有紅蕖白藕青蓮漾。趂朝來早凉，到晚來夕陽，共清清一溪菱角菖蒲長。露爲霜，金風乍起，紅蓼白蘋颺。

〔琥珀貓兒墜〕漸秋來丹桂，月桂吐金囊。早又是九月茱萸泛玉觴，看紛紛石菊蜀葵黄。喜秋棠，木槿同開，真似素質紅粧。

〔尾聲〕還將蘆荻芙蓉望，多冷落曉來江上，再等到嫩蕊繁英滿洛陽。

〔步步嬌〕楝子花開春殘矣，花信風初止，羣葩總入詩。便野菊山櫻，滿眼佳致。獨有豔陽時，多碧桃郁李鋪紅紫。

〔山坡羊〕菊花紅落霞難比，菊花黄傲霜堪喜。数瑶華應推木香，素珠輕爭得同梔子。姊妹齊，翩翩綵袖攜。紫花荆樹唐棣如兄弟，淺淡濃深各鬭奇。相依，最情長是紫薇。辛夷，玉蘭花塤與篪。

〔五更轉〕人盡知薇花紫，却原來有白薇。翠薇尤足、尤足稱珍異。但不如他，仙瓊花瑞。香粉團，月粉樹，都同類。芬如檀麝、檀麝猶難繼。怎似他茉莉玫瑰，占斷人間香氣。

〔江兒水〕柚子香櫞近，濃開碧玉枝。黄橙綠橘一様清芬至，相期都到夏日薰風香飄墜。欵冬枳殼甘菊金銀蕊，總入藥籠良劑。更有仙家採，枸杞松花佳味。

〔黄鶯兒〕喬木影離披，有柔條每附依，看株藤瓠子凌霄寄。向朱樓碧池，在紅亭翠堤，蝶和蜂往來百合長春裏。曲闌西，爭妍競麗，金鳳玉簪菲。

〔琥珀貓兒墜〕種北堂萱草，榴子召多兒。不獨爲蠲忿忘憂照眼宜，更將他萬壽八仙移。到荼蘼，天棘莓墻，又早紅粉絲絲。

〔尾聲〕花王芍藥牡丹希，壓盡了人間凡卉，管不得舞絮顛狂出柳枝。　康熙三十四年本

璇璣碎錦　雍正四年本璇璣碎錦

『喬木』：圖文原作『喬才』，據栢香堂本改

連環詩

韓菼

風流霧香迷月薄霞淡雨紅幽樹芳飛雪落花艷舞

連環詩

風花雪月四字廻文詩二十韻，共得五言絶句四十首，戲爲許昌大司馬菅仲魯（參）先生舞妓飛瓊之作。姑蘇韓菼。

五言

風流霧香迷，月薄霞淡雨。紅幽樹芳飛，雪落花艷舞。
流霧香迷月，薄霞淡雨紅。幽樹芳飛雪，落花艷舞風。
霧香迷月薄，霞淡雨紅幽。樹芳飛雪落，花艷舞風流。
香迷月薄霞，淡雨紅幽樹。芳飛雪落花，艷舞風流霧。
迷月薄霞淡，雨紅幽樹芳。飛雪落花艷，舞風流霧香。
月薄霞淡雨，紅幽樹芳飛。雪落花艷舞，風流霧香迷。
薄霞淡雨紅，幽樹芳飛雪。落花艷舞風，流霧香迷月。
霞淡雨紅幽，樹芳飛雪落。花艷舞風流，霧香迷月薄。
淡雨紅幽樹，芳飛雪落花。艷舞風流霧，香迷月薄霞。
雨紅幽樹芳，飛雪落花艷。舞風流霧香，迷月薄霞淡。

紅幽樹芳飛，雪落花艷舞。風流霧香迷，月薄霞淡雨。
幽樹芳飛雪，落花艷舞風。流霧香迷月，薄霞淡雨紅。
樹芳飛雪落，花艷舞風流。霧香迷月薄，霞淡雨紅幽。
芳飛雪落花，艷舞風流霧。香迷月薄霞，淡雨紅幽樹。
飛雪落花艷，舞風流霧香。迷月薄霞淡，雨紅幽樹芳。
雪落花艷舞，風流霧香迷。月薄霞淡雨，紅幽樹芳飛。
落花艷舞風，流霧香迷月。薄霞淡雨紅，幽樹芳飛雪。
花艷舞風流，霧香迷月薄。霞淡雨紅幽，樹芳飛雪落。
艷舞風流霧，香迷月薄霞。淡雨紅幽樹，芳飛雪落花。
舞風流霧香，迷月薄霞淡。雨紅幽樹芳，飛雪落花艷。
舞艷花落雪，飛芳樹幽紅。雨淡霞薄月，迷香霧流風。
艷花落雪飛，芳樹幽紅雨。淡霞薄月迷，香霧流風舞。
花落雪飛芳，樹幽紅雨淡。霞薄月迷香，霧流風舞艷。
落雪飛芳樹，幽紅雨淡霞。薄月迷香霧，流風舞艷花。
雪飛芳樹幽，紅雨淡霞薄。月迷香霧流，風舞艷花落。
飛芳樹幽紅，雨淡霞薄月。迷香霧流風，舞艷花落雪。

芳樹幽紅雨，淡霞薄月迷。香霧流風舞，艷花落雪飛。
樹幽紅雨淡，霞薄月迷香。霧流風舞艷，花落雪飛芳。
幽紅雨淡霞，薄月迷香霧。流風舞艷花，落雪飛芳樹。
紅雨淡霞薄，月迷香霧流。風舞艷花落，雪飛芳樹幽。
雨淡霞薄月，迷香霧流風。舞艷花落雪，飛芳樹幽紅。
淡霞薄月迷，香霧流風舞。艷花落雪飛，芳樹幽紅雨。
霞薄月迷香，霧流風舞艷。花落雪飛芳，樹幽紅雨淡。
薄月迷香霧，流風舞艷花。落雪飛芳樹，幽紅雨淡霞。
月迷香霧流，風舞艷花落。雪飛芳樹幽，紅雨淡霞薄。
迷香霧流風，舞艷花落雪。飛芳樹幽紅，雨淡霞薄月。
香霧流風舞，艷花落雪飛。芳樹幽紅雨，淡霞薄月迷。
霧流風舞艷，花落雪飛芳。樹幽紅雨淡，霞薄月迷香。
流風舞艷花，落雪飛芳樹。幽紅雨淡霞，薄月迷香霧。
風舞艷花落，雪飛芳樹幽。紅雨淡霞薄，月迷香霧流。民國許昌縣志卷十八藝文下（一九二三年寶蘭齋石印本）

又見王仲厚別開生面之回文，刊新加坡南洋商報。鄭子瑜修辭學論文集：『清名詩人黃遵憲賢姪伯權，是早稻田大學校友，藏有同治御窰小茶壺一座，上書落雪飛芳樹幽紅雨淡霞薄月迷香霧流風舞艷花等二十字，作循環圓形。黄氏爲題跋語云，此二十字如環無端，任從何字讀起，都成五言絶詩一首，可得二十首；又從逆任何一字讀起，亦可成二十首，所謂回文詩也。回文方式頗多，此亦其一格耳。通首只是描寫風花雪月雨霧霞七事，迴環可誦，亦極有趣，足見構思之巧，推敲之妙。雖云雕蟲小技，較之博奕猶賢也』。

菼（一六三七—一七〇四）榜名陳咸，字元少，一字兼人，號慕廬，又號歸愚，江南長洲人。清康熙十二年癸丑進士第一，授修撰。官至禮部尚書兼掌院學士。點勘經史，以文章名世，著有懷堂詩文集二十八卷。

回文集卷九　目録

玉連環

芳結思腸愛悲傷別離長惜期

萬斯同

玉連環

讀法　三言迴讀，皆成四句。

三言

芳期惜，長離别。傷悲絶，腸思結。
期惜長，離别傷。悲絶腸，思結芳。
惜長離，别傷悲。絶腸思，結芳期。
長離别，傷悲絶。腸思結，芳期惜。
離别傷，悲絶腸。思結芳，期惜長。
别傷悲，絶腸思。結芳期，惜長離。
傷悲絶，腸思結。芳期惜，長離别。
悲絶腸，思結芳。期惜長，離别傷。
絶腸思，結芳期。惜長離，别傷悲。
腸思結，芳期惜。長離别，傷悲絶。
思結芳，期惜長。離别傷，悲絶腸。

結芳期，惜長離。别傷悲，絶腸思。

回文

結思腸，絶悲傷。别離長，惜期芳。
思腸絶，悲傷别。離長惜，期芳結。
腸絶悲，傷别離。長惜期，芳結思。
絶悲傷，别離長。惜期芳，結思腸。
悲傷别，離長惜。期芳結，思腸絶。
傷别離，長惜期。芳結思，腸絶悲。
别離長，惜期芳。結思腸，絶悲傷。
離長惜，期芳結。思腸絶，悲傷别。
長惜期，芳結思。腸絶悲，傷别離。
惜期芳，結思腸。絶悲傷，别離長。
期芳結，思腸絶。悲傷别，離長惜。
芳結思，腸絶悲。傷别離，長惜期。

玉連環

寄詞函款致思纖遠

玉連環

讀法　兩句八字迴環讀

四言兩句

寄遠緘思，致欵函詞
遠緘思致，欵函詞寄
緘思致欵，函詞寄遠
思致欵函，詞寄遠緘
致欵函詞，寄遠緘思
欵函詞寄，遠緘思致
函詞寄遠，緘思致欵
詞寄遠緘，思致欵函

詞函欵致，思緘遠寄
寄詞函欵，致思緘遠
遠寄詞函，欵致思緘
緘遠寄詞，函欵致思
思緘遠寄，詞函欵致
致思緘遠，寄詞函欵
欵致思緘，遠寄詞函
函欵致思，緘遠寄詞

玉連環

海 澄 質 潤 采 騰 日 鏡

玉連環　海日硯銘

讀法　同前

繡枕

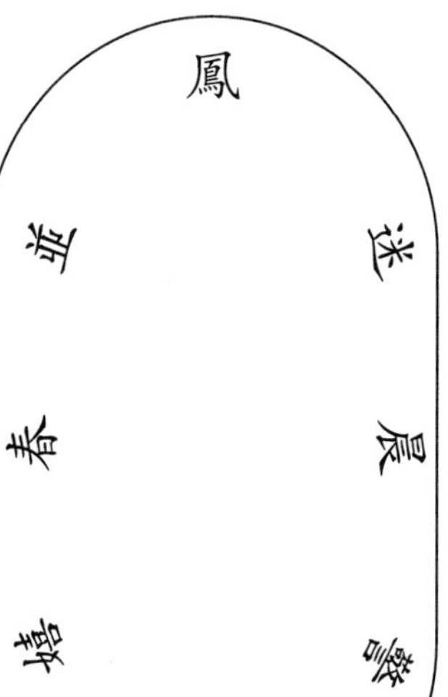

繡枕

讀法　八字兩句，同玉連環。

矩式回文

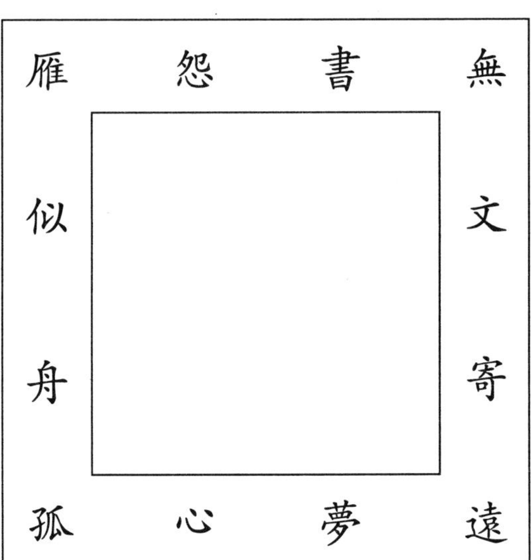

矩式回文

四言

無文寄遠，遠夢心孤。孤舟似雁，雁怨書無。
遠夢心孤，孤舟似雁。雁怨書無，無文寄遠。
孤舟似雁，雁怨書無。無文寄遠，遠夢心孤。
雁怨書無，無文寄遠。遠夢心孤，孤舟似雁。
無書怨雁，雁似舟孤。孤心夢遠，遠寄文無。
雁似舟孤，孤心夢遠。遠寄文無，無書怨雁。
孤心夢遠，遠寄文無。無書怨雁，雁似舟孤。
遠寄文無，無書怨雁。雁似舟孤，孤心夢遠。

矩式回文

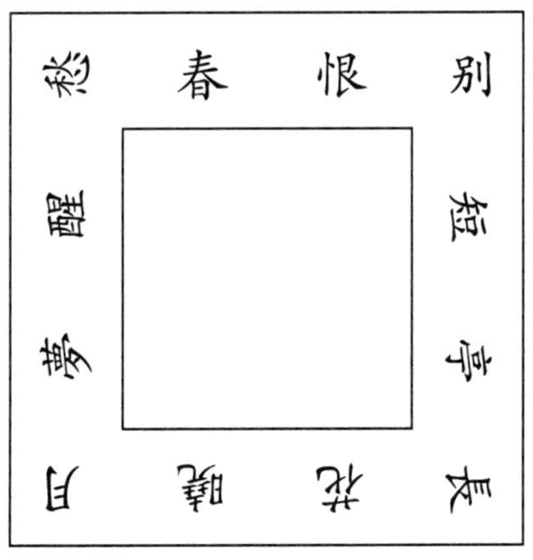

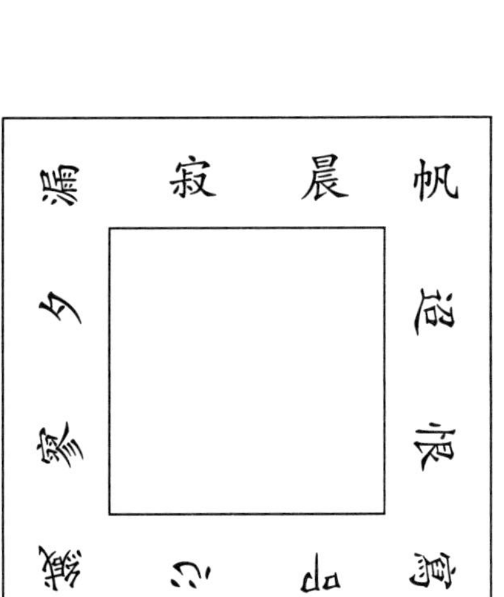

矩式回文

四言

別短亭長，長花曉月。月夢醒愁，愁春恨別。
月夢醒愁，愁春恨別。別短亭長，長花曉月。
別恨春愁，愁醒夢月。月曉花長，長亭短別。
月曉花長，長亭短別。別恨春愁，愁醒夢月。

帆迢恨寫，寫叩心緘。緘寥夕漏，漏寂晨帆。
緘寥夕漏，漏寂晨帆。帆迢恨寫，寫叩心緘。
帆晨寂漏，漏夕寥緘。緘心叩寫，寫恨迢帆。
緘心叩寫，寫恨迢帆。帆晨寂漏，漏夕寥緘。

矩式回文

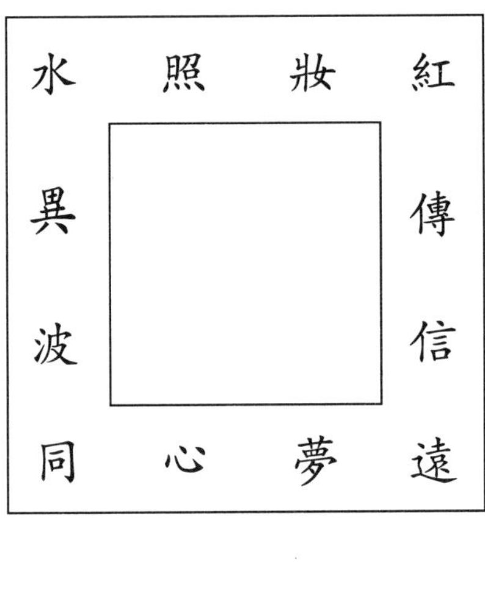

拆	鳳	勞	憐
謝			花
雲			惜
鈿	爐	散	屑

矩式回文

讀法　同前

靈檀几

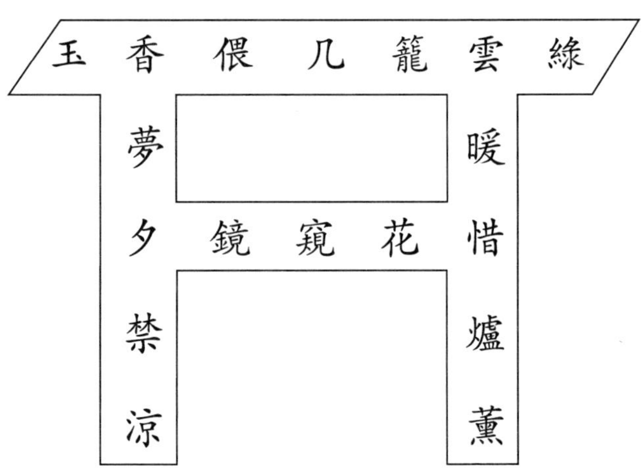

靈檀几　閨詞

讀法　調寄菩薩鬘一闋

菩薩鬘

綠雲籠几偎香玉，玉香偎几籠雲綠。雲暖惜爐薰，薰爐惜暖雲。　惜花窺鏡夕，夕鏡窺花惜。香夢夕禁涼，涼禁夕夢香。

花罇

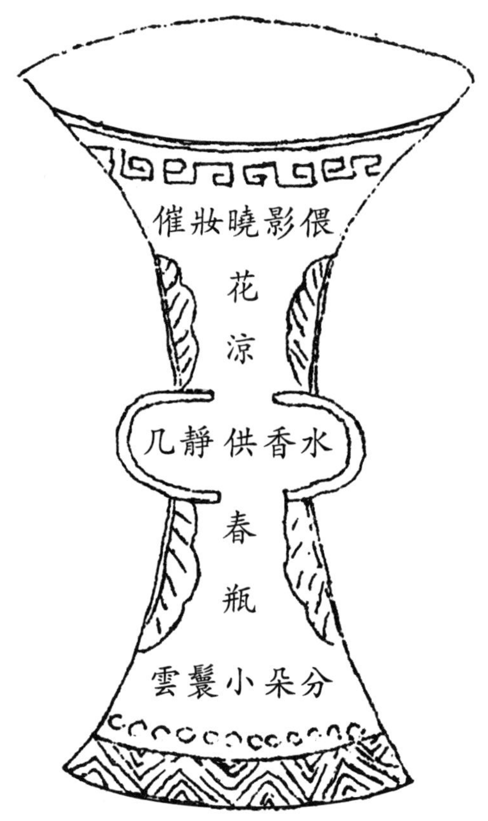

花罇 詠瓶花

讀法　調寄菩薩鬘一闋

菩薩鬘

曉花涼供春瓶小，小瓶春供涼花曉。偎影曉妝催，催妝曉影偎。水香供靜几，几靜供香水。分朵小鬟雲，雲鬟小朵分。

蓮瓣硯

蓮瓣硯　銘

讀法　蓮瓣二字爲回文上下四句之紐

四言

蓮岳朝絢，華池夕涼。瓣落葩散，露錦擷裳。
蓮閣文詠，爽染烟香。瓣斲霞靚，石滋墨芳。
蓮裳擷錦，露散葩落。瓣涼夕池，華絢朝岳。
蓮芳墨滋，石靚霞斲。瓣香烟染，爽詠文閣。
瓣涼夕池，華絢朝岳。蓮裳擷錦，露散葩落。
瓣香烟染，爽詠文閣。蓮芳墨滋，石靚霞斲。
瓣落葩散，露錦擷裳。蓮岳朝絢，華池夕涼。
瓣斲霞靚，石滋墨芳。蓮閣文詠，爽染烟香。

太華三峰

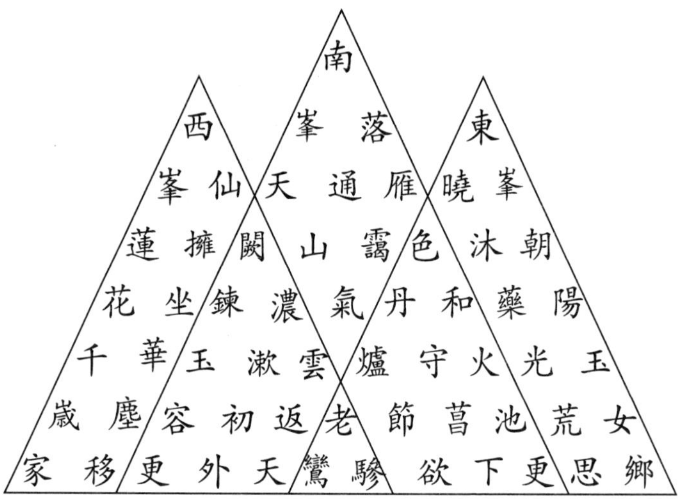

太華三峰

讀法　七絶三首，之字形讀，南峯一詩爲東西兩峰詩之紐。

七絶三首

南峯落雁通天闕，山靄色和丹氣濃。鍊玉漱雲爐守火，池菖節老返初容。

東峯曉色沐朝陽，藥和丹爐守火光。玉女荒池菖節老，鸞驂欲下更思鄉。

西峯仙闕擁蓮花，坐鍊濃雲漱玉華。千歲塵容初返老，驂鸞天外更移家。

霹靂環

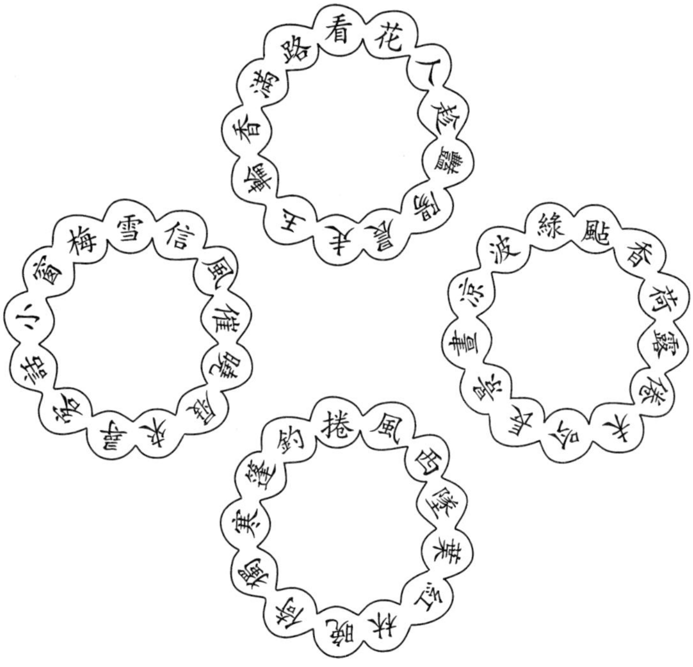

霹靂環　四時詠

讀法　七絶四首。第一首看花起，讀爲看花人趁豔陽晨，趁豔陽晨走玉輪，晨走玉輪香滿路，輪香滿路看花人。第二首露荷起，第三首晚林起，第四首小窗起。

七絶四首

看花人趁艷陽晨，趁艷陽晨走玉輪。晨走玉輪香滿路，輪香滿路看花人。

露荷香颭綠波凉，颭綠波凉晝景長。凉晝景長吟未倦，長吟未倦露荷香。

晚林紅葉墜西風，葉墜西風捲釣篷。風捲釣篷寒獨倚，篷寒獨倚晚林紅。

小窗梅雪信風催，雪信風催曉屐來。催曉屐來尋客話，來尋客話小窗梅。

玉交環

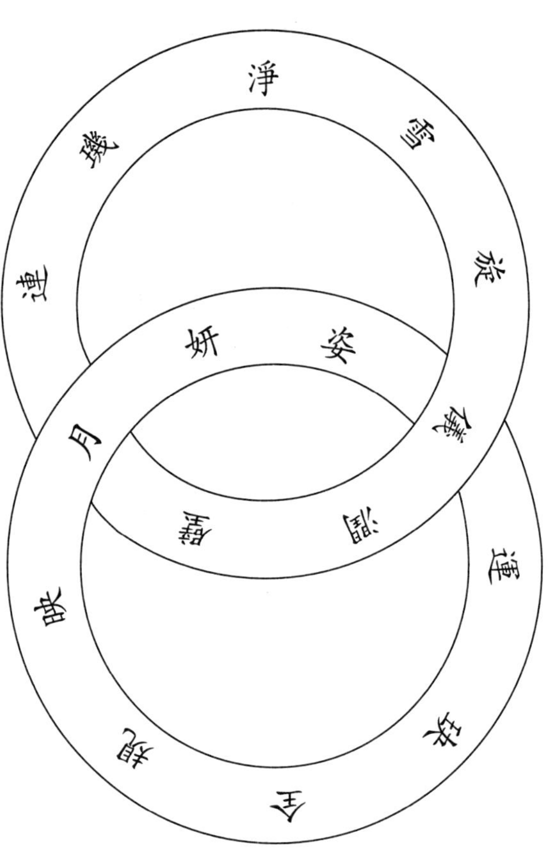

玉交環

讀法　四言，上環八字，下環同。不拘何字起，各分兩句讀，兩環合用四句。

四言

雪淨璣連，璧潤儀旋。　旋儀潤璧，連璣淨雪。
月映規全，玦運姿妍。　妍姿運玦，全規映月。
雪淨璣連，月映規全，玦運姿妍，璧潤儀旋。
旋儀潤璧，妍姿運玦，全規映月，連璣淨雪。餘倣此

珠聯璧合

珠聯璧合

讀法　外璧亭亭起，左旋營字止。山亭春望七言六韻第四句第三陰字讀去聲中璧歲字起，右旋空字止。春日感懷七言四韻，每句聯珠，句法凡叠字只寫一字，取璧合之義。

山亭春望

亭亭亭影層層陟，處處依依緩緩行。面面面山山有態，陰陰陰柳柳多情。鶯鶯燕燕朝朝雨，絮絮花花日日晴。拍拍拍波鷗去去，交交交語鳥聲聲。村村曲曲峯峯轉，物物欣欣樹樹榮。悵悵紅塵塵擾擾，悽悽戚戚苦營營。

春日感懷

歲歲歲華馳鼎鼎，春春春事過匆匆。寥寥色色聲聲外，寂寂風風雨雨中。對對雙雙禽嚦嚦，三三五五蕊叢叢。遥遥暮暮朝朝望，雁雁魚魚處處空。

二十四卦

二十四卦

讀法　七律一首，解澤起，右旋至井壓止。卦名皆作卦象。

七律

解澤咸敷起困顛，旅人復業息屯邅。謙心益樂名師授，豐歲恒歡令節延。比屋臨門長萃處，履山觀水且隨緣。升平鼎食無需望，頤養蒙愚老井壓。

錫朋

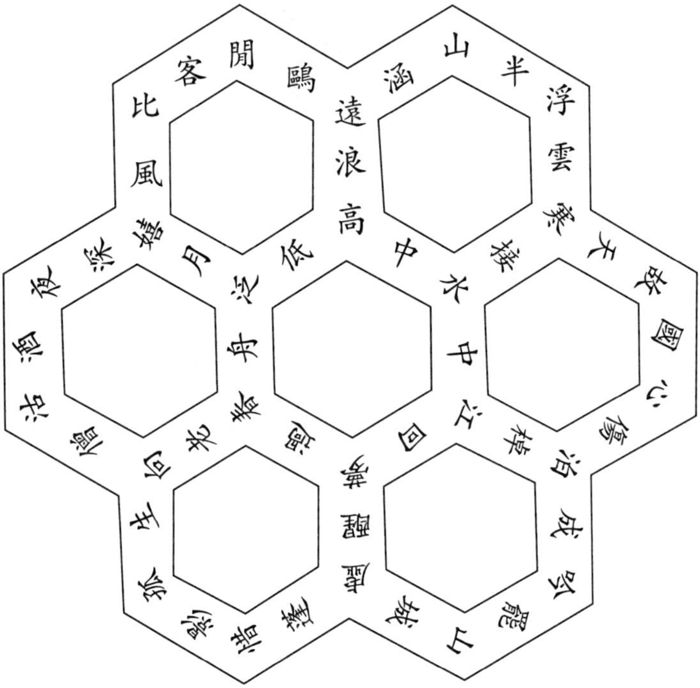
客 閒
比 鷗 涵 山 半
遠 浮
風 浪 雲
高 寒
孀 依 中 摟 天
深 月 水 故
夜 泛
酒 舟 中 國
沽 春 泣 心
償 光 回 棹 傷
句 夢 泊
生 醒 成
孤 虛 吟
影 披 罷
情 蓬 山

錫朋　客舟感懷

讀法　七絶三首，交加句法。第一首，山半浮雲寒接水，水中高浪遠涵山，閒鷗遠浪高低泛，泛月嬉風比客閒。第二首沽酒起，惜影孤止。第三首心傷起，泊成吟止。中間十二字三首公用。

七絶三首

山半浮雲寒接水，水中高浪遠涵山。閒鷗遠浪高低泛，泛月嬉風比客閒。

沽酒夜深嬉月泛，泛舟春老向僧沽。孤生向老春過夢，夢醒虛蓬惜影孤。

心傷泊棹江中水，水接寒天故國心。吟罷山城虛醒夢，夢回江棹泊成吟。

金錢勝

金錢勝　山邑齋居感懷

讀法　七律四首，每句拆中一字作兩字，迴環仍讀至中字爲一句，如彳亍卑僚舊列行，一二良朋徑闢三，艸過東籬蔭澗薖，農人本色是吳儂。下做此。

七律四首

彳亍卑僚舊列行，金芒退盡太阿鋩。口多尤怨言休哆，人賞繁華願幾償。凡鳥那堪題作鳳，良禾真見化爲稂。心生樂趣安吾性，日日吟詩頌世昌。

一二良朋徑闢三，竹參玉版蔭松篸。吏人揮手辭郵使，田力關心藉户男。卉木經春齊吐枏，山風到曉便成嵐。天心鑒我清無忝，水函虚奩寸念涵。

艸過東籬蔭澗薖，可人風景樂如何。山山擕屐閒常出，夕夕題詩積寢多。木會岩前列松檜，艸羅徑外接藤蘿。永言歌志聊成詠，我口何妨得意哦。

農人本色是吳儂，千里歸來遠驛重。艸拔荒蕪留芷茇，木容拳散養樗榕。喬山絶水波通嶠，衆水奔山石作潨。每日間游忘曉晦，寸圭何異錫榮封。

節節高

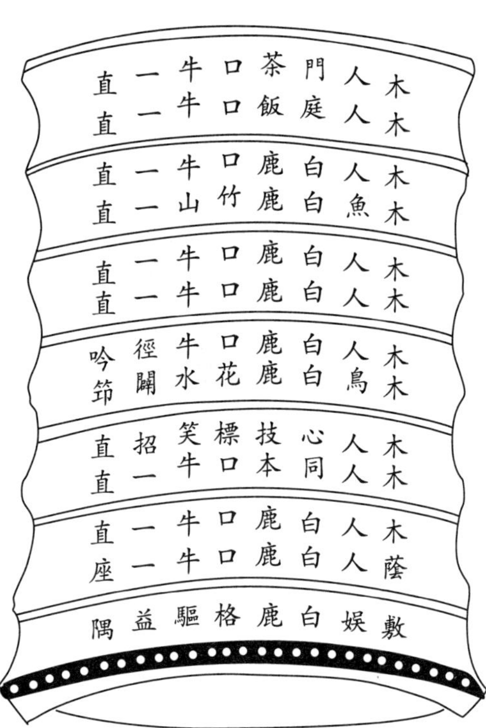

節節高

讀法　七律一首，分寫合讀，三木成森、三人成衆、三白成皛、三鹿成麤、三口成品、三牛成犇、三一成三、三直成矗。

七律

林木森森林蔭敷，衆魚衆鳥衆人娱。門庭皛皛心同皛，茶飯麤麤技本麤。品竹品花標品格，犇山犇水笑犇驅。三三徑闢招三益，矗矗吟笻矗座隅。

錦障泥

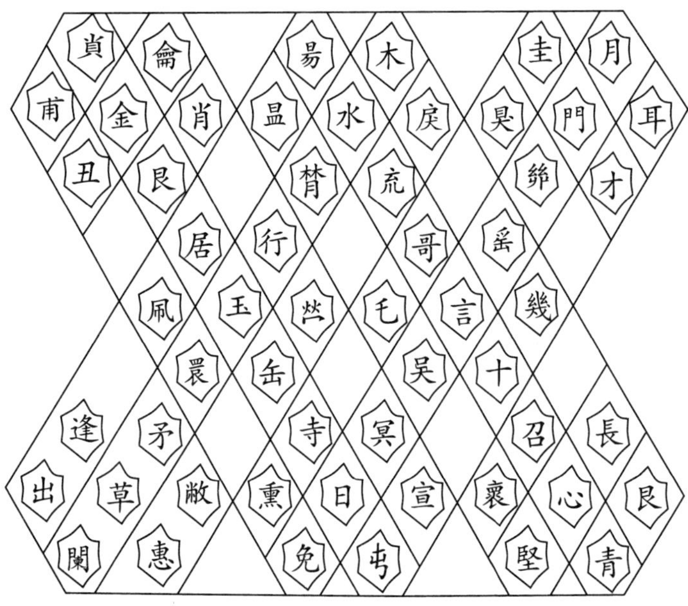

錦障泥

讀法　七律一首，每中一字爲句首字，即爲下六字偏旁之總冒。

七律

門閴闈閒聞閉闗，水温湯沐淚流潸。金鋪鎖鑰銷銀鈕，玉珮琚珩瑩[illegible]環。言託詞謡譏計誤，心懷怊悵恨情慳。日曛時暝暄寓晚，草茁蓬茅蔽蕙蘭。

『閴』：古今韻會舉要，毛氏曰，俗作闃

柳帶同心結

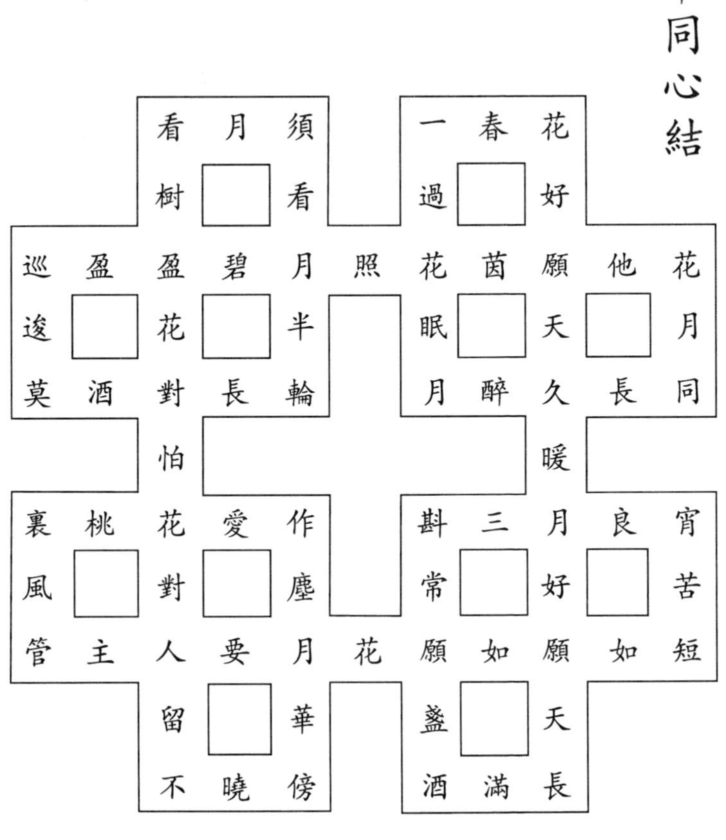

柳帶同心結　花月詞

讀法　調寄如梦令，交加讀，花好起，主管止。又一首調寄思佳客，風裏桃花起，過一春止。

如梦令

花好願天久暖，月好願天長滿。酒盞願常斟，三月良宵苦短。如願，如願，花月要人主管。

思佳客

風裏桃花愛作塵，月華傍曉不留人。對花怕對花盈樹，看月須看月半輪。長對酒，莫逡巡，盈盈碧月照花茵。願他花月同長久，醉月眠花過一春。

六角扇

六角扇

讀法　三言回文，風字起，襟字止。

三言

風生角，月規心。紅解汗，素留吟。空耀影，爽通襟。

襟通爽，影耀空。吟留素，汗解紅。心規月，角生風。

菱鏡

芳曙花照燈春靚妝素霞曜輪冰凝光露華耀菱新映

菱鏡　銘

讀法　不拘從何字讀起，皆成七言古詩三句。

七言

芳映新菱耀華露，光凝氷輪曜霞素，妝靚春燈照花曙。

映新菱耀華露光，凝氷輪曜霞素妝，靚春燈照花曙芳每退一字讀成二十一首又回文二十一首

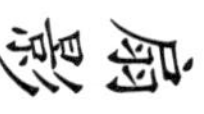

詠蘭畹

猗曲一絲畹秀芝三爾對
猗蘭干獨賞
賞成詠日光
對寒轉風光

簃竹池

林陰朝爽有池氣夏涼宜
林祝致安平
平苦簃通到
宜竹个客到

曲梅嶺

在光春袖嶺歸色雪融消
在梅日扶筇
筇山曲歸踏
消來仍月踏

吟菊籬

枕流屋合編籬垢人宜愛
枕足已酒有
有朝吟高自
愛菊盡聊自

扇影

讀法　晼蘭詠等四項係題目，六言絶各一首。下句首字即借上句末字之半。如對爾三芝秀晼，宛然一曲猗蘭，闌干獨立成詠，永日光風轉寒。餘倣此。

晼蘭詠

對爾三芝秀晼，宛然一曲猗蘭。闌干獨賞成詠，永日光風轉寒。

池竹辭

林陰朝爽有池，水氣夏涼宜竹。个个客到通辭，辛苦平安致祝。

籬菊吟

枕流屋合編籬，離垢人宜愛菊。米盡聊自高吟，今朝有酒已足。

嶺梅曲

消融雪色歸嶺，領袖春光在梅。每日扶笻山曲，曰歸踏月仍來。

火齊環

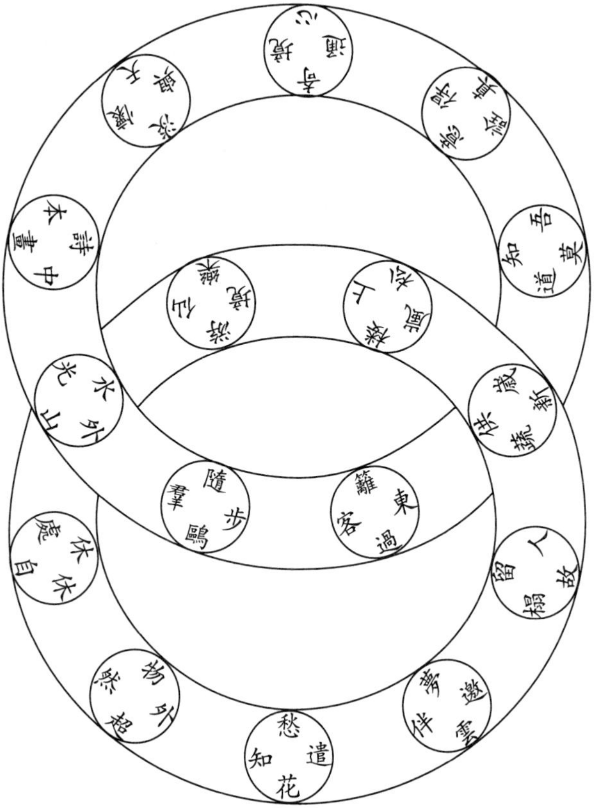
奇境心通
懷天與淡
意得真詮
詩中畫本
吾莫道知
游仙樂境
樓上松嵐
水外山光
新歲供蔬
隨步鷗羣
東籬過客
休休自處
人留故榻
物外超然
遣花知愁
邀雲伴夢

火齊環　書懷

讀法　七律二首，回環交加讀，首律籬東過客過東籬起，次律游仙樂境樂仙游。

七律

籬東過客過東籬，隨步鷗羣鷗步隨。水外山光山外水，詩中畫本畫中詩。淡懷天與天懷淡，奇境心通心境奇。意得真銓真得意，知吾莫道莫吾知。

游仙樂境樂仙游，楼上松嵐松上楼。供歲新蔬新歲供，留人故榻故人留。夢邀雲伴雲邀夢，愁遣花知花遣愁。物外超然超外物，休休自處自休休。

紙背書

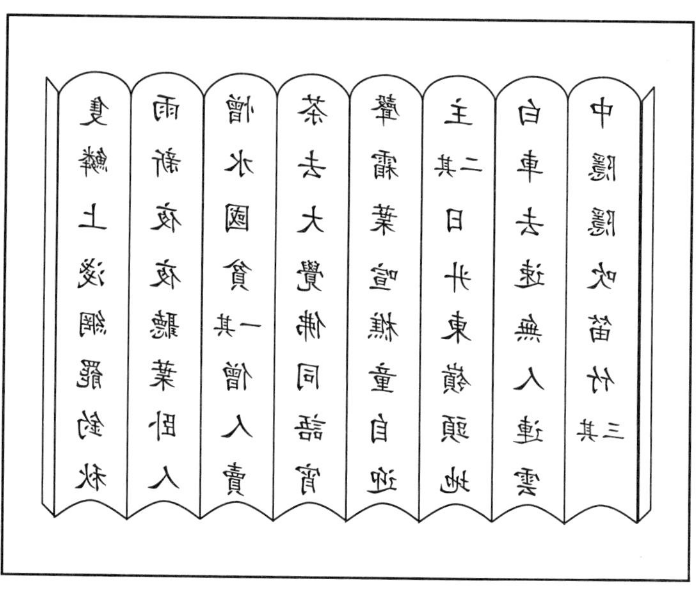

中隱隱吹笛竹 其三
白車去速無人連雲
主 其二 日升東嶺頭地
聲霜葉喧樵童自迎
茶去大覺佛同語宵
僧水國負 其一 僧入賣
雨新夜夜聽葉卧入
隻鱗上淺網羅釣秋

紙背書

讀法　五絶三首。字皆反寫，意亦反讀，如隻鱗上淺網爲雙角下深犂云。僧人賣茶去乃道士買酒歸，日升東嶺頭乃月沈西溪脚云云。

五絶

雙角下深犂，起耕春雲舊。日日看花行，我愛山家富。
道士買酒歸，小夢仙獨默。曙色露花静，漁叟相送客。
月沈西溪脚，天黑舟來遲。有客斷烟外，明明彈琴絲。

蟠桃

蟠桃　詠桃實

讀法　五律回文一首，牙頰起，蓬崑止。

五律

牙頰溢清芬，餌丹榮氣元。花濃映綵服，核巨刻窊樽。霞暈紅連蒂，露華香潤根。嘉祥獻壽耋，異果產蓬崑。

崑蓬產果異，耋壽獻祥嘉。根潤香華露，蒂連紅暈霞。樽窊刻巨核，服綵映濃花。元氣榮丹餌，芬清溢頰牙。

翠蕉

風
起起
蘋蘋蘋
根根根根
轉轉轉轉
斷斷斷斷
蓬蓬蓬蓬
叢叢叢叢
舞舞
空

花
亞亞
闌闌闌
紅紅紅紅
襯襯襯襯
碧碧碧碧
枝枝枝枝
垂垂垂
影影
欹

雪
屑屑
銀銀銀
泥泥泥泥
砌砌砌砌
積積積積
寒寒寒寒
巒巒巒
玉玉
攢

月
滿滿
庭庭庭
涼涼涼涼
影影影影
轉轉轉轉
明明明明
璚璚璚
席席
盈

翠蕉

讀法　風花雪月，七絶各一首。每句退一字讀，如風起蘋根轉斷蓬，起蘋根轉斷蓬叢，蘋根轉斷蓬叢舞，根轉斷蓬叢舞空。餘倣此。

七絶

風起蘋根轉斷蓬，起蘋根轉斷蓬叢。蘋根轉斷蓬叢舞，根轉斷蓬叢舞空。
花亞闌紅襯碧枝，亞闌紅襯碧枝垂。闌紅襯碧枝垂影，紅襯碧枝垂影欹。
雪屑銀泥砌積寒，屑銀泥砌積寒巒。銀泥砌積寒巒玉，泥砌積寒巒玉攢。
月滿庭涼影轉明，滿庭涼影轉明璚。庭涼影轉明璚席，涼影轉明璚席盈。

金花勝

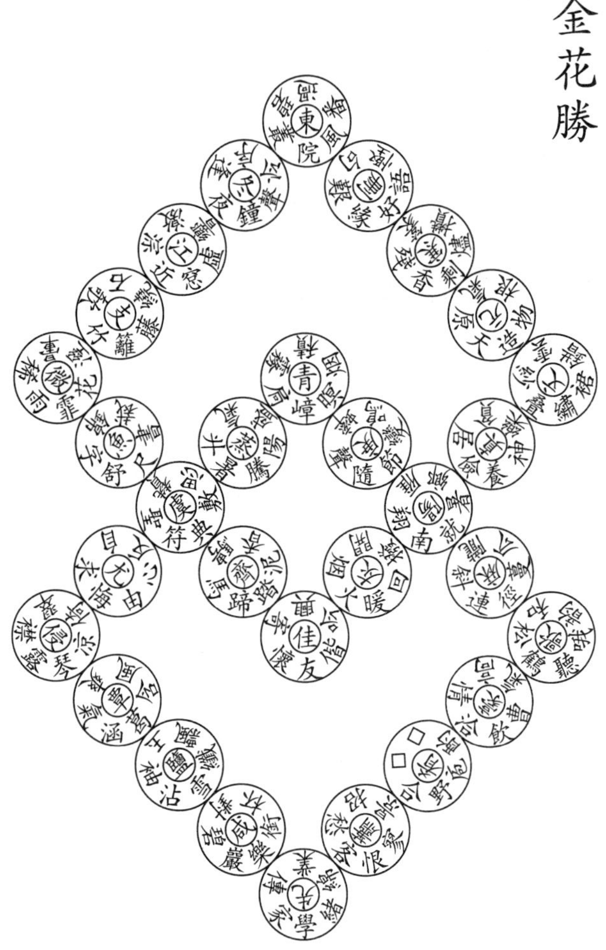

金花勝

讀法　七絶三十首，用上下平聲韻，每首退一字交加讀，即成一詩。如東院風番過碧叢，院風番過碧叢東，風番過碧叢東院，番過碧叢東院風。餘做此。

七絶三十首

東院風番過碧叢，院風番過碧叢東。風番過碧叢東院，番過碧叢東院風。

冬夜鐘聲冷序逢，夜鐘聲冷序逢冬。鐘聲冷序逢冬夜，聲冷序逢冬夜鐘。

江近窓虚響激淙，近窓虚響激淙江。窓虚響激淙江近，虚響激淙江近窓。

支竹籬藤繞石欹，竹籬藤繞石欹支。籬藤繞石欹支竹，藤繞石欹支竹籬。

微雨霏花溼暈稀，雨霏花溼暈稀微。霏花溼暈稀微雨，花溼暈稀微雨霏。

魚尺書裁錦字舒，尺書裁錦字舒魚。書裁錦字舒魚尺，裁錦字舒魚尺書。

虞典敷思贊聖符，典敷思贊聖符虞。敷思贊聖符虞典，思贊聖符虞典敷。

齊踏泥香騁馬蹄，踏泥香騁馬蹄齊。泥香騁馬蹄齊踏，香騁馬蹄齊踏泥。

佳友偕吟興寄懷，友偕吟興寄懷佳。偕吟興寄懷佳友，吟興寄懷佳友偕。

灰撥開烟火暖回，撥開烟火暖回灰。開烟火暖回灰撥，烟火暖回灰撥開。

真樂貧居儉養神，樂貧居儉養神真。貧居儉養神真樂，居儉養神真樂貧。
文錯雲紗疊繡裙，錯雲紗疊繡裙文。雲紗疊繡裙文錯，紗疊繡裙文錯雲。
元氣原天造物根，氣原天造物根元。原天造物根元氣，天造物根元氣原。
寒篆殘香剩燼攢，篆殘香剩燼攢寒。殘香剩燼攢寒篆，香剩燼攢寒篆殘。
删句艱緣好語慳，句艱緣好語慳删。艱緣好語慳删句，緣好語慳删句艱。
先業傳家學緒綿，業傳家學緒綿先。傳家學緒綿先業，家學緒綿先業傳。
蕭景招愁客恨寥，景招愁客恨寥蕭。招愁客恨寥蕭景，愁客恨寥蕭景招。
肴酌□□合野庖，酌□□合野庖肴。□□合野庖肴酌，□合野庖肴酌□。
豪氣高情洽飲曹，氣高情洽飲曹豪。高情洽飲曹豪氣，情洽飲曹豪氣高。
歌韵和松鶴聽哦，韵和松鶴聽哦歌。和松鶴聽哦歌韵，松鶴聽哦歌韵和。
麻隴斜連徑蔓瓜，隴斜連徑蔓瓜麻。斜連徑蔓瓜麻隴，連徑蔓瓜麻隴斜。
陽雁翔南就暑鄉，雁翔南就暑鄉陽。翔南就暑鄉陽雁，南就暑鄉陽雁翔。
庚蟀聲隨節變鳴，蟀聲隨節變鳴庚。聲隨節變鳴庚蟀，隨節變鳴庚蟀聲。
青嶂暝烟積霧扃，嶂暝烟積霧扃青。暝烟積霧扃青嶂，烟積霧扃青嶂暝。
蒸暑騰陽盛氣升，暑騰陽盛氣升蒸。騰陽盛氣升蒸暑，陽盛氣升蒸暑騰。
尤悔由心反自求，悔由心反自求尤。由心反自求尤悔，心反自求尤悔由。

侵露琴凉倚翠襟，露琴凉倚翠襟侵。琴凉倚翠襟侵露，凉倚翠襟侵露琴。

覃葛含風爽氣涵，葛含風爽氣涵覃。含風爽氣涵覃葛，風爽氣涵覃葛含。

鹽雪纖飄玉袖沾，雪纖飄玉袖沾鹽。纖飄玉袖沾鹽雪，飄玉袖沾鹽雪纖。

咸樂銜杯對碧巖，樂銜杯對碧巖咸。銜杯對碧巖咸樂，杯對碧巖咸樂銜。

葫蘆

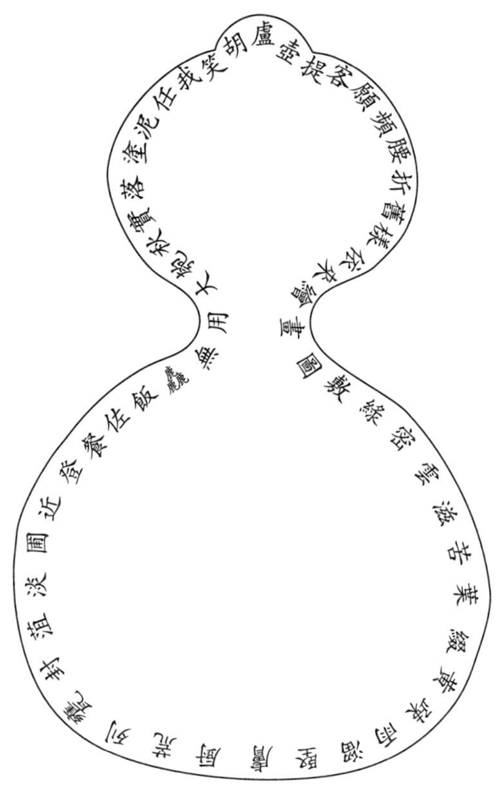

葫蘆　詠葫蘆

讀法　七律回文一首，盧字起，左旋，壺字止。

七律

盧胡笑我任泥塗，落實秋匏大用無。蠡飯佐餐登近圃，淡菹封甕列荒厨。膚堅溜雨疎黃綴，葉苦滋雲密綠敷。圖畫繪來依樣舊，折腰頻願客提壺。

壺提客願頻腰折，舊樣依來繪畫圖。敷綠密雲滋苦葉，綴黃疎雨溜堅膚。厨荒列甕封菹淡，圃近登餐佐飯蠡。無用大匏秋實落，塗泥任我笑胡盧。

蛛絲

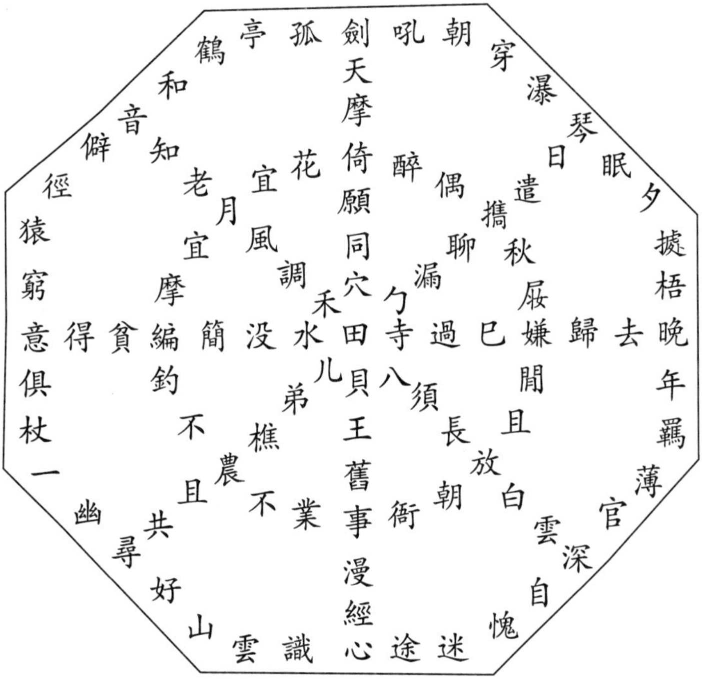

夕攄梧晚年羈薄
眠去官
琴深
日歸雲
瀑遣秋屐嫌間且白自
穿攜巳放愧
朝偶聊過長朝迷
漏須
吼醉勹寺八銜途
劍天摩倚願同穴田貝王舊事漫經心
禾儿
孤花調水弟業識
亭宜風没樵不雲
月農
鶴老宜簡不且山
和知摩編釣共好
音貧尋
僻得幽
徑
猿窮意俱杖一

蛛絲　感懷有作

讀法　外五律一首，心字起，左旋，途字止。中圈六言一首，事字起，左旋，衙字止。縱斜七律一首，中間田字分用，首句貢王起，次句兄弟起，三句汨没起，四句和調起，五句空同起，六句句漏起，七句時過起，八句只須起。

五律

心識雲山好，尋幽一杖俱。意窮猿徑僻，音和鶴亭孤。劍吼朝穿瀑，琴眠夕擄梧。晚年羈薄宦，深自愧迷途。

六言

事業不農不釣，編摩宜月宜花。倚醉偶攜秋屐，嫌閒且放朝衙。

七律

貢王舊事漫經心，兄弟樵農且共尋。汨没簡編貧得意，和調風月老知音。空同願倚摩天劍，句漏聊攜遺日琴。時過已嫌歸去晚，只須長放白雲深。

同心梔子

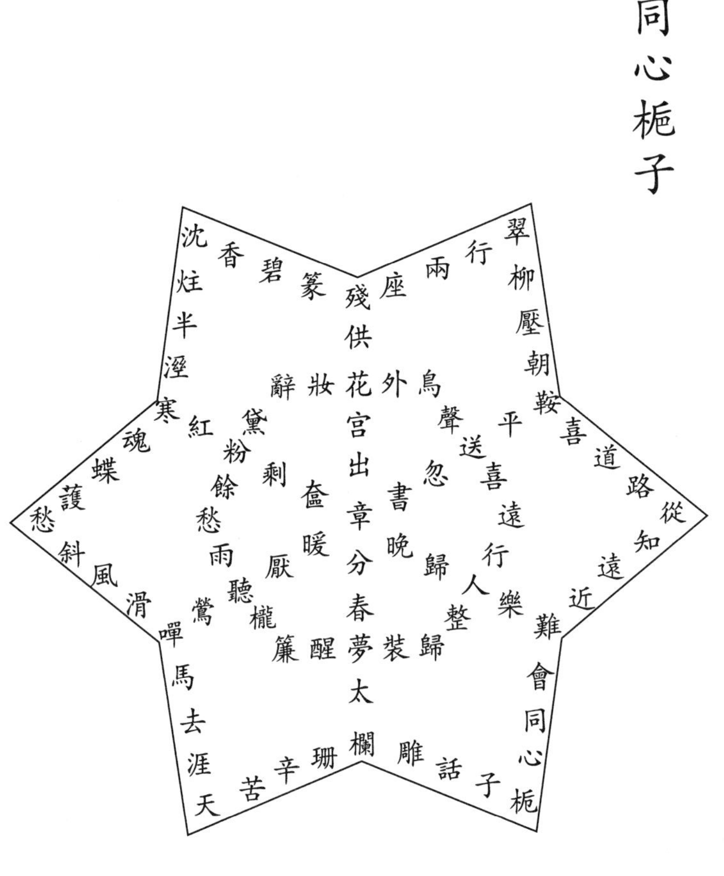

同心梔子

讀法　七言六韻詩一首。中心章字分爲十日一六音早六字，十分起。欄嘽寒殘鞍難六字，借作闌口ㄚ音凝夕安佳六字。中圈六言四句，夢字起，左旋，裝字止。

七言中心四出

十分春夢太闌珊，辛苦天涯去馬嘽。日暖厭聽鶯口滑，風斜愁護蝶魂寒。一奩剩粉紅ㄚ涇，半炷沈香碧篆殘。六出宮花供夕座，兩行翠柳壓朝鞍。音書忽送平安喜，道路從知遠近難。早晚歸人樂佳會，同心梔子話雕欄。

六言中圈周二十四字

夢醒簾櫳聽雨，愁餘粉黛辭妝。花外鳥聲送喜，遠行人整歸裝。

重重結綺窗

團二	凭二	愁二	薄二	朝二	矚二	鶯二	咫二
朗二	剪二	點二	裏二	錦二	宝二	燕二	閨二
依	聲	辭	羅	迷	空	嫌	長
砧二	寂二	環二	帶二	絲二	疊二	翔二	悄二
蔭二	沈二	鈿二	簪二	響二	深二	戀二	襟二
遠	篆	墜	玳	誤	自	懶	病
森二	爐二	匆二	擡二	轟二	流二	花二	瑟二
隱二	伴二	夢二	纖二	夜二	誓二	草二	飄二

重重結綺窗　閨思

讀法　七言八韻，離合體顛倒讀。

七言

咫尺閨門長悄悄，飄風瑟瑟病襟禁。鶯鶯燕燕嫌翔羽，草草花花懶戀心。矚目峹山空疊疊，誓言流水自深深。朝朝錦帛迷絲糸，夜夜轟車誤響音。薄薄裏衣羅帶帶，纖纖擡手玳簪簪。愁秋黯黯辭環玉，夢夕匆匆墜鈿金。凭几剪刀聲寂寂，伴人爐火篆沈沈。團團朗月依砧石，隱隱森林遠蔭陰。

『黯黯』：圖文作『點點』

縱橫其畝

袁容易奇消憂界重溝窺虛牖
袁顏使奇趣野界影波窺光月
茹茹榿榿硜硜籬籬盼盼撝撝
有供無愛低眠舊牆魚睎耕指
味都陰獨藤遮籜出鳥勞耘費
曬瓜蔬移穲稏被冬補飢晨羅
曬屋乘移場逐被資身飢息腹
岸岸涯涯便便嬉嬉齬齬慈慈
高道幽生歲安春暇猶齟得仁
深瞻曠足歎偷韶趁存總保在
斅好古知成章譬雷同辭誰與
斅求還知願未譬取工辭碑解

縱横其畝　歸田偶作

讀法　七排十二韻，用藏頭露尾體。一哀容易使顔衰，大可消憂野趣奇起，言辟雷同工取譬，受辛誰與解碑辤止。

七排

一哀容易使顔衰，大可消憂野趣奇。田介重溝波影界，穴規虚牖月光窺。草如有味都供茹，木豈無陰獨愛檯。石亞低藤遮碨硂，竹離舊籜出牆籬。目分魚鳥勞睎盼，手爲耕耘費指撝。日麗瓜蔬乘屋曬，禾多穲稏逐塲移。皮衣冬補身資被，食几晨羅腹息飢。山厈高深瞻道岸，水厓幽曠足生涯。人更歲歉偷安便，女喜春韶趁暇嬉。吾齒猶存總齟齬，茲心得保在仁慈。學文好古還求斆，矢口成章未願知。言辟雷同工取譬，受辛誰與解碑辤。

雙魚

雙魚鯉
深意寸緘
江遠度愁
眉麗心長
念久疎
襟袂隔
窗晚
護尺
持勞爾

東傳郵
書內腹使
連遠夢路
表況通長
酬唱白
餘添髮
寫成
簡裁
托塵音

雙魚　寄友人書

讀法　七律回文一首，從雙魚鯉柬傳郵使起，護持勞爾托塵音止。回讀内音納。

七律

雙魚鯉柬傳郵使，腹内書緘寸意深。江遠度愁連遠夢，路長通況表長心。麗眉念久疎酬唱，白髮添餘隔袂襟。窗晚寫成裁簡尺，護持勞爾托塵音。襟袂隔餘添髮白，唱酬疎久念眉麗。心長表況通長路，夢遠連愁度遠江。深意寸緘書内腹，使郵傳柬鯉魚雙。

酒鐏

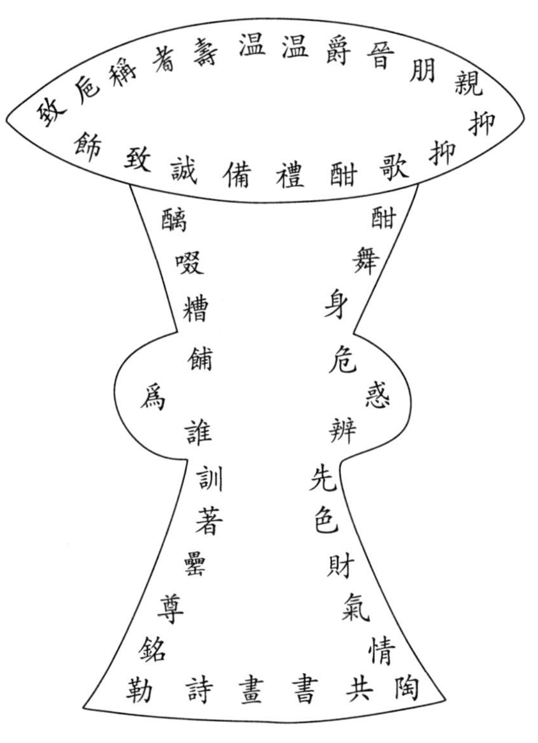

酒罇 酒樽銘

讀法 六言回文詩一首，抑抑親朋起，醨字止。

六言

抑抑親朋晉爵，温温壽耇稱巵。致飾致誠備禮，酣歌酣舞身危。惑辨先色財氣，情陶共書畫詩。勒銘尊罍著訓，誰爲餔糟啜醨。

醨啜糟餔爲誰，訓著罍尊銘勒。詩畫書共陶情，氣財色先辨惑。危身舞酣歌酣，禮備誠致飾致。巵稱耇壽温温，爵晉朋親抑抑。

八卦成象

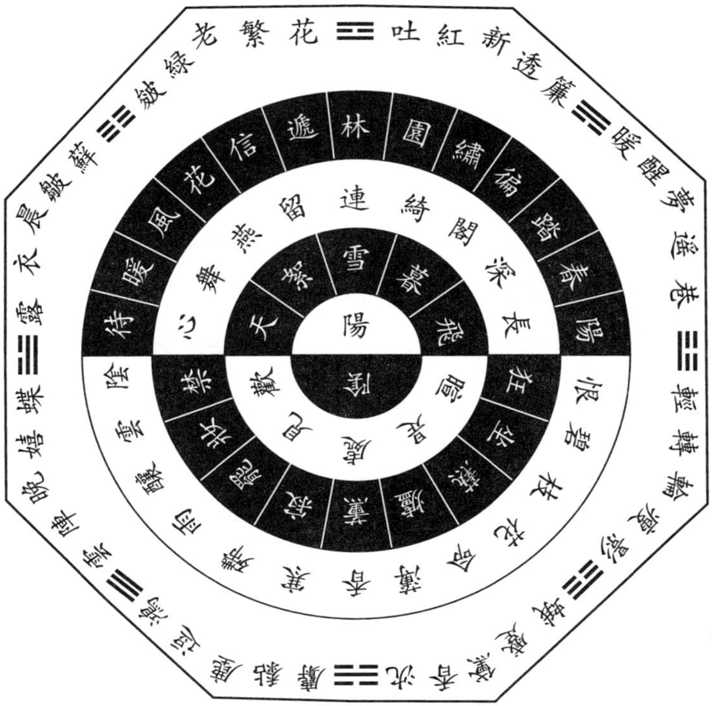

八卦成象

讀法　外層六言回文一首，從輪轉輕雷起，至瘦字止，卦字皆取成象之義。中間七絶回文兩首，取太極陰陽之象，一自陽暄是處起，一自陰天絮雪起，交互讀。

六言

輪轉輕雷巷遥，夢醒暖風簾透。新紅吐火花繁，老綠皴地蘚皺。晨衣露澤蝶嬉，晚陣雲天鴻逗。塵黏麝水沈香，黛蹙蛾山影瘦。瘦影山蛾蹙黛，香沈水麝黏塵。逗鴻天雲陣晚，嬉蝶澤露衣晨。皺蘚地皴綠老，繁花火吐紅新。透簾風暖醒夢，遥巷雷輕轉輪。

七絶

陽暄是處見歡心，舞燕留連綺閣深。長恨碧枝花命薄，香寒殢雨釀雲陰。
陰雲釀雨殢寒香，薄命花枝碧恨長。深閣綺連留燕舞，心歡見處是暄陽。
陰天絮雪暮飛狂，坐爇爐薰寂罷妝。禁待暖風花信遞，林園繡徧踏春陽。
陽春踏徧繡園林，遞信花風暖待禁。妝罷寂薰爐爇坐，狂飛暮雪絮天陰。

十二屬

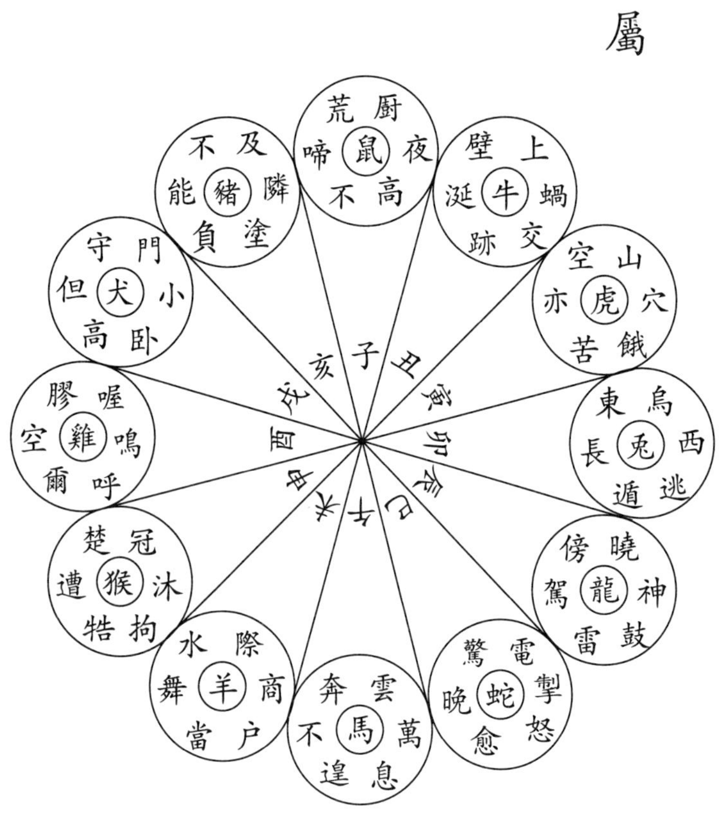

十二屬　連雨不出門書寄友人

讀法　七言十二句。

七言

荒廚夜鼠啼不高，壁上蝸牛涎跡交。空山穴虎亦苦餓，東烏西兎長遁逃。傍曉神龍駕雷鼓，驚電掣蛇晚愈怒。奔雲萬馬不遑息，水際商羊舞當户。楚冠沐猴遭牿拘，膠喔鳴雞空爾呼。守門小犬但高卧，不及隣豬能負塗。

五聲八音旋宮圖

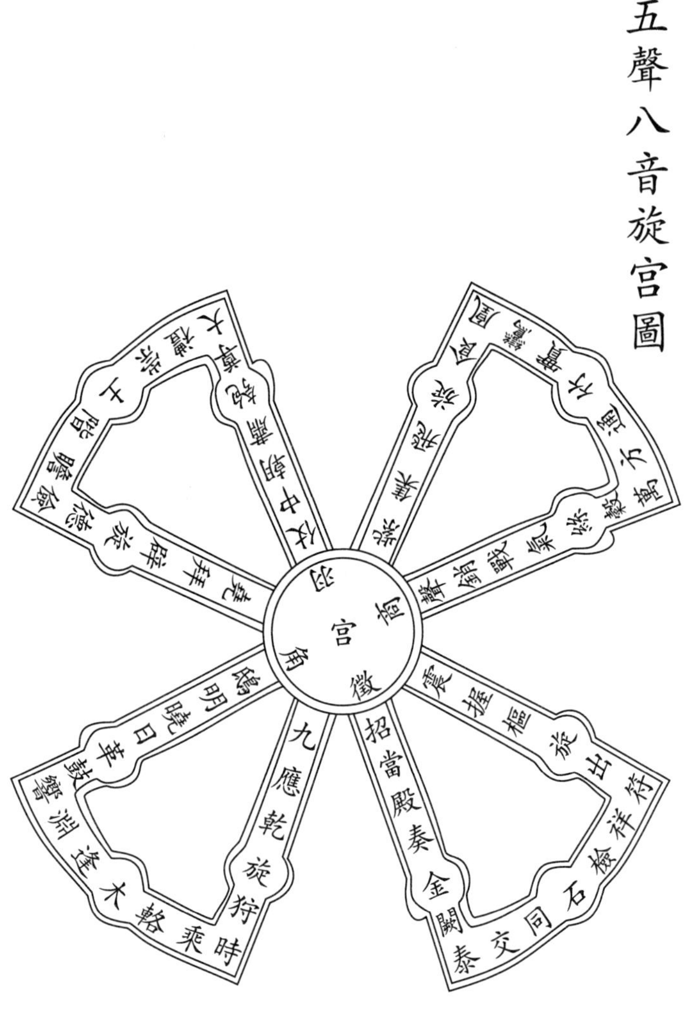

五聲八音旋宫圖

讀法　五絶四首。第一首商聲起，紫宫止。餘依次讀，俱至宫字止。

五絶

商聲銷戰氣，絲穀萬方通。竹實鸞凰食，旋飛集紫宫。
羽仗中朝肅，匏尊大禮崇。土階瞻儉德，旋辟拜堯宫。
角鴟明曉日，革鼓響淵逢。木輅乘時狩，旋乾應九宫。
徵招當殿奏，金闕泰交同。石檢祥符出，旋樞握震宫。

『逢』：鈔句作『蓬』，據圖文改。

上弦月

占影波分匣鏡添香篆颭鈎簾畫檐巡徧步纖纖惹恨華雲抑掩

上弦月　詠上弦月

讀法　調寄西江月，回讀即成全闋。

西江月

占影波分匣鏡，添香篆颭鉤簾。畫檐巡徧步纖纖，惹恨華雲抑掩。　掩抑雲華恨惹，

纖纖步徧巡檐。畫簾鉤颭篆香添，鏡匣分波影占。